AGATHA CHRISTIE POIROT SELECTION

MURDER IN MESOPOTAMIA

AGATHA CHRISTIE POIROT SELECTION

MURDER IN MESOPOTAMIA

메소포타미아의 살인 애거서 크리스티 장편 소설 | 김남주 옮김

황금가지

MURDER IN MESOPOTAMIA
by Agatha Christie

정식 한국어 판 출간에 부쳐

나는 한국에서 우리 할머니의 작품을 정식으로 출간한다는 소식을 듣고 무척 기뻤다. 할머니가 1920년부터 1970년 무렵까지 오랜 세월에 걸쳐 집필한 작품들은 21세기인 지금 읽어도 신선하고 재미있다. 등장 인물들이 워낙 자연스러워서 요즘 사람들과 다를 바 없고 이들이 등장하는 상황과 장소가 전 세계 사람들의 애정과 향수를 자극하기 때문이다. 한국 독자들은 이번에 새로 나온 정식 한국어 판을 통해 그 동안 접하지 못했던 애거서 크리스티의 일부 작품들을 읽을 수 있을 것이다. 덕분에 한국에 새로운 세대의 애거서 크리스티 팬들이 탄생할지도 모르겠다는 생각을 하면 가슴이 벅차다.

애거서 크리스티는 대표석인 두 녕의 주인공으로 기억되는 작가이다. 14권의 작품에 등장하는 마플 양은 영국의 작은 시골 마을에서 평온한 나날을 보내며 뜨개질과 수다로 소일하는 미혼의 할머니

이지만, 놀라운 기억력과 날카로운 두뇌 회전으로 주변에서 벌어진 살인 사건을 해결한다.

그리고 마플 양과 상반되는 성격을 지닌 에르퀼 푸아로는 자신만만하고 콧수염을 포함한 자신의 외모와 벨기에라는 국적에 대한 자부심이 상당하다. 그는 이집트와 이라크를 비롯한 세계 각지에서 수수께끼를 해결하며 『오리엔트 특급 살인*Murder On The Orient Express*』, 『나일 강의 죽음*Death On The Nile*』, 『애크로이드 살인 사건*The Murder Of Roger Ackroyd*』 등 애거서 크리스티의 여러 대표작에 모습을 드러낸다.

황금가지의 대담하고 참신한 표지와 전반적인 디자인 덕분에 작품의 성격이 잘 살아난 것 같아 기쁘다. 또한 한국 독자들이 할머니의 원작이 지닌 참된 묘미를 느낄 수 있도록 충실한 번역을 위해 애써 준 점도 높이 사고 싶다.

할머니의 작품이 20세기의 그 어떤 작가들보다 많이 팔리고 있는 이유는 나이와 국적에 상관없이 읽을 수 있는 재미와 감동을 갖추었기 때문이다. 모쪼록 한국 독자들도 황금가지에서 선보이는 애거서 크리스티 작품들을 즐겁게 감상하기를 바란다.

매튜 프리처드
애거서 크리스티의 손자
ACL 이사장

이라크와 시리아에 있는

여러 고고학자 친구들에게 이 책을 바친다

차례

의학박사 자일스 라일리의 서언

이 이야기에 나오는 사건이 일어난 것은 약 4년 전이다. 내 생각에 이제 상황이 많이 바뀐 만큼 일반인들에게도 이 사건들에 대한 상세한 설명이 필요할 것 같다. 중요한 증거가 비밀에 부쳐졌다는 우스꽝스럽기 그지없는 뜬소문이나 그 비슷한 터무니없는 말들이 광범위하게 나돌았다. 그런 왜곡보도는 특히 미국 언론에서 심했지만, 이해관계가 얽혀 있다고 생각되기 쉬운 발굴단의 일원이 거기에 해명을 하고 나서는 것은 여러 가지 이유에서 바람직할 리 없었다.

그래서 나는 이 과업을 맡아 달라고 에이미 레더런 양을 강력히 설득했다. 그녀는 이 일의 적임자임이 분명하다. 최고의 전문가인 데다가, 이라크에 파견된 피츠타운 대학교 발굴단에 속하긴 했어도 그것에 좌우될 사람이 아니고, 날카롭고 이지적인 눈썰미를 지닌 사람이기 때문이다.

하지만 레더런 양을 설득하는 일은 쉽지 않았다.(사실 그녀를 설득하는 것은 의사로서 내가 한 가장 어려운 일들 중 하나였다.) 설득이 끝난 다음에도 그녀는 내게 자신의 원고를 보여 주는 것을 이상할 정도로 꺼렸다. 원고를 읽은 후에야 나는 그게 부분적으로 내 딸 실러에 대해 몇 가지 비판이 그 속에 들어 있기 때문이라는 것을 알 수 있었다. 나는 즉각 그녀를 안심시켰다. 요즘은 자식들이 활자상으로 거리낌 없이 자기 부모들을 비판하는 만큼 그들이 그 대가를 치러야 할 때가 오면 부모들도 싫을 게 없다고 말이다. 레더런 양이 내 제안을 적극적으로 받아들이지 않은 또 다른 이유는 자신의 글솜씨에 대한 지나친 겸손에서였다. 그녀는 내가 '문법 등등을 교정'해 주었으면 하는 눈치였다. 하지만 나는 그러기는커녕 단어 하나 바꾸지 않았다. 내 견해로 레더런 양의 문체는 힘차고 개성적이며 시의적절하다. 그녀는 에르퀼 푸아로를 어떤 단락에서는 그냥 '푸아로'라 하고, 또 다른 곳에서는 '푸아로 씨'라고 했는데, 그런 변화는 두 경우 모두 흥미롭고 시사적이다. 말하자면 어떤 경우 그녀는 '예의 차리는 걸 잊지 않고 있지만'(간호사들은 예의범절에 몹시 엄격하다.), 어떤 경우에는 한 인간으로서의 순수한 관심으로 사태를 기술하고 있다. 간호사 신분 같은 것은 깡그리 잊어버린 채 말이다!

이 책에 대해 내가 한 일이 있다면 첫 장을 쓰는 재량을 발휘한 것뿐이다. 레더런 양의 친구 하나가 친절하게 제공해 준 편지의 도움을 받았다. 일종의 권두화를 그려내 해설자의 모습을 거칠게나마 알려주고 싶었던 것이다.

권두언

바그다드에 있는 티그리스 팰리스 호텔의 홀, 간호사 하나가 편지를 끝맺고 있는 중이었다. 만년필 촉이 편지지 위를 재빠르게 미끄러져 나갔다.

……그래, 얘, 정말이지 내 소식은 이것뿐이야. 세상 구경을 좀 한다는 건 멋진 일이라고 말하지 않을 수 없구나. 내게는 영국에 있는 게 언제나 고마운 일이지만 말이야. 바그다드가 얼마나 먼지 많고 무질서한지 넌 상상도 못할 거야. 『아라비안 나이트』를 보고 떠올리는 낭만적인 분위기 같은 건 없다고! 물론 강변만큼은 아름답지만 도시 지체는 끔찍해. 제대로 된 상점 하나 없단다. 켈시 소령님을 따라 시장에 간 일만 해도 그래. 물론 흥취가 있다는 건 부인할 수 없지만, 온통 시원찮은 물건들뿐이고 구리 냄비를 두들겨대는 소리에 머리가

아플 정도였어. 손질이 제대로 되었는지도 불확실하니, 나라면 그런 냄비들을 쓰지 않을 거야. 구리의 녹청은 무척 조심해야 하거든.

라일리 박사님이 말씀하신 그 일자리에 대해 더 알게 되면 편지 쓸 게. 박사님 말씀이 그 미국인 신사는 지금 바그다드에 있고, 오늘 오후에 나를 보러 오실 수도 있다는구나. 그의 부인에 관한 일이야. 라일리 박사님 말씀으로는 그 부인이 '망상'에 사로잡혀 있다는 거야. 박사님은 그 이상 말하지 않으셨지만 그게 무슨 뜻인지 알고도 남지. (다만 알코올 중독으로 인한 진전섬망증은 아니었으면!) 물론 라일리 박사님은 아무 말도 하지 않으시더구나. 하지만 표정이 심상치 않았어. 내 말 무슨 뜻인지 알 거야. 이 라이드너 박사라는 분은 미국의 어떤 박물관에 소속된 고고학자로 이곳 사막 어디에선가 고분을 발굴하고 있대.

음, 이제 펜을 놓아야겠다. 꼬마 스터빈스 이야기는 정말 '끝내 줬어.' 매트런은 뭐라던?

그럼 이만 안녕.

언제나 너의 충실한 친구인 에이미 레더런

그녀는 편지를 봉투에 넣고는 런던 세인트 크리스토퍼 병원의 커쇼 간호사 앞이라고 적었다.

그녀가 만년필 뚜껑을 닫았을 때 이라크 소년 하나가 다가왔다.

"어떤 신사분이 뵙자고 하십니다. 라이드너 박사님이시래요."

레더런 간호사가 몸을 돌렸다. 중간 정도 키에 살짝 굽은 어깨, 갈색 턱수염에 온화하면서도 피로해 보이는 듯한 눈빛의 남자가 서 있었다.

라이드너 박사는 간호사를 보았다. 반듯한 자세와 안정된 태도를 지닌 35세 가량의 여자였다. 약간 튀어나온 푸른 눈에 윤기 있는 갈색 머리카락으로 감싸인, 느낌이 좋은 얼굴이었다. 신경증 환자에게 꼭 맞는 간호사인 것 같다고 그는 생각했다. 쾌활하고 강인하고 빈틈없고 실제적인 인물.

그는 레더런 간호사가 그런 인물일 것이라고 생각했다.

에이미 레더런

나는 문필가 행세를 하고 싶지도 않고 글쓰기에 대해 뭔가 알고 있는 척하고 싶지도 않다. 단지 라일리 박사의 부탁으로 이것을 쓰고 있는 것뿐이다. 라일리 박사가 어떤 일을 부탁해 올 때, 그것을 거절하기란 쉽지 않으니까.

"오, 하지만 박사님…… 저는 글 쓰는 데 소질이 없어요. 문학과는 거리가 멀다고요."

내가 반박했다.

"쓸데없는 소리! 환자 기록부를 쓴다고 생각해요."

그의 대답이었다.

음, 물론 사태를 그런 식으로 보는 것도 '가능하기는 했다.'

라일리 박사는 말을 이었다. 텔야리미아 사건에 대한 가감없는 솔직한 해명이 절실히 요구된다는 것이었다.

"사건 당사자들 중의 하나가 쓰는 건 설득력이 없어요. 어떻게 해도 편견에 사로잡혀 있다는 말을 들을 테니까요."

물론 그 말도 맞는 말이었다. 나는 그 사건에 관련되긴 했지만 말하자면 방관자라고 할 수 있었다.

"어째서 직접 쓰시지 않으시죠, 박사님?"

내가 물었다.

"나는 현장에 없었잖습니까. 당신은 있었고 말이죠. 게다가……."

그는 한숨을 내쉬며 이렇게 덧붙였다.

"내가 그런 걸 쓰도록 내 딸이 내버려두지 않을 거예요."

그런 건방진 딸자식에게 두 손을 들고 마는 박사의 모습은 정말이지 꼴사나웠다. 내가 그 점을 입에 올리려고 마음 먹은 찰나, 박사의 눈빛이 반짝거리는 것이 보였다. 그것이야말로 라일리 박사를 대할 때 가장 골치 아픈 점이었다. 그가 하는 말이 농담인지 진담인지 전혀 가늠할 수가 없는 것이다. 그는 언제나 우수에 젖은 느릿한 목소리로 이야기를 했는데, 그중 절반의 경우 그런 식으로 눈빛이 반짝거렸던 것이다.

"글쎄요, 할 수 있을 것도 같고요."

내가 애매하게 말했다.

"물론 당신은 할 수 있어요."

"다만 어떻게 시작해야 할지 모르겠어요."

"그것에 대해 좋은 선례가 있습니다. 처음부터 시작해서 끝까지 써 나간 다음 마침표를 찍는 거예요."

"어디에서 무엇부터 시작되었는지조차 잘 기억나지 않는걸요."

나는 여전히 확신을 갖지 못한 채 대답했다.

"내 말을 믿어요, 간호사. 시작의 어려움은 어떻게 끝내야 하는가 하는 어려움에 비하면 아무것도 아닐 거예요. 적어도 강연대에 오를 때의 내가 그렇거든. 연설을 끝내게 하려면 누군가가 내 코트 자락을 잡고 날 연단 아래로 끌어내려야 할걸요."

"오, 농담도 잘하시네요, 박사님."

"더없이 진지하게 하는 말입니다. 자, 어쩔 건가요?"

나로서는 걱정스러운 게 한 가지 더 있었다. 잠시 머뭇거리다가 나는 말했다.

"박사님께서 아시다시피 저는 때때로, 그러니까 좀 사사로운 감정에 좌우되는 경향이 있어서 걱정스러워요."

"이런 맙소사, 이것 보세요, 당신이 사사로운 감정에 휘둘리면 휘둘릴수록 좋아요! 이건 사람들에 대한 이야기예요. 인형 이야기가 아니란 말이죠! 사적이 되든, 편견을 갖든, 심술을 부리든 뭐든 당신 마음대로 해요! 당신 자신의 방식대로 쓰라고요. 험담 같은 건 나중에 얼마든지 쳐내면 됩니다! 망설이지 말고 써요. 당신은 지각 있는 여자예요. 그 사건에 대해서 지각 있고 상식적인 해명을 해줄 수 있을 거요."

사실이 그러했다. 나는 최선을 다하겠노라고 약속했다.

그리고 이제 나는 쓰기 시작했다. 하지만 박사에게 말한 것처럼 어디서부터 시작해야 할지 난감하다.

나 자신에 대해 한두 마디 해야 할 것 같다. 나는 32세로 성명은 에이미 레더런이다. 세인트 크리스토퍼 병원에서 훈련을 받았고, 산부인과에서 2년간 일했다. 얼마간 개인적으로 일하다가 데번셔 광장에 있는 벤딕스 요양소에서 4년간 근무했다. 그러다가 켈시 부인과 함께 이라크로 온 것이다. 과거 부인의 출산시 나는 그녀를 돌본 적이 있었다. 당시 그녀는 남편과 함께 바그다드로 가던 중이었는데, 바그다드에서 아이를 돌볼 간호사는 이미 따로 정해져 있었다. 부인의 친구 집에서 일해온 사람으로, 돌보던 아이들이 학교에 다니기 위해 고국으로 돌아가자 켈시 부인을 따라 간다고 했다. 켈시 부인은 본래 몸이 약해 그렇게 어린 아기를 데리고 긴 여행을 해야 한다는 것에 신경이 곤두서 있었다. 그래서 켈시 소령이 아내와 아기를 돌볼 수 있도록 나를 따라가게 한 것이었다. 일단 그곳에 도착하고 나서 내가 또 다른 간호사 일자리를 구하지 못하면 돌아오는 비용을 그들이 부담하게 되어 있었다.

음, 켈시 부부를 묘사할 필요는 없을 것 같다. 아기는 귀여웠고, 켈시 부인은 매사에 좀 안절부절못하는 편이었지만 아주 좋은 사람이었다. 여행은 무척 즐거웠다. 나로서는 그렇게 긴 배 여행은 처음이었다.

라일리 박사는 그 배의 승객이었다. 그는 검은 머리카락에 긴 얼굴을 가졌고, 낮고 우수에 찬 목소리로 온갖 재미있는 이야기를 들려주었다. 그는 나를 놀리는 것이 재미있었던 듯, 내가 곧이곧대로 듣고 놀라는지를 보려고 정말이지 엉뚱하기 짝이 없는 이야기를 즐겨 했다. 그는 바그다드에서 하루 반 정도 가야 하는 하사니에라는 곳에서 일반 외과의로 일하고 있었다.

내가 그를 만난 것은 바그다드에 온 지 일주일쯤 되었을 때였다. 그는 내게 언제 켈시 부부 곁을 떠나는지를 물어 왔다. 나는 그에게 라이트 부부(앞서 언급한 사람들)가 예정보다 일찍 고국으로 돌아가게 되어 그들의 간호사가 언제라도 올 수 있게 된 지금 그렇게 묻다니 이상하지 않느냐고 응수했다.

그러자 그는 자신도 라이트 부부에게 그런 이야기를 들었고, 바로 그렇기 때문에 내게 그런 질문을 하는 것이라고 말했다.

"사실 간호사, 당신이 할 만한 일이 하나 있어요."

"환자를 돌보는 일인가요?"

그는 생각해 보는 듯 얼굴을 찡그렸다.

"환자라고 하긴 좀 그렇군요. 말하자면 망상 증세가 좀 있는 숙녀라고 할까?"

"저런!"

내가 말했다.

그건 대개 알코올이나 약물 중독이라는 뜻이 아닌가! 라일리 박사는 더 이상 설명하지 않았다. 그는 매우 신중한 사람이었다.

"그래요, 라이드너 부인이란 사람입니다. 남편은 미국인, 정확히 말하자면 스웨덴계 미국인이지요. 미국에서 온 대규모 유적 발굴단의 단장이예요."

그런 다음 그는 그 발굴단이 니느웨와 비슷한 아시리아의 대도시

터를 발굴 중이라고 설명했다. 발굴단의 숙소는 실제로 하사니에에서 그리 멀지 않은 곳에 있었지만, 외진 곳이었으므로 라이드너 박사는 한동안 아내의 건강을 걱정해 왔다는 것이었다.

"그 사람은 그렇게 시시콜콜히 이야기하는 유형이 아닌데. 실은 그의 아내가 순환성 신경 발작을 일으키는 것 같아요."

"그 부인은 현지인들 속에서 하루 종일 혼자 지내나요?"

"오, 그렇지 않아요, 단원들이 여럿 있지요. 일고여덟은 될 거예요. 부인이 집에 늘 혼자 있는 건 아닌 것 같아요. 하지만 그녀가 가끔 기묘한 상태에 빠진다는 건 분명한 것 같아요. 라이드너는 아무리 많은 일도 능히 감당해 내는 사람이지만 자기 아내에게 워낙 푹 빠져 있는지라 그런 아내의 상태를 걱정하고 있어요. 전문 지식을 가진 책임감 있는 누군가가 그녀를 돌봐 준다면 그의 마음이 한결 편해질 거예요."

"그럼 라이드너 부인 자신은 이 일에 대해 어떻게 생각하나요?"

라일리 박사는 진지한 어조로 대답했다.

"라이드너 부인은 아주 사랑스러운 여자예요. 그녀는 어떤 것에 대해서든 이틀 이상 같은 견해를 지속하는 일이 드물죠. 하지만 대체로 그녀 역시 이 계획을 마음에 들어 하는 것 같아요."

이어 그는 이렇게 덧붙였다.

"그녀는 좀 이상한 여자예요. 애교가 넘치는 동시에 거짓말도 잘하는 모양이고. 하지만 라이드너는 그녀가 무엇 때문엔가 겁에 질려 있다고 진심으로 믿고 있는 것 같아요."

"부인 자신은 뭐라던가요, 박사님?"

"오, 그녀는 나에게 의논을 해온 적이 없어요! 어쨌거나 그녀는 몇 가지 이유 때문에 나를 좋아하지 않으니까. 나를 찾아와 이런 제안을 해 온 것은 라이드너입니다. 음, 간호사, 이 계획을 어떻게 생각하나요? 고국으로 돌아가기 전에 이 나라의 모습을 좀 보는 겁니다. 그들은 앞으로도 두 달 동안 발굴 작업을 벌일 텐데, 발굴이란 참으로 흥미 있는 일이랍니다."

나는 잠시 망설이며 머릿속에서 그 문제를 생각해보았다.

"음, 해 볼 수 있을 것 같아요."

내가 말했다.

"정말 잘됐군."

라일리 박사가 자리에서 일어서며 말했다.

"라이드너가 지금 바그다드에 와 있어요. 그에게 연락해서 이 일을 확정지을 수 있는지 알아보겠습니다."

그날 오후 라이드너 박사가 호텔로 찾아왔다. 라이드너 박사는 다소 신경질적이고 머뭇거리는 듯한 태도를 가진 중년의 사내였다. 부드럽고 친절한 동시에 좀 무력해 보였다.

그는 자기 아내에게 매우 헌신적인 것 같았지만 구체적으로 그녀에게 어떤 문제가 있는지에 대해서는 아는 게 없었다.

그는 좀 당황한 태도로 턱수염을 잡아당기면서 말했다. 나중에 알게 된 것이지만 그것은 그의 특징적인 버릇이었다.

"아시다시피, 내 아내는 신경이 몹시 예민한 상태에 있어요.

난…… 난 아내가 몹시 걱정됩니다."

"부인이 몸은 건강하신가요?"

내가 물었다.

"예, 오, 그럼요. 그럴 겁니다. 그래요, 신체적인 문제가 있는 것 같진 않아요. 하지만 아내는…… 음…… 소위 엉뚱한 상상을 한답니다."

"어떤 종류의 상상인데요?"

내가 물었다.

하지만 그는 핵심을 피하는 듯 허둥거리며 이렇게 중얼거렸을 뿐이었다.

"아무것도 아닌 것에 흥분하는 거예요……. 그 두려움의 근거를 나로서는 정말이지 알 수가 없어요."

"무엇에 대한 두려움인가요, 라이드너 박사님?"

그가 모호하게 대답했다.

"오, 그저…… 아시다시피 신경성 공포 같은 거랍니다."

십중팔구 약물 중독일 거라고 나는 생각했다. 하지만 박사는 그 사실을 깨닫지 못하고 있는 것이다! 많은 남자들이 그러했다. 그들은 자기 아내가 그렇게 신경이 예민하고 기분이 자주 바뀌는 진짜 이유를 도무지 알지 못한다.

나는 라이드너 부인이 내 존재를 흔쾌히 받아들여 줄지 물었디.

라이드너 박사의 얼굴이 밝아졌다.

"예. 저도 놀랐습니다. 놀라면서도 어찌나 기분이 좋던지요. 아내

또한 아주 좋은 생각이라고 하더군요. 그렇게 되면 훨씬 안전한 기분으로 살 수 있을 거라고 했습니다."

그 단어가 기묘하게도 내게는 충격적이었다. 더 안전한 기분이라니? 이럴 때 쓰기에는 아주 이상한 단어였다. 라이드너 부인이 정신병을 앓고 있을지도 모른다는 생각이 들기 시작했다.

박사는 소년처럼 열정적으로 말을 이었다.

"당신은 내 아내와 분명히 잘 지낼 거예요. 아내는 정말이지 무척 매력적인 여자랍니다."

그가 사심 없이 미소를 지어 보였다.

"아내에게 당신은 커다란 위안이 될 겁니다. 당신을 보자마자 그런 느낌을 받았어요. 이렇게 말해도 될지 모르지만, 당신은 무척 건강하고 분별력 있는 분 같습니다. 난 당신이 우리 루이스에게 꼭 맞는 사람이라고 확신합니다."

내가 쾌활한 어조로 대답했다.

"음, 애써 보겠습니다, 라이드너 박사님. 제가 부인에게 도움이 될 수 있었으면 좋겠네요. 혹시 부인이 이라크인이나 유색인들에게 예민하신 건 아닐까요?"

"오, 전혀 그렇지 않답니다."

그는 내 말이 재미있다는 듯 고개를 저었다.

"내 아내는 아랍인들을 굉장히 좋아합니다. 그들의 소박함과 유머 감각이 좋다더군요. 아내는 여기에 와서 겨우 두 번째 계절을 맞았는데(우리는 결혼한 지 아직 2년이 채 안 되었지요.), 벌써 상당히 많은 아랍어 단어를 사용할 줄 안답니다."

나는 잠시 침묵한 다음 다시 한 번 질문을 던졌다.

"부인께서 두려워하고 있는 것이 무엇인지 제게 좀 말해 주실 수 없으신가요, 라이드너 박사님?"

그는 망설였다. 이윽고 천천히 입을 열었다.

"나는 아내 자신이 당신에게 말해 줄 걸로 바라고, 아니 믿고 있습니다."

이것이 내가 그에게서 들을 수 있는 말의 전부였다.

소문

나는 그 다음 주에 텔야리미아로 가기로 되었다.

켈시 부인은 알위야에 있는 집으로 출발했다. 나는 그녀의 부담을 조금이나마 덜어줄 수 있게 된 것이 기뻤다.

그동안 나는 라이드너 박사의 발굴단에 대해 한두 가지 암시적인 정보를 들을 수 있었다. 켈시 부인의 친구인 젊은 비행 중대장이 놀라며 이렇게 외쳤던 것이다.

"사랑스러운 루이스가 그렇게 되다니!"

그가 내게로 몸을 돌렸다.

"우린 그녀를 이런 별명으로 부른답니다, 간호사. 그녀는 언제나 사랑스러운 루이스로 알려져 있지요."

"그분이 그렇게 미인인가요?"

내가 물었다.

"그건 그녀 자신의 평가에 따른 거랍니다. 본인이 그렇다고 생각하고 있으니까요!"

"자, 너무 신랄하게 말하지 말아요, 존. 그렇게 생각하는 게 그녀 자신만이 아니라는 건 당신도 알잖아요! 많은 사람들이 그녀에게 반해 있다고요."

켈시 부인이 말했다.

"당신 말이 맞아요. 나이가 좀 많긴 하지만 그녀에겐 확실히 매력이 있어요."

"당신도 완전히 넘어갔군요."

켈시 부인이 웃으면서 말했다.

중대장은 얼굴을 붉히고는 살짝 부끄러워하며 인정했다.

"음, 그 여자에겐 어떤 분위기가 있어요. 남편인 라이드너 박사는 그녀가 걸어 다니는 땅에 절이라도 할걸요. 그러니 나머지 발굴단원들도 모두 경배를 해야겠죠! 은연중 그러기를 기대하니까요!"

"거기에는 모두 몇 명이나 있나요?"

내가 물었다.

"온갖 국적의 사람들이 있지요, 간호사."

그가 유쾌한 어조로 말을 이었다.

"영국인 건축가 하나, 비문이나 현판 같은 것의 해독을 맡는 카르다고에서 온 프랑스인 신부 하나. 그리고 존슨 양이 있어요. 그녀 역시 영국인으로 허드렛일을 하지요. 그리고 사진 촬영을 맡고 있는 약간 통통한 남자가 있는데 미국인이에요. 그리고 머케이도 부부가 있죠. 그들의 국적이 어디인지는 아무도 모른답니다. 스페인 정도겠지요! 머케이도 부인은 아주 젊은데 뱀 같은 인상을 풍겨요. 이런! 그렇다고 그녀가 사랑스러운 루이스를 증오하는 건 아니에요! 그리고 청년들이 몇 명 있는 정도입니다. 좀 수상쩍은 사람도 있지만 전체적으로 좋은 사람들이지요. 그렇지 않아요, 페니먼 씨?"

그는 코안경을 만지작거리며 생각에 잠겨 있는 나이든 남자에게 동의를 구했다.

페니먼 소령은 깜짝 놀란 듯 눈길을 들었다.

"그래…… 그래…… 물론 아주 좋은 사람들이오. 개인적으로 대하면 그렇다오. 물론 머케이도는 좀 이상하지만……."

"그의 턱수염은 정말 괴상해요. 이상하게 흐느적거리는 것 같아요."

켈시 부인이 끼어들었다.

페니먼 소령은 그녀가 끼어든 것을 눈치채지 못한 듯 말을 계속했다.

"청년들은 둘 다 좋은 친구들이오. 미국인 청년은 말수가 적은 편이고, 영국인 친구는 좀 수다스럽다오. 재미있소, 대개는 그 반대인데 말이오. 라이드너 박사 자신은 유쾌한 사람이오. 신중하고 겸손하지. 그렇소, 개인적으로는 모두 호감이 가는 사람들이라고 할까. 그런데 나 혼자만의 생각인지 모르지만, 지난번에 가서 보았을 때 뭔가 잘못되고 있다는 기묘한 인상을 받았다오. 그게 무엇인지는 정확히 모르겠지만…… 모두 이상하게 보이더군. 기묘하게 긴장된 분위기였소. 지나치게 예의바른 태도로 서로에게 버터를 건네주고 있다고 표현하면 내 말뜻을 그런 대로 알 수 있을 거요."

나는 스스로의 의견을 지나치게 나타내고 싶지 않아 약간 얼굴을 붉히며 말했다.

"비좁은 곳에 갇혀 있는 상황에서는 사람들의 신경이 날카로워지기 쉽죠. 병원에서의 경험으로 알고 있어요."

"맞아요. 하지만 지금은 시즌 초기랍니다. 그런 짜증스러운 반응이 나타날 때가 아니죠."

켈시 소령이 응수했다.

"그 발굴단은 아마도 이곳 우리 생활의 축소판일 거요. 파벌도, 반목도 있고 질투도 있겠지."

페니먼 소령이 말했다.

"대부분이 올해 새로 온 것 같아요."

켈시 소령이 말했다.

중대장이 손가락으로 숫자를 헤아렸다.

"봅시다. 콜먼 청년이 새로 왔고, 라이터도 그렇지요. 에모트는 작년에 왔고, 머케이도 부부도 그렇고요. 라비니 수사도 새로 온 사람이에요. 올해 아파서 나올 수 없게 된 버드 박사 대신에 온 거죠. 물론 캐리는 전부터 있었지요. 5년 전 발굴이 시작될 때부터 있었습니다. 존슨 양도 나와 있은 지 캐리만큼 오래 됐을 거예요."

"난 언제나 그들이 텔야리미아에서 함께 잘 지내고 있다고 생각했는데. 전에 볼 땐 더없이 행복한 일가족처럼 보이던데 말이죠. 인간의 본성을 고려할 때 그건 정말이지 놀라운 일 아니겠습니까! 레더런 간호사는 틀림없이 내 말에 동의할 거예요."

켈시 소령이 말했다.

"글쎄요, 소령님 말씀이 맞는 것 같아요. 병원에 있을 때의 경험으로는 차 한 주전자를 두고 시작된 아무것도 아닌 언쟁이 큰 싸움이 되더군요."

내가 대답했다.

"그렇다오. 좁은 동아리 속에서 사람은 좀스러워지는 경향이 있다오. 하지만 이번에는 그 이상의 무엇인가가 있다는 느낌이 들어요. 라이드너는 정말이지 탁월한 감각을 지닌, 신사답고 겸손한 사람이오. 그는 발굴단원들이 행복하게 서로 좋은 관계를 유지하도록 하기 위해 늘 애쓰고 있소. 하지만 저번날 나는 틀림없이 어떤 긴장감이 흐르는 것을 느꼈다오."

페니먼 소령이 말했다.

켈시 부인이 웃음을 터뜨렸다.

"그러니까 소령님은 그 이유를 모르세요? 이런, 저는 금방 알겠던데요!"

"무슨 말씀이시오?"

"물론 라이드너 부인 때문이지요."

"오 이런, 여보, 부인은 매력적인 여자야. 결코 싸움을 좋아하는 사람이 아니라고."

켈시 소령이 말했다.

"그녀가 싸움을 좋아한다는 말은 아니에요. 다만 그녀가 싸움을 일으킨다는 거죠!"

"어떤 식으로 싸움을 일으킨다는 거지? 게다가 그녀가 왜 그래야 하느냐고?"

"왜? 왜냐고요? 그건 그녀가 따분하기 때문이죠. 그녀는 고고학자가 아니라 고고학자의 아내일 뿐이에요. 그녀는 지금 그 어떤 홍분도 맛볼 수 없는 곳에 갇혀 있지요. 그래서 스스로 드라마를 만들어내고 있는 거예요. 그녀는 다른 사람들을 서로 적대하게 만들면서 그걸 즐기고 있다고요."

"여보, 당신은 사실이 어떤지 전혀 모르잖아. 그건 단지 당신 상상일 뿐이야."

"물론 이건 내 생각이에요! 하지만 내 말이 옳다는 것을 당신도 알게 될걸요. 사랑스러운 루이스가 모나리자처럼 보이는 데에는 다 이유가 있다고요! 다른 사람에게 해를 끼칠 의도는 없겠지만, 그녀는 무슨 일이 일어나는지 지켜보는 걸 좋아한다고요."

"그녀는 라이드너에게 충실한 아내야."

"오! 난 지금 지저분한 불륜 얘기를 하는 게 아니에요. 하지만 그 여자는 '알뤼뫼즈,' 그러니까 바람기가 있는 여자라고요."

"같은 여자끼리 친절하기도 하군."

켈시 소령이 말했다.

"알아요. 당신네 남자들은 그렇게 말하죠. 여자들은 뒤에서 험담, 험담, 또 험담이라고. 하지만 우리 여자들은 같은 성에 대해 대개 정확한 판단을 내린답니다."

페니먼 소령이 생각에 잠긴 어조로 말했다.

"어쨌든 켈시 부인의 가차 없는 논평이 모두 맞다 하더라도 그 기묘한 긴장감은 제대로 설명되지 않는 것 같소. 뇌우가 퍼붓기 직전 같았달까. 금방이라도 폭풍우가 몰아칠 것 같은 인상을 강하게 받았거든."

"자, 간호사를 놀라게 하지 마세요. 이분은 사흘 뒤 그곳으로 가실 거예요. 기분좋게 떠나시게 해야죠."

켈시 부인이 말했다.

"오, 전 이런 말로 겁을 먹진 않는답니다."

내가 웃음을 터뜨리며 말했다.

나는 내가 들은 내용을 두고 많은 생각을 했다. 라이드너 박사가 사용한 '더 안전한 느낌'이라는 구절이 머릿속에 떠올랐다. 미처 깨닫지 못했든 혹시 겉으로 드러났든 간에 부인의 그 은밀한 두려움이 나머지 발굴단원들에게 영향을 미치고 있는 것일까? 아니면 실제로 어떤 긴장이, 혹은 알 수는 없지만 그 긴장의 원인이 그녀의 신경을 자극하고 있는 것일까?

나는 켈시 부인이 말한 '알뤼뫼즈'라는 단어를 사전에서 찾아보았지만 별다른 성과가 없었다.

'음, 두고 봐야겠군.'

나는 생각했다.

나, 하사니에에 도착하다

사흘 뒤 나는 바그다드를 떠났다.

켈시 부인, 그리고 아기와 헤어지는 것은 무척 아쉬웠다. 귀여운 아기는 눈부시게 성장해 매주 몸무게가 늘어나고 있었다.

켈시 소령이 나를 역까지 전송해 주었다. 나는 다음 날 아침 키르쿠크에 도착하게 되어 있었고, 그곳에 누군가가 나를 마중나와 있을 터였다.

나는 잠을 제대로 자지 못했다. 기차에서 제대로 잠을 자지 못하는 나는 토막토막 꿈을 꾸며 밤을 보냈다. 하지만 다음 날 아침 차창 밖을 내다보니 날씨가 아주 화창했다. 나는 이제 만나게 될 사람들에 대해 흥미와 호기심을 동시에 느꼈다.

머뭇거리며 플랫폼에 서서 주위를 둘러보고 있는데, 청년 하나가 나를 향해 다가오는 것이 보였다. 그는 분홍빛 둥근 얼굴을 하고 있었는데, 정말이지 코미디 작가인 P. G. 우드하우스*의 책에 나오는 청년과 그렇게 닮은 사람은 내 평생 본 적이 없었다.

"짜잔, 짜자잔. 레더런 간호사님이시죠? 음, 그럴 거예요. 전 알 수 있어요. 하하! 제 이름은 콜먼입니다. 라이드너 박사님이 저를 보내셨답니다. 기분이 어떠신가요? 여행이랑 그 모든 것들이 고약했지요? 여기 기차가 어떤지는 저도 알거든요! 자, 이제 이렇게 도착하셨네요. 아침 식사는 하셨나요? 이게 당신 짐들입니까? 정말이지 소박하신 분이군요? 라이드너 부인은 여행가방 네 개에 트렁크가 하나였답니다. 모자 상자 하나와 에나멜 가죽 베개, 기타 등등을 빼고도 말입니다. 제가 너무 말이 많죠? 저기 낡은 자동차로 가시죠."

나중에 알게 된 이름인데, 스테이션 웨건이라고 불리는 자동차가 역사 밖에 서 있었다. 약간 유람마차 비슷하게 생긴 그 차는 어떻게 보면 트럭 같고 어떻게 보면 승용차처럼 보였다. 콜먼은 운전석 옆에 앉는 것이 덜컹거림이 적어서 나을 거라며 내가 그 자리에 타는 것을 도와주었다.

덜컹! 나는 그 차가 산산조각이 나지 않을까 걱정스러웠다! 게다가 눈앞에 펼쳐진 길은 도로가 아니었다. 바퀴 자국과 웅덩이투성이의 흙바닥일 뿐이었다. '광휘에 싸인 동방'이라고 하더니! 영국의 훌륭한 간선도로를 생각하자 고국에 대한 진한 그리움이 가슴을 파고들었다.

---

* 영국의 소설가로 해학 소설과 코미디극 등을 썼고, 후에 미국에 귀화했다.

콜먼이 자기 자리에서 몸을 앞으로 기울이며 내 귀에 대고 큰소리로 외쳤다.

"오늘은 길 상태가 꽤 좋은 편입니다."

우리가 차의 천장에 닿을 정도로 좌석에서 튀어 오르고 난 직후 그가 소리쳤다.

그는 겉보기로는 상당히 진지하게 말하고 있었다.

"건강에 아주 좋답니다. 간에 자극을 준다나요. 이미 알고 계시겠지만요, 간호사님."

그가 말했다.

"머리통이 조각난 다음에는 간에 자극을 받아봤자 소용없을 것 같은데요."

내가 신랄하게 응수했다.

"비가 내린 다음 여길 지나가 보셔야 하는데! 얼마나 미끄럽다고요. 대부분 몸을 비스듬히 눕힌 채 간답니다."

이 말에 나는 대답하지 않았다.

얼마 지나지 않아 우리의 자동차는 강을 건너야 했다. 우리는 상상할 수 있는 것 중 가장 아찔한 페리에 올랐다. 우리가 무사히 강을 건넌 것은 하나의 축복이었다. 하지만 모두들 그 일을 일상적인 것으로 여기는 것 같았다.

하사니에까지 가는 데에는 4시간 정도기 걸렸디. 놀랍게도 그곳은 꽤 큰 도시였다. 또한 도착하기 전 강 맞은편에서 바라보자 상당히 아름답게 보이기도 했다. 동화에 나오는 새하얀 이슬람 사원의 첨탑이 도드라져 보였던 것이다. 하지만 다리를 건너 도시 안으로 들어서자 조금 달랐다. 고약한 냄새가 진동했고, 모든 것이 흔들거리며 쓰러질 것 같았으며, 사방이 진흙투성이이고 아수라장이었다.

콜먼은 나를 라일리 박사의 집으로 데려갔다. 박사가 나와 점심을 같이 하려고 기다리고 있다는 것이었다.

라일리 박사는 지난번처럼 친절했고, 욕실과 모든 것이 깔끔하게 정돈된 그의 집 역시 훌륭했다. 기분 좋게 목욕을 마친 후 간호복으로 갈아입고 아래층으로 내려왔을 때 나는 기분이 훨씬 나아져 있었다.

점심 식사가 때맞추어 준비되었고 우리는 식당으로 들어갔다. 박사는 자기 딸이 언제나 늦는다며 양해를 구했다. 우리가 먹음직스럽게 양념된 달걀 요리를 먹고 있을 때 실러 라일리가 들어왔고 박사가 말했다.

"간호사, 이쪽은 내 딸 실러입니다."

그녀는 두 손을 흔든 다음, 내게 즐거운 여행이 되었기를 바란다고 말했다. 이어 창모자를 벗고 콜먼에게 목례를 하고는 자리에 앉았다.

"음, 빌, 요즘 어때요?"

그녀가 물었다.

콜먼이 클럽에서 있었던 파티나 행사에 대해 그녀에게 이야기하기 시작하자, 나는 그녀를 살펴보았다.

그녀에게서는 별다른 인상을 받지 못했다. 호감을 갖기에는 너무

차가운 여자라는 생각이 들었다. 외모는 예쁘지만 즉흥적으로 행동하는 그런 처녀였다. 검은 머리카락에다 푸른 눈, 얼굴은 창백한 편이었고 입술에는 늘 립스틱을 바르는 것 같았다. 나는 그녀의 차갑고 냉소적인 말투가 좀 거슬렸다. 한때 내 밑에 그녀 같은 견습 간호사가 하나 있었다. 일을 잘한다는 것은 인정해야 했지만 그녀의 태도는 늘 나를 짜증나게 했다.

콜먼은 그녀에게 완전히 넋이 나가 있는 모양이었다. 그는 조금 더 말을 더듬었고, 어이없게도 이야기의 내용 또한 전보다 좀 더 어리석어진 것 같았다! 그런 그의 모습은 상대를 즐겁게 하기 위해 꼬리를 흔들어대는 한 마리 덩치 크고 우둔한 개를 연상시켰다.

점심 식사 뒤 라일리 박사는 병원으로 갔고, 콜먼은 시내에서 뭘 좀 살 것이 있다면서 나갔다. 라일리 양은 내게 시내를 둘러보고 싶은지, 아니면 그냥 집에 머물러 있고 싶은지를 물었다. 그녀의 말에 따르면 콜먼이 한 시간 쯤 후에야 나를 데리러 오리라는 것이었다.

"볼 만한 곳이 있나요?"

내가 물었다.

"그림 같은 곳이 몇 군데 있어요. 하지만 그런 곳들이 마음에 드실지는 모르겠네요. 끔찍하게 지저분하거든요."

그녀가 말했다.

그녀가 말하는 방식에 나는 좀 화가 났다. 그림 같은 풍경이 동시에 지저분한 것을 일찍이 본 적이 없었던 것이다.

결국 그녀는 나를 데리고 클럽으로 갔다. 강이 내려다보이는 상당히 쾌적한 곳으로 영자 신문과 잡지가 비치되어 있었다.

우리가 집으로 돌아왔을 때 콜먼은 아직 돌아와 있지 않았다. 우리는 함께 자리에 앉아 잠시 이야기를 나누었다. 왠지 불편한 분위기였다.

실러는 라이드너 부인을 만나 보았는지 내게 물었다.

"아뇨, 남편분만 만났답니다."

내가 대답했다.

"이런, 부인을 보면 어떤 인상을 받으실지가 궁금한데요."

난 그 말에 아무 말도 하지 않았다. 그러자 그녀는 말을 계속했다.

"난 라이드너 박사님이 무척 좋아요. 모두들 그를 좋아하지요."

'그 말은 그의 아내는 좋아하지 않는다는 뜻이군.'

내가 줄곧 아무 말도 하지 않자, 그녀가 불쑥 물었다.

"그 여자에게 무슨 일이 있나요? 라이드너 박사님께서 무슨 말씀을 하시던가요?"

나는 현지에 도착하기도 전에 내 환자에 대해 이러쿵저러쿵하고 싶지 않았으므로 말을 얼버무렸다.

"부인이 좀 지친 것 같아서 돌봐 줄 필요가 있는 모양이에요."

실러 라일리가 웃음을 터뜨렸다. 거칠고 뜬금없는, 역겨운 웃음이었다.

"맙소사, 이미 발굴단의 아홉 사람이 그녀를 돌봐 주고 있는데 그걸로 충분하지 않은가요?"

"다들 할 일이 있는 줄 아는데요."

내가 말했다.

"할 일이요? 물론 그들에겐 할 일이 있지요. 하지만 루이스는 모든 것에 우선해요. 그 여잔 그걸 잘 알고 있고요."

'아니, 당신은 그녀를 좋아하지 않는 거야.'

나는 속으로 중얼거렸다.

"어쨌든, 그 여자에게 전문 간호사가 왜 필요하다는 건지 알 수가 없군요. 그녀에겐 일반 도우미가 더 어울릴 텐데요. 체온계를 입속에 집어 넣거나 맥박을 재거나 해서 증상을 과장하지 않는 그런 사람 말이에요."

음, 내가 호기심을 느꼈다는 사실을 인정하지 않을 수 없다.

"당신 생각엔 그 부인에게 아무 문제도 없다는 건가요?"

"당연히 그녀에겐 아무 문제도 없답니다! 그 여자는 황소처럼 튼튼해요. '친애하는 루이스가 잠을 자지 못했다.', '그녀의 눈밑에 검은 무리가 생겼다…….' 그래요, 그 여자가 푸른색 아이펜슬로 눈 밑을 칠하는 거예요! 관심을 끌기 위해서, 모든 사람들이 자기 주위에 모여 자신에 대해 야단스럽게 떠들어대게 하기 위해서 온갖 방법을 동원하는 거라고요!"

물론 일리가 있는 말이었다. 온 집안 식구들이 지켜보는 가운데 춤추는 것을 즐거움으로 삼는 수많은 건강 염려증 환자들을 목격하지 않았던가.(그런 경험이 없는 간호사기 어디 있을까.) 그리고 의사나 간호사가 "당신에겐 아무 이상도 없습니다!"라고 말하면, 음, 그들은 그 말을 믿기는커녕 불같이 화를 내는 것이다.

물론 라이드너 부인이 그런 사람일 가능성도 충분했다. 그 경우 대개 남편이 가장 먼저 속아 넘어간다. 내 관찰에 따르면 남편들은 병에 관한 한 쉽게 속는 것 같다. 하지만 어쨌든 실러 라일리의 말은 내가 들은 이야기와 들어맞지 않았다. 예를 들어 '더 안전하다'는 말과는 부합하지 않았다. 이상하게도 그 단어가 내 머릿속에서 떠나지 않고 있었다.

그 이야기를 떠올리며 내가 물었다.

"라이드너 부인은 신경질적인 여자인가요? 이를테면 이렇게 먼 곳에 나와 사는 것에 대해 신경이 날카로워져 있다거나?"

"신경이 날카로워질 게 뭐가 있어요? 맙소사, 사람들이 열 명이나 있다고요! 게다가 출토품들을 지키기 위한 경비원들도 있지요. 오, 천만에, 그 여잔 신경이 날카로워진 게 아니에요. 적어도……."

그녀는 문득 어떤 생각이 떠오른 듯 말을 멈추었다. 잠시 후 천천히 말을 이었다.

"그런 말을 하시는 걸 보니 이상하군요."

"왜죠?"

"얼마 전 저비스 중대장과 드라이브를 나갔을 때였어요. 아침이었죠. 단원 대부분이 발굴 작업 중이더군요. 그 여자는 자리에 앉아 편지를 쓰고 있었어요. 우리가 다가오는 소리를 듣지 못한 것 같았고요. 당신을 마중 나갔던 청년은 그곳에 없었어요. 우리는 곧장 베란다로 올라갔답니다. 그런데 그 여자가 벽에 비친 저비스 중대장의 그림자를 본 모양이에요. 그녀가 갑자기 소리 높여 비명을 질렀어요! 물론 사과는 했죠. 그 여자 말로는 낯선 사람인 줄 알았다더군요. 제 말은 그게 좀 이상하다는 거예요. 설사 낯선 사람이라 하더라도 왜 그렇게 깜짝 놀란 걸까요?"

내가 생각에 잠긴 채 고개를 끄덕였다.

라일리 양은 입은 다물었다가 불쑥 말했다.

"올해 그들에게 무슨 문제가 있는지 모르겠어요. 모두들 사태를 관망만 하고 있어요. 존슨 양은 몹시 침울한 모습으로 왔다갔다하면서 입을 열지 않아요. 데이비드도 가능한 한 말을 하려 들지 않고요. 빌은 물론 입을 다무는 법이 없죠. 어떻게 보면 그의 수다가 다른 사람들을 더 침묵하게 만드는 것 같기도 해요. 캐리는 당장이라도 무엇인가가 자기 앞을 막아설 듯한 표정으로 다니죠. 그리고 모두가 서로를 감시하고 있는 것 같아요. 마치, 마치…… 오, 잘 모르겠어요, 하지만 정말 이상해요."

나는 라일리 양과 페니먼 소령처럼 닮은 데가 없는 두 사람이 똑같은 느낌을 받았다니 이상하다고 생각했다.

그 순간 콜먼이 요란스럽게 안으로 들어왔다. 이 경우엔 요란스럽다는 것이 적절한 표현이었다. 그의 혀가 쑥 나와 늘어져 있거나 엉덩이에서 갑자기 꼬리가 생겨 흔들린다 해도 놀랍지 않을 정도였다.

"짜잔……. 짜자잔……. 이 세상 최고의 쇼핑 달인은 단연코…… 저랍니다. 그런데 간호사님께 이 도시 명소들을 구경시켜 드렸나요?"

"간호사님은 크게 감명을 받지 않으신 것 같아요."

라일리 양이 건조한 어조로 대답했다.

"무리도 아니지요. 모두 금방이라도 허물어질 듯한 보잘것없는 곳들이니까요."

콜먼이 진심으로 그렇게 생각한다는 듯이 말했다.

"당신은 좋은 경치나 유적을 좋아하는 사람이 아니죠, 빌? 그런 당신이 왜 고고학자가 되었는지 난 알 수가 없어요."

"그것에 대해 나를 비난하지 말아요. 내 후견인을 비난하라고요. 그는 학구적인 사람이랍니다. 장학금을 받으며 대학을 다녔고, 침실에서도 책을 뒤적거리는 그런 사람입니다. 그는 나 같은 녀석의 후견인이 되어서 충격을 받았을 거예요."

"관심도 없는 직업을 억지로 택하다니 정말 어리석은 일 같아요."

그녀는 날카로운 어조로 말했다.

"억지로 택한 게 아니랍니다, 실러, 억지로가 아니라니까요. 그 노인이 마음에 두고 있는 특별한 직업이 있는지 내게 묻더군요. 그래서 내가 없다고 했더니, 교묘하게도 한 시즌 동안 이곳에 내 자리를 만들어 놓은 거랍니다."

"그런데 당신은 정말 하고 싶은 게 아무 것도 없나요? 분명히 있을 거예요!"

"물론 있답니다. 일 같은 건 하지 않는 거죠. 내가 하고 싶은 것은 백만장자가 되어 자동차 경주에 참가하는 거랍니다."

"정말 터무니없군요!"

라일리 양이 말했다. 몹시 화가 난 목소리였다.

"오, 나도 그것이 불가능하다는 걸 깨달았지요. 그래서 뭔가 해야 한다면, 하루 종일 사무실에 처박혀 있는 일만 아니라면 무엇이든 상관없다고 생각했죠. 세상 구경은 상당히 할 만한 거 아니겠어요? 그래서 자, 갑니다 하고 말하고 떠나왔지요."

콜먼이 유쾌한 어조로 말했다.

"그리고 제 예상으로는 전혀 쓸모가 없을 테고요!"

"그건 당신 생각이 틀렸답니다. 나는 구덩이 위에 서서 언제라도 '얄라(시작합시다)'라고 소리칠 수 있어요! 그리고 실제로 제도에도 그렇게 재주가 없진 않고요. 남의 필적을 흉내 내는 건 학교 다닐 때 내 특기였죠. 최상급 위조 서명을 만들어 내지 않았겠어요. 오, 이건 딴 얘긴데요. 차를 기다리고 있는 당신 앞을 내가 롤스로이스를 타고 지나가며 흙탕물을 튀긴다면, 드디어 한 건 했나 보다고 생각하세요."

라일리 양이 차갑게 말했다.

"그렇게 떠들어 대는 대신 이제 출발할 때가 되었다고 생각하지 않나요?"

"저희의 대접이 그런 대로 괜찮았죠, 간호사님?"

"제 생각에 레더런 간호사님은 그곳으로 들어가는 게 불안한 것이 틀림없어요."

"당신은 늘 모든 것에 대해 확신하지요."

콜먼이 씩 웃으며 응수했다.

일리 있는 말이라고 나는 생각했다.

'말괄량이인 데다가 독단적이기까지 하군.'

내가 건조한 어조로 말했다.

"이제 출발하는 게 좋을 것 같군요, 콜먼 씨."

"지당하신 말씀입니다, 간호사님."

나는 라일리 양과 악수를 하며 감사를 표했다. 그런 다음 콜먼과 함께 집을 나섰다.

"정말 매력적인 아가씨예요, 실러 말입니다. 그런데 언제나 남자 기를 꺾어놓는다니까요."

콜먼이 말했다.

우리는 시내를 빠져나와 푸른 채소밭 사이로 나 있는 길로 들어섰다. 몹시 울퉁불퉁하고 깊이 팬 바퀴 자국으로 덮여 있는 길이었다. 약 30분 후 콜먼이 앞에 보이는 강둑의 커다란 제방을 가리키며 말했다.

"저기가 텔야리미아입니다."

나는 개미처럼 움직이는 검은 점 같은 사람들을 볼 수 있었다. 그때였다. 갑자기 사람들이 한데 몰려 제방 쪽으로 달려 내려가기 시작했다.

"'피도스', 다시 말해서 일 끝내는 시각이에요. 해가 지기 한 시간 전에 일과를 끝마치죠."

콜먼이 말했다.

발굴단의 숙소는 강에서 조금 뒤쪽에 자리 잡고 있었다.

차는 모퉁이를 돌아 아주 좁은 아치 안으로 덜컹거리며 들어섰다. 이제 다 온 것이다.

숙소 건물은 안뜰을 둘러싸고 지어져 있었다. 원래 그 건물은 동쪽에 있는 한두 개의 대단치 않은 외곽 건물들과 더불어 안뜰 남쪽만을 점하고 있었는데, 발굴단이 그 건물을 다른 두 쪽, 곧 서쪽과 북쪽으로 연장했다. 숙소 건물의 도면은 나중에 특별한 의미를 갖게 되는 만큼, 여기에 그 대강의 스케치를 첨부한다.

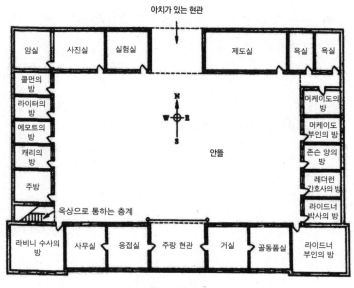

텔야리미아에 있는 발굴단 숙소 건물 도면

방들의 문은 안뜰 쪽으로 나 있었고, 창문들도 대부분 그러했다. 예외가 있다면 원래 있던 남쪽 건물의 창문들뿐으로, 그것들은 바깥 늘판에 면해 있었다. 하지만 이 창문들에는 바깥쪽에서 창살이 질러져 있었다. 남서쪽 구석의 층계는 길고 평평한 옥상으로 통하게 되어 있었는데, 옥상에는 다른 세 면의 지붕보다 높은 남쪽면 전체를 따라 난간이 둘러져 있었다.

콜먼은 앞장 서서 안뜰의 동쪽면을 따라 건물 남쪽 중앙에 있는 앞 트인 커다란 베란다로 갔다. 그가 베란다 옆문을 밀어 열었고, 우리는 방 안으로 들어섰다. 몇몇 사람이 티테이블을 둘러싸고 앉아 있었다.

"짜잔……. 짜자잔! 여기 세이리 갬프*가 오셨습니다."

콜먼이 외쳤다.

탁자의 상석에 앉아 있던 숙녀가 일어나더니 내게 다가와 인사를 했다.

그것이 루이스 라이드너와의 첫 만남이었다.

----

* 찰스 디킨스의 『마틴 처즐위트』에 나오는 간호사.

텔야리미아

　라이드너 부인을 처음 만나고 받은 느낌은 그저 경이로움이었음을 인정하지 않을 수 없다. 사람은 다른 사람들이 하는 말을 듣고 어떤 사람을 상상하게 마련이다. 나는 라이드너 부인이 음울하고 불평 많은 그런 종류의 여자일 거라고 머릿속에 각인해 놓았다. 나아가 그녀가, 음, 솔직히 말하자면 좀 천박한 편일 거라고 예상했다.

　실제의 그녀는 내가 상상했던 것과는 완전히 달랐다! 우선 그녀는 무척 아름다웠다. 남편처럼 스웨덴계는 아니었지만, 겉모습으로는 그런 것 같았다. 그녀는 살결이 희고 금발인 정말 보기 드문 북구 미인이었다. 젊은 편은 아니었다. 30세에서 40세 사이인 것 같았나. 얼굴은 좀 여윈 편이었고, 금빛 머리카락에는 흰머리가 몇 가닥 섞여 있었다. 하지만 두 눈은 정말이지 아름다웠다. 일찍이 내가 보아온 것 중 '보랏빛 눈'이라는 묘사에 유일하게 어울리는 눈이었다. 그 눈은 아주 컸고, 그 아래에는 연한 무리가 져 있었다. 그녀는 아주 날씬하고 연약해 보였다. 연약한 분위기인 동시에 생기에 넘친다고 하면 모순처럼 들리겠지만, 실제로 그것이 내가 그녀에게서 받은 인상이다. 나는 또한 그녀에게서 '완벽한 숙녀'라는 인상도 받았다. 그리고 그 말에는 특별한 의미가 담겨 있지 않은가. 심지어 요즘에도 말이다.

그녀는 악수를 청하며 미소를 지어 보였다. 낮고 부드러운 목소리에 미국인 특유의 느릿한 말투였다.

"이렇게 오셔서 정말 기뻐요, 간호사. 차 한 잔 하시겠어요? 아니면 먼저 방을 보시겠어요?"

내가 차를 마시겠다고 말하자, 그녀는 나를 식탁에 앉아 있는 다른 사람들에게 소개했다.

"이쪽은 존슨 양이에요. 그리고 라이터 씨, 머케이도 부인, 에모트 씨, 라비니 수사님이고요. 제 남편은 곧 올 거예요. 여기 라비니 수사님과 존슨 양 사이에 앉으세요."

지시라도 받은 것처럼 내가 자리에 앉자, 존슨 양이 여행 이야기 등등에 대해 말을 걸어 왔다.

마음에 드는 여자였다. 그녀를 보자 나는 견습 간호사 시절 우리 견습생 모두의 존경을 받았고 그녀를 위해서라면 기꺼이 열심히 일했던 수간호사가 생각났다.

존슨 양은 50대에 접어든 것 같았고, 철회색의 머리카락을 짧게 커트해서 얼핏 보면 좀 남자 같았다. 그녀는 퉁명스러운 동시에 기분좋게 들리는 약간 깊이 있는 목소리를 갖고 있었다. 그리고 거의 웃음이 나올 정도로 콧구멍이 들여다보이는 들창코를 가진 몹시 못생긴 얼굴이었는데, 골치 아픈 일이 있거나 당황스러울 때면 그 코를 짜증스럽게 문질러 대는 버릇이 있었다. 그녀는 남자용처럼 보이는 트위드 외투와 스커트를 입고 있었다. 얼마 지나지 않아 그녀는 자신이 요크셔 토박이라고 내게 털어놓았다.

라비니 수사를 보고 나는 좀 충격을 받았다. 그는 키 큰 사내로 검은색 긴 턱수염에 코안경을 걸치고 있었다. 이곳에 프랑스 수사가 한 사람 있다는 켈시 부인의 말이 기억났다. 이제 보니 라비니 수사는 하얀 양모로 만든 수도복을 입고 있었다. 나는 그 사실이 좀 놀라웠다. 일단 수도원에 들어간 수도사들은 다시 속세로 나오지 않는다고 들었던 것이다.

라이드너 부인은 라비니 수사에게 대개 프랑스어로 이야기를 했지만, 정작 라비니 수사는 내게 상당히 유창한 영어로 말을 건넸다. 나는 그가 이 사람 저 사람의 얼굴에 기민하고 차분한 눈길을 던지는 것을 눈여겨보았다.

내 맞은편에는 세 사람이 앉아 있었다. 라이터는 안경을 쓴 건장하고 잘생긴 청년이었다. 그의 머리카락은 좀 길고 곱슬거렸고, 아주 동그란 푸른 눈을 하고 있었다. 어렸을 땐 아주 귀여운 아기였겠지만, 이제는 그리 멋지다고 할 수 없는 그런 얼굴이있다! 실세로 그는 한 마리 돼지처럼 보였다. 또 한 청년은 머리카락을 아주 바짝 깎고, 좀 재미있어 보이는 긴 얼굴에 치아가 아주 건강해 보여서 웃을 때 몹시 매력적으로 보였다. 하지만 그는 거의 말을 하지 않은 채 누군가 말을 걸어오면 고개만 끄덕이거나 단답형으로 대답했다. 그 역시 라이터처럼 미국인이었다.

나머지 한 사람은 머케이도 부인이었다. 그녀는 내가 자신 쪽으로 시선을 돌릴 때마다 말 그대로 굶주린 듯한 시선으로 나를 응시했으므로 나는 그녀를 제대로 바라볼 수가 없었다. 그녀가 나를 바라보는 태도를 보면 간호사가 이상한 동물이라도 되는 것 같았다. 정말 예의 없는 태도가 아닌가!

머케이도 부인은 상당히 젊은 편이었다. 스물다섯을 넘지 않았을 터였다. 내 말이 뜻하는 바를 알 수 있다면 말인데, 음울하고 의뭉스러워 보이는 유형이었다. 어떤 면에서는 상당히 아름다웠지만 내 어머니가 '흑인의 피'라고 부르시던 그 무엇을 지니고 있었다. 그녀는 아주 밝은 색의 스웨터를 입고 있었고 손톱도 같은 색으로 칠하고 있었다. 커다란 두 눈에 좀 작고 수상쩍어 보이는 입술을 한 얼굴은 여윈 새 같은 욕심에 차 있었다.

차는 아주 맛있었다. 훌륭하게 블렌딩한 진한 차였다. 켈시 부인이 항상 마시던 그 고역스럽던 흐릿한 중국차와는 달랐다.

토스트와 잼, 그리고 과자와 케이크도 있었다. 에모트가 아주 공손한 태도로 내게 그것들을 건네주었다. 그는 말없이 앉아 내 접시가 비는 것을 주시하고 있는 듯했다.

콜먼이 요란스럽게 들어와 존슨 양 너머에 자리를 잡았다. 그의 뻔뻔스러움에는 정말 감탄을 표할 만했다. 그는 쉴새 없이 떠들어

댔다.

라이드너 부인이 한 차례 하품을 하고는 그를 향해 지쳤다는 듯한 표정을 지어 보였지만 전혀 효과가 없었다. 대부분의 경우 그의 대화 상대자인 머케이도 부인이 나를 지켜보는 데 바빠서 때맞춰 대답을 해 주지 못했음에도 그의 수다를 막지는 못했다.

티타임이 끝날 무렵, 라이드너 박사와 머케이도 씨가 작업장에서 돌아와 방 안으로 들어왔다.

라이드너 박사는 친절하고 예의바른 태도로 나에게 인사했다. 그는 걱정스러운 듯 재빨리 아내의 얼굴을 살펴보고는 그녀의 표정에 안도감을 느끼는 듯했다. 그런 다음 그는 탁자의 다른 쪽 끝에 앉았고 머케이도 씨는 라이드너 부인 옆의 빈자리에 앉았다. 그는 키가 크고 여위고 울적해 보이는 사내로, 정해진 형태 없이 흐느적거리는 괴상한 턱수염에다 잿빛 안색을 하고 있어서 아내보다 훨씬 나이가 들어 보였다. 머케이도 씨가 들어오자 나는 한시름 놓은 기분이었다. 그의 아내가 나를 주시하는 일을 그만두고 그에게로 관심을 옮겨 걱정과 조바심이 섞인 표정으로 그를 지켜보았던 것이다. 나로서는 좀 이상하게 생각되는 표정이었다. 머케이도 씨 자신은 꿈꾸는 듯한 동작으로 차를 젓고는 아무 말 없이 앉아 있었다. 그의 케이크 접시는 손도 대지 않은 채였다.

아직도 자리 하나가 비어 있었다. 이윽고 문이 열리더니 한 남자가 들어왔다.

리처드 캐리를 본 순간 나는 정말 보기 드문 미남이라는 생각이 들었다. 그런데 이제 생각해 보면 정말로 그런지 확신할 수가 없다. 한 사람을 두고 미남인 동시에 해골 같다고 하는 것은 지독한 모순이겠지만, 사실이 그러했다. 그의 두상은 뼈 위에 가죽을 아주 꼭 끼게 씌워 놓은 것 같았다. 그런데 그 뼈대의 형태가 아름다웠던 것이다. 턱과 관자놀이와 이마의 팽팽한 선이 어찌나 날카로웠던지 청동상이 연상됐다. 이 여윈 갈색 얼굴 가운데에는 내가 일찍이 보았던 것 중 가장 반짝이고 가장 짙푸른 두 눈이 빛나고 있었다. 키는 1미터 80센티미터쯤 되는 것 같았고, 나이는 마흔이 채 안 되어 보였다.

라이드너 박사가 말했다.

"이쪽은 우리의 건축가인 캐리 씨입니다, 간호사."

캐리 씨는 기분좋게 들리지만 알아듣기 힘든 영국인다운 억양으로 무어라 중얼거린 다음 머케이도 부인 옆에 앉았다.

라이드너 부인이 말했다.

"차가 좀 식었을까봐 걱정이에요, 캐리 씨."

캐리가 말했다.

"오, 그건 괜찮습니다, 라이드너 부인. 이렇게 늦은 제 잘못이지요. 그 벽의 구상을 끝내고 싶어서요."

머케이도 부인이 말했다.

"잼 드릴까요, 캐리 씨?"

라이터가 토스트를 앞으로 내밀었다.

그러자 내 머릿속에 페니먼 소령이 하던 말이 떠올랐다.

'지나치게 예의바른 태도로 서로에게 버터를 건네준다고 하면 내

말뜻을 알아차릴 수 있을 거요.'

그랬다, 거기에는 좀 이상한 무엇인가가 있었다. 형식적인 분위기라 할까…….

마치 낯선 이들의 모임 같았다. 서로 알고 있는 사이가 아닌 것같았다. 하지만 그들 중 몇몇은 여러 해 동안 알고 지내온 사이가아닌가.

첫날 저녁

티타임 후 라이드너 부인은 나를 데리고 가 내가 쓸 방을 보여 주었다.

이쯤에서 숙소의 방 배치에 대해 간단히 설명하는 게 좋을 것 같다. 배치는 아주 간단해서 도면을 참고하면 쉽게 이해할 수 있을 것이다.

앞이 트인 큰 현관 양쪽에는 두 개의 큰 방으로 통하는 문이 각각 나 있었다. 오른쪽 문은 우리가 차를 마셨던 식당으로 통했다. 반대쪽 문은 그와 똑같은 모양의 방(나는 이 방을 거실이라고 불렀다.)으로 통했는데, 이 방은 거실이자 비공식적인 작업실로 사용되었다. 다시 말해서 상당량의 제도 작업(정식 설계도가 아닌)이 이곳에서 이루어졌고, 상대적으로 섬세한 토기 조각들을 이곳으로 옮겨와 맞추고는 했다. 거실을 통해선 골동품실로 가는 게 가능했다. 발굴 현장에서 나온 출토품들은 모두 이곳으로 운반되어 선반에 앉히거나 비둘기 장 같은 정리대 속에 보관되거나 커다란 벤치나 탁자 위에 놓였다. 골동품실에서 거실을 통하지 않고 밖으로 나올 수 있는 출구는 없었다.

골동품실 옆은 라이드너 부인의 방이었고, 안뜰로 나 있는 문을 통해 출입하게 되어 있었다. 건물의 그쪽 면에 있는 다른 방들처럼 그 방에도 경작지에 면한, 창살이 질러진 두 개의 창문이 있었다. 모퉁이를 돌면 라이드너 부인의 방 옆에 라이드너 박사의 방이 있는데, 서로 왕래할 수 있는 문은 없었다. 이 방은 건물의 동쪽면에 있는 방들 중 첫 번째였다. 그 옆이 내 방이었다. 내 방 옆으로 존슨 양, 머케이도 부인, 머케이도 씨의 방이 있었다. 그 다음에는 이른바 욕실이 두 개 있었다.

(내가 욕실이라는 단어를 사용하자 라일리 박사는 웃음을 터뜨리고는, 그곳은 욕실이기도 하고 아니기도 하다고 말했다! 어쨌든 깨끗한 수도관이나 수도꼭지에 익숙해 있는 사람에게 함석으로 된 힙배스*가 있고 양철 등유통으로 길어온 흙탕물이 놓여 있는 두 개의 흙방을 '욕실'이라고 부르는 건 이상하게 여겨지리라.)

건물의 이쪽 면 전체는 라이드너 박사가 원래의 아랍식 건물에 덧대 지은 것이었다. 침실의 구조는 모두 똑같았고, 창문과 출입문은 안뜰을 향해 나 있었다. 북쪽면을 따라 제도실, 실험실, 사진실이

---

* 엉덩이를 씻는 작은 욕조.

있었다.

베란다 쪽 방들의 배치도 다른 쪽과 크게 다르지 않았다. 식당은 사무실로 통했는데, 그곳에서는 파일 보관과 분류 작업과 타이핑이 이루어졌다. 라이드너 부인의 방과 마주보는 방은 라비니 수사의 방으로, 그의 방은 전체 방들 중 가장 컸다. 그는 그 방을 비문(혹은 현판) 해독실로도 이용했다.

남서쪽 구석에는 옥상으로 올라가는 층계가 있었다. 건물 서쪽면 첫 번째 방은 주방이었고, 이어 청년들, 즉 캐리, 에모트, 라이터, 콜먼이 사용하는 네 개의 작은 방이 있었다.

북서쪽 구석에는 암실이 딸린 사진실이 있었고, 암실에는 따로 문이 없었다. 그 옆방은 실험실이었다. 그런 다음 유일한 출입구가 있었다. 콜먼과 내가 들어왔던, 아치 문이 달린 커다란 현관이 그것이다. 밖에는 현지인 일꾼들을 위한 숙소, 군인들이 있는 경비실, 물소 외양간 등이 있었다. 건물 북쪽면의 나머지는 아치 문 현관의 오른쪽에 있는 제도실이 차지하고 있었다.

내가 여기서 비교적 자세하게 그 건물의 구조를 설명한 것은 앞으로 또다시 이에 대해 언급해야 하는 일을 피하기 위해서다.

앞서 말한 대로 라이드너 부인은 나를 데리고 건물을 빙 돌아 마침내 내 침실로 들어와서는, 내가 그곳을 편안하게 느끼고 갖춰 놓은 모든 게 부족함 없이 여겨졌으면 한다고 말했다.

그 방에는 훌륭하지만 검소한 가구들이, 즉 침대, 서랍장, 세면대, 의자 등이 놓여 있었다.

"남자 하인들이 점심과 저녁 식사 전에 뜨거운 물을 가져다 줄 거예요. 물론 아침에도요. 혹시 다른 때에 따뜻한 물이 필요하시면 밖으로 나와서 손뼉을 치시고, 하인들이 오면 '지브 마이 하르'라고 하세요. 기억하실 수 있겠어요?"

나는 그럴 수 있을 것 같다고 대답한 다음 약간 더듬거리며 그 말을 반복했다.

"맞아요. 반드시 그렇게 소리치세요. 보통의 '영어식' 어조로 말하면 아랍인들은 아무것도 알아듣지 못한답니다."

"말이란 이상한 거예요. 그렇게 많은 다른 언어들이 있다는 게 기묘하게 여겨져요."

내가 말했다.

라이드너 부인이 웃음을 지어 보였다.

"팔레스타인의 어떤 교회에는 주기도문이 각각 다른 언어로 씌어 있는데, 그 수가 아흔 개에 달한다더군요."

"세상에! 그 얘기를 숙모님께 보내는 편지에 써야겠어요. 무척 재밌어 하실 거예요."

내가 말했다.

라이드너 부인은 무심코 물주전자와 세면대를 만지작거리더니, 비누접시를 조금 옆으로 밀어놓았다.

"당신이 이곳에서 행복하게 지냈으면 정말 좋겠어요. 너무 지루해 하시지 않고요."

"전 쉽게 지루해 하는 성격이 아니랍니다. 인생은 그럴 만큼 길지 않으니까요."

내가 그녀를 안심시켰다.

그녀는 대답하지 않았다. 그녀는 뭔가 다른 생각을 하고 있는 듯 방심한 손길로 줄곧 세면대를 만지작거렸다.

다음 순간 갑자기 그녀가 진보랏빛 눈을 들어 나를 쏘아보았다.

"제 남편이 당신에게 정확히 뭐라고 했나요, 간호사?"

음, 그런 종류에 대해서는 대개 똑같은 대답이 나오기 마련이다.

"당신이 좀 쇠약해지셨다고 들었어요, 라이드너 부인. 그래서 부인을 돌보고 두려움을 떨치게 해 줄 사람이 필요하다고요."

내가 가벼운 어조로 대답했다.

그녀는 생각에 잠긴 채 천천히 고개를 숙였다.

"그래요, 그래요……. 그 일은 아주 잘될 거예요."

그 말은 좀 수수께끼처럼 들렸지만, 나는 캐묻지 않았다. 대신 이렇게 말했다.

"집 안에서 할 일이라면 무엇이든 돕게 해 주셨으면 좋겠어요. 전할 일이 없는 게 더 힘들답니다."

그녀는 살짝 미소를 지어 보였다.

"고마워요, 간호사."

그런 다음 그녀는 침대에 앉더니 놀랍게도 내게 상당히 시시콜콜하게 질문을 하기 시작했다. 내가 좀 놀랐다고 한 것은 처음 보았을 때부터 라이드너 부인이 숙녀임이 틀림없다고 생각했기 때문이다. 그런데 내 경험으로 숙녀는 남의 사생활에 대해 캐묻지 않는 법이었다.

하지만 라이드너 부인은 나에 대해 모조리 알고 싶은 모양이었다. 어디에서 얼마나 오래 전에 간호사 훈련을 받았는지, 무엇 때문에 이라크에 오게 되었는지, 어떻게 해서 라일리 박사가 나를 추천하게 되었는지 등등을. 심지어 그녀는 내가 미국에 가 본 적이 있는지, 미국과 무슨 연관이 있는지까지 물었다. 그녀가 내게 던진 한두가지 다른 질문들은 그때 당시에는 별다른 목적이 없는 것처럼 보였지만, 나중에 생각해 보니 의미가 있는 것들이었다.

그러더니 갑자기 그녀는 태도를 바꾸어 미소를 지어 보였다. 따뜻하고 환한 미소였다. 그러고는 아주 부드러운 목소리로 내가 와서 무척 기쁘고, 내가 자신에게 분명 도움이 될 것 같다고 말했다.

그녀는 침대에서 일어서면서 말했다.

"옥상에 올라가 해 지는 걸 구경하지 않을래요? 이때쯤이 정말 아름답답니다."

나는 기꺼이 동의했다.

방을 나오면서 그녀가 물었다.

"바그다드발 기차에 사람들이 많던가요? 어떤 사람들이던가요?"

나는 특별히 주목한 사람은 없었노라고 대답했다. 전날 밤에 식당차에는 프랑스 남자 둘이 있었고, 세 남자가 무리를 지어 있었는데, 그들의 대화로 미루어 석유 수송관에서 일하는 듯했다는 징도였다.

그녀는 고개를 끄덕였다. 가벼운 한숨이 그녀에게서 흘러나왔다.

마치 작게 안도의 한숨을 내쉬는 것처럼 들렸다.

우리는 함께 옥상으로 올라갔다.

머케이도 부인이 난간에 앉아 있었고, 라이드너 박사는 몸을 굽힌 채 줄지어 놓인 깨진 도기와 돌들을 들여다보고 있었다. 크기가 큰 것들도 있었는데, 그는 그것들을 가리켜 맷돌, 절굿공이, 돌도끼라고 했다. 또 이상한 문양이 그려져 있는 도기류도 있었는데, 그것들은 일찍이 내가 본 그 어떤 것보다 형편없이 부서져 있었다.

"이쪽으로 오세요. 너무 너무 아름답지 않아요?"

머케이도 부인이 말했다.

정말이지 아름다운 석양이었다. 지는 해를 배경으로 멀리 보이는 하사니에는 마치 동화 속 한 장면 같았고, 넓은 둑 사이로 흘러가는 티그리스 강은 실재하는 것이 아니라 꿈속의 강 같았다.

"아름답지, 에릭?"

라이드너 부인의 물음에 박사는 멍한 눈으로 고개를 들고는 기계적으로 "아름답군, 아름다워."라고 중얼거리고는 질그릇 조각들을 분류하는 일로 돌아갔다.

라이드너 부인이 미소를 짓고는 말했다.

"고고학자들은 자기 발밑에 있는 것만 볼 줄 안답니다. 그들에게 하늘이나 천국은 존재하지 않는가 봐요."

머케이도 부인도 킬킬거리며 웃었다.

"오, 그들은 정말 이상한 사람들이지요. 당신도 곧 그 사실을 알게 될 거예요, 간호사님."

머케이도 부인은 잠시 침묵했다가 이렇게 덧붙였다.

"이렇게 오셔서 우리 모두 정말 기쁘답니다. 친애하는 라이드너 부인의 일 때문에 우리는 몹시 걱정을 했지요, 안 그래요, 루이스?"

"그랬어요?"

그녀의 어조는 공감하는 것이 아니었다.

"오, 그럼요. 부인은 정말이지 상태가 심각했거든요, 간호사님. 온갖 종류의 공포와 이상 증세가 있었죠. 누군가 어떤 사람에 대해 '신경과민일 뿐'이라고 말하면 난 언제나 이렇게 대답하죠. '그 이상 심각할 수가 있나요? 신경이란 한 인간의 핵심이자 중심 아니겠어요?'라고요."

'앙큼한 여자군.'

나는 생각했다.

라이드너 부인이 건조하게 말했다.

"음, 이제 나에 대해 더 이상 걱정할 필요 없어요, 마리. 간호사님이 날 돌봐줄 테니까요."

"물론 그렇고말고요."

내가 쾌활한 어조로 맞장구쳤다.

"그러면 분명히 크게 달라질 거예요. 우리 모두 부인이 의사를 찾아가거나 무슨 조치를 취해야 한다고 느끼고 있었거든요. 부인의 신경이 극도로 예민해져 있었으니까요. 안 그래요, 루이스?"

머케이도 부인이 말했다.

"그러니까 당신 같은 신경을 가져야 한다는 것 같군요. 보잘것

없는 내 병보다는 좀 더 재미있는 이야기를 하는 게 어때요?"

라이드너 부인이 응수했다.

그때 나는 라이드너 부인이 쉽게 적을 만들 수 있는 그런 종류의 여자임을 깨달았다. 그녀의 어조에는 머케이도 부인의 안색 나쁜 두 뺨을 붉어지게 할 만큼 차갑고 잔인한 기운이 서려 있었다.(그렇다고 내가 그녀를 비난하는 것은 아니다.) 머케이도 부인이 무어라 더 듬거리며 말했지만, 라이드너 부인은 자리에서 일어서서 옥상의 반대편에 있는 남편에게 다가갔다. 라이드너 박사는 아내가 다가오는 소리를 듣지 못한 것 같았다. 부인이 그의 어깨 위에 손을 올려놓았을 때에야 그는 재빨리 고개를 들었다. 그의 표정에는 애정과 함께 애타는 갈망이 떠올라 있었다.

라이드너 부인이 부드럽게 고개를 끄덕였다. 그들은 팔짱을 끼고 난간 끝까지 천천히 걸어갔다가 이윽고 함께 층계를 내려갔다.

"박사는 부인을 무척 위하는 것 같죠. 안 그래요?"

머케이도 부인이 물었다.

"예, 아주 보기 좋네요."

내가 대답했다.

그녀는 애타는 듯한 기묘한 곁눈질로 나를 바라보았다. 그녀가 살짝 어조를 낮추며 물었다.

"간호사님은 부인에게 정말 문제가 있다고 생각하나요?"

"오, 대단한 것 같지는 않아요. 그저 좀 쇠약해지신 것뿐이에요."

내가 밝게 대답했다.

그녀의 두 눈은 티타임 때처럼 나를 뚫어져라 응시하고 있었다. 그녀가 불쑥 물었다.

"당신은 정신과 간호사신가요?"

"오, 이런, 아니에요! 왜 그렇게 생각하시죠?"

내가 물었다.

그녀는 잠시 아무 말도 하지 않고 있다가 이윽고 대답했다.

"그녀가 그동안 얼마나 이상했는지 알고 계세요? 라이드너 박사님이 말해 주시던가요?"

나는 내 환자에 대해 이러쿵저러쿵 숙덕이는 것을 용인하지 않는다. 하지만 경험상 환자의 친지들에게서 진실을 알아내기란 종종 아주 어려운 일이다. 그리고 진실을 알아낼 때까지는 종종 어둠 속에서 아무 소득 없이 일을 해야 한다. 물론 주치의가 있을 때는 다르다. 주치의가 간호사에게 알아야 할 것을 말해 주니까. 하지만 이 경우에는 주치의가 없었다. 라일리 박사는 의사로서 이곳을 방문한 적이 없었다. 그리고 라이드너 박사는 내게 모든 것을 털어놓지 않은 듯했다. 많은 경우 말을 삼가고 체면을 지키는 것이 남편으로서의 본능이 아닌가. 그렇더라도 적절한 조치를 취하기 위해선 정보가 많을수록 좋다. 머케이도 부인(나는 마음속으로 그녀가 앙심을 품은 고양이 같은 여자라고 기억해 두었다.)은 무언가 말하고 싶어서 안달이 난 것이 분명했다. 그리고 솔직히 말해서 직업적인 관심은 물론 인간적인 관심에서도 나는 그녀 입에서 나온 말을 듣고 싶었다. 나 역시 호기심에 굴복하는 평범한 인간에 불과하다고 해도 좋다.

내가 말했다.

"라이드너 부인의 상태가 최근 그리 정상적이 아니었다는 얘기를 들었습니다만?"

머케이도 부인이 거슬리는 소리를 내며 웃었다.

"정상적인 상태가 아니었다고요? 그 정도가 아니죠. 우리를 얼마나 놀라게 했다고요. 어느 날 밤에는 웬 손가락이 그녀의 방 창문을 톡톡 두드리더래요. 그런데 팔이 달려 있지 않은 손이었다는군요. 그리고 노란 얼굴이 창문에 딱 붙어 들여다보더라는 거예요. 그래서 창가로 달려가 보았더니 아무것도 없더랍니다. 세상에 기가 막혀서. 그런 식으로 우리 모두를 소름 끼치게 하고 있다고요."

"혹시 누군가가 부인에게 장난을 치고 있는지도 모르죠."

내가 말했다.

"오, 아니에요. 모두 그녀의 상상이에요. 그러니까 사흘 전 저녁 식탁에서였어요. 마을에서 총격이 있었죠. 거의 1.5킬로미터 이상 떨어진 곳에서요. 그런데 부인은 펄쩍 뛰면서 비명을 지르는 거예요. 우리 모두 놀라서 죽을 뻔했어요. 라이드너 박사는 그녀에게 달려가더니 정말이지 우스꽝스럽게 이렇게 말하더군요. '아무것도 아니야, 여보. 정말 아무것도 아니라고.' 그런 말을 되풀이하는 꼴이란. 내 생각엔 말이죠, 간호사님, 남자들은 때때로 그런 여자들의 히스테리컬한 망상을 부추기는 것 같아요. 안타까운 일이에요. 망상에 부채질을 하다니, 그래선 안 되죠."

"그게 망상이 아닐지도 모르죠."

내가 건조한 어조로 말했다.

"그럼 뭐겠어요?"

나는 무어라 말해야 좋을지 몰라서 아무 대답도 하지 않았다. 이상한 일이었다. 총소리에 비명을 지르는 것은 충분히 있을 수 있다. 신경이 예민해져 있다면 누구라도 그럴 것이다. 하지만 노란 얼굴과 손가락에 대한 그 기묘한 이야기는 다른 문제였다. 내게는 둘 중 하나처럼 보였다. 라이드너 부인이 그런 상황을 꾸며냈든가(어린 아이가 다른 이들의 관심을 끌기 위해 허황된 거짓말을 함으로써 자신을 과시하는 것처럼), 앞서 말한 것처럼 누군가가 의도적으로 장난을 친 것이었다. 콜먼처럼 상상력이 빈약하고 원기왕성한 젊은 친구라면 몹시 재미있어 함직하다고 나는 생각했다. 나는 그를 엄중히 지켜보기로 마음먹었다. 신경증환자들은 아무것도 아닌 장난에도 정신을 잃을 정도로 놀랄 수 있는 법.

머케이도 부인은 나를 옆눈으로 힐긋 바라보며 말했다.

"라이드너 부인은 무척 낭만적인 외모를 갖고 있죠, 간호사님, 그렇게 생각하지 않아요? 그런 여자에게는 여러 가지 일들이 일어날 수 있죠."

"저 부인에게 어떤 일들이 일어났나요?"

내가 물었다.

"음, 그 여자가 겨우 스무 살 때 첫 남편이 전쟁에서 죽었더군요. 너무 감상적이고 낭만적인 얘기 아니에요?"

"콩을 팥이라고 우기시는 것 같군요."

내가 건조하게 말했다.

"오, 간호사님! 그런 어이없는 말씀을 하시다니요!"

정말이지 사실이 그렇지 않은가. 많은 여자들이 "도널드가, 또는 아서가(이름은 무엇이든 상관없다.) 살아 있기만 했더라면."이라는 말을 달고 산다. 하지만 나는 이렇게 생각하는 것이다. 만일 그가 살아 있다면 아마도 뚱뚱하고 멋없고 쉽게 열을 내는 중년 남편이 되어 있을 것이라고.

날이 어둑해지고 있었으므로 나는 아래로 내려가자고 제안했다. 머케이도 부인은 그러자고 하면서 실험실에 가 보고 싶지 않느냐고 물었다.

"제 남편이 거기서 일을 하고 있을 거예요."

나는 무척 가 보고 싶다고 말했다. 우리는 그곳으로 향했다. 거기엔 전등이 켜져 있었지만 아무도 없었다. 머케이도 부인은 실험기구들과 작업중인 청동 장신구들, 그리고 왁스를 발라 놓은 뼈들을 보여 주었다.

"조지프가 어디 갔을까?"

머케이도 부인이 말했다.

그녀는 제도실 안을 살펴보았다. 캐리가 일을 하고 있었다. 우리가 들어가도 그는 고개조차 들지 않았다. 그의 얼굴에 떠오른 지독한 긴장감을 보고 나는 충격을 받았다. 문득 이런 생각이 떠올랐다.

'이 사람은 한계에 와 있어. 조만간 무슨 일인가 닥칠 거야.'

그러고는 다른 누군가 역시 그에게서 그 같은 긴장감을 감지했다는 사실을 떠올렸다.

밖으로 나오면서 나는 고개를 돌려 마지막으로 캐리를 쳐다보았다. 그는 입술을 아주 꼭 다문 채 제도용지 위로 몸을 굽히고 있었다. 해골 같은 인상이 아주 두드러져 보였다. 아마도 망상이겠지만, 나는 그가 꼭 죽음을 예감하면서도 전쟁터에 나가는 옛 기사 같다고 생각했다.

그리고 다시 한 번 나는 그가 본인 자신도 의식하지 못하는 특별한 매력의 소유자라고 느꼈다.

머케이도 씨는 거실에 있었다. 그는 라이드너 부인에게 새로운 공정에 대한 아이디어를 설명하고 있었다. 부인은 등받이가 곧은 나무 의자에 앉아 결 고운 비단에 꽃을 수놓고 있었다. 그녀의 신비롭고 연약한, 이 세상 사람 같지 않은 모습에 나는 다시 충격을 받았다. 그녀는 피와 살을 가진 인간이 아니라 요정처럼 보였다.

머케이도 부인은 예의 그 높고 새된 목소리로 말했다.

"오, 여기 있었군요, 조지프. 우리는 당신이 실험실에 있는 줄 알았어요."

머케이도 씨는 아내의 출현으로 마법이 깨어지기라도 한 것처럼 놀라고 혼란된 모습으로 자리에서 벌떡 일어섰다. 그가 더듬거리며 말했다.

"전…… 전 이제 가 봐야겠습니다. 일을, 일을 하던 중이라……."

그는 그 문장을 채 끝맺지 못한 채 문을 향해 몸을 돌렸다.

라이드너 부인이 특유의 부드럽고 느릿하게 끄는 말투로 말했다.

"언제 마저 이야기해 주셔야 해요. 정말 재미있었어요."

그녀는 우리를 올려다보고는 달콤하긴 하지만 멍한 태도로 미소를 지어 보이고는 다시 놓던 수 위로 고개를 숙였다.

잠시 후 그녀가 말했다.

"저기 책이 좀 있어요, 간호사. 여기에 꽤 괜찮은 책들을 모아 놓았답니다. 한 권 골라와서 앉으세요."

나는 책꽂이로 갔다. 머케이도 부인은 잠깐 거기에 서 있다가는 갑자기 몸을 돌려 나가 버렸다. 그녀가 내 곁을 지나갈 때 나는 그녀의 표정을 보았다. 마음에 들지 않는 표정이었다. 그녀는 분노로 거칠어져 있었다.

그러고 싶지는 않았지만 난 켈시 부인이 라이드너 부인에 대해 암시적으로, 혹은 드러내 놓고 한 말을 떠올리지 않을 수 없었다. 난 라이드너 부인이 좋았으므로 그 말을 믿고 싶지는 않았지만 그럼에도 거기에는 일말의 진실이 있는 게 아닐까 하는 생각이 들었다.

모든 것이 그녀의 잘못이라고 할 수는 없었다. 하지만 못생긴 존슨 양과 평범하고 왜소한 머케이도 부인이 외모나 매력에서 라이드너 부인과 비교가 되지 않는 것은 사실이었다. 그리고 세상 어디에서나 남자들은 결국 남자들이지 않은가. 간호사 일을 하다 보면 이내 많은 것들을 알게 되는 법이다.

머케이도는 딱하고 보잘것없는 사내였다. 라이드너 부인은 그가 바치는 찬미에 정말이지 별다른 관심이 없을 터였다. 하지만 그의 아내에게 그건 크게 신경 쓰이는 일이었다. 내가 잘

못 본 것이 아니라면, 머케이도 부인은 양심을 품다 못해 할 수만 있다면 라이드너 부인에게 해를 끼치려 들 터였다.

나는 거기 앉아서 그렇게 아득하고 무심하고 초연한 모습으로 예쁜 꽃을 수놓고 있는 라이드너 부인을 쳐다보았다. 왠지 그녀에게 주의를 주어야겠다는 느낌이 들었다. 그녀는 질투와 증오가 얼마나 어리석고 비합리적이고 폭력적인지, 그리고 인간이 얼마나 아무것도 아닌 일로 그런 것들에 휩쓸리는지 모르는 것 같았다.

그러나 다음 순간 나는 스스로에게 말했다.

'에이미 레더런, 바보 같기는. 라이드너 부인은 철부지가 아니야. 마흔 살이 다 됐어. 인생에서 알아야 할 것은 다 알고 있을 게 틀림없다고.'

하지만 그럼에도 나는 그녀가 그런 걸 모르고 있다는 느낌이 들었다.

그녀는 기묘하리만치 때 묻지 않은 얼굴을 하고 있었다.

나는 그녀가 어떤 인생을 살아왔는지 궁금해지기 시작했다. 그녀가 라이드너 박사와 겨우 2년 전에 결혼했다는 것은 알고 있었다. 그리고 머케이도 부인의 말에 따르면 그녀의 첫 남편은 약 15년 전에 죽은 셈이었다.

나는 책 한 권을 들고 그녀 옆에 가 앉았다. 그런 다음 일어나 손을 씻고 저녁 식사를 하러 갔다. 음식은 훌륭했다. 정말 맛있는 카레 요리였다. 사람들이 모두 일찍 자러 가서 나는 기뻤다. 피곤했던 것이다.

라이드너 박사가 부족한 게 없는지 살펴보기 위해 내 방으로 같이 와 주었다.

그는 따뜻한 태도로 내 손을 감싸 쥐고 진심이 느껴지는 어조로 말했다.

"아내가 당신이 마음에 든다네요, 간호사. 보자마자 당신이 마음에 든 모양입니다. 난 무척 기쁩니다. 이제 모든 게 잘될 것 같은 느낌이 들어요."

그의 진지함은 소년을 연상시켰다.

나 역시 라이드너 부인이 나를 좋아하고 있다는 것을 느꼈고, 일이 그렇게 되어서 기뻤다.

하지만 나로서는 박사의 확신에 완전히 공감할 수 없었다. 왠지 그가 모르고 있는 일이 있는 것 같은 느낌이 들었다.

뭔가 있었다. 무엇인지 아직 알 수는 없었지만, 분위기에서 그 존재를 느낄 수 있었다.

침대는 편안했지만, 나는 제대로 잠을 이룰 수 없었다. 나는 많은 꿈을 꾸었다.

어린 시절에 외워야 했던 키츠의 시구*가 줄곧 머릿속에 떠올랐다. 나는 시구를 자꾸 틀렸고 그것 때문에 걱정스러웠다. 내가 줄곧 몹시 싫어하던 시였다. 강제로 외워야 했기 때문에 그랬으리라. 하

---

* 영국 낭만주의 시인 존 키츠의 시 「잔인한 미녀」는 아름다운 요정의 딸의 유혹을 받아 동굴에서 음식을 받아먹고 잠이 든 한 기사가 이전에 그 미녀에게 홀린 이들의 끔찍한 꿈 후 홀로 황폐한 산속을 헤맨다는 내용을 담고 있다.

지만 그날 어둠 속에서 잠이 깼을 때 나는 그 시에서 처음으로 아름다움 같은 것을 느꼈다.

오, 갑옷을 입은 기사여, 무엇이 그대를 괴롭히는지 말해다오. 홀로…… 그리고(뭐더라?)…… 창백한 모습으로 헤매면서……?

나는 처음으로 그 기사의 얼굴을 마음속에서 볼 수 있었다. 그것은 캐리 씨의 얼굴이었다. 소녀 시절 전장에 나가는 가여운 청년들의 얼굴에서 보았던, 으스스하고 긴장된 청동상 같은 얼굴. 캐리 씨가 가엾다는 느낌이 들었다. 이윽고 나는 다시 잠에 빠져들었고, 꿈속에서 그 '잔인한 미녀'를 보았다. 그 미녀는 바로 라이드너 부인이었다. 손에 수틀을 들고 말 위에 옆으로 기대앉아 있었다. 말이 비틀거렸고, 밀랍이 덮인 뼈들이 사방에 흩어져 있었다. 나는 온몸에 소름이 돋은 채 부르르 떨며 잠에서 깼다. 그러고는 저녁에 카레를 먹는 게 내 체질에는 도대체 맞지 않는다고 혼자 중얼거렸다.

창문가의 남자

이 이야기에 별다른 향토색이 개입되지 않으리라는 것을 분명하게 밝혀 두는 편이 좋을 것 같다. 나는 고고학에 대해 아무것도 알지 못하고, 딱히 알고 싶은 생각도 없다. 이제는 끝장나 땅속에 묻혀 있는 건물이나 사람들을 다루는 일이 내게는 별달리 의미가 없다. 캐리 씨는 내게 고고학자로서의 기질이 없다고 말하곤 했는데, 그의 말이 옳은 것이 틀림 없다.

내가 그곳에 도착해 처음 맞은 날 아침, 캐리는 자신의 궁전(그는 자신이 '설계 중인' 궁전이라고 했던 것 같다.)에 가 보지 않겠느냐고 내게 물었다. 하지만 나는 그렇게 오래 전에 있었던 것을 어떻게 설계할 수 있는지 이해가 가지 않았다! 음, 나는 가 보고 싶다고 대답했다. 솔직히 말해 나는 그 일에 약간 짜릿한 전율을 느꼈다. 그것은 거의 3000년 전의 궁전이 아닌가. 당시의 궁전들은 어떤 모습일까. 언젠가 본 투탕카멘 묘의 부장품 사진들과 비슷할까 궁금했다. 하지만 부디 내 말을 믿어 주시길. 그곳에서 볼 수 있는 것이라고는 진흙뿐이었다! 60센티미터 남짓한 먼지투성이의 진흙벽 밖에 없었다. 캐리는 나를 이곳저곳으로 데리고 다니며 여러 가지 것들, 그러니까 이곳이 얼마나 웅장한 뜰이었는지, 이곳과 위층에 몇 개의 방들이 있었고, 다른 여러 방들은 중앙뜰에 면해 있었다는 등의 이야기를 해 주었다. 물론 나는 줄곧 속으로 '그걸 이 사람이 어떻게 알겠어?' 하고 생각했지만, 상대에 대한 예의에서 차마 입밖에 내어 말하지는 않았다. 단언하건대 정말이지 대실망이었다! 모든 발굴물들이 내게는 진흙으로밖에 보이지 않았다. 대리석이나 금붙이나 멋진 것이라곤 찾아볼 수 없었다. 크리클우드에 있는 숙모님 집도 이보다는 훨씬 멋진 폐허가 되리라! 아시리아인인가 뭔가 하는 이 고대인들은 그러고도 스스로를 왕이라고 칭했다니. 캐리는 자신의 옛 '궁전들'을 보여준 다음 나를 라비니 수사에게 인계했다. 수사는 나에게 고분의 나머지 부분을 보여 주었다. 나는 라비니 수사가 좀 무서웠다. 그는 수도사일 뿐 아니라 외국인이었고 깊게 울리는 목소리를 갖고 있었다. 하지만 그는 무척 친절했다……. 정신이 좀 딴 데가 있는 것 같긴 했지만. 이따금 그가 나 이상으로 그 유적들을 비현실적으로 여기고 있는 것 같은 느낌이 들었다.

나중에 라이드너 부인이 그 점에 대해 설명해 주었다. 그녀의 말에 따르면, 라비니 수사는 '기록된 문서'(부인의 표현은 그랬다.)에만 관심이 있었다. 이 고대인들은 진흙판 위에 모든 것을 기록해 두었다고 한다. 그 기호는 괴상하고 이교도적이었지만 상당히 기능적이었다. 심지어 학교에서 사용한 서판(한쪽 면에는 교사의 강의가 적혀 있고 그 반대쪽에는 학생이 쓴 기록이 남아 있는)도 있었다. 고백하는데 나도 그것에는 어느 정도 관심이 끌렸다. 그러니까 그것이 무척 인간적으로 느껴졌다는 뜻이다.

라비니 수사는 나와 함께 작업장을 돌면서, 사원과 궁전과 개인 주택지, 그리고 아카드인*의 초기 공동묘지를 보여 주었다. 그는 툭툭 던지는 것 같은 기묘한 태도로 파편적인 정보를 던져 준 다음 이내 다른 화제로 넘어갔다.

그가 말했다.

"당신이 이곳에 와야 했다니 좀 이상하군요. 그러니까 라이드너 부인이 심각하게 아픈 겁니까?"

"꼭 편찮으신 건 아니에요."

내가 조심스럽게 대답했다.

그가 말했다.

"부인은 이상한 여자예요. 내 생각엔 위험한 여자 같습니다."

"무슨 뜻으로 그런 말씀을 하시는 거죠? 위험하다뇨? 어떻게 위험하다는 거죠?"

내가 물었다.

그는 생각에 잠긴 채 고개를 저었다.

---

* 기원전 2350년부터 2150년경까지 활동한 셈 족의 일파인 유목민. 수메르 문명을 셈화(化)하여 후대에 전달했다.

"내 생각에 그 여자는 잔인해요. 그래요, 그녀는 가차없이 잔인해질 수 있는 여자랍니다."

"이런 말씀을 드려도 될지 모르지만, 터무니없는 말씀 같은데요."

내 말에 그가 고개를 저었다.

"당신은 나만큼 여자들을 모른답니다."

'수도사가 이런 말을 하다니 이상한데.'

나는 생각했다. 물론 고해 성사를 통해 많은 이야기를 들었을 수는 있겠지. 그런데 그렇게 생각하자 혼란스러웠다. 수도사도 고해 성사를 줄 수 있는 건지, 아니면 사제들만이 할 수 있는 건지 확신할 수 없었던 것이다. 양모로 된 긴 수도복(온갖 먼지를 쓸고 다니는)과 묵주로 미루어 나는 그가 수도사일 것이라고 생각했다.

"그래요, 그 여잔 잔인해질 수 있는 사람이에요. 난 확신합니다. 그런데 그렇게 돌처럼 냉혹한 그녀가 겁에 질려 있어요. 그녀는 도대체 무엇을 두려워하고 있는 걸까요?"

그가 생각에 잠긴 어조로 말했다.

'우리 모두 그걸 알고 싶어 하고 있죠!'

나는 속으로 생각했다.

그녀의 남편은 최소한 알고 있을지도 모르지만 다른 사람들은 아무도 모르는 것 같았다.

라비니 수사가 갑자기 검고 빛나는 눈으로 나를 응시했다.

"이곳이 좀 이상하지 않나요? 당신에겐 여기가 이상해 보이지 않아요? 아니면 아주 자연스럽게 여겨지나요?"

"그렇게 자연스럽지는 않은 것 같아요. 시설은 그런 대로 안락하지만…… 완전히 편치만은 않은 느낌이에요."

나는 생각에 잠긴 채 대답했다.

"그게 날 불편하게 합니다. 난 이런 생각이 듭니다."

그는 갑자기 조금전보다 훨씬 더 외국인처럼 보였다.

"뭔가 다가오고 있는 것 같다고요. 라이드너 박사 역시 정상이 아닙니다. 그 역시 뭔가 걱정거리가 있어요."

"아내의 건강을 걱정하는 거 아닐까요?"

"그럴 수도 있지요. 하지만 그뿐만이 아닌 것 같아요. 그러니까…… 어떻게 표현해야 맞으려나. 뭔가 편치 않은 게 있는 겁니다."

바로 그랬다. 뭔가 편치 않은 게 있었다.

우리의 이야기는 더 이어지지 못했다. 마침 라이드너 박사가 우리 쪽으로 다가왔던 것이다. 그는 막 발굴된 어린아이 무덤을 내게 보여 주었다. 그 장면은 좀 가슴이 아팠다. 작은 뼈들과 토기 한두 개, 작은 구슬 같은 것(라이드너 박사의 설명에 따르면 구슬 목걸이라고 한다.)들이 있었다.

나를 웃게 만든 것은 일꾼들이었다. 마치 허수아비들이 잔뜩 모여 있는 듯한 진풍경이 펼쳐져 있었다. 모두들 긴 치마 같은 넝마 조각을 걸치고 치통에 시달리고 있는 것처럼 머리를 질끈 동여매고 있었다. 흙이 담긴 바구니를 들고 왔다갔다하면서 그들은 노래를 부르기 시작했다. 아니, 적어도 노래를 부르려 하는 것 같았다. 기묘하고 단조로운 노랫가락 같은 것이 줄곧 반복되었다. 그들의 눈은 대부분 끔찍한 모습이었다. 온통 눈곱으로 뒤덮여 있었고, 반쯤 눈이 먼 것 같은 이들도 한 둘 있었다. 정말 가엾은 이들이군 하고 생각하는 순간 내 귀에 라이드너 박사의 말이 들려왔다.

"늘어선 일꾼들의 모습이 장관 아닙니까?"

나는 생각했다.

'정말 이상한 곳이군. 똑같은 장면을 보면서 두 사람이 이렇게 상반된 생각을 하다니.'

제대로 표현하진 못했지만, 여러분은 나의 말뜻을 짐작하리라 믿는다.

잠시 후 라이드너 박사는 오전 티타임에 맞추어 숙소로 돌아가겠다고 말했다. 그래서 나는 그와 함께 집을 향해 걸었다. 그는 나에게 여러 가지 이야기를 했다. 라이드너 박사의 설명을 듣고 나자 모든 것이 다르게 보였다. 다시 말해서 그 모든 거리와 집들의 과거 모습이 눈앞에 떠올랐던 것이다. 그는 고대인들이 빵을 구웠던 화덕을 보여 주면서 아랍인들은 요즘도 그와 같은 종류의 화덕을 많이 사용한다고 말했다.

우리가 숙소에 도착했을 때, 라이드너 부인은 자리에서 일어나 있었다. 오늘 그녀는 훨씬 좋아 보였다. 여위거나 지쳐 보이지도 않았다. 우리가 자리에 앉자마자 차가 나왔다. 라이드너 박사는 그날 아침 발굴 현장에서 출토된 물건에 대해 이내에게 이야기를 했다. 잠시 후 그가 작업장으로 돌아가고 나자, 라이드너 부인은 지금까지 발굴된 출토품들을 좀 구경해 보겠느냐고 물었다. 물론 나는 보고 싶다고 대답했다. 그녀는 나를 데리고 골동품실로 갔다. 거기에는 많은 물건들이 죽 늘어서 있었다. 대부분이 부서진 토기로 보였다. 서로 맞추어 한데 붙여진 것들도 있었다. 모두 버리려고 던져둔 모양이라고 나는 생각했다.

"원, 이런. 다들 깨져 있어서 유감이군요, 그렇지 않아요? 이런 것들이 정말 보존 가치가 있을까요?"

내가 물었다.

라이드너 부인은 살짝 미소를 지어 보이고는 말했다.

"에릭에겐 그런 말 하면 안 돼요. 그는 다른 어떤 것보다도 토기에 관심이 많답니다. 그리고 이것들 중 몇몇은 현재까지 발굴된 것 중 가장 오래된 것들이지요. 아마 7000년 정도 되었을 거예요."

그런 다음 그녀는 그중 몇 개가 산기슭에 있는 고분의 아주 깊은 홈에서 발굴되었다는 것, 수천년 전 깨어졌다가 역청으로 수리된 그 단지들을 통해 고대인들도 오늘날의 우리들처럼 자신들의 물건을 소중히 여겼다는 사실을 알 수 있노라고 설명했다.

"그럼 이제 좀 흥분될 만한 걸 보여 드리죠."

그녀가 말했다.

그러더니 그녀는 선반에서 상자를 하나 내려 손잡이에 짙푸른 보석들이 박힌 아름다운 황금 단도를 보여 주었다.

나는 기쁨의 탄성을 내질렀다. 라이드너 부인이 웃음을 터뜨렸다.

"그래요, 모두들 황금을 좋아하지요! 내 남편만 빼고 말이에요."

"라이드너 박사님은 황금을 좋아하지 않으세요?"

"음, 우선 비용이 많이 들어서일 거예요. 그것을 발견한 일꾼들에게 유물의 무게에 맞먹는 금값을 주어야 하거든요."

"어머나! 그런데 왜요?"

내가 물었다.

"오, 그건 관습이에요. 우선은 그럼으로써 유물을 훔치는 걸 막을 수 있거든요. 일꾼들이 유물을 훔쳐가는 건 그것의 고고학적 가치 때문이 아니라 원래의 금 가치 때문이에요. 훔친 다음 녹여 팔 수도 있으니까요. 따라서 그런 방법으로 우리는 그들이 딴 생각을 못하게 막을 수 있답니다."

그녀는 또 다른 상자를 내려서는 숫양의 머리 문양이 새겨져 있는 몹시 아름다운 황금 술잔을 보여 주었다.

나는 또다시 탄성을 내질렀다.

"정말 아름답지요? 이것들은 어떤 왕자의 무덤에서 나온 거예요. 왕가의 다른 무덤들도 발견했지만 대부분이 이미 도굴되었더군요. 이 술잔은 우리의 출토물 중 최고예요. 전세계를 통틀어 발굴된 것들 중에서도 가장 뛰어난 것 중 하나라더군요. 초기 아카드인들이 쓰던 독특한 물건이랍니다."

라이드너 부인이 갑자기 미간을 찌푸리며 그 술잔을 눈 가까이로 가져가더니 그 위를 손톱으로 살짝 긁었다.

"이상도 해라! 이 위에 촛농이 묻어 있네요. 누군가가 촛불을 들고 여기에 들어왔던 것이 틀림없어요."

그녀는 촛농 조각을 떨어내고 그 술잔을 제자리에 놓았다.

그런 다음 그녀는 작고 기묘한 토기 인형들을 보여 주었다. 대부분 음란한 느낌을 주는 것들이었다. 이런, 이 고대인들은 추잡한 생각을 하고 있었던 모양이다.

우리는 현관으로 돌아왔다. 머케이도 부인이 앉아서 손톱을 다듬고 있었다. 그녀는 잘 되었는지 보기 위해 손을 앞으로 들어 펼쳤다. 그런 주홍색 이상으로 보기 싫은 색은 없을 거라는 게 내 속마음이었다.

골동품실에서 나올 때 라이드너 부인은 여러 조각으로 깨진 아주 섬세한 작은 접시를 가지고 나왔다. 이제 그녀는 그것을 맞추기 시작했다. 나는 그런 그녀를 잠시 바라보다가 내가 도와도 되는지 물었다.

"오, 그럼요, 이런 건 무척 많아요."

그녀는 상당히 많은 양의 깨어진 도기 조각들을 가져왔다. 우리는 일을 시작했다. 내가 이내 그 요령을 터득하자, 그녀는 내가 잘한다고 칭찬해 주었다. 내 생각에 간호사들은 대부분 손재주가 있는 것 같다.

"모두들 정말 바쁘시군요! 그러니까 나만 지독한 게으름뱅이 같잖아요. 물론 실제로 게으르긴 하지만요."

머케이도 부인이 말했다.

"그래서 안 될 이유가 어디 있겠어요?"

라이드너 부인이 응수했다. 그녀의 목소리는 아주 무관심하게 들렸다.

12시에 우리는 점심을 먹었다. 그 후 라이드너 박사와 머케이도 씨가 염산 용액으로 도기 몇 개를 세척했다. 단지 하나는 아름다운 보랏빛을 되찾았고, 다른 하나에서는 황소뿔 문양이 드러났다. 그건 정말이지 마술 같았다. 물로 씻지도 않았는데 말라붙어 있던 진흙이 거품을 일으키며 끓어올라 떨어져나갔던 것이다.

캐리와 콜먼은 발굴현장으로 갔고 라이터는 사진실로 들어갔다.

"뭘 할 생각이야, 루이스? 조금 쉬어야 할 것 같은데?"

라이드너 박사가 부인에게 물었다.

나는 라이드너 부인이 매일 오후 대개 눈을 붙인다는 것을 알 수 있었다.

"한 시간 정도 쉴 생각이야. 그런 다음 산보를 좀 할까 해."

"그거 좋군, 간호사도 같이 가는 거지?"

"물론이죠."

내가 말했다.

"아뇨, 아뇨, 나 혼자 가고 싶어요. 꼭 나를 계속 지켜보실 필요는 없어요."

라이드너 부인이 말했다.

"오, 하지만 전 가고 싶은데요."

내가 말했다.

"아뇨, 정말 그러지 않으셨으면 좋겠어요."

그녀는 아주 단호하게, 거의 명령에 가까운 어조로 말했다.

"가끔은 혼자 있고 싶어요. 내겐 그게 필요해요."

물론 나는 더 이상 고집을 부리지 않았다. 하지만 잠깐 낮잠을 자려고 방으로 가는 순간, 신경증적인 공포감을 느끼는 라이드너 부인이 아무런 보호 조치 없이 혼자 산책하는 것을 좋아한다는 것이 이상하다는 생각이 머릿속을 스쳤다.

3시 30분, 나는 방에서 나왔다. 소년 하나가 커다란 구리통에 도자기를 담아 씻고 있고 에모트 씨가 소년과 함께 그것을 골라내 분류하고 있을 뿐 안뜰은 비어 있었다. 내가 그들 쪽으로 다가가고 있는데, 아치 문을 통해 라이드너 부인이 들어왔다. 그녀는 이제까지 내가 본 어떤 모습보다 훨씬 더 생기 있어 보였다. 두 눈은 빛났고, 원기 넘치며 즐겁기까지 한 것 같았다.

라이드너 박사가 실험실에서 나와 그녀에게 다가갔다. 그는 황소 뿔이 그려진 커다란 접시를 그녀에게 보여 주었다.

"선사시대 층에서는 유난히 출토물이 많아. 지금까지로 보건대 이번 시즌은 성과가 좋아. 시즌이 시작되자마자 그 무덤이 발견된 것이 정말이지 행운이었지. 불평할 사람은 라비니 수사뿐이야. 지금까지 그 어떤 서판도 발굴되지 않았으니 말이야."

"그는 이미 발견된 얼마 안 되는 것도 제대로 해내지 못하는 것 같아. 그의 비문 판독 실력은 잘 모르겠지만 사람이 너무 게을러. 오후 내내 잠만 자더군."

라이드너 부인이 건조한 어조로 말했다.

"버드가 그립군. 라비니 수사의 입장은 정통에서 살짝 비껴간 것 같아. 물론 난 그런 판단을 할 자격이 없지만 말이야. 하지만 그의 해독 중 한두 개는 정말 뜻밖이었어. 그러니까 그가 그 서판의 내용을 제대로 해독했는지 나로서는 믿음이 가질 않는다는 뜻이야. 하지만 잘 알아서 했겠지."

차를 마신 후 라이드너 부인은 나에게 강가로 산책을 나가지 않겠느냐고 물었다. 조금 전 그녀를 따라가겠다는 내 제안을 거절한 것에 내가 기분이 상하지 않았을까 신경이 쓰이는 모양이었다.

나는 내가 그렇게 속좁은 사람이 아니라는 것을 보여 주고 싶었으므로 즉각 승낙했다.

아름다운 오후였다. 보리밭 사이로 난 길이 꽃이 만발한 과일 나무 사이로 이어졌다. 이윽고 우리는 티그리스 강 어귀에 이르렀다. 우리 바로 왼쪽에 있는 '텔*'에서 일꾼들이 기묘하고도 단조로운 노래를 부르며 일하고 있었으며, 오른쪽으로 조금 떨어진 곳에는 커다란 물레바퀴가 기묘한 신음 소리 같은 것을 내면서 돌아가고 있었다. 처음에 나는 왠지 불안한 마음이 들어 이를 악물었다. 하지만 나중에는 그 소리가 좋아졌다. 거기에는 이상하게도 마음을 달래주는 힘이 있는 것 같았다. 물레바퀴 너머에는 마을이 있었는데 대부분의 일꾼들이 그 마을 출신이었다.

"무척 아름답죠?"

라이드너 부인이 물었다.

"참 평화스럽군요. 모든 것들로부터 이렇게 멀리 떨어져 있다는

---

* 아랍어로 언덕이라는 뜻.

것이 제게는 이상하게 여겨져요."

내가 말했다.

라이드너 부인이 내 말을 되풀이했다.

"모든 것들로부터 멀리 떨어져 있다고요. 그래요. 적어도 이곳은 안전하다고 봐도 되겠네요."

나는 그녀에게 예리한 눈길을 던졌다. 하지만 그녀의 그 말은 내가 아니라 스스로에게 한 것으로, 자신의 말이 다분히 시사적이라는 것을 그녀는 깨닫지 못하는 듯했다.

우리는 돌아서서 집을 향해 걷기 시작했다.

그때였다. 라이드너 부인이 내 팔을 어찌나 세게 움켜 쥐었던지 나는 하마터면 비명을 지를 뻔했다.

"저게 누구죠, 간호사? 저 사람 뭘 하고 있는 거죠?"

우리 조금 앞, 발굴단 숙소 건물로 통하는 길에 한 남자가 서 있었다. 그는 서양식 옷차림을 하고 있었고, 까치발을 하고 서서 어떤 방의 창문 안을 들여다보고 있는 것 같았다.

그는 주위를 둘러보더니 우리가 지켜보는 것을 알아차린 듯, 즉각 걸음을 옮겨 우리 쪽으로 걸어왔다. 내 팔을 쥔 라이드너 부인의 손에 더욱 힘이 들어가는 것이 느껴졌다.

"간호사, 간호사……."

그녀가 기어들어가는 목소리로 속삭였다.

"괜찮아요, 부인. 괜찮아요."

나는 달래는 듯한 어조로 말했다.

길을 따라 걸어오던 남자가 우리 곁을 지나갔다. 이라크 사람이었다. 가까이에서 그의 얼굴을 보자 라이드너 부인은 즉각 한숨을 내쉬며 긴장을 풀었다.

"이제 보니 이라크 사람이군요."

그녀가 말했다.

우리는 계속 걸었다. 숙소를 지나면서 나는 방의 창문들을 힐긋 올려다보았다. 창문에는 창살이 있을 뿐 아니라 몹시 높아서 밖에서는 누구라도 안을 들여다볼 수 없게 되어 있었다. 바깥의 지면이 안뜰보다 낮았던 것이다.

"그저 호기심에서 들여다본 걸 거예요."

내가 말했다.

라이드너 부인이 고개를 끄덕였다.

"그렇겠죠. 하지만 난 한순간……."

그녀가 말꼬리를 흐렸다.

나는 생각했다.

'한순간 무슨 생각을 했나요? 내가 알고 싶은 건 바로 그거예요. 도대체 무슨 생각을 했나요?'

하지만 나는 이제 한 가지 사실을 알 수 있었다. 라이드너 부인이 두려워하고 있는 것은 바로 피와 살로 이루어진 인간이라는 사실이었다.

한밤중의 소란

내가 텔야리미아에 도착해서 처음 맞은 한 주에 대해 뭐라고 써야 좋을지 잘 모르겠다.

모든 것을 알고 있는 지금의 관점에서 돌아보면 사소한 조짐이나 징후들이 꽤 많았던 것 같지만, 당시에는 전혀 알아차리지 못했던 것이다.

하지만 이 글을 제대로 써나가기 위해서는 당시 나의 관점, 뭔가 잘못되어 있다는 의식이 점점 더 강해지는 가운데 불편하고 혼란스러웠던 그때로 되돌아가려 애써야 할 것 같다.

한 가지는 확실했다. 그 기묘한 긴장감이나 압박감이 그저 상상의 소산이 아니라는 사실이었다. 그것은 엄연한 실제였다. 무디기 짝이 없는 빌 콜먼조차 그에 대해 한마디 할 정도였다.

"이곳 분위기가 신경을 건드려요. 여기 사람들은 언제나 저렇게 무뚝뚝한 표정을 짓고 있나요?"

콜먼의 말소리가 들려왔다.

그는 또 다른 발굴단 조수인 데이비드 에모트에게 말하고 있었다. 나는 에모트에게 호감이 갔다. 확신하건대 그의 과묵함은 비우호적인 것이 아니었다. 각자 어떻게 생각하고 어떻게 느끼는지 알수 없는 분위기 속에서 그에겐 유달리 견실하고 안정감을 주는 무엇인가가 있었다.

"아니, 작년에는 이렇지 않았어."

그가 콜먼에게 대답했다. 하지만 에모트는 그 화제를 확대시키거나 더 이상 언급하지 않았다.

"모든 게 어떻게 돌아가는 건지 모르겠군요."

콜먼이 기분 상한 목소리로 말했다.

에모트는 어깨를 으쓱해 보였을 뿐 아무 대답도 하지 않았다.

나는 사태를 이해하는 데 그런 대로 도움이 되는 대화를 존슨 양과 나누었다. 난 그녀가 무척 좋았다. 그녀는 능력 있고 야무지고 똑똑했다. 그녀는 라이드너 박사를 영웅처럼 존경하는 것이 분명했다.

이번 대화에서 그녀는 젊은 시절부터 라이드너 박사가 살아온 삶에 대해 내게 들려주었다. 그녀는 박사가 발굴한 모든 유적지와 그발굴의 결과에 대해 속속들이 알고 있었다. 단언하건대 그녀는 박사가 이제껏 해 온 모든 강의의 내용을 알고 있을 터였다. 그녀의 말에 따르면 박사는 현재 살아 있는 현장 고고학자들 가운데 최고라는 것이다.

"게다가 아주 소박한 분이에요. 명예나 이익 같은 것에 완전히 무심하시지요. '자만심'이라는 단어의 뜻조차 모르실걸요. 정말 위대한 사람들만이 그렇게 소박할 수 있는 법이죠."

"그건 사실이에요. 정말 위대한 사람들은 쓸데없이 권력을 휘두를 필요가 없으니까요."

"그리고 아주 재미있는 분이기도 해요. 우리, 그러니까 박사님과 리처드 캐리와 제가 여기에 온 처음 몇 해 동안 얼마나 재미있었는지 말로 다할 수가 없어요. 우리는 아주 행복한 팀이었답니다. 리처드 캐리는 팔레스타인에서도 박사님과 함께 일을 했지요. 그들의 우정은 10여 년 된 거랍니다. 저는 그분을 안 지 7년이 되었고요."

"캐리 씨는 정말 미남이에요."

내가 감탄하듯 말했다.

"예……. 그런 것 같아요."

그녀가 좀 퉁명스럽게 대답했다.

"그런데 좀 너무 말이 없는 것 같지 않아요?"

존슨 양이 재빨리 대답했다.

"전에는 그렇지 않았답니다. 그가 이렇게 된 건 그러니까 바로 그 이후……."

그녀가 갑자기 말을 멈추었다.

"그 이후라뇨……?"

내가 재빨리 물었다.

존슨 양은 특유의 몸짓으로 어깨를 으쓱해 보였다.

"오, 이런. 최근에 많은 것들이 달라졌어요."

나는 대답하지 않았다. 난 그녀가 그 이야기를 계속했으면 싶었다. 그리고 그녀는 그렇게 했다. 다만 그 말의 중요성을 얼버무리려는 듯 말을 잇기에 앞서 조그맣게 웃음을 터뜨렸다.

"내가 좀 고리타분하고 완고한 편인지도 모르겠어요. 때때로 나는 진정으로 고고학에 관심이 없다면 고고학자의 아내는 발굴단을 따라다니지 않는 편이 좋으리라는 생각이 들어요. 종종 불화의 원인이 되거든요."

"머케이도 부인 경우라면……."

내가 말했다.

"오, 그 여자요!"

존슨 양은 내 추측을 일축했다.

"나는 라이드너 부인을 말한 거랍니다. 그녀는 아주 매력적인 여자예요. 속되게 말하자면 라이드너 박사님이 '그녀에게 홀딱 넘어간 것'도 충분히 이해할 수 있어요. 하지만 그녀가 여기에 어울리지 않는다는 느낌을 갖지 않을 수가 없군요. 그녀는, 그러니까 이런 상황은 사태를 불안하게 만들어요."

그러니까 존슨 양도 긴장된 분위기에 대한 책임이 라이드너 부인에게 있다는 켈시 부인의 생각에 동의하는 셈이었다. 하지만 그렇다면 라이드너 부인의 신경증적인 두려움은 어디서 연유한 것일까?

존슨 양이 진심이 담긴 어조로 말했다.

"그분을 불안하게 만든다고요. 물론 난 음…… 충직한 반면 질투심이 많은 여자인지도 몰라요. 나는 그분이 그렇게 지치고 걱정하는 모습을 보고 싶지 않아요. 그분의 모든 신경은 일에 쏠려야 해요. 자기 아내의 근거 없는 두려움 때문에 분산되어서는 안 된다고요! 이렇게 외진 곳에 와서 신경이 날카로워진 거라면, 미국에 머물러 있었어야죠. 난 제 발로 온 장소에 대해 투덜거리는 사람들을 참아 줄 수가 없어요!"

그런 다음 그녀는 자신이 생각했던 것 이상의 말을 쏟아놓은 것이 좀 걱정스러웠는지 이렇게 말을 이었다.

"물론 난 부인을 아주 높이 평가해요. 그녀는 사랑스러운 여자고, 기분이 괜찮을 때면 몹시 매력이 넘치죠."

그 화제는 그것으로 끝나 버렸다.

여자들이 한데 모이면 질투가 생기는 법, 나는 마음속으로 이번 경우도 다를 바가 없다는 생각을 했다. 존슨 양은 자기 상관의 부인을 좋아하지 않는 것이 분명했다.(그건 어쩌면 자연스러운 일이었다.) 그리고 내가 크게 잘못 생각한 것이 아니라면 머케이도 부인은 라이드너 부인을 증오하고 있었다.

라이드너 부인을 좋아하지 않는 또 한 사람은 실러 라일리였다. 그녀는 한두 번 발굴현장에 나왔다. 한 번은 차를 타고, 두 번째는 어떤 청년과 말을 타고서였다. 구체적으로는 각자 따로 말을 타고서 말이다. 나는 그녀가 과묵한 미국 청년 에모트에게 마음이 있다는 것을 알 수 있었다. 그가 작업장 당번일 때면 그녀는 그곳에 남아 그와 얘기를 나누었다. 내 생각에 에모트 역시 그녀를 좋아하는 것 같았다.

어느 날 라이드너 부인은 점심을 먹으면서 그 문제에 대해, 내 생각에는 좀 분별없는 말투로 조그맣게 웃음을 터뜨리며 이렇게 말했다.

"실러라는 처녀는 아직도 에모트 당신을 따라다니고 있더군요. 딱한 에모트, 그 애는 당신을 작업 현장까지 쫓아온다니까요! 젊은 여자애들이란 얼마나 어리석은지!"

에모트는 그 말에 아무 대답도 하지 않았지만, 햇볕에 그을린 얼굴을 붉혔다. 그는 눈을 들어 아주 기묘한 표정으로 라이드너 부인을 지그시 쳐다보았다. 도전적인 무엇인가가 담긴 직선적이고 힘 있는 눈길이었다.

라이드너 부인은 살짝 미소를 지어 보이고는 고개를 돌렸다.

라비니 수사가 무어라 중얼거리는 소리가 들려왔다. 하지만 내가 "뭐라고 하셨나요?"라고 하자, 그는 고개를 내저었을 뿐 자신이 한 말을 다시 들려 주지 않았다.

그날 오후 콜먼이 내게 말했다.

"사실 난 처음에는 라이드너 부인을 그다지 좋아하지 않았답니다. 내가 입을 열 때마다 그녀가 면박을 주었거든요. 하지만 이제는 그녀를 좀 더 이해할 수 있을 것 같아요. 그녀는 내가 이제까지 만난 가장 친절한 여자 중의 하나예요. 그녀에게만큼은 자신이 저지른 어리석은 일을 부지불식간에 모조리 털어놓게 된답니다. 그녀가 실러 라일리에게 적의를 갖고 있는 건 저도 압니다. 하지만 실러는 한두 번 그녀에게 정말 못되게 굴었는걸요. 그게 바로 실러의 단점이에요. 예의가 없다는 것 말이에요. 악마 같은 성질이 따로 없지요!"

나로서는 백번 이해가 가는 말이었다. 라일리 박사가 딸의 버릇을 망쳐 놓았던 것이다.

"물론 이곳에서 유일하게 젊은 처녀라는 사실에 그녀가 우쭐한 것도 이해는 가요. 하지만 그렇다고 해서 라이드너 부인이 자신의 할머니뻘 되는 것처럼 이야기해서는 안 되죠. 라이드너 부인은 분명 젊진 아니지만 정말 미인이잖습니까. 동이 트자마자 늪에서 나와 사람을 꼬여내는 동화 속의 여자 같다고나 할까요."

그는 입맛이 쓰다는 듯 이렇게 덧붙였다.

"실러는 아무도 홀리지 못해요. 그 애가 잘하는 건 남자를 들볶는 것뿐이에요."

그밖에 조금이라도 의미가 있다고 기억되는 것은 다음 두 가지 사건뿐이다.

하나는 내가 도기를 수리하다가 손가락에 묻은 끈적끈적한 것을 지우기 위해 아세톤을 가지러 실험실에 갔을 때의 일이다. 머케이도 씨가 구석에 앉아 두 팔 위에 머리를 내려놓고 있었다. 나는 그가 잠이 든 모양이라고 생각했다. 나는 찾던 병을 집어 들고 실험실을 나왔다.

그날 저녁 놀랍게도 머케이도 부인이 내게 시비를 걸어왔다.

"당신이 실험실에서 아세톤 병을 가져갔나요?"

"예, 그런데요."

내가 대답했다.

"골동품실에 언제나 작은 아세톤 병이 있다는 걸 당신도 잘 알고 있을 텐데요."

그녀는 몹시 화를 내며 말했다.

"그런가요? 난 몰랐어요."

"당신은 알고 있었잖아요! 당신은 그저 주변을 염탐하고 싶었던 거예요. 난 간호사들이 어떤지 알아요."

나는 그녀를 물끄러미 응시했다.

"도대체 무슨 말을 하는 건지 모르겠군요, 머케이도 부인. 단언하는데 난 아무도 염탐하고 싶은 생각이 없어요."

나는 위엄 있게 말했다.

"오, 그렇지 않아요. 그렇지 않고말고요. 당신이 무엇 때문에 여기 와 있는지 내가 모를 줄 알아요?"

한순간 나는 그녀가 취한 게 틀림없다고 생각했다. 나는 더 이상 대응하지 않고 그 자리를 피했다. 하지만 정말 이상한 일이라는 생각이 들었다.

또 한 가지는 아주 사소한 것이었다. 내가 빵조각을 들고 들강아지 한 마리를 어르고 있을 때였다. 하지만 그 강아지는 종종걸음으로 도망쳤고, 나는 강아지를 따라갔다. 아치 문을 지나 숙소 건물의 모퉁이를 급히 돌아간 나는 나란히 서 있던 리비니 수사와 어떤 사내와 맞딱뜨렸다. 다음 순간 순간적으로 나는 그 사내가 저번 날 라이드너 부인과 함께 목격한, 창문 안을 들여다보던 바로 그 사내라는 것을 알 수 있었다.

내가 사과하자 라비니 수사는 미소를 지어 보였다. 그는 사내에게 작별 인사를 하고는 나와 함께 숙소 안으로 돌아왔다.

"그저 부끄러울 뿐입니다. 아랍어를 배웠는데도, 작업장의 일꾼들 중 아무도 내 말을 알아듣지 못하거든요! 부끄러운 일 아닙니까? 내 아랍어 실력이 좀 나아졌나 하고 이곳 사람인 그 남자에게 말을 걸었지요. 하지만 여전히 신통치 않네요. 라이드너 박사 말로는 내 아랍어는 너무 문법에 매여 있다는군요."

그뿐이었다. 하지만 그 남자가 줄곧 숙소 주위를 어슬렁거리고 있다니 이상하다는 생각이 내 머릿속을 스쳤다.

그날 밤 소동이 일어났다.

새벽 2시쯤이었을 것이다. 대부분의 간호사들이 그래야 하듯 나는 잠귀가 밝다. 내 방문이 열렸을 무렵 나는 이미 깨서 침대에 앉아 있었다.

"간호사, 간호사!"

라이드너 부인의 낮고 긴박한 목소리였다.

나는 성냥을 그어 초에 불을 붙였다.

부인이 푸른색 긴 가운을 입고는 문가에 서 있었다. 공포로 마비된 모습이었다.

"누군가…… 누군가 있어요……. 내 옆방에요. 그 사람이…… 벽을 긁어 대는 소리를 들었어요."

나는 침대에서 튕겨지듯 나와 그녀에게 갔다.

"괜찮아요. 내가 있잖아요. 두려워하지 마세요, 부인."

그녀가 속삭였다.

"에릭을 불러 주세요."

나는 고개를 끄덕이고는 달려가 라이드너 박사의 방문을 두드렸다. 잠시 후 박사가 우리와 합류했다. 라이드너 부인은 거칠게 숨을 몰아쉬며 내 침대 위에 앉아 있었다.

"사람, 사람 소리를 들었어요. 벽을 긁어 대는 소리 말이에요."

그녀가 말했다.

"골동품실에 누가 있나?"

라이드너 박사가 소리쳤다.

그는 얼른 밖으로 달려 나갔다. 두 사람의 반응이 큰 차이를 보인다는 생각이 언뜻 내 머릿속을 스쳤다. 라이드너 부인의 공포는 전적으로 개인적인 것이었는데, 라이드너 박사의 생각은 즉각 귀중한 출토품으로 건너뛰었던 것이다.

라이드너 부인이 숨을 내쉬었다.

"골동품실! 그래, 맞아! 나는 어쩌면 이렇게 바보 같을까!"

그런 다음 그녀는 자리에서 일어나 가운의 벨트를 여미고는 내게 같이 가자고 말했다. 그녀의 공포 어린 두려움은 이제 사라지고 없었다.

우리는 골동품실에 도착했다. 라이드너 박사와 리비니 수사가 와 있었다. 라비니 수사 역시 무슨 소리가 나는 것을 듣고 살펴보기 위해 일어났다고 했다. 골동품실에서 불빛이 흘러나오는 것 같았다는 것이다. 그런데 슬리퍼를 신고 손전등을 집어 드느라 지체해서 그런지, 그곳에 와 보니 아무도 없었고, 골동품실 문은 밤이면 그렇 듯이 잘 잠겨 있더라는 것이었다. 그 후 그가 없어진 물건이 없는지 확인하고 있는 동안 라이드너 박사가 달려왔다고 했다.

그 밖에 더 이상 특별한 것은 없었다. 바깥쪽 아치 문은 잠겨 있 었다. 경비원은 외부에서 아무도 들어올 수 없었다고 단언했지만, 그들은 쉽게 잠이 들곤 하는 만큼 절대적이라고는 볼 수 없었다. 누 군가 침입한 흔적이나 표시는 없었고, 도둑맞은 물건도 없었다.

라이드너 부인이 놀란 이유는 라비니 수사가 모든 것이 그대로 있는지 확인하기 위해 선반에서 상자를 내릴 때 낸 소리 때문일 수 도 있었다.

한편 라비니 수사는 1) 누군가 자기 방 창문 앞을 지나가는 소리 를 들었고, 2) 골동품실에서 아마도 회중전등 같은 불빛이 번쩍이 는 것을 보았다고 말했다.

그 외의 사람들은 아무 소리도 듣지 못했고, 아무것도 보지 못한 것 같았다.

이 사건은 이 글 속에서 특별한 의미를 갖는다. 왜냐하면 이 일을 계기로 라이드너 부인이 다음 날 나에게 무엇이 자신을 괴롭히는지 털어놓았던 것이다.

라이드너 부인의 이야기

우리가 점심 식사를 막 끝낸 참이었다. 라이드너 부인은 여느 때처럼 휴식을 취하기 위해 자기 방으로 갔다. 내가 침대에 누운 그녀에게 여러 개의 베개를 받쳐 주고 책을 쥐어 준 후 방을 나서려는데, 그녀가 나를 불러 세웠다.

"가지 마세요, 간호사. 당신에게 하고 싶은 말이 있어요."

나는 다시 방 안으로 들어왔다.

"문을 닫으세요."

나는 시키는 대로 했다.

그녀는 침대에서 일어나서는 방 안을 왔다갔다하기 시작했다. 뭔가에 대해 결심을 하는 중이라는 것을 알 수 있었고, 그런 그녀를 방해하고 싶지 않았다. 그녀는 몹시 망설이고 있는 것이 분명했다.

마침내 부인에게 충분한 용기가 생긴 모양이었다. 그녀는 내게 몸을 돌리고는 불쑥 말했다.

"앉으세요."

나는 아주 조용히 탁자 옆에 앉았다. 그녀는 신경질적인 어조로 말을 시작했다.

"지금 상황이 다 어떻게 된 일인지 의아하실 거예요, 그렇죠?"

나는 아무 말 없이 고개만 끄덕였다.

"당신에게 털어놓기로 결심했어요. 모든 것을 말이에요! 누군가에게 말을 해야 해요. 그렇지 않으면 미쳐 버릴 거예요."

"음, 정말 그러시는 게 좋을 것 같아요. 사태를 제대로 모르고 있으면 어떻게 해야 최선인지 알기가 어렵거든요."

내가 말했다.

그녀는 비틀거리는 걸음을 멈추고는 나를 마주보았다.

"내가 무엇을 두려워하는지 아세요?"

"어떤 남자인 것 같아요."

내가 대답했다.

"맞아요……. 하지만 누구를 두려워하는지 묻는 게 아니에요……. 무엇을 두려워하는지 아느냐 하는 거죠."

나는 기다렸다.

그녀가 말했다.

"난 살해당할까 봐 두려워요!"

음, 이제 사태가 밝혀졌다. 나는 특별한 반응을 보이지 않을 작정이었다. 실제로 라이드너 부인은 히스테리 발작을 일으키기 직전이었던 것이다.

"저런, 그게 단가요?"

내가 말했다.

그러자 그녀는 소리 내어 웃기 시작했다. 그녀는 웃고 또 웃었다. 눈물이 그녀의 뺨을 타고 흘러내렸다.

"그런 식으로 말하다니! 그런 식으로……."

그녀가 헉 하고 숨을 멈추었다.

"자, 자, 이래봤자 아무 소용도 없어요."

나는 날카로운 어조로 말하고는 그녀를 의자에 밀어 앉힌 후 세면대로 가서 차가운 스펀지를 가져와 그녀의 이마와 손목을 닦아주었다.

"쓸데없는 행동은 그만하세요. 차분하고 조리 있게 다 털어놔 보세요."

내가 말했다.

그 말이 효과가 있었다. 그녀는 의자에서 몸을 바로 하고는 평소의 어조로 말했다.

"당신은 정말 노련한 사람이군요, 간호사. 마치 여섯 살짜리 어린애가 된 기분이에요. 이제 이야기하겠어요."

"바로 그거예요. 천천히 서두르지 말고 말씀하세요."

내가 말했다.

그녀는 천천히 또박또박 이야기를 시작했다.

"스무 살 처녀였을 때 난 결혼을 했어요. 행정부에서 일하는 청년이었죠. 그때가 1918년이었어요."

"알고 있어요. 머케이도 부인이 말해 주더군요. 그분은 전사하셨
다죠."

내가 말했다.

하지만 라이드너 부인은 고개를 저었다.

"그 여자는 그런 줄 알아요. 다들 그런 줄 알죠. 사실은 좀 달라요.
간호사, 당시 나는 이상주의로 가득 찬 열정적이고 애국적인 처녀
였답니다. 그런데 결혼한 지 몇 달이 지나고 난 남편 프레드릭이 독
일 간첩이라는 것을 알게 되었어요. 아주 우연한 사건을 통해서요.
그가 제공한 정보가 직접적인 원인이 되어 미국 수송선이 침몰되어
수백 명의 생명이 희생되었더군요. 다른 사람들이라면 어떻게 했을
지 모르겠어요……. 그냥 내가 어떻게 했는지 이야기할게요. 나는
곧장 당시 육군성에 몸담고 계시던 아버지께 가서 사실을 말씀드렸
답니다. 프레드릭은 전쟁 중에 죽은 게 맞아요. 하지만 그가 죽은 곳
은 미국이었어요. 간첩 혐의로 총살된 거예요."

"오, 저런, 저런! 정말 끔찍한 일이군요!"

내가 소리쳤다.

"그래요. 끔찍한 일이었어요. 그는 몹시 친절했지요……. 그리고
항상……. 하지만 난 한순간도 주저하지 않았어요. 내가 잘못했던
것 같아요."

"뭐라고 말하기 어렵군요. 그럴 때 어떻게 하는게 옳은지 정말 모
르겠네요."

내가 말했다.

"지금 이 이야기는 미 육군성 담당자들 외에는 아무도 몰라요. 표면적으로 내 첫 남편은 전쟁에 나가 전사한 것으로 되어 있지요. 난 전쟁미망인에게 쏟아지는 동정과 친절을 받았어요."

그녀의 목소리에는 고통이 담겨 있었다. 나는 알겠다는 뜻으로 고개를 끄덕였다.

"나와 결혼하고 싶어 하는 이들이 많았지만, 난 언제나 거절했어요. 정말 지독한 충격을 받았었거든요. 다시는 누군가를 믿을 수 없을 것 같았어요."

"예, 그 심정 상상할 수 있어요."

"그러다가 난 어떤 청년을 몹시 좋아하게 되었어요. 난 흔들렸어요. 그런데 정말 놀라운 일이 벌어졌답니다! 내게 익명의 편지가 한 통 날아왔어요. 프레드릭이 보낸 편지 말이에요. 만약 내가 다른 남자와 결혼한다면 나를 죽이겠다는 내용이었죠."

"프레드릭에게서요? 그러니까 죽은 남편에게서 말인가요?"

"예. 물론 처음엔 내가 미쳤거나 꿈을 꾸고 있는 거라고 생각했어요……. 결국 난 아버지를 찾아갔지요. 아버지가 내게 사실을 말씀해 주시더군요. 말인즉슨, 내 남편은 총살당하지 않았다는 것이었어요. 탈출했다더군요. 하지만 탈출한 것도 잠시, 몇 주 후 그가 탄 열차가 충돌하는 사고가 일어났다고 했지요. 발견된 시체들 중에 그도 있었다고 하고요. 아버지는 그가 탈출했다는 사실을 내게 숨기셨어요. 어쨌든 그는 죽었으므로 굳이 내게 말해 줄 필요가 없다고 생각했던 거죠. 그런데 그런 일이 일어난 거예요. 내가 받은 그 편지는, 혹시 그가 아직 살아 있을 수 있다는 전혀 새로운 가능성을 시사하는 것이었으니까요.

아버지는 최대한 꼼꼼히 그 문제를 알아보셨어요. 그리고 당시 매장된 시신은 실제로 프레드릭이 확실한 것 같다고 하시더군요. 시신이 몹시 손상된 상태였으므로 100퍼센트 확실하다고는 할 수 없지만, 아버지께선 프레드릭은 틀림없이 죽었으니 그 편지는 누군가의 악의적인 장난임에 틀림없다고 거듭 말씀하셨답니다.

그런 일은 계속해서 일어났어요. 내가 어떤 남자와 친밀해지는 것 같으면 이내 협박 편지가 날아들었지요."

"그 편지의 글씨가 당신 남편의 필적이었나요?"

그녀가 천천히 대답했다.

"말하기 곤란해요. 난 그가 쓴 편지를 가지고 있지 않았어요. 그래서 기억에 의존할 수밖에 없었어요."

"두 분에게만 특별한 의미를 가지는 단어나 암시 같은 것도 없었나요?"

"없었어요. 남편과 나만이 쓰던 몇 가지 말들이 있긴 했지요. 예를 들어 우리끼리 쓰던 별명 같은 것 말이에요. 그런 말 중의 하나가 편지에 씌어 있었거나 인용되었다면 확신할 수 있었을 거예요."

내가 생각에 잠긴 채 말했다.

"그래요, 그것 참 이상하군요. 편지를 보낸 사람은 부인의 남편이 아닌 것 같아요. 그렇다고 하면 누군가 달리 짐작되는 사람이라도 있나요?"

"한 가지 가능성은 있어요. 프레드릭에게는 남동생이 하나 있었답니다. 우리가 결혼할 당시 열 살이나 열두 살 정도였죠. 그는 형을 숭배하다시피 했고, 프레드릭도 동생을 몹시 아꼈어요. 이름은 윌리엄이었는데, 그 소년이 어떻게 되었는지 난 몰라요. 광적으로 형을 좋아하던 그 애가 장성한 다음 내가 형의 죽음에 직접적인 책임이 있다고 생각했을 수도 있겠죠. 줄곧 나를 질투하고 있다가 나에게 앙갚음을 할 생각으로 그런 음모를 꾸몄을 수도 있어요."

"그럴 수도 있겠군요. 어릴 때 받은 충격을 아이들은 희한할 정도로 잘 기억하니까요."

"나도 알아요. 그 애가 평생을 두고 복수를 꾸며왔을지도 모르죠."

"계속하세요."

"더 이상은 별로 말할 게 없어요. 3년 전 난 에릭을 만났지요. 난 결혼 같은 건 할 생각이 없었어요. 그런데 에릭이 내 마음을 바꿔놓았죠. 난 우리의 결혼식 당일에 또 협박 편지가 올 것으로 예상했지만, 그런 건 없었어요. 그 편지를 누가 썼든 간에 이제 죽었거나 그런 잔인한 장난에도 진력이 난 모양이라고 생각했지요. 그런데 결혼한 지 이틀 뒤 이게 도착한 거예요."

그녀는 자신 쪽으로 놓여 있는 탁자 위에서 작은 서류가방을 끌어당기더니 그 속에서 편지 하나를 꺼내 내게 내밀었다.

잉크가 조금 퇴색되어 있었다. 앞쪽으로 기울어지고 좀 여성적인 글씨체였다.

당신은 내 말을 따르지 않았군. 이젠 당신은 빠져나갈 길이 없어.
당신은 오직 프레드릭 보스너의 아내여야 해! 당신은 죽어야만 해.

"나는 겁에 질렸어요. 하지만 처음처럼 두렵지는 않았지요. 에릭
과 함께 있으면 안전하다는 생각이었으니까요. 그러고는 한 달 후
두 번째 협박 편지를 받았어요."

나는 잊지 않고 있어. 지금 계획을 세우고 있는 중이야. 당신은 죽
어야 해. 어째서 내 말을 듣지 않은 거지?

"현재의 남편분이 이 편지에 대해 알고 계신가요?"
라이드너 부인이 천천히 대답했다.
"그이는 내가 협박받고 있다는 걸 알고 있어요. 두 번째 편지가
왔을 때 나는 그이에게 두 통의 편지를 모두 보여 주었어요. 그이는
이 모든 게 짓궂은 장난이라고, 누군가 내 전 남편이 살아 있는 것
처럼 꾸며 나를 협박한다고 생각하는 것 같아요."
그녀는 말을 멈췄다가 이윽고 다시 이었다.
"두 번째 편지를 받고 나서 며칠 후 우리는 가스에 중독되어 하마
터면 죽을 뻔했어요. 우리가 잠든 다음 누군가가 아파트에 들어와
서 가스 밸브를 열어 놓은 거예요. 다행히 내가 깨어나서 늦기 전에
가스 냄새를 맡았지요. 그 이후 난 신경이 날카로워졌어요. 여러 해
동안 몹시 괴로움을 당해왔노라고, 누군지 모르지만 이 미치광이

가 나를 죽이고야 말 거라고 에릭에게 얘기했고요. 그 사람이 정말 프레드릭일 수도 있다는 생각이 처음으로 들더군요. 옛날에도 그의 부드러움 이면에는 언제나 잔인한 무엇인가가 있었거든요.

하지만 에릭은 여전히 나만큼 겁을 먹지 않았던 것 같아요. 그는 경찰에 신고하자고 했어요. 나는 당연히 그의 말을 듣지 않았죠. 결국 우리는 내가 그를 따라 이곳으로 오기로, 그리고 여름에는 미국으로 돌아가지 않고 런던이나 파리에 머무르는 게 현명하다고 의견의 일치를 봤어요.

우리는 계획을 실행에 옮겼고 모든 게 잘되어 갔지요. 난 이제 모든 게 괜찮으리라고 확신했어요. 어쨌든 우리와 내 적 사이에는 지구 반만큼의 거리가 있었으니까요.

그런데…… 약 3주 전에 다시 그 편지가 온 거예요. 이라크 우체국 소인이 찍혀서 말이에요."

그녀가 세 번째 편지를 나에게 내밀었다.

당신은 빠져 나갈 수 있으리라고 생각했겠지. 잘못 생각했어. 당신은 나를 배반하고는 살 수 없어. 내가 줄곧 당신에게 말해 온 게 그거야. 이제 죽음이 임박했어.

"그리고 일주일 전에는……. 이것 좀 보세요! 어기 탁자 위에 놓여 있더군요. 이번에는 우체부를 통해 배달된 것도 아니었어요."

나는 그녀에게서 편지를 받아들었다. 거기엔 단 한 문장만이 휘

갈겨 씌어 있었다.

내가 여기 왔다.

그녀는 나를 물끄러미 응시했다.

"보셨죠? 이제 아시겠죠? 그는 나를 죽일 거예요. 아마 프레드릭일 거예요. 윌리엄인지도 모르죠. 어쨌든 나를 죽일 거예요."

그녀의 목소리가 떨리며 높아졌다. 내가 그녀의 손목을 잡았다.

"자……. 자, 마음을 약하게 먹으면 안 돼요. 우리가 부인을 돌봐드릴 거예요. 탄산암모늄* 있으세요?"

그녀는 세면대 쪽을 바라보며 고개를 끄덕였다. 난 그녀에게 충분한 양을 주었다.

"한결 나을 거예요."

내가 말했다. 이윽고 그녀의 뺨에 핏기가 돌아왔다.

"예, 이젠 한결 낫네요. 하지만 오, 간호사, 내가 왜 이런 상태에 놓였는지 이젠 아시겠죠? 저번 날 어떤 남자가 내 창문을 엿보는 것을 보았을 때 나는 생각했어요. '그가 왔구나.' 하고요……. 심지어 당신이 왔을 때에도 난 의심하지 않을 수 없었어요. 당신이 변장을 한 남자일지도 모른다고 생각했지요……."

"맙소사!"

---

* 탄산칼슘과 황산암모늄으로 만들어진 물질로 냄새로 정신을 들게 하는 의약품으로도 사용된다.

"오, 어이없게 들리리라는 건 저도 알아요. 하지만 당신이 어쩌면 그와 한패일지도 모르잖아요. 간호사가 아니라 말이에요."

"말도 안 돼요!"

"예, 그럴 거예요. 하지만 난 제정신이 아니었어요."

나는 갑자기 한 가지 생각이 떠올라 물었다.

"당신의 전 남편을 만나면 알아볼 수 있겠어요?"

그녀가 천천히 대답했다.

"그것조차 잘 모르겠어요. 15년 이상이 지났으니까요. 그의 얼굴을 알아보지 못할지도 모르겠어요."

그런 다음 그녀는 몸서리를 쳤다.

"어느 날 밤 난 봤어요. 죽은 사람의 얼굴이었어요. 창문을 톡톡 두드리는 소리가 나더니 유리창 너머로 하나의 얼굴이, 씩 웃고 있는 유령 같은 죽은 사람의 얼굴이 나타나더군요. 난 한참이나 비명을 질렀어요……. 그런데 사람들 말로는 거기엔 아무것도 없었다더군요!"

머케이도 부인의 이야기가 머릿속에 떠올랐다.

"혹시 그게 꿈이었다는 생각은 들지 않으세요?"

내가 머뭇거리며 물었다.

"절대로 그럴 리가 없어요!"

나는 그렇게 확신할 수 없었다. 그런 상황에서는 충분히 있을 수 있는, 실제로 일어난 일로 착각하기 쉬운 그런 종류의 악몽이었다. 하지만 나는 결코 내 환자의 말에 맞서지 않는다. 나는 최선을 다해 라이드너 부인을 위로해 준 다음 만약 낯선 사람이 근처에 나타난다면 금방 눈에 띌 것이라고 말했다.

나는 그녀가 조금 안정을 찾았다고 생각하고 방을 나왔다. 그러고는 라이드너 박사를 찾아가 우리의 대화 내용을 들려주었다.

"아내가 당신에게 그 얘기를 했다니 기쁘군요. 그 일 때문에 나는 몹시 걱정하고 있답니다. 유리창을 두드리는 소리라든지 죽은 사람의 얼굴 같은 건 모두 아내의 상상인 게 분명해요. 어떻게 하는 게 최선인지 알 수가 없군요. 이 모든 것에 대해 당신은 어떻게 생각하나요?"

나는 그의 어조에 의아함을 느꼈지만, 최대한 지체 없이 이렇게 대답했다.

"그 편지들은 그저 잔인하고 악의적인 장난인 것 같아요."

"그래요, 그럴 겁니다. 하지만 우리는 어떻게 해야 합니까? 그 편지들은 아내를 미치게 만든답니다. 어떻게 받아들여야 할지 알 수가 없어요."

나 역시 어떻게 받아들여야 할지 알 수가 없었다. 혹시 여자가 관련되어 있을지도 모른다는 생각이 머릿속에 떠올랐다. 편지의 글씨체가 여자의 것 같았기 때문이다. 내 마음 깊은 곳에는 머케이도 부인이 자리 잡고 있었다.

그녀가 우연히 라이드너 부인의 첫 결혼에 대해 알게 되었다면? 그렇다면 그녀는 아마도 라이드너 부인을 겁에 질리게 함으로써 복수심을 충족시켰을 것이다.

나는 라이드너 박사에게 그런 이야기까지 하고 싶진 않았다. 사람들이 사태를 어떻게 받아들일지 예측하기란 그리 쉬운 일이 아니었다.

내가 쾌활하게 말했다.

"오, 희망을 가지셔야죠. 부인은 그 이야기를 한 것만으로도 한결 편안해지신 것 같아요. 아시다시피 그럴 땐 감정을 표현하는 게 좋답니다. 억누르고 있으면 신경이 더 날카로워지니까요."

"아내가 당신에게 얘기를 했다니 기쁩니다. 좋은 징조지요. 아내가 당신을 좋아하고 믿는다는 증거니까요. 그동안 나는 어떻게 하는 것이 최선인지 몰라 어쩔 줄 모르고 있었답니다."

이곳 경찰에게 넌지시 알려야겠다는 생각은 해 보지 않았느냐는 질문이 입 밖으로 나오려 했지만, 나중에 그렇게 하지 않기를 잘했다는 생각이 들었다.

이후에 생긴 일 때문이었다. 다음 날 콜먼은 일꾼들의 임금을 찾아오기 위해 하사니에에 가게 되어 있었다. 그는 항공우편으로 부칠 우리의 편지들도 함께 가져갈 터였다.

사람들은 편지를 써서 식당 창턱에 있는 나무 상자 속에 넣었다. 그날 밤 자러 가기 전에 콜먼은 그 편지들을 꺼내 묶음으로 만들어 고무줄로 묶기 시작했다.

갑자기 그가 소리를 질렀다.

"왜 그래요?"

내가 물었다.

그는 씩 웃으며 편지 한 통을 내밀어 보였다.

"우리의 사랑스러운 루이스가 실수를 했군요. 정말 머리가 좀 어떻게 된 건 아닌지. 봉투에 쓴 주소를 보니 프랑스 파리 42번가의 누구라고만 되어 있는걸요. 이래선 안 될 것 같죠? 수고스럽지만 이걸 부인에게 가져가서 왜 그랬는지 물어봐 주시겠어요? 부인은 잠자리에 든 지 얼마 안 되거든요."

나는 그에게서 편지를 받아들고 라이드너 부인에게 갔다. 그녀는 주소를 고쳐 썼다.

내가 라이드너 부인의 글씨를 본 것은 그때가 처음이었는데, 막연히 전에 어디에선가 본 것 같은 느낌이 들었다. 분명히 낯익은 글씨체였다.

그날 한밤중에서야 내 머릿속에 한 가지 생각이 떠올랐다.

조금 크고 좀 더 흘려쓰기는 했지만, 그 글씨체는 편지의 필체와 몹시 흡사했다.

새로운 생각이 내 머리를 스치고 지나갔다.

혹시 라이드너 부인 자신이 그런 협박 편지를 쓴 것은 아닐까?

그리고 라이드너 박사는 그 사실을 반쯤 확신하고 있는 것은 아닐까?

토요일 오후

라이드너 부인이 내게 그 이야기를 한 것은 금요일이었다.

토요일 아침에는 살짝 맥 빠진 분위기가 감돌았다.

특히 라이드너 부인은 내게 몹시 냉담한 태도를 취하면서 나와 얼굴이 마주치는 것을 노골적으로 피하는 것 같았다. 음, 놀랄 일도 아니었다! 나는 이미 그같은 일을 여러 차례 경험 하지 않았던가. 숙녀들은 갑작스럽게 신뢰감이 복받쳐 간호사에게 이런저런 이야 기를 한다. 그러고는 얼마 후에 심기가 불편해져서는 그러지 말걸 하고 생각하는 것이다! 사람의 성정이란 그런 것이다.

나는 그녀가 내게 그런 이야기를 털어놓았다는 것을 어떤 식으로 든 암시하거나 환기시키지 않도록 아주 조심했다. 실제로 나는 의 도적으로 가능한 한 말을 아꼈다.

그날 아침 콜먼은 편지가 담긴 배낭을 싣고 직접 자동차를 운전해 하사니에로 출발했다. 그는 또한 발굴단 단원들을 위해 한두 가지 심부름을 해 주기로 했다. 그날은 단원들의 급료일이어서 그는 은행에 가서 소액권으로 돈을 찾아와야 했다. 이 모든 게 시간이 오래 걸리는 일이었으므로, 그는 오후가 되어서야 돌아올 터였다. 나는 그가 실러 라일리와 함께 점심 식사를 할지도 모른다는 생각이 들었다.

3시 30분부터 임금이 지불되는 만큼 임금 지불일 오후 발굴장의 작업은 그다지 바쁘지 않았다.

토기를 씻는 일을 맡은 소년 압둘라가 언제나처럼 안뜰 한가운데 자리를 잡았고, 역시 언제나처럼 기묘한 콧노래를 흥얼거리고 있었다. 라이드너 박사와 에모트는 콜먼이 돌아올 때까지 토기 작업을 한다고 했고 캐리는 발굴지로 갔다.

라이드너 부인은 자기 방으로 쉬러 갔다. 나는 여느 때와 다름 없이 그녀를 침대에 눕혀 주고는 잠이 올 것 같지 않아 책을 한 권 들고 내 방으로 갔다. 그때가 12시 45분경이었다. 한두 시간이 평화롭게 흘러갔다. 나는 『요양원에서의 죽음』을 읽고 있었다. 정말이지 흥미진진한 책이었다. 하지만 작가는 요양원이 어떻게 돌아가는지에 대해 잘 알고 있지 못한 것 같았다! 어쨌든 나로서는 그런 요양원을 본 적이 없었으니까. 작가에게 편지를 써서 몇 가지 점을 바로잡아 주고 싶은 생각이 간절했다.

마침내 나는 그 책을 다 읽고 내려놓았다.(범인은 빨간 머리의 하녀로, 나로서는 생각도 못했던 사람이었다.) 나는 손목시계를 보고 깜짝 놀랐다. 벌써 2시 40분이었던 것이다!

나는 자리에서 일어나 간호복의 매무새를 바로잡은 다음 안뜰로 나왔다.

압둘라는 여전히 토기를 닦으면서 예의 그 울적한 노래를 흥얼거리고 있었고, 데이비드 에모트는 그 옆에 서서 씻은 토기들을 분류하며 깨진 것들을 수리용 상자에 담고 있었다. 내가 그들 쪽으로 다가가는데, 라이드너 박사가 옥상에서 내려왔다.

"괜찮은 오후군요. 저 위를 좀 치웠어요. 루이스가 좋아할 겁니다. 최근에 왔다갔다 할 공간이 없다고 불평했거든요. 가서 이 소식을 알려줘야겠어요."

그는 아내의 방으로 가서 문을 두드리고는 안으로 들어갔다.

그가 다시 밖으로 나온 것은 그로부터 1분 30초쯤 지나서였다. 그가 방을 나오는 순간 나는 그쪽을 바라보고 있었다. 그것은 마치 악몽 같았다. 방으로 들어간 것은 활기차고 유쾌한 남자였는데, 방에서 나온 것은 술에 취한 사람 같았던 것이다. 비틀거리며 걸어나오는 그의 얼굴에는 기묘하고도 멍한 표정이 떠올라 있었다.

"간호사⋯⋯. 간호사⋯⋯."

그가 기묘한 쉰 목소리로 나를 불렀다.

나는 즉각 뭔가 잘못되었다는 것을 깨닫고 그에게 달려갔다. 그의 모습은 끔찍했다. 얼굴이 완전히 잿빛이 되어 부들부들 떨고 있었다. 금방이라도 쓰러질 것 같은 모습이었다.

"내 아내가⋯⋯ 내 아내가⋯⋯. 오, 하느님⋯⋯."

나는 그를 지나쳐 방 안으로 달려갔다. 그런 다음 헉 하고 숨을 멈추었다.

라이드너 부인은 침대 옆에 아무렇게나 나동그라져 있었다.

나는 몸을 굽혀 그녀를 살펴보았다. 이미 죽은 것이 분명했다. 죽은 지 적어도 한 시간은 지난 것 같았다. 사인은 너무나도 분명했다. 오른쪽 관자놀이 바로 위를 세차게 가격당한 것이었다. 침대에서 일어섰다가 선 자리에서 얻어맞은 것이 분명했다.

나는 가능한 한 그녀의 몸에 손을 대지 않도록 조심했다.

단서가 될 만한 게 있지 않나 해서 나는 방 안을 둘러보았지만, 평소와 다르거나 흐트러진 것은 아무것도 없는 것 같았다. 창문은 닫힌 채 빗장이 질러져 있었고, 살인범이 숨을 만한 곳도 없었다. 이미 오래전에 도망친 것이 분명했다.

나는 밖으로 나온 다음 문을 닫았다.

라이드너 박사는 이제 완전히 허물어져 있었다. 데이비드 에모트는 그와 함께 있다가 하얗게 질려 무슨 일이냐고 묻는 듯한 얼굴을 내게 돌렸다.

나는 낮은 목소리로 간략하게 무슨 일이 일어났는지 그에게 설명했다.

내가 늘 생각해온 대로 그는 문제가 생겼을 때 누구보다도 의지할 수 있는 인물이었다. 그는 너무나도 침착했고 차분했다. 푸른 두 눈이 휘둥그래지긴 했지만 그 외에 다른 변화는 찾아볼 수 없었다.

그는 잠시 동안 생각해본 다음 이윽고 말했다.

"가능한 한 빨리 경찰에 알려야 할 것 같습니다. 빌이 곧 돌아올 겁니다. 라이드너 박사님을 어떻게 하면 좋을까요?"

"저와 함께 방으로 모시고 가지요."

그가 고개를 끄덕인 후 말했다.

"우선 저 방 문을 잠가 두는 게 좋을 것 같습니다."

그는 라이드너 부인의 방을 잠그고 열쇠를 빼서 나에게 주었다.

"당신이 갖고 있는 게 좋을 것 같습니다, 간호사님. 자, 그럼 움직입시다."

우리는 함께 라이드너 박사를 일으켜 세워 그를 방으로 데려가 침대에 눕혔다. 에모트는 브랜디를 찾으러 방을 나갔다. 그는 존슨 양과 함께 돌아왔다. 존슨 양의 얼굴에는 긴장과 걱정이 떠올라 있었지만 그녀는 침착하고 유능했으므로 나는 안심하고 라이드너 박사를 맡길 수 있었다.

나는 급히 안뜰로 나왔다. 스테이션 웨건이 아치 문을 통해 들어오고 있었다. 차에서 뛰어내리며 "짜잔……. 짜자잔! 여기 현금이 왔습니다!" 하고 외치는 빌의 예의 그 유쾌한 분홍빛 얼굴을 보고 우리 모두 충격을 받았던 것 같다.

콜먼은 즐거운 어조로 말을 이었다.

"고속도로에서 강도를 만나지도 않았고……."

그가 갑자기 말을 멈추었다.

"이런, 무슨 일이 있군요? 모두들 왜 그래요? 마치 고양이가 아끼던 카나리아를 잡아먹은 것 같은 표정이잖아요."

에모트가 간단하게 말했다.

"라이드너 부인이 죽었어. 살해되었어."

"뭐라고요?"

즐거움에 가득 찼던 빌의 얼굴이 우스꽝스럽게 일그러졌다. 그는 눈알을 부라리며 앞을 응시했다.

"라이드너 부인이 죽었다니! 농담하는 거죠?"

"죽었다고요?"

날카로운 외침 소리가 들려왔다. 나는 고개를 돌렸다. 머케이도 부인이 내 뒤에 서 있었다.

"라이드너 부인이 살해됐다고 했나요?"

"그래요. 살해되었어요."

내가 대답했다.

그녀가 헉 하고 숨을 멈추었다.

"그럴 리가! 오, 그럴 리가요! 믿을 수 없어요. 그 여잔 아마 자살했을 거예요."

내가 건조하게 말했다.

"자기 머리를 때려서 자살하는 사람은 없죠. 살해된 것이 분명하답니다, 머케이도 부인."

머케이도 부인은 갑자기 뒤집힌 포장 상자 위에 털썩 주저앉았다. 그녀가 소리쳤다.

"오, 하지만 이건 너무 끔찍해요. 끔찍하다고요……."

물론 끔찍한 일이었다. 그렇게 말하지 않아도 이미 알고 있는 것 아닌가! 그녀가 과거 자신이 죽은 부인에 대해 그렇게 맹렬한 적의를 품었던 것, 그토록 신랄한 말들을 내뱉은 것에 대해 조금쯤 후회하고 있는지도 모른다는 생각이 들었다.

잠시 뒤에 그녀는 숨을 헐떡이며 물었다.

"이제 우린 어떻게 해야 하죠?"

에모트가 예의 그 침착한 태도로 일을 처리했다.

"빌, 자네는 가능한 한 빨리 다시 하사니에로 가 줘. 적절한 절차가 어떤 건지 나는 잘 모르겠군. 메이틀랜드 서장을 찾는 게 낫겠어. 그가 이곳 경찰서의 책임자인 것 같으니까. 우선 라일리 박사님을 만나 보고. 그분은 어떻게 해야 할지를 알고 있을 거야."

콜먼이 고개를 끄덕였다. 익살 같은 건 그의 얼굴에서 사라지고 없었다. 그는 그저 겁에 질린 청년일 뿐이었다. 한마디 말 없이 그는 스테이션 웨건에 뛰어올라 차를 출발시켰다.

에모트가 불확실한 어조로 말했다.

"집 안을 수색해야 할 것 같군요."

그는 목소리를 높여 소리쳤다.

"이브라힘!"

"나암(예)?"

일하는 소년이 달려왔다. 에모트가 그에게 아랍어로 뭔가 말했다. 두 사람 사이에 활발한 대화가 오고갔다. 소년은 뭔가를 강하게 부인하고 있는 것 같았다.

마침내 에모트가 당혹스런 어조로 말했다.

"이 아이 말이 오늘 오후 여기에는 아무도 들어오지 않았다는군요. 낯선 사람 같은 건 없었대요. 그자는 하인들이 보지 않는 사이에 살그머니 들어온 모양입니다."

"물론 그랬겠죠. 애들이 보지 않을 때 살금살금 들어왔을 거예요."

머케이도 부인이 말했다.

"그렇습니다."

에모트의 대답이었다.

그의 목소리에 약간 불확실한 기운이 서려 있어서 나는 묻는 듯한 눈길로 그를 바라보았다.

그는 몸을 돌리고는 토기 세척 일을 맡은 소년 압둘라에게 질문을 던졌다.

소년이 장황하게 대답을 늘어놓았다.

에모트의 얼굴에 당혹스러운 찌푸림이 심해졌다.

"이해할 수 없군. 도대체 알 수가 없어."

그가 아주 나직하게 중얼거렸다.

하지만 그는 무엇을 이해할 수가 없는지 내게 말해 주지 않았다.

기묘한 사건

나는 이 사건을 기술하는 데 있어서 가능한 한 내가 개인적으로 경험한 것들에 충실하고 싶다. 이후 두 시간 동안 벌어진 일들, 메이틀랜드 서장과 경찰과 라일리 박사가 도착한 것에 대해서는 말하지 않겠다. 이런 일에 뒤따르기 마련인 많은 질문과 전반적인 혼란이 지나갔다고 하면 될 것이다.

5시경이 되자 우리는 무슨 일이 일어났는지 실감하기 시작한 것 같았다. 그때 라일리 박사가 나에게 함께 사무실로 가자고 말했다. 그는 방문을 닫고는 라이드너 박사의 의자에 앉아서 나에게 맞은편 자리에 앉으라고 손짓한 후 활기찬 목소리로 말했다.

"자, 간호사. 체계적으로 생각해 봅시다. 뭔가 지독하게 이상한 점이 있어요."

나는 소맷부리를 바로잡고는 묻는 듯한 눈길로 그를 바라보았다.

그가 수첩을 꺼냈다.

"이건 그저 내가 알아보고 싶어서 이러는 것뿐입니다. 음, 라이드너 박사가 자기 아내의 시체를 발견한 것이 정확히 몇 시였죠?"

"거의 정확하게 2시 45분이었을 거예요."

내가 대답했다.

"어떻게 그걸 알죠?"

"음, 자리에서 일어났을 때 시계를 보았거든요. 그때가 2시 40분이었어요."

"그 시계 좀 봅시다."

나는 손목에서 시계를 풀어 그에게 건넸다.

"정확하군. 당신은 틀림없는 사람이군요. 좋아요, 그건 이제 확실하군요. 이제, 당신이 보기엔 부인이 죽은 지 얼마나 된 것 같아요?"

"오, 이런, 선생님, 전 그런 말은 할 수 없어요."

내가 대답했다.

"전문가로서의 견해를 말하라는 게 아니에요. 나는 당신의 추측이 내 추측과 일치하는지 알고 싶어요."

"음, 적어도 한 시간은 된 것 같았어요."

"바로 그래요. 나는 4시 30분에 시체를 조사했는데 사망 시간을 1시 15분에서 1시 45분 사이로 추정했어요. 대강 1시 30분이라고 할 수 있지. 거의 확실해요."

박사는 말을 멈추고는 생각에 잠긴 채 손가락으로 탁자를 두드렸다.

"정말이지 이 사건은 이상하기 짝이 없군. 이번 일에 대해 내게 말해줄 수 있겠어요? 당신은 쉬고 있었다고 했죠? 혹시 무슨 소리 같은 건 듣지 못했나요?"

그가 물었다.

"1시 30분에 말인가요? 아뇨, 박사님. 1시 30분은 물론이고 다른 때에도 아무 소리도 듣지 못했어요. 저는 12시 45분부터 2시 40분까지 제 방 침대에 누워 있었는데, 아랍인 소년이 흥얼거리는 단조로운 노랫소리와 이따금 에모트 씨가 옥상에 있는 라이드너 박사님께 외치는 소리 외에는 아무것도 듣지 못했어요."

"아랍인 소년이라…… 그렇지."

그가 미간을 찌푸렸다.

그 순간 문이 열리더니 라이드너 박사와 메이틀랜드 서장이 들어왔다. 메이틀랜드 서장은 날카로운 잿빛 눈에 성격이 까다로워 보이는 자그마한 사내였다.

라일리 박사가 일어나 라이드너 박사를 자기가 앉았던 의자에 앉혔다.

"앉게, 자네가 와서 기쁘군. 우리에겐 자네가 필요하네. 이 사건에는 아주 이상한 무엇인가가 있다네."

라이드너 박사가 고개를 숙였다.

"나도 안다네."

그가 나를 쳐다보았다.

"내 아내는 레더런 간호사에게 고민을 털어놓았네. 이런 상황에서 우리는 아무것도 숨겨서는 안 돼요, 간호사, 그러니 어제 당신과 내 아내 사이에 무슨 일이 있었는지 메이틀랜드 서장과 라일리 박사에게 말해 주세요."

나는 우리가 나누었던 대화를 가능한 한 사실에 가깝게 요약해서 들려주었다.

메이틀랜드 서장이 간간이 외마디 감탄사를 섞었다. 내가 얘기를 마치자, 그는 라이드너 박사에게 몸을 돌렸다.

"이 이야기가 모두 사실인가, 라이드너……. 그런가?"

"레더런 간호사가 한 말은 모두 사실일세."

"정말 놀라운 이야기 아닌가! 그 편지들을 볼 수 있나?"

라일리 박사가 물었다.

"내 아내의 소지품 속에 있을 걸세."

"부인은 그걸 탁자 위의 서류가방에서 꺼내더군요."

내가 말했다.

"그렇다면 아마 지금도 거기 있을 걸세."

라이드너 박사가 메이틀랜드 서장에게 몸을 돌렸다. 평상시 부드러웠던 그의 얼굴은 딱딱하고 엄격해져 있었다.

"이 이야기는 반드시 비밀로 해줘야 하네, 메이틀랜드. 중요한 것은 이 자를 붙잡아 처벌하는 것일세."

"정말로 라이드너 부인의 전 남편이 범인이라고 생각하세요?"

내가 물었다.

"당신은 그렇게 생각하지 않나요, 간호사?"

메이틀랜드 서장이 물었다.

"음, 두고 볼 문제 같아요."

내가 머뭇거리며 대답했다.

"아무튼 이자는 살인자일세. 또 위험한 미치광이일지도 몰라. 그자를 반드시 잡아야 하네, 메이틀랜드. 반드시 말일세. 그리 어렵지 않을 걸세."

라이드너 박사가 말했다.

라일리 박사가 천천히 말했다.

"자네가 생각하는 것보다는 어려울지도 모르지……. 어떤가, 메이틀랜드?"

메이틀랜드 서장은 대답 없이 턱수염을 만지작거렸다.

그 순간 내가 깜짝 놀라 소리쳤다.

"잠깐만요. 반드시 말씀드려야 할 게 있어요."

난 라이드너 부인과 있을 때 창문을 들여다보던 이라크인을 보았다는 이야기를 한 다음, 이틀 전 그가 이 근처를 배회하며 라비니 수사에게서 뭔가를 캐내려 했노라는 말을 덧붙였다.

"말씀 잘하셨소. 기록해 놓겠소. 수사에 도움이 될 거요. 그 사내가 이 사건과 관련이 있는 사람인지도 모르겠군."

메이틀랜드 서장이 말했다.

"어쩌면 돈을 받고 이곳을 엿보았을 수도 있고요. 기회가 무르익을 때를 알아내기 위해 말이에요."

내가 말했다.

라일리 박사가 초조한 몸짓으로 코를 문질렀다.

"정말 골치 아픈 일이군. 기회가 무르익었다고 볼 때도 아니었잖소, 안 그렇소?"

그가 말했다.

나는 혼란스러운 표정으로 그를 물끄러미 바라보았다.

메이틀랜드 서장이 라이드너 박사에게 몸을 돌렸다.

"라이드너, 내 말을 주의 깊게 들어주게. 지금까지 우리가 알아낸 사실은 이러하네. 점심 식사는 12시 정각에 시작되어 12시 40분이나 55분쯤에 끝났어. 그 후 자네 아내는 레더런 간호사와 함께 자신의 방으로 갔네. 간호사는 자네 아내를 편안하게 눕혀 주었지. 자네는 옥상으로 올라갔고, 거기서 두 시간을 보냈네, 맞나?"

"그렇다네."

"그동안 내내 옥상에서 내려오지 않았나?"

"그렇다네."

"자네가 있는 곳으로 올라온 사람은?"

"있지, 에모트가 꽤 자주 올라왔다네. 그는 아래에서 토기를 씻고 있던 소년과 나 사이를 왔다갔다 했다네."

"자네 자신은 안뜰을 내려다보지 않았나?"

"한두 번은 봤네. 대개 에모트를 불러 뭔가에 대해 말하기 위해서였네."

"그때마다 소년은 안뜰 한가운데 앉아서 토기를 씻고 있던가?"

"그렇다네."

"에모트가 안뜰을 비우고 자네와 함께 있었던 때 중 가장 길었던 시간이 얼마나 되나?"

라이드너 박사는 생각해보는 모양이었다.

"정확하게 말하기 어렵네. 약 10분쯤 될 걸세. 개인적으로 생각하면 2~3분 정도라고 말해야 할 것 같네만, 경험상 내가 어떤 일에 빠져서 몰두해 있을 때는 시간 감각이 없다는 걸 아니까 말일세."

메이틀랜드 서장이 라일리 박사를 쳐다보았다. 라일리 박사가 고개를 끄덕였다.

"그 문제를 조사해 보는 게 낫겠군."

메이틀랜드 서장이 작은 수첩을 꺼내 펼쳤다.

"이것 보게, 라이드너, 오늘 오후 1시에서 2시 사이에 자네의 발굴단의 각 단원들이 무엇을 했는지 자네에게 정확히 알려 주겠네."

"하지만 설마……."

"잠깐만. 내 의도를 곧 알게 될 걸세. 먼저 머케이도 부부일세. 머케이도는 실험실에서 일을 하고 있었다더군. 머케이도 부인은 자기 방에서 머리를 감고 있었다고 하네. 존슨 양은 거실에서 원통형 석인(石印)의 탁본을 뜨고 있었다더군. 라이터는 암실에서 사진을 현상하고 있었다고 하고, 라비니 수사는 자기 방에서 일을 하고 있었다고 말하고 있네. 나머지 두 사람에 대해 말하자면, 캐리는 발굴 현상에 있었고, 콜먼은 하사니에에 갔었나네. 발굴단원들에 대한 건 이 정도일세. 이제 하인들의 경우를 보세. 요리사, 그러니까 인도인 친구는 아치 문 바로 밖에 앉아 경비원과 잡담을 하면서 닭털을 뽑고 있었다더군. 심부름꾼인 이브라힘과 만수르는 1시 15분경에 요리사 있는 곳으로 왔다고 하지. 그들 둘 다 그곳에서 2시 30분까지 웃고 떠들며 이야기를 했다네. 그 즈음에 자네 아내는 이미 죽어 있었고 말일세."

라이드너 박사가 몸을 앞으로 굽혔다.

"무슨 말인지 알 수가 없군. 자네 말은 날 혼란스럽게 하네. 무엇을 암시하려는 건가?"

"안뜰 쪽 방문 외에 자네 아내의 방으로 들어갈 수 있는 다른 방법이 있나?"

"없네. 창문이 두 개 있지만, 육중한 창살이 질러져 있다네. 게다가 그 창문들은 잠겨 있었던 것 같네."

그가 묻는 듯한 눈길로 나를 쳐다보았다. 내가 재빨리 대답했다.

"창문들은 닫혀 있었고 안쪽에서 빗장이 걸려 있었어요."

"설사 그 창문이 열려 있었다고 해도 어쨌든 그쪽으로는 아무도 드나들 수 없네. 부하들과 내가 확인했거든. 들판 쪽으로 나 있는 다른 창문들도 모두 마찬가지더군. 모두 쇠창살이 질러져 있고 창살 상태도 아주 좋았어. 외부인이 자네 아내의 방으로 들어가기 위해서는 아치 문을 지나 안뜰로 들어오는 방법뿐일세. 하지만 경비원, 요리사, 심부름하는 아이들 모두 아무도 그 문을 지나가지 않았다고 한 목소리로 말하고 있다네."

라이드너 박사가 벌떡 일어섰다.

"무슨 뜻인가? 도대체 무슨 말을 하려는 건가?"

라일리 박사가 조용히 말했다.

"진정하게, 이 친구야. 충격적인 일이라는 건 알고 있네만 사실을 직시해야 한다네. 살인범이 외부에서 들어오지 않았다면, 그렇다면 내부에 있는 게 분명해. 라이드너 부인은 자네의 발굴단 단원 중의 하나에게 살해된 것 같네."

"나로서는 도저히 믿을 수가……."

"아니, 그럴 리가 없네!"

라이드너 박사가 튕겨지듯 일어나 흥분한 태도로 방안을 왔다갔다 하기 시작했다.

"자네 말은 어불성설일세, 라일리. 절대로 불가능해. 우리 가운데 하나라고? 이런, 발굴단원 한 사람 한 사람이 루이스를 얼마나 좋아했는데!"

라일리 박사의 입매에 조금 기묘한 표정이 떠올랐다. 이런 상황에서 그가 무어라 말하기란 어려울 테지만, 남자의 침묵이 웅변보다 더 의미심장할 수 있다면 지금이 바로 그런 경우였다.

"정말 불가능하다고. 그들은 모두 아내에게 헌신적이었네. 루이스는 그럴 만한 매력의 소유자였네. 모두들 그걸 느꼈지."

라이드너 박사가 거듭 말했다.

라일리 박사가 기침을 했다.

"미안하네, 라이드너, 하지만 어쨌든 그건 자네 의견일 뿐일세. 발굴단원 중의 누군가가 자네 아내를 싫어했다 해도, 자네에게 그 사실을 알렸을 리가 없잖나."

라이드너 박사는 고통에 겨운 표정을 지었다.

"그렇겠지. 물론 그렇겠지. 어쨌든 말일세, 라일리, 내 생각엔 자네가 잘못 안 것 같네. 모두들 루이스를 좋아했다고 나는 분명 확신하네."

그는 잠시 입을 다물고 있다가 흥분해서 소리쳤다.

"자네의 생각은 엉뚱하기 이를 데 없어. 이건…… 이건 솔직히 도저히 믿을 수가 없네."

"자네도 인정해야 해……. 엄연한 사실들을 말일세."

메이틀랜드 서장이 말했다.

"사실들? 사실들이라니? 인도인 요리사와 아랍인 심부름꾼 소년 둘이 지껄인 거짓말 말인가? 자네도 나만큼이나 그 친구들이 어떤지 알고 있잖나, 라일리. 메이틀랜드 자네도 그렇고 말일세. 진실로서의 진실은 그들에게 아무런 의미도 없네. 그들은 그저 예의상 상대방이 원하는 말을 하는 걸세."

라일리 박사가 건조한 어조로 대답했다.

"하지만 이 사건에서 그들은 우리가 원하지 않는 말을 하고 있는 걸. 게다가 나는 자네 하인들의 습관을 그런 대로 잘 알고 있네. 아치 문 바로 바깥은 사교 클럽과 같은 곳이야. 내가 오후에 여기에 올 때마다 하인들은 대부분 그곳에 모여 있더군. 그들이 그곳에 있는 것은 너무나도 자연스럽다네."

"어쨌든 내가 보기에 자네는 지나친 추측을 하고 있는 것 같네. 이 사내, 이 악마 같은 사내가 그보다 앞서 집 안으로 들어와 어딘가에 숨어 있었을 수도 있잖나?"

라일리 박사가 냉정하게 대답했다.

"실제로 그런 일도 가능하리라는 데엔 나도 동의하네. 낯선 사람이 어떻게든 눈에 띄지 않고 집 안으로 들어왔다고 해 보세. 그는 적당한 순간이 올 때까지 숨어 있어야만 하네. 그런데 자네 아내의 방에는 그럴 만한 공간이 없으므로 거기 숨을 수는 없었겠지. 나아가 그는 그 방을 들어가고 나갈 때 다른 사람 눈에 띌 위험을 감수해야해. 에모트와 소년 하나가 거의 내내 안뜰에 있었으니 말일세."

"그 소년이 있었지. 내가 그 아이를 잊고 있었군. 예리한 녀석일세. 메이틀랜드, 그 아이는 분명 살인자가 내 아내의 방으로 들어가는 것을 보았을 걸세."

라이드너 박사가 말했다.

"이미 조사해 봤네. 그 아이는 한 차례 비운 것을 제외하고는 오후 내내 토기를 씻고 있었다더군. 에모트는 1시 30분경(이게 에모트가 추정할 수 있는 가장 정확한 시간일세.) 옥상에 올라가 약 10분 동안 자네와 함께 있었네. 그렇지 않은가?"

"그렇다네. 정확한 시간은 말할 수 없지만 그 즈음이었을 걸세."

"알겠네. 음, 그 10분 동안 그 아이는 게으름 피울 기회를 놓치지 않고 밖으로 나가 다른 사람들과의 잡담에 합류했겠군. 에모트는 내려와서 아이가 자리를 비운 것을 보고 화난 목소리로 그를 불러 일 안 하고 뭘 하느냐고 꾸짖었네. 내가 아는 한 자네 아내는 바로 그 10분 동안 살해된 것 같네."

라이드너 박사가 끙 소리를 내며 자리에 앉아서는 두 손에 얼굴을 묻었다. 라일리 박사가 차분하고 사무적인 어조로 이야기를 계속했다.

"그 시간은 내가 알아낸 사실과 부합해. 내가 자네 아내의 시신을 조사했을 때 그녀는 죽은 지 세 시간이 지난 뒤였네. 이제 의문은 하나뿐일세. 누가 죽였을까?"

침묵이 흘렀다. 라이드너 박사가 의자에서 몸을 일으켜 세우고는 한 손으로 이마를 쓸었다.

"자네의 추리에 일리가 있다는 건 인정하네, 라일리. 이 사건이 이른바 '내부자의 소행'으로 보이는 건 분명하네. 하지만 나는 어딘가에 착오가 있었다고 굳게 믿고 있어. 자네 추리는 일견 타당해 보여도 그 안에 틀림없이 결함이 있을 걸세. 우선 우연의 일치가 지나친 게 문제야."

그가 조용한 어조로 말했다.

"자네가 그런 단어를 쓰다니 이상하군."

라일리 박사가 말했다.

그 말에는 아무 반응도 보이지 않은 채 라이드너 박사가 말을 이었다.

"내 아내는 여러 통의 협박 편지를 받았네. 그녀에게는 누군가를 두려워할 이유가 있었네. 그러다가 살해된 거지. 그런데 자네는 그 녀가 그 사람에게가 아니라 전혀 다른 사람에게 살해되었다는 말을 믿으라는 것 아닌가! 그건 정말이지 우스꽝스러운 말일세."

"그런 것 같군. 맞는 말이야."

라일리 박사가 생각에 잠긴 어조로 말했다.

그가 메이틀랜드 서장을 쳐다보았다.

"우연의 일치…… 그렇지 않나? 자네 생각은 어떤가, 메이틀랜 드? 자네도 그 생각에 동의하나? 우리 라이드너에게 그 이야기를 해 볼까?"

메이틀랜드가 고개를 끄덕였다. 그가 짤막하게 대답했다.

"그렇게 하게."

"자네 혹시 에르퀼 푸아로라는 사람에 대해서 들어 본 적 있나, 라이드너?"

라이드너 박사가 당혹스러운 듯 그를 물끄러미 바라보았다.

"이름은 들어본 것 같네. 전에 반 알딘 씨가 그 사람을 아주 높게 평가하는 말을 들은 적이 있네. 사립 탐정 아닌가?"

그가 모호한 어조로 대답했다.

"바로 맞혔네."

"하지만 그는 런던에 살고 있을 텐데, 어떻게 우리를 도와줄 수 있단 말인가?"

"그가 런던에 살고 있는 건 사실일세. 하지만 바로 이 지점에서 또 우연의 일치가 일어난 거지. 그는 지금 런던이 아니라 시리아에 있네. 그리고 내일 바그다드에 가는 길에 하사니에를 지나간다네!"

"그 말을 누구에게서 들었나?"

"프랑스 영사 장 베라가 그러더군. 그가 어제 우리와 저녁 식사를 함께 했는데 그 자리에서 푸아로 이야기를 하더군. 시리아군 내부의 어떤 사건을 조사해 온 모양일세. 이곳을 거쳐 바그다드를 방문했다가는 다시 시리아를 거쳐 런던으로 돌아갈 예정이라더군. 정말 놀라운 우연의 일치 아닌가?"

라이드너 박사는 잠시 망설이더니 미안해하는 듯한 눈길로 메이틀랜드 서장을 바라보았다.

"자네 생각은 어떤가, 메이틀랜드 서장?"

메이틀랜드 서장이 기민하게 대답했다.

"협조라면 환영해야지. 내 부하들은 들판을 수색하고 아랍인의 종족 갈등 문제를 조사하는 데에는 뛰어나지만……. 솔직히 말해 라이드너, 자네 아내 사건은 내 전문 분야가 아닌 것 같네. 모든 것이 기묘하기 짝이 없어. 그 사람이 이 사건을 맡아준다면 나로서는 그보다 기쁜 일이 없을 걸세."

"내가 그 푸아로라는 사람에게 우리를 도와달라고 부탁해야 한다는 건가? 그러다가 그가 거절하면?"

라이드너 박사가 물었다.

"그는 거절하지 않을 걸세."

라일리 박사가 대답했다.

"자네가 그걸 어떻게 아나?"

"나 역시 다른 분야의 전문가인 만큼 그걸 안다네. 만일 정말 복잡한 케이스, 다시 말해서 뇌척수막염을 연구할 기회가 찾아오면 난 거절할 수 없을 걸세. 이건 평범한 사건이 아니야, 라이드너."

"그렇지."

라이드너 박사가 대답했다. 갑작스러운 고통으로 그의 입술이 비틀렸다.

"그렇다면 라일리, 내 대신 그 에르퀼 푸아로라는 사람과 접촉해 주겠나?"

"그렇게 하겠네."

라이드너 박사는 고맙다는 표시를 했다.

"지금까지도 실감이 나지 않는군. 루이스가 정말로 죽었다는 것이 말일세."

그가 천천히 말했다.

나는 더 이상 참을 수가 없었다. 내가 소리쳤다.

"오! 라이드너 박사님…… 전…… 전 이 일에 대해 제가 얼마나 죄송한 기분인지 어떻게 말씀드려야 할지 모르겠어요. 전 의무를 다하지 못했어요. 라이드너 부인을 지켜보는 것, 부인을 위험으로부터 지키는 게 제 일이었는데요."

라이드너 박사가 심각한 태도로 고개를 내저었다. 그가 느릿하게 말했다.

"아닙니다, 아니에요, 간호사. 자책할 필요 없어요. 하느님 맙소사, 비난을 당해야 할 사람은 바로 납니다……. 나는 믿지 않았어요. 그동안 줄곧 믿지 않았답니다. 실제로 위험이 닥치리라고는 꿈도 꾸지 못했습니다……."

그가 일어났다. 그의 얼굴이 일그러졌다.

"내가 아내를 죽게 한 겁니다……. 그래요, 내가 그녀를 죽게 했어요. 그녀의 말을 믿지 않고……."

그가 비틀거리며 방을 나갔다.

라일리 박사가 나를 바라보았다.

"나 역시 상당한 죄책감을 느낍니다. 나는 그녀가 장난으로 남편의 신경을 날카롭게 만들고 있다고 여겼거든요."

"저 역시 그 이야기를 진지하게 받아들이지 않았어요."

내가 털어놓았다.

"우리 셋 모두가 잘못 생각했군요."

라일리 박사가 심각한 어조로 말했다.

"그런 것 같소."

메이틀랜드 서장의 말이었다.

에르퀼 푸아로 도착하다

에르퀼 푸아로를 처음 본 순간을 나는 영원히 잊지 못할 것 같다. 물론 나중에는 그에게 익숙해졌지만, 처음에는 충격이었다. 누구든 마찬가지 감정을 느끼지 않았겠는가!

그를 만나기 전 내가 어떤 상상을 했는지 잘 모르겠다. 날카롭고 예리한 얼굴에 키가 크고 여윈 셜록 홈즈 같은 인물을 떠올렸던 것 같다. 물론 나는 그가 외국인이라는 것을 알고 있었지만, 실제로 그는 내가 기대한 것과는 완전히 딴판인 외국인이었다.

누구든지 그를 보면 웃음을 터뜨리지 않을 수 없으리라! 그는 무대나 그림에서 걸어 나온 사람 같았다. 우선 키는 165센티미터쯤 되고, 인상이 기묘하고 몸집이 통통했으며 몹시 눈에 띄는 콧수염에 달걀 같은 두상을 하고 있었다. 그의 모습은 희극에 나오는 이발사 같았다!

그런데 그런 사람이 라이드너 부인을 살해한 자를 찾아내겠다는 것이 아닌가!

그런 달갑지 않은 느낌이 내 얼굴에 드러나 있었던 것 같다. 왜냐하면 그가 눈을 기묘하게 반짝거리면서 거의 직선적으로 내게 이렇게 말했던 것이다.

"내 외모가 마음에 들지 않으십니까, 마 쇠르(자매님)? 잊지 마십시오, 푸딩의 가치는 맛을 보고 난 다음에야 결정된다는 것을요."

'푸딩의 진가는 먹어 봐야 안다는 거군.'

나는 그의 말을 그렇게 해석했다. 음, 그 속담에도 충분히 일리가 있었지만, 난 내 느낌에 무게를 주지 않을 수 없었다.

일요일 점심 식사 후 라일리 박사는 그를 자기 차로 데려왔는데, 그가 도착해 제일 먼저 한 일은 우리 모두에게 모여 달라고 청한 것이었다.

우리는 식당의 식탁을 둘러싸고 모두 앉았다. 푸아로 씨가 라이드너 박사와 함께 한쪽 상석에 앉았고 라일리 박사가 그 맞은편에 앉았다.

우리가 모두 모이자, 라이드너 박사가 잔기침을 하고는 부드럽고도 주저하는 듯한 어조로 말을 시작했다.

"여러분 모두 무슈 에르퀼 푸아로에 대해서 들으셨을 겁니다. 이분은 오늘 하시니에를 지나가다가 정말 친절하세도 일성을 중단하고 우리를 도와주시기로 했습니다. 이라크 경찰과 메이틀랜드 서장이 물론 최선을 다하고 있지만, 이 사건에는(그는 허둥거리면서 호소하는 듯한 눈으로 라일리 박사를 쳐다보았다.) 어려운 점이 있는 것 같습니다."

"모든 것이 똑 떨어지고 마음에 들 수는 없죠, 안 그래요?"

식탁의 상석에 앉은 그 키 작은 사내가 말했다. 이런, 이 사람은 영어도 제대로 구사하지 못하지 않는가!

"오호, 그자를 반드시 잡아야 해요! 그자가 달아난다는 생각만 해도 참을 수가 없어요."

머케이도 부인이 소리쳤다.

나는 그 키 작은 외국인이 그녀를 살피고 있는 것을 보았다.

"그자라뇨? 그자가 누굽니까, 마담?"

그가 물었다.

"이런, 물론 살인범이죠."

"아! 살인범요."

에르퀼 푸아로가 말했다.

마치 살인범 따위는 전혀 중요하지 않다는 듯한 말투였다.

우리 모두 그를 물끄러미 바라보았다. 그는 우리 한 사람 한 사람의 얼굴을 차례로 바라보았다.

"여러분 중의 아무도 이전에 살인 사건을 접해 보지 않으신 것 같군요."

그가 말했다.

좌중에 동의의 수군거림이 일었다.

에르퀼 푸아로가 미소를 지어 보였다.

"따라서 여러분은 상황의 기본조차 이해하고 있지 못하신 게 분명합니다. 불쾌한 일이 벌어지지요! 그렇습니다, 불쾌한 일이 많이 벌어집니다. 우선 의심을 해야 한답니다."

"의심요?"

그렇게 말한 사람은 존슨 양이었다. 푸아로 씨는 생각에 잠긴 눈길로 그녀를 바라보았다. 그는 그녀를 인정하는 것 같았다. '여기에도 사려 깊고 총명한 사람이 있군!' 하고 생각하는 듯했다.

"그렇습니다, 마드무아젤. 의심입니다! 의심하는 것에 주저하지 맙시다. 여기 이 집 안에 있는 사람들은 모두 의심의 대상입니다. 요리사, 심부름하는 소년, 허드렛 일꾼, 토기 씻는 소년…… 그렇습니다. 그리고 발굴단의 모든 단원들도 마찬가지입니다."

머케이도 부인이 얼굴을 실룩거리며 발딱 일어났다.

"어떻게 감히 그런 말을 하시죠? 어떻게 그런 말을 할 수 있느냐고요? 이건 끔찍해요. 참을 수가 없어요! 라이드너 박사님, 그렇게 앉아 계시지만 말고 이 사람을……. 이 사람을……."

라이드너 박사가 힘없이 말했다.

"진정해요, 마리."

머케이도 씨 역시 일어섰다. 그의 두 손이 벌벌 떨리고 있었고, 두 눈에는 핏발이 서 있었다.

"내 생각도 같습니다. 이건 무례하기 짝이 없는 밀입니다……. 모욕이라고요……."

"아니, 그렇지 않습니다. 나는 여러분을 모욕하는 것이 아닙니다.

단지 여러분 모두 사실을 직시해 달라고 요청하는 것뿐입니다. 어떤 집에서 살인이 일어나면, 모든 사람들이 어느 정도 의심을 받게 되어 있습니다. 살인범이 외부에서 들어왔다는 증거라도 있습니까?"

푸아로가 말했다.

머케이도 부인이 외쳤다.

"하지만 당연히 그자는 외부에서 들어온 거예요! 그래야 이치에 맞잖아요. 왜냐하면……."

그녀는 말을 멈추었다가는 좀 더 느린 어조로 다시 이었다.

"그 외의 가정은 믿을 수 없으니까요."

"지당한 말씀입니다, 마담."

푸아로가 고개를 까딱해 보이며 말했다.

"나는 여러분에게 다만 이 문제를 어떻게 접근해야 하는지 설명하는 것뿐입니다. 우선 나 자신이 이 방에 있는 모든 사람들이 결백하다는 사실을 확신해야 합니다. 그런 다음에야 살인범을 다른 곳에서 찾아야겠지요."

"그러다가는 해가 저물지 않겠습니까?"

라비니 수사가 부드러운 어조로 말했다.

"거북이가 토끼를 앞지르는 법입니다, 몽 페르(수사님)."

라비니 수사는 푸아로의 그 말에 어깨를 으쓱해 보였다.

"당신이 하라는 대로 해야겠지요. 이 끔찍한 사건에서 우리가 결백하다는 것을 가능한 한 빠른 시간 내에 확신하게 되셨으면 합니다."

라비니 수사가 체념 섞인 어조로 말했다.

"가능한 한 빨리 그렇게 하겠습니다. 여러분에게 사태를 명확히 하는 것이 내 의무입니다. 내가 드려야 하는 무례한 질문에 분개하지 않으실 수 있도록 말입니다. 종교인으로서 모범을 보여주시는 것도 좋지 않을까요, 몽 페르?"

"무엇이든 물어보십시오."

라비니 수사가 진지한 어조로 말했다.

"여기엔 이번 시즌에 처음으로 오신 겁니까?"

"그렇습니다."

"그럼 언제 도착하셨습니까?"

"3주 전쯤입니다. 그러니까 2월 27일입니다."

"어디서 오셨습니까?"

"카르타고에 있는 '백의(白依) 선교회'에서 왔습니다."

"고맙습니다, 몽 페르. 여기에 오시기 전에 라이드너 부인을 알고 지내신 적이 있습니까?"

"아뇨, 여기 와서 만날 때까지 그 숙녀분을 본 적이 없습니다."

"비극이 일어났을 당시에 무엇을 하고 있었는지 말씀해 주시겠습니까?"

"내 방에서 설형 문자 서판과 씨름하고 있었습니다."

나는 푸아로의 팔꿈치 옆에 이 건물의 대략적인 도면이 놓여 있는 것을 보았다.

"수사님 방은 라이드너 부인의 방 맞은편으로 남서쪽 구석에 있지요?"

"그렇습니다."

"몇 시에 방으로 들어가셨습니까?"

"점심 식사 직후였습니다. 12시 40분쯤 되었을 겁니다."

"그리고 거기 언제까지 머물러 계셨습니까?"

"3시 직전까지였습니다. 스테이션 웨건이 돌아오는 소리가 들리더군요. 그런데 이내 다시 나가는 것 같았습니다. 그 이유가 궁금해서 나와 보았습니다."

"그동안 방을 비우신 적은 없으신가요?"

"예, 한 번도 나가지 않았습니다."

"그리고 이 비극과 관련이 있을 만한 무엇인가를 보거나 듣지 못하셨습니까?"

"예."

"수사님 방에는 안뜰로 나 있는 창문이 없죠?"

"그렇습니다. 두 개의 창문 모두 들판 쪽을 향해 나 있습니다."

"안뜰에서 들려오는 소리를 모두 들으셨나요?"

"별로 들은 게 없습니다. 에모트 씨가 내 방 앞을 지나 옥상으로 올라가는 소리가 나더군요. 한두 차례 말입니다."

"그때가 몇 시였는지 기억하십니까?"

"아뇨, 그럴 수 없을 것 같습니다. 나는 일에 몰두해 있었습니다."

잠시 침묵이 흘렀다. 이윽고 푸아로가 말했다.

"이 사건을 해결하는 데 도움이 될 만한 이야기나 제안이 있으십니까? 예를 들어 살인이 일어나기 전날 뭔가를 눈치 채지 않으셨는지요?"

라비니 수사는 조금 불편한 기색이었다. 그는 반쯤 묻는 듯한 눈 길을 라이드너 박사에게 던졌다.

"그건 좀 어려운 질문이군요, 무슈. 그렇게 물어보신다면 솔직하 게 대답해야 할 것 같습니다. 내가 보기에 라이드너 부인은 어떤 사 람 혹은 어떤 사태를 두려워하고 있었습니다. 부인은 낯선 사람을 보면 몹시 신경이 날카로워졌습니다. 부인이 그렇게 예민해진 데에 는 이유가 있었을 것 같습니다. 하지만 전 아무것도 모릅니다. 부인 이 내게 그런 이야기를 털어놓지 않았으니까요."

그가 심각한 어조로 말했다.

푸아로는 목청을 가다듬고는 손에 들고 있던 수첩에 눈길을 주 었다.

"이틀 전 밤에 강도 사건이 일어났던 걸로 알고 있습니다."

라비니 수사가 그렇다고 대답하고는, 골동품실에서 불빛을 보았 고, 이어 그곳을 살펴보았으나 아무 소득이 없었다는 이야기를 자 세히 해 주었다.

"수사님께서는 그 시간에 발굴단원이 아닌 누군가가 건물 안에 있었다고 보시나요, 어떤가요?"

라비니 수사는 솔직한 어조로 대답했다.

"어떻게 생각해야 할지 모르겠습니다. 어쨌든 없어서거나 흐트러 진 물건은 아무것도 없었습니다. 아마 심부름하는 아이들 중의 하 나였는지도……."

"혹은 발굴단원 중의 하나였을까요?"

"발굴단원 중의 하나였을 수도 있지요. 하지만 그랬다면 그 사람이 그 사실을 시인하지 않을 이유가 없습니다."

"외부에서 낯선 사람이 들어왔을 수도 있겠지요?"

"그럴 수도 있습니다."

"만약 낯선 사람이 이 건물 안에 들어왔다면, 다음 날 하루 종일, 그리고 그 다음 날 오후까지 숨어 있을 수 있었을까요?"

푸아로의 그 질문은 반은 라비니 수사에게, 반은 라이드너 박사를 향한 것이었다. 두 사람 모두 그 질문을 주의 깊게 생각해 보는 듯했다.

이윽고 라이드너 박사가 약간 주저하면서 말했다.

"내 생각에는 불가능할 것 같습니다. 숨어 있을 만한 곳이 없지 않습니까, 라비니 수사님?"

"예…… 예…… 저도 그렇게 생각합니다."

두 사람 모두 마지못해 그 가능성을 제쳐놓는 것 같았다.

푸아로가 존슨 양에게 몸을 돌렸다.

"그럼 당신 생각엔 어떻습니까, 마드무아젤? 그런 가정이 가능할까요?"

잠시 생각에 잠겼다가 존슨 양이 고개를 내저었다.

"아뇨, 그럴 것 같지 않아요. 어디에 숨어 있겠어요? 침실은 모두 사용 중이고, 각 방에는 가구가 별로 없어요. 암실, 제도실, 실험실 모두 그 다음 날 쓴 사람이 있어요. 이 방도 그렇고요. 벽장이나 구석 같은 곳도 없어요. 혹시 하인들이 관련되어 있다면…….”

“가능하긴 하지만 그럴 성 싶진 않다는 말씀이죠.”

푸아로가 말했다.

그는 다시 한 번 라비니 수사에게 몸을 돌렸다.

“또 한 가지 말씀드릴 것이 있습니다. 지난번에 레더런 간호사는 수사님께서 건물 바깥에서 어떤 남자와 이야기하는 것을 보았다더군요. 그 사람은 일전에 외부에서 건물 창문 중의 하나를 들여다보던 바로 그 사람이었다고 하고요. 그 사내가 의도적으로 이 건물 주위를 어슬렁거리고 있었던 것 같습니다.”

“물론 그럴 수도 있습니다.”

라비니 수사가 심각한 어조로 대답했다.

“수사님이 그 사람에게 말을 거셨나요, 아니면 그가 먼저 말을 걸어왔나요?”

라비니 수사는 잠시 생각에 잠겼다.

“기억이 글쎄…… 그래요, 분명히 그가 내게 말을 걸어왔습니다.”

“그 사람이 무어라고 하던가요?”

라비니 수사는 기억을 더듬고자 애썼다.

“그는 이곳이 미국 발굴단의 숙소냐고 물었던 것 같습니다. 그런 다음 미국인들이 발굴 작업에 많은 사람들을 고용하고 있다는 이야기를 하더군요. 실제로 나는 그의 말을 잘 알아들을 수 없었지만, 내 아랍어 실력을 향상시켜볼 생각으로 애써 대화를 이어나갔습니다. 내 생각에 도시 사람인 그가 발굴 현장의 인부들보다는 내 말을 잘 이해할 것 같았지요."

"또 생각나시는 다른 이야기가 있으십니까?"

"기억을 더듬어 보면…… 내가 하사니에는 큰 도시라고 말했지요. 바그다드가 더 큰 도시라는 데 둘 다 동의했고요. 그런 다음 그는 내게 아르마니아 가톨릭 신부인지, 시리아 가톨릭 신부인지 물어 보았던 것 같습니다. 그런 이야기를 했습니다."

푸아로가 고개를 끄덕였다.

"그 사내의 모습을 묘사하실 수 있나요?"

또 다시 라비니 수사는 생각에 잠겨 미간을 찌푸렸다. 이윽고 그가 입을 열었다.

"그 사람은 키가 작은 편이었습니다. 하지만 체격이 딱 벌어졌더군요. 눈에 띄는 사팔눈에 하얀 얼굴을 하고 있었습니다."

푸아로 씨가 나에게 몸을 돌렸다.

"당신도 이 묘사에 동의하십니까?"

그가 물었다.

내가 망설이며 대답했다.

"꼭 그렇지는 않습니다. 제가 보기에 그 사람은 작은 편이라기보다는 큰 편이었고, 얼굴이 아주 검은 편이었어요. 제가 보기에는 좀 여윈 편이었던 것 같고요 사팔눈으로 보이지는 않더군요."

푸아로 씨는 낙담한 듯이 두 어깨를 으쓱해 보였다.

"언제나 이런 식이랍니다! 경찰에 몸담고 있다 보면 이런 일을 이해하고도 남지요! 같은 사람에 대한 두 사람의 묘사가……. 결코 일치하는 법이 없답니다. 모든 세부가 상반되지요."

라비니 수사가 말했다.

"사팔눈만큼은 분명합니다. 다른 점들에 대해서는 레더런 간호사님의 말이 맞을 수도 있지요. 그러니까 내가 얼굴이 희다고 한 것은 이라크인치고는 그렇다는 것뿐이었습니다. 간호사님이 보기에는 검을 수도 있을 겁니다."

"아주 검었어요. 지독하게 검누런 빛이었어요."

내가 고집스럽게 말했다.

라일리 박사가 입술을 깨물며 빙그레 웃는 것이 보였다.

푸아로가 두 손을 들어 보이고는 말했다.

"파송(넘어갑시다)! 주변을 어슬렁거리던 이 낯선 사람은 중요할 수도 있지만…… 그렇지 않을 수도 있습니다. 어쨌든 그를 찾아내야겠지요. 질문을 계속하십시다."

그는 식탁에 둘러앉아 자신을 쳐다보고 있는 얼굴들을 살피면서 잠시 주저하다가는 이윽고 재빨리 고개를 끄덕인 다음 라이터 씨를 골랐다.

"자, 선생, 어제 오후에 무엇을 했는지 말해 봅시다."

라이터의 살찐 분홍빛 얼굴이 새빨갛게 달아올랐다.

"저요?"

그가 물었다.

"예, 당신 말입니다. 우선 이름과 나이가 어떻게 됩니까?"

"칼 라이터, 스물여덟입니다."

"미국인……이신가요?"

"예, 시카고 출신입니다."

"이번이 첫 시즌인가요?"

"예, 전 사진 일을 맡고 있습니다."

"아, 그래요. 그럼 어제 오후에는 무엇을 하셨습니까?"

"음…… 대체로 암실에 있었습니다."

"대체로라뇨?"

"예, 우선 필름 몇 장을 현상했지요. 그 다음에 인화할 피사체들을 정착시키고 있었습니다."

"밖에서요?"

"오, 아뇨, 사진실에서요."

"암실은 사진실과 통하게 되어 있죠?"

"예."

"그리고 당신은 사진실 밖으로 한 번도 나오지 않았고요?"

"그렇습니다."

"안뜰에서 무슨 소리를 듣지 못했나요?"

청년은 고개를 내저었다.

"아무것도 알아차리지 못했습니다. 저는 일하느라 바빴습니다. 차가 돌아오는 소리가 들리더군요. 그래서 하던 일을 마치자마자 편지 온 게 있는지 보려고 밖으로 나왔습니다. 바로 그때 들었죠……. 사건이 일어났다는 것을요."

"그럼 사진실에서 언제부터 일을 시작했습니까?"

"12시 50분부터입니다."

"이 발굴단에 합류하기 전에 라이드너 부인과 안면이 있었나요?"

청년은 고개를 내저었다.

"아뇨, 선생님. 실제로 이곳에 오기 전까지는 그 부인을 본 적이 없습니다."

"우리에게 도움이 될 만한 것, 사소한 것이라도 생각나는 것이 있습니까?"

칼 라이터는 고개를 내저었다.

그는 속절없이 말했다.

"전혀 없는 것 같습니다. 선생님."

"에모트 씨?"

데이비드 에모트는 특유의 미국인다운 기분 좋고 부드러운 어조로 간결하고 명료하게 말했다.

"저는 12시 45분부터 2시 45분까지 일을 하고 있었습니다. 압둘라 소년을 감독하며 토기를 분류했지요. 그리고 이따금 옥상에 올라가 라이드너 박사를 도와주었습니다."

"옥상에 올라간 게 몇 차례나 됩니까?"

"네 번인 것 같습니다."

"얼마나 오래 계셨나요?"

"대개 몇 분 정도…… 그 이상은 아니었습니다. 30분여 동안 아래에서 일을 한 다음 10분 정도 올라가 있는 식이었었습니다. 버려야 할 것과 보관해야 할 것에 대해 의논하느라고요."

"당신이 내려왔을 때 소년이 자리에 없었다고 들었습니다만?"

"예, 제가 화난 목소리로 부르자, 아이가 아치 문 밖에서 들어오더군요. 밖으로 나가서 다른 사람들과 잡담을 나눈 모양입니다."

"그 소년이 자리를 뜬 것은 그때뿐이었나요?"

"음, 제가 한두 차례 토기를 들려 옥상으로 올려 보낸 적이 있습니다."

푸아로가 진지하게 말했다.

"물어볼 필요도 없는 일이지만 말입니다, 에모트 씨. 혹시 그 시간 동안 누군가 라이드너 부인 방으로 들어가거나 나오는 것을 보지 못하셨나요?"

에모트가 재빨리 대답했다.

"전 아무도 보지 못했습니다. 제가 일하고 있던 두 시간 동안에 아무도 안뜰로 들어오지 않았습니다."

"그러면 당신과 소년이 자리를 비워 안뜰에 아무도 없었던 때가 1시 30분이라고 확신하십니까?"

"크게 틀리진 않을 겁니다. 물론 정확하다고는 할 순 없지만요."

푸아로가 라일리 박사에게 몸을 돌렸다.

"그 시각이 당신의 사망 추정 시간과 일치합니까, 박사님?"

"그렇습니다."

라일리 박사가 대답했다.

푸아로 씨는 멋지게 말려 올라간 자신의 콧수염을 쓰다듬었다. 그가 진지하게 말했다.

"저도 라이드너 부인이 그 10분 사이에 살해되었다는 사실을 인정해야 할 것 같습니다."

우리 중의 하나가?

잠시 침묵이 흘렀다. 방 안에 한 줄기 공포가 떠도는 것 같았다.

내가 라일리 박사의 주장이 옳다는 생각을 처음으로 한 것은 바로 그 순간이었던 것 같다.

나는 살인범이 그 방 안에 있다는 것을 분명히 느꼈다. 우리와 함께 앉아 그 이야기를 듣고 있다는 것을. 우리 중의 하나가…….

머케이도 부인 역시 그런 느낌이 든 모양이었다. 갑자기 날카롭고 짤막한 비명을 내질렀던 것이다.

"견딜 수가 없어요. 난…… 이건 너무 끔찍해요."

그녀가 흐느끼며 말했다.

"마음을 단단히 먹어, 마리."

머케이도 씨가 말했다.

그는 미안해 하는 듯한 표정으로 우리를 바라보았다.

"아내는 무척 예민하지요. 사태를 민감하게 받아들인답니다."

"난…… 난 루이스가 너무나도 좋았어요."

머케이도 부인이 흐느꼈다.

내 마음속의 감정이 얼굴에 그대로 드러났는지는 알 수 없지만, 문득 나는 푸아로가 나를 바라보면서 입가에 엷은 미소를 띠고 있는 것을 알아차렸다.

내가 그를 차가운 눈길로 쏘아보자, 그는 즉각 하던 질문으로 되돌아갔다.

"말해주십시오, 마담. 어제 오후 무엇을 하면서 시간을 보내셨습니까?"

그녀가 흐느끼며 대답했다.

"난 머리를 감고 있었어요. 그 일에 대해 아무것도 모르고 있었다는 게 끔찍하게 여겨져요. 난 기분이 매우 좋았고 분주했어요."

"부인 방에 계셨나요?"

"예,"

"방에서 나가지 않으셨고요?"

"그래요. 차 소리가 들리기 전까지는요. 그런 다음 저는 밖으로 나왔고 무슨 일이 일어났는지 들었죠. 오, 정말 끔찍했어요!"

"그 일에 깜짝 놀라셨나요?"

머케이도 부인은 울음을 그쳤다. 그녀의 두 눈이 분개한 듯 휘둥그레졌다.

"무슨 뜻으로 하시는 말씀인가요, 무슈 푸아로? 지금 그 말씀은······?"

"제 말뜻이요, 마담? 조금 전 부인께서는 자신이 라이드너 부인을 얼마나 좋아했는지 말씀하셨지요. 그렇다면 아마도 라이드너 부인은 당신에게 속내 이야기를 털어놓았을 것 같아서요."

"오, 알겠어요······. 아뇨······ 그렇지 않아요. 사랑스러운 루이스는 내게 그런 이야기는 전혀 하지 않았어요. 아무 말도 하지 않았다고요. 물론 나는 그녀가 몹시 걱정이 많고 신경이 날카로워져 있다는 것은 알 수 있었지요. 그리고 기묘한 사건들도 있었어요. 누군가 손으로 창문을 두드린다든가 하는 일 말이에요."

"당신은 그걸 두고 망상이라고 했던 것 같은데요."

내가 잠자코 있을 수가 없어서 끼어들었다.

나는 그녀가 순간적으로 당황하는 모습을 보고 기분이 좋았다.

다시 한 번 나는 푸아로 씨가 재미있어 하는 눈길로 내 쪽을 응시하고 있다는 것을 깨달았다.

그는 사무적인 어조로 사태를 요약했다.

"그러니까, 마담, 당신은 머리를 감고 계셨군요. 아무것도 듣거나 보지도 못했고요. 우리에게 어떤 식으로든 도움이 될 만한 것은 없을까요?"

머케이도 부인은 생각할 시간도 갖지 않고 즉각 대답했다.

"예, 정말 없어요. 이건 정말이지 수수께끼예요. 하지만 난 분명히 말할 수 있어요. 살인범이 밖에서 들어왔다는 데에는 의심의 여지가 없어요. 왜냐하면, 그래야만 이치에 맞거든요."

푸아로가 그녀의 남편에게 몸을 돌렸다.

"그럼 당신은요, 무슈, 당신은 어떻게 생각하십니까?"

머케이도 씨는 신경이 날카로워진 듯 몸을 움직거렸다. 그는 속절없이 턱수염을 잡아당겼다.

"그렇고말고요. 틀림없이 그럴 겁니다. 하지만 어떻게 그녀를 죽일 생각을 할 수 있을까요? 그렇게 상냥한 사람이었는데……. 그렇게 친절했는데……."

그가 고개를 내저었다.

"누구든 간에 그녀를 죽인 자는 틀림없이 미치광이일 겁니다. 그래요, 미치광이예요!"

"그런데 무슈, 당신은 어제 오후를 어떻게 보내셨습니까?"

"저요?"

머케이도 씨가 멍한 눈으로 상대를 응시했다.

"당신은 실험실에 있었잖아, 조지프."

그의 아내가 그를 부추겼다.

"아, 그래요. 그랬습니다. 그랬지요. 늘 하는 일을 했습니다."

"몇 시에 그곳으로 가셨습니까?"

또다시 그는 속절없는 표정을 짓더니 묻는 듯한 눈길로 자기 아내를 바라보았다.

"12시 50분이었어, 조지프."

"아, 그래요. 12시 50분이었습니다."

"안뜰로 나오신 적은 없었습니까?"

그가 잠시 생각에 잠겼다.

"예……. 없었던 것 같습니다. 그래요, 분명 나오지 않았습니다."

"비극이 일어났다는 이야기를 언제 들으셨나요?"

"아내가 와서 말해주더군요. 끔찍한 일입니다. 충격적이고요. 저는 믿어지지가 않습니다. 지금 이 순간도 그것이 사실이라는 게 믿기지 않아요."

갑자기 그가 몸을 떨기 시작했다.

"이건 무시무시한 일입니다……. 무시무시한 일이에요……."

머케이도 부인이 재빨리 그의 곁으로 왔다.

"그래, 그래, 조지프. 하지만 우린 감정을 추스려야 해. 안 그러면 가엾은 라이드너 박사님이 훨씬 더 힘드실 거야."

나는 라이드너 박사의 얼굴에 고통의 경련이 지나가는 것을 보았다. 그로서는 이런 감정적인 분위기를 견뎌내기가 쉽지 않을 터였다. 그는 호소하는 눈길로 힐긋 푸아로를 바라보았다. 푸아로가 재빨리 반응을 보였다.

"존슨 양은요?"

그가 말했다.

"말씀드릴 만한 게 거의 없는 것 같아요."

존슨 양이 대답했다. 머케이도 부인의 새된 고음에 이어 들려온 그녀의 교양 있고 품위 있는 목소리는 사람의 마음을 가라앉혀 주었다. 그녀가 말을 계속했다.

"저는 거실에서 일을 하고 있었어요. 원통형 석인(石印)의 탁본을 뜨고 있었죠."

"뭔가 보거나 듣지 못했나요?"

"예."

푸아로가 재빨리 그녀에게 시선을 던졌다. 그 역시 내가 느낀 것을 포착한 모양이었다. 그녀의 목소리에 담긴 희미하게 불확실한 기미를.

"확신하십니까, 마드무아젤? 막연하게라도 생각나는 무엇인가가 없습니까?"

"없습니다……. 정말이지 없어요……."

"말하자면 의식하지 못하는 가운데 언뜻 눈에 띈 무엇 말입니다."

"예, 분명히 없어요."

그녀가 대답했다.

"그럼 뭔가 들은 것은요? 아, 그래요, 들었는지 아닌지 확신할 수 있는 어떤 것도 없습니까?"

존슨 양은 발끈한 듯 짧게 웃음을 터뜨렸다.

"몹시 집요하게 저를 몰아 세우시는군요, 무슈 푸아로. 선생님은 제 상상에 지나지 않는 것까지도 말하라고 부추기시는 것 같네요."

"그렇다면 뭔가 있기는 하군요. 그러니까…… 당신이 상상하고 있는 게 뭐죠?"

존슨 양은 단어 하나하나를 또렷하게 발음하며 천천히 말했다.

"줄곧 마음에 걸린 게 있어요……. 그 이후 말이에요……. 그날 오후 어떤 시각에 아주 희미한 비명 소리를 들은 것 같거든요…….

거실 창문들이 모두 열려 있어서 그런지 보리밭에서 일하는 사람들이 내는 온갖 소리가 들려왔지요. 그런데 말이죠, 그 이후 그것이…… 그것이 라이드너 부인의 소리였다는 생각이 드는 거예요. 그리고 그 때문에 좀 마음이 편치 않아요. 왜냐하면 그때 내가 즉각 자리에서 일어나 그녀의 방으로 달려갔다면…… 음, 누가 알겠어요? 무슨 손을 쓸 수 있었을지도."

라일리 박사가 권위 있는 음성으로 끼어들었다.

"자, 그런 생각은 하시지 마세요. 라이드너 부인은 그자가 방 안으로 들어서자마자 쓰러진 게 분명합니다.(이렇게 말하는 걸 용서하게, 라이드너.) 그 일격이 부인을 죽인 겁니다. 두 번째 타격은 없었습니다. 있었다면 부인은 도와달라고 외치거나 진짜 비명을 내지를 수 있었을 겁니다."

"그래도 제가 살인범을 잡을 수 있었을지는 모르잖아요."

존슨 양이 말했다.

"그때가 몇 시였습니까, 마드무아젤? 1시 30분 경이었나요?"

푸아로가 물었다.

"그 즈음이었을 거예요……. 그래요."

그녀는 잠시 생각에 잠겼다.

푸아로가 생각에 잠긴 어조로 말했다.

"시간은 들어맞는군요. 그밖의 다른 소리, 예를 들어 문이 여닫히는 소리 같은 건 듣지 못했나요?"

존슨 양이 고개를 저었다.

"아뇨, 그런 종류의 소리는 듣지 못한 것 같아요."

"당신은 탁자에 앉아 있었지요. 어느 쪽을 향하고 계셨나요? 안뜰 쪽입니까? 골동품실, 혹은 베란다 쪽? 아니면 탁 트인 들판 쪽?"

"안뜰 쪽을 향해 앉아 있었어요."

"당신 자리에서 압둘라 소년이 토기를 씻고 있는 것을 볼 수 있었 겠군요?"

"오, 그래요. 고개를 들고 올려다보았다면요. 하지만 저는 일에 몰 두해 있었어요. 모든 신경을 거기에 집중하고 있었지요."

"하지만 누군가 안뜰 쪽 창문 옆을 지나갔다면 알아차렸겠죠?"

"오, 그래요, 그렇다고 거의 확신할 수 있어요."

"그런데 아무도 지나가지 않았나요?"

"예."

"그런데 누군가 걸어서, 이번에도 안뜰 한가운데를 가로질러 지 나갔다면 당신이 그걸 알아차렸을까요?"

"내 생각엔…… 아마 몰랐을 것 같아요……. 조금 전 말씀드렸듯 이 고개를 들어 창밖을 내다보지 않았다면 말이죠."

"압둘라 소년이 일하던 자리를 떠나 밖으로 나가 다른 하인들과 합류한 것을 아셨나요?"

"몰랐어요."

"10분, 이 유명의 10분."

푸아로가 깊은 생각에 잠긴 채 중얼거렸다.

잠시 침묵이 흘렀다.

갑자기 존슨 양이 고개를 들더니 말했다.

"저, 무슈 푸아로, 의도적인 것은 아니지만 제가 당신에게 잘못된 정보를 드린 것 같아요. 곰곰이 생각해 보니, 라이드너 부인의 방에서 신음소리가 났다 해도 제가 있던 곳에서는 들을 수 없었을 것 같아요. 거실과 그녀의 방 사이에는 골동품실이 있거든요. 그리고 그녀의 방 창문은 닫혀 있었던 걸로 알고요."

"마음 쓰실 것은 없습니다, 마드무아젤. 솔직히 말씀드려 이건 그다지 중요한 게 아닙니다."

푸아로가 친절하게 말했다.

"예, 물론 그렇지요. 저도 알아요. 하지만 아시다시피 제겐 중요한 문제예요. 왜냐하면 제가 뭔가 할 수 있었다는 생각이 들거든요."

"자책하지 말아요, 친애하는 앤. 지나친 생각이에요. 당신이 들은 건 아마 멀리 떨어진 들판에서 어떤 아랍인이 또 다른 아랍인에게 외치는 소리였을 거예요."

라이드너 박사가 다정하게 말했다.

그의 친절한 어조에 존슨 양은 얼굴을 살짝 붉혔다. 두 눈에는 눈물까지 차올랐다. 그녀는 고개를 돌리고는 평소보다 훨씬 탁해진 목소리로 말했다.

"아마 그럴 거예요. 비극이 일어난 후 흔히 나타나는 현상이죠. 실제로 일어나지 않은 일을 상상하는 거 말이에요."

푸아로가 다시 한 번 노트에 눈길을 주었다.

"여기에 더 덧붙일 말이 있나요, 캐리 씨?"

리처드 캐리가 천천히 입을 열었다. 나뭇토막 같은 기계적인 태도였다.

"덧붙일 만한 얘기는 없는 것 같습니다. 저는 발굴 현장에서 일을 하고 있었습니다. 그곳에서 그 소식을 들었지요."

"그러면 살인이 일어나기 전 며칠 동안 일어난 일 중 도움이 될 만한 것도 없을까요?"

"전혀 없습니다."

"콜먼 씨는요?"

"저는 그 모든 일에서 벗어나 있었습니다."

그의 어조에는 일말의 안타까움이 어려 있었다.

"저는 어제 아침 일꾼들에게 줄 임금을 찾으러 하사니에에 갔거든요. 제가 돌아오자 에모트가 무슨 일이 있었는지 말해 주더군요. 저는 다시 차를 타고 경찰과 라일리 박사님을 모셔 왔습니다."

"그럼 그 전에는요?"

"음, 선생님, 좀 어수선한 상황이었습니다. 하지만 그 얘긴 선생님이 이미 알고 계십니다. 골동품실 소동이 있었고, 그 전에도 한두 가지 사건이 있었습니다. 창문에 손과 얼굴이 나타났다든가 하는 것 말입니다. 기억나실 겁니다, 박사님."

그가 호소하는 듯한 눈길로 라이드너 박사를 바라보자, 박사는 동의의 뜻으로 고개를 끄덕였다.

"내 생각에 범인은 밖에서 들어왔던 것 같습니다. 걸인 같은 사람이 교묘하게 집 안으로 들어온 게 분명합니다."

푸아로가 말없이 잠시 동안 그를 응시했다.

"당신은 영국인이죠, 콜먼 씨?"

이윽고 그가 물었다.

"맞습니다, 선생님. 순종 영국인이죠. 상표를 보십시오. 품질은 보증합니다."

"이번이 당신의 첫 시즌입니까?"

"맞습니다."

"그리고 당신은 고고학에 열정과 조예가 있으시고요?"

자신에 대한 이런 묘사에 콜먼은 좀 당황한 것 같았다. 그는 안색이 좀 붉어져서는 죄지은 학생 같은 표정으로 라이드너 박사를 옆눈으로 힐긋 보았다.

그가 더듬거리며 말했다.

"물론…… 이건 아주 흥미로운 분야입니다. 하지만 전…… 전 딱히 머리가 뛰어난 편이 아니라서……."

그는 좀 어색하게 말꼬리를 흐렸다. 푸아로는 더 이상 캐묻지 않았다.

그는 생각에 잠긴 채 연필 끝으로 탁자를 두드리고는 앞에 놓여 있는 잉크병의 위치를 바로잡았다.

"지금으로서는 이 정도가 우리가 알아낼 수 있는 최선인 것 같습니다. 여러분 중 누구라도 지금 잊어버리고 말하지 못한 무엇인가가 생각나시면 주저하지 마시고 내게 와서 말해주십시오. 이제 저는 라일리 박사님, 라이드너 박사님과 따로 몇 마디 나누는 것이 좋겠습니다."

그것은 모임을 해산한다는 신호였다. 우리 모두는 일어나 문을 나갔다. 내가 방을 나오려는 순간, 누군가 나를 불러 세웠다. 무슈 푸아로였다.

"혹시 레더런 간호사도 남아 있어 주실 수 있으신지요. 간호사의 도움은 우리에게 긴요할 겁니다."

나는 발길을 돌려 앉아 있던 자리에 다시 앉았다.

푸아로, 가설을 제기하다

라일리 박사가 자리에서 일어났다. 사람들이 모두 방을 나가고 나자, 그는 조심스럽게 방문을 닫았다. 그런 다음 푸아로에게 묻는 듯한 눈길을 던지고는 안뜰에 면해 있는 창문을 닫았다. 다른 창문들은 이미 닫혀 있었다. 그런 다음 그 역시 자기 자리로 가서 앉았다.

"비엥(좋습니다)! 이제 방해를 받지 않고 우리끼리만 있게 되었군요. 자유롭게 이야기할 수 있겠습니다. 이제 우리는 발굴단원들의 얘기를 다 들었습니다. 그렇습니다, 마 쇠르, 그런데 무슨 생각을 하십니까?"

나는 얼굴이 좀 붉어졌다. 이 우스꽝스러워 보이는 키 작은 사내의 눈썰미가 날카롭다는 사실은 부정할 수 없었다. 그는 내 마음속을 스쳐가는 생각까지도 꿰뚫어 보는 모양이었다. 나는 속마음이 얼굴 표정에 지나치게 잘 드러나는 게 아닐까.

"오, 아무것도 아니에요……."

내가 머뭇거리며 대답했다.

"어서 말하세요, 간호사. 전문가분을 기다리게 하지 말아요."

라일리 박사가 말했다.

내가 서둘러 대답했다.

"정말이지 별것도 아니에요. 지금 막 머릿속을 스쳐간 생각인데요. 말하자면, 누군가 뭔가 알고 있거나 의심이 간다 해도 다들 있는데서 그 이야기를 한다는 게 쉽지 않을 것 같아요. 더구나 라이드너 박사님 앞에서는요."

약간은 뜻밖에도, 무슈 푸아로는 동감이라는 듯 고개를 끄덕였다.

"바로 그렇습니다. 그렇고말고요. 당신 말이 옳습니다. 하지만 설명을 드리죠. 우리가 조금 전에 가졌던 작은 모임, 거기에는 목적이 있었습니다. 영국에서는 경주를 시작하기에 앞서 말들을 선보이지 않습니까? 경주마들이 관람석 앞으로 지나가 모두들 그 모습을 보고 판단할 기회를 갖는 겁니다. 그것이 제 작은 모임의 목적입니다. 스포츠 용어로 하자면, 가능성 있는 주자들을 훑어보는 거죠."

라이드너 박사가 격한 어조로 소리쳤다.

"나는 내 발굴단의 단원 중 누군가가 이 범죄에 연관되었다고는 한순간도 생각지 않습니다!"

그런 다음 박사는 내 쪽으로 몸을 돌리고는 권위적인 어조로 말했다.

"간호사, 이렇게 강권하지 않을 수 없군요. 이틀 전 내 아내와 당신 사이에 있었던 일을 지금 여기에서 무슈 푸아로에게 정확히 이야기해 드리세요."

그런 요구를 받은 나는 라이드너 부인이 사용했던 단어나 문장을 떠올리려 애쓰면서 곧장 이야기를 시작하지 않을 수 없었다.

내가 말을 마치자 무슈 푸아로가 말했다.

"아주 잘하셨습니다. 잘하셨어요. 당신은 머릿속이 말끔하게 정돈되어 있는 분이군요. 이곳에서 내게 많은 도움이 될 겁니다."

그가 라이드너 박사에게 몸을 돌렸다.

"그 편지들을 가지고 계신가요?"

"여기 갖고 있습니다. 당신이 우선적으로 이것들을 보고 싶어 하실 것 같더군요."

푸아로는 그것들을 받아들고 주의 깊게 살폈다. 그가 그 위에 파우더를 뿌리지도 않고 현미경 같은 것을 들이대지도 않는 것을 보고 나는 좀 실망했다. 하지만 그는 젊은 사람이 아니었으므로, 수사 방식도 그렇게 최신식은 아닐 터였다. 그는 그저 보통 사람들이 편지를 읽듯이 그것을 읽어 내려갔을 뿐이었다.

다 읽고 난 그는 편지를 내려놓고 목소리를 가다듬었다.

"이제 우리가 알아낸 사실들을 명료하게 정리해 봅시다. 이 편지들 중 첫 번째 것은 부인이 미국에서 박사님과 결혼한 직후 받은 것입니다. 다른 편지들도 있었지만, 부인은 그것들을 없애 버렸습니다. 첫 번째 편지에 이어 두 번째 편지가 도착했습니다. 두 번째 편지가 온 직후 두 분은 가스 중독으로 죽을 뻔했지요. 그런 다음 두

분은 미국을 떠나왔습니다. 그 이후 거의 2년 동안 편지가 오지 않았습니다. 이 편지들은 올해 이번 시즌이 시작되면서, 다시 말해서 최근 3주 전부터 다시 오기 시작했습니다. 맞습니까?"

"틀림없는 사실입니다."

"부인이 극도의 공포에 시달리는 온갖 징후를 보이자, 라일리 박사님과 의논 끝에 박사님은 부인과 줄곧 함께 있으면서 두려움을 가라앉혀 줄 사람으로 여기 레더런 간호사를 고용하셨고요?"

"그렇습니다."

"몇 가지 사건들이 있었습니다. 손들이 창문을 두들긴다든가, 유령 같은 얼굴이 나타난다든가, 골동품실에서 수상쩍은 소리가 들려온 것 같은 일 말입니다. 이런 일들 중 어느 것도 박사님은 직접 목격하시지 못하셨지요?"

"그렇습니다."

"실제로 라이드너 부인 말고는 아무도 보지 못한 건가요?"

"라비니 수사가 골동품실에서 불빛을 보았다고 했습니다."

"예, 그 이야기는 잊지 않고 있습니다."

그는 잠시 침묵한 다음 곧 다시 말했다.

"부인은 유언장을 만들어 두셨나요?"

"그렇지 않은 것 같습니다."

"왜 만들지 않으신 건가요?"

"아내의 관점에서 보자면 그럴 필요가 없었던 것 같습니다."

"부인은 부자가 아니었나요?"

"살아 있는 동안에는 부자였지요. 장인어른이 신탁으로 아내에게 상당한 재산을 남겨주셨거든요. 하지만 원금에는 손을 댈 수 없는 돈입니다. 아내가 죽은 후 그 돈은 아이에게 넘어가지만, 자녀가 없는 경우 피츠타운 박물관에 기증되게 되어 있었습니다."

푸아로는 생각에 잠긴 채 탁자를 두드렸다.

"그럼 이 사건에서 한 가지 동기를 제외해도 될 것 같습니다. 아시겠지만, 제가 어떤 사건에서 제일 먼저 조사하는 건 이런 것들입니다. 고인의 죽음으로 누가 이득을 보는가? 이 사건의 경우 그건 박물관이군요. 그렇지 않았다면, 그러니까 라이드너 부인이 상당한 재산을 소유한 채 유언장 없이 죽었다면 누가 그 돈을 상속받느냐가 중요해집니다. 박사님인가, 아니면 부인의 전남편인가 하는 것 말입니다. 하지만 전 남편의 경우 이런 어려움이 있겠죠. 재산을 청구하기 위해서는 자신이 살아 있다는 사실을 밝혀야 할 것이고, 그럴 경우 체포될 위험이 있습니다. 하지만 그 옛날 반역죄로 받았던 사형 판결이 전쟁이 끝나고 오랜 세월이 흐른 지금까지 유효하리라고 보긴 어려울 것 같군요. 그러나 이번엔 이런 추론이 필요 없을 것 같습니다. 앞서 저는 제일 먼저 돈 문제를 살펴본다고 말씀드렸죠. 다음번 단계로는 언제나 고인의 아내나 남편을 의심하고요. 이 사건의 경우 우선 박사님은 어제 오후 부인의 방 근처에도 간 적이 없다는 것이 증명되었고, 두 번째로 아내의 죽음으로 박사님은 얻는 것보다는 잃는 것이 더 많습니다. 셋째로……."

그가 말을 멈추었다.

"뭔가요?"

라이드너 박사가 물었다.

푸아로가 천천히 대답했다.

"셋째로…… 내가 보기에 당신은 부인에게 헌신적이었던 것 같습니다. 라이드너 박사, 부인에 대한 당신의 사랑은 평생 동안 지속되는 그런 열정이었지요. 그렇지 않습니까?"

라이드너 박사는 아주 짧게 대답했다.

"그렇습니다."

푸아로가 고개를 끄덕이고는 말했다.

"그렇다면 다음 단계로 넘어갑시다."

"찬성, 찬성입니다, 다음 문제로 넘어갑시다."

라일리 박사가 조바심을 내며 말했다.

푸아로가 그에게 나무라는 듯한 눈길을 보냈다.

"선생, 조바심 내지 마십시오. 이런 사건은 모든 면에서 질서와 체계를 갖고 접근해야 합니다. 그게 모든 사건에서 제가 지키는 법칙입니다. 몇 가지 가능성들을 제쳐놓고 나서 이제 우리는 아주 중요한 사항에 도달했습니다. 그러니까 탁자 위에 카드들이 전부 펼쳐져 있는 게 중요합니다. 숨겨진 것이 없어야 한다는 겁니다."

"당연한 말씀입니다."

라일리 박사가 말했다.

"그런 이유에서 나는 모든 진실을 말해달라고 요청합니다."

푸아로가 말을 이었다.

라이드너 박사가 놀란 얼굴로 그를 바라보았다.

"분명히 말씀드리는데요, 무슈 푸아로, 저는 아무것도 숨기지 않았습니다. 알고 있는 모든 것들을 당신에게 말했으며, 따로 묻어둔 것이 없습니다."

"투 드 멤(그렇다 해도) 박사님은 모든 것을 다 말하지는 않으셨습니다."

"아뇨, 다 말씀드렸습니다. 잊어버리고 말씀드리지 않은 건 없는 것 같습니다."

그는 몹시 곤혹스러워 보였다.

푸아로는 가볍게 고개를 저었다.

"그렇지 않습니다. 예를 들어, 박사님은 왜 레더런 간호사를 이곳으로 불러왔는지 말하지 않으셨습니다."

라이드너 몹시 당황한 것 같았다.

"하지만 그건 이미 설명했는데요. 너무나도 명백합니다. 내 아내의 신경과민…… 공포……."

푸아로가 몸을 앞으로 기울였다. 그는 손가락 하나를 천천히 그리고 의미심장하게 위아래로 흔들었다.

"아뇨, 아닙니다, 그렇지 않습니다. 뭔가가 선명하지 않습니다. 부인은 위험에 처해 있었습니다, 그래요…… 부인은 생명을 위협받고 있었습니다, 그렇습니다. 그런데 박사님은…… 경찰을 부르지 않고, 심지어 사립탐정도 부르지 않고 간호사를 데려온 겁니다! 그건 이치에 맞지 않는단 말입니다!"

"난…… 난……."

라이드너 박사가 말을 멈추었다. 그의 두 뺨이 달아올랐다.

"내 생각에는……."

그는 말을 끊고 한동안 깊은 침묵 속으로 빠져들었다.

푸아로가 그를 격려했다.

"말씀하십시오. 박사님 생각에는…… 어떻다는 겁니까?"

라이드너 박사는 입을 열지 않았다. 그는 고통스러워 보였고 마음이 내키지 않는 듯했다.

푸아로의 어조에 자신감과 호소력이 깃들었다.

"그것만 제외하면 박사님이 내게 들려준 이야기는 모두 이치에 맞습니다. 왜 간호사였나요? 한 가지 대답이 있을 수 있습니다. 그렇습니다. 실제로 오직 하나의 대답만이 있을 수 있습니다. 박사님은 부인이 위험에 처해 있다고 여기지 않았습니다."

그러자 라이드너 박사는 비명을 내지르며 말을 쏟아놓았다.

"신이여, 저를 도우소서! 저는 믿지 않았습니다. 믿지 않았지요."

푸아로는 고양이가 쥐구멍을 들여다보는 듯한 주의 깊은 시선으로 그를 지켜보았다. 쥐가 모습을 나타내는 즉시 펄쩍 뛰어 덮칠 만반의 태세를 갖추고서.

"그럼 무슨 생각을 하신 건가요?"

그가 물었다.

"모르겠습니다. 모르겠어요……."

"박사님은 분명히 알고 있습니다. 알고말고요. 내가 도와드릴 수 있습니다. 추측을 한번 해 보죠. 라이드너 박사님, 당신은 이 편지들이 모두 부인 자신이 쓴 것이 아닐까 하고 생각하지는 않으셨습니까?"

라이드너 박사는 대답할 필요가 없었다. 푸아로의 추측이 맞는 게 분명했다. 겁에 질려 자비를 구하는 듯이 들어 올려진 박사의 손이 많은 것을 말해주고 있었다.

나는 깊이 숨을 들이마셨다. 내 어렴풋한 추측이 맞았던 것이다! 예전에 이 일을 다 어떻게 생각하느냐고 나에게 물었을 때 라이드너 박사의 목소리에 어려 있던 그 기묘한 어조가 기억났다. 생각에 잠긴 채 천천히 고개를 끄덕이다가 나는 문득 무슈 푸아로가 나를 지켜보고 있다는 것을 깨달았다.

"당신도 같은 생각을 하고 있군요, 간호사?"

"그 생각이 제 머릿속을 지나갔어요."

내가 솔직하게 말했다.

"어떤 이유에서?"

나는 콜먼이 나에게 보여준 편지의 필체가 협박 편지의 필체와 비슷했노라고 설명했다.

푸아로가 라이드너 박사에게 고개를 돌렸다.

"박사님 역시 필체가 비슷하다는 것을 눈치 채셨습니까?"

라이드너 박사가 고개를 떨어뜨렸다.

"예, 그랬습니다. 그 필체는 작고 알아보기 어려웠지요. 루이스의 글씨처럼 크고 편안하지는 않았지만, 몇몇 글자들의 형태가 비슷했습니다. 제가 보여 드리죠."

그는 안주머니에서 몇 통의 편지를 꺼내더니 그중 한 장을 골라 푸아로에게 건넸다. 그의 아내가 그에게 보낸 편지 중의 한 장이었다. 푸아로는 그것을 익명의 편지와 주의 깊게 비교했다.

그가 나직하게 말했다.

"예, 그렇군요. 몇 가지 유사한 점이 있군요. 에스(s)자를 쓰는 독특한 방식, 특징적인 이(e)자 같은 것들이요. 난 필적 감정사가 아니라 단정을 내릴 수는 없어요.(그러나 이런 문제에 있어서 필적 감정사들 간에 의견이 일치하는 것은 한 번도 본 적이 없답니다.) 하지만 적어도 두 필적 간에 유사성이 눈에 띈다는 말은 할 수 있겠네요. 이 편지들은 같은 사람에 의해 쓰였을 가능성이 높습니다. 하지만 확실한 건 아닙니다. 우리는 언제나 다른 가능성을 염두에 두어야 하니까요."

푸아로는 의자에 앉은 채 몸을 뒤로 기대고 생각에 잠긴 어조로 말했다.

"세 가지 가능성이 있습니다. 첫째, 필적의 유사성은 순전히 우연이다. 둘째, 이 협박 편지들은 어떤 알 수 없는 이유에서 라이드너 부인 자신에 의해 씌어졌다. 셋째, 이 편지들은 누군가 의도적으로 부인의 필적을 모방해서 쓴 것이다. 그런데 그렇다면 왜 그랬을까요? 타당한 이유가 없어 보입니다. 이 세 가지 설명 중 하나가 맞을 겁니다."

그는 잠시 동안 생각에 잠겼다가 이윽고 라이드너 박사에게 몸을 돌리고는 다시 특유의 활기찬 태도로 물었다.

"아내 자신이 이 편지들의 발송자일지도 모른다는 생각이 처음으로 떠올랐을 때 당신은 어떻게 반응하셨나요?"

라이드너 박사는 고개를 저었다.

"나는 가능한 한 빨리 그 생각을 내 머릿속에서 몰아냈습니다. 기괴한 일이라는 느낌이 들어서요."

"다른 설명을 찾아내진 않으셨나요?"

그가 주저하며 말했다.

"음, 아내가 과거의 일을 되새기며 괴로워하다가 머리가 살짝 이상해진 게 아닐까 생각했습니다. 자기도 의식하지 못하는 가운데 아내가 그 편지들을 썼을 수도 있다고 생각했지요. 그럴 수도 있는 일 아닌가?"

그가 라일리 박사에게 몸을 돌리며 덧붙였다.

라일리 박사는 입술을 비죽 내밀었다.

"인간의 두뇌에서는 거의 모든 게 가능하다네."

그가 애매하게 대답했다.

하지만 그는 눈을 빛내며 푸아로를 바라보았고, 그 눈빛에 복종이라도 하듯 푸아로는 화제를 돌렸다.

"이 편지들은 흥미로운 대상입니다. 하지만 우리는 이 사건에 전체적으로 집중해야 합니다. 내가 보기에는 세 가지 가능성이 있습니다."

"세 가지요?"

"예. 첫 번째 답은 가장 단순합니다. 부인의 첫 남편이 아직 살아 있다는 겁니다. 그는 처음에는 부인을 협박했고, 이어 자신의 협박을 실행에 옮겼습니다. 이 가설을 취할 경우, 우리의 문제는 그가 어떻게 다른 사람의 눈에 띄지 않은 채 방 안으로 들어갔다가 나올 수 있었는가를 밝혀내는 것입니다.

두 번째 답은 라이드너 부인 자신이 나름대로의 이유에서(그 이유는 일반인들보다 의사들이 이해하기가 더 쉽겠지요.) 그 협박 편지를 썼다는 겁니다. 가스 중독 사건은 그녀가 꾸민 일이었습니다.(잊지 마십시오, 가스 냄새를 맡고 박사님을 깨운 것은 부인이었다는 사실을요.) 하지만 만약 이 편지들을 라이드너 부인 자신이 썼다면, 공포에 질린 부인의 행동이 설명되지 않습니다. 그러므로 우리는 다른 곳에서 살인범을 찾아야 합니다. 바로 발굴단원들 가운데에서 찾아야 하는 겁니다. 그렇습니다."

라이드너 박사에게서 항의의 중얼거림이 나오자 그에 대한 대답으로 푸아로가 말을 이었다.

"이건 그저 논리적인 결론일 뿐입니다. 그들 중의 한 사람이 개인적인 원한을 풀기 위해 부인을 죽였습니다. 그 사람은 이 편지들에 대해 알고 있었겠죠. 아니면 라이드너 부인이 어떤 식으로든 누군가를 실제로 두려워하고 있거나 두려워하는 척하고 있다는 걸 알고 있었을 겁니다. 살인범의 입장에서 보면 그 사실은 자신의 범행을 안전하게 만들어주는 방패막입니다. 그는 범행이 수수께끼의 외부인, 그러니까 협박 편지를 쓴 사람에게 전가되리라고 확신했습니다.

이 답의 또 다른 가능성은 살인자가 라이드너 부인의 과거에 대해 알고서 그 편지를 썼을 수도 있다는 겁니다. 하지만 그럴 경우 범인이 왜 부인의 필적을 모방했는지가 석연치 않습니다. 우리가 아는 바로는 그 편지들이 외부인에 의해 씌어진 것으로 보이는 것이 그에게 더 유리했을 테니까요.

내가 보기에는 세 번째 답이 가장 흥미롭습니다. 나는 그 협박 편지들이 진짜가 아닐까 하고 생각합니다. 그 편지들은 라이드너 부인의 전 남편(혹은 그의 동생)이 쓴 것이며, 그가 지금 발굴단원 중의 한 사람인 겁니다."

용의자들

라이드너 박사가 튕겨지듯 자리에서 일어섰다.

"그럴 순 없습니다! 절대로 불가능합니다! 정말 터무니없는 생각입니다!"

무슈 푸아로는 아주 차분하게 그를 바라볼 뿐 아무 말도 하지 않았다.

"선생 말은 아내의 전 남편이 발굴단원 중의 하나인데, 아내가 그를 알아보지 못했다는 겁니까?"

"바로 그렇습니다. 몇 가지 사실들을 생각해 보십시오. 부인은 약 15년 전 이 남자와 겨우 몇 달을 함께 살았습니다. 세월이 이렇게 흐른 후 그와 마주쳤을 때 부인이 그를 알아볼 수 있을까요? 지는 그렇지 않을 거라고 생각합니다. 그의 얼굴은 변했고, 체격도 달라졌을 겁니다. 목소리는 그렇게 바뀌지 않겠지만 그건 쉽사리 변조할 수 있는 부분입니다. 그리고 잊지 마십시오, 부인은 그자를 주변 사람 중에서 찾아볼 생각은 하지 않았다는 것을요. 부인은 그를 외부 어딘가에 있는 사람, 낯선 사람으로 상정합니다. 그래요, 부인은 그를 알아보지 못할 겁니다. 또 형에게 그렇게 헌신적이었던 그 아이도 이제 어른이 되었습니다. 서른 살에 가까운 성인 남자를 보고 부인이 열 살이나 열두 살이었던 소년의 모습을 떠올릴 수 있을까요? 그렇습니다, 윌리엄 보스너도 염두에 두어야 합니다. 그가 보기에 자기 형은 반역자가 아니라 애국자, 그의 조국 독일을 위해 죽은 순교자라는 걸 잊지 마십시오. 그에게 라이드너 부인은 배신자입니다. 사랑하는 자기 형을 죽게 만든 괴물이라고요! 쉽게 영향을 받는 어린아이는 영웅 숭배에 빠져들 수 있고, 어린 마음은 한 가지 생각에 쉽게 사로잡힐 수 있답니다. 그 생각이 성인이 된 이후에도 지속되는 거지요."

라일리 박사가 말했다.

"충분히 그럴 수 있습니다. 아이들은 잘 잊어 버린다는 일반적인 견해는 옳지 않습니다. 아주 예민한 시기에 받은 자극에 사로잡혀 평생을 보내는 사람들이 많습니다."

"비엥(좋습니다). 이제 두 가지 가능성이 있습니다. 이제 쉰 살의 중년이 된 프레드릭 보스너와, 서른이 조금 안 되었을 윌리엄 보스너 말입니다. 이 두 가지 관점에서 박사님의 단원들을 살펴봅시다."

"이건 어이없는 생각입니다. 내 단원들이라니! 내 발굴단의 단원들이라니……."

라이드너 박사가 중얼거렸다.

푸아로가 건조한 어조로 말했다.

"그리고 논리적으로 혐의가 없는 사람을 가려내는 겁니다. 아주 유용한 방식입니다. 코망송(시작합시다)! 프레드릭이나 윌리엄일 수가 없는 사람이 누구일까요?"

"여자들입니다."

"물론 그렇죠. 존슨 양과 머케이도 부인은 제외합니다. 또 누가 있을까요?"

"캐리요. 그와 나는 내가 루이스를 만나기 여러 해 전부터 함께 일해 왔었습니다."

"또 나이대도 맞지 않습니다. 그는 서른여덟인가 아홉쯤 된 것 같은데, 프레드릭이라기에는 너무 젊고 윌리엄이라기에는 너무 나이가 많아요. 이제 나머지 사람들을 봅시다. 라비니 수사와 머케이도 씨가 있습니다. 이 두 사람 모두 프레드릭 보스너일 수 있습니다."

"하지만 친애하는 선생님."

라이드너 박사가 짜증과 장난기가 섞인 목소리로 외쳤다.

"라비니 수사는 비명(碑銘) 학자로서 세계적으로 알려진 인물이고, 머케이도는 뉴욕의 유명한 박물관에서 여러 해 동안 일해 왔습니다. 그 두 사람 중 누구라도 선생님이 생각하시는 사람일 수가 없단 말입니다!"

푸아로가 가볍게 손을 내저었다.

"불가능하다…… 불가능하다…… 나는 그 단어를 취하지 않습니다! 나는 언제나 불가능한 것을 아주 면밀하게 조사합니다! 하지만 일단 지금은 넘어갑시다. 또 누가 있습니까? 독일식 이름을 가진 청년 칼 라이터, 데이비드 에모트……"

"그는 두 시즌에 걸쳐 나와 함께 일했다는 걸 잊지 마십시오."

"그는 선천적으로 인내심이 강한 청년입니다. 만약 그가 범행을 저질렀다면 서두르지 않고 해낼 겁니다. 모든 것을 치밀하게 준비해서요."

라이드너 박사는 절망적인 몸짓을 해 보였다. 푸아로가 말을 계속했다.

"그리고 마지막으로 윌리엄 콜먼이 있습니다."

"그는 영국인입니다."

"푸르쿠아 파(그렇다고 아니라는 이유가 어디 있습니까)? 라이드너 부인의 말에 따르면 그 소년은 미국을 떠나 종적이 묘연해졌다고 합니다. 그가 영국에서 성장했을 수도 있습니다."

"선생님은 모든 질문에 대해 대답을 갖고 계신 것 같군요."

라이드너 박사가 말했다.

나는 골똘히 생각하고 있었다. 처음부터 나는 콜먼의 태도가 코미디 작가 우드하우스의 작품에 나오는 등장인물과 좀 비슷하다고 생각했었다. 실제로 그는 어떤 역할을 연기하고 있는 것일까?

푸아로는 작은 수첩에 무엇인가 적고 있었다. 그가 말했다.

"질서와 체계를 갖고 해 나갑시다. 첫 번째, 두 사람이 있습니다. 라비니 수사와 머케이도 씨입니다. 두 번째로는 콜먼, 에모트, 라이터가 있습니다.

이제 문제의 반대 국면으로 넘어갑시다. 수단과 기회 말입니다. 그 발굴단원들 가운데 범죄를 저지를 수단과 기회가 있었던 사람이 누구일까요? 캐리는 작업장에 있었고, 콜먼은 하사니에에 있었고, 박사님 자신은 옥상에 올라가 있었습니다. 그러면 라비니 수사, 머케이도 씨, 머케이도 부인, 데이비드 에모트, 칼 라이터, 존슨 양, 그리고 레더런 간호사가 남습니다."

"오!"

나는 외마디 소리를 지르며 의자에 앉은 채 엉덩방아를 찧었다.

푸아로 씨가 반짝이는 눈으로 나를 쳐다보았다.

"예, 유감스럽지만요, 간호사, 당신도 포함시켜야 합니다. 안뜰에 아무도 없을 때 라이드너 부인의 방으로 가서 그녀를 죽이는 것은 당신에겐 아주 쉬운 일이었을 겁니다. 당신은 근육도 발달했고 힘도 있는 데다 부인은 타격이 가해지는 그 순간까지 전혀 경계하지 않았을 사람이니까요."

나는 너무나도 신경이 곤두서서 한마디도 할 수가 없었다. 라일리 박사가 몹시 재미있어 하는 것이 눈에 띄었다.

"어떤 간호사가 자신의 환자들을 하나씩 살해한 흥미로운 사건도 있습니다."

그가 나직하게 말했다. 나는 몹시나 신술궂은 눈길로 그를 쏘아보았다!

라이드너 박사의 마음은 다른 쪽으로 치닫고 있었던 모양이었다.

그가 항의했다.

"에모트는 아닙니다, 무슈 푸아로. 그 친구를 포함시킬 수는 없습니다. 그가 그 10분 동안 나와 함께 옥상에 있었다는 것을 잊지 마십시오."

"그럼에도 그를 제외시킬 수는 없습니다. 그는 아래로 내려와 곧장 라이드너 부인의 방으로 가서 그녀를 죽인 다음 소년을 불렀을 수도 있습니다. 혹은 소년을 당신에게 보내 놓고 그 틈을 타서 부인을 살해했을 수도 있고요."

라이드너 박사가 고개를 내저으면서 중얼거렸다.

"이 무슨 악몽인지! 이 모두가 너무나도…… 터무니없습니다."

놀랍게도 푸아로가 그 말에 동의했다.

"그렇습니다, 사실입니다. 이건 터무니없는 사건입니다. 자주 만날 수 있는 사건은 아닙니다. 대개 살인 사건은 무척 야비하죠. 아주 단순합니다. 하지만 이건 독특한 살인 사건입니다……. 제가 보기에는, 라이드너 박사님, 부인은 평범치 않은 여자였던 것 같습니다."

그가 너무나도 예리하게 정곡을 찌르는 바람에 나는 소스라치지 않을 수 없었다.

"그렇죠, 간호사?"

그가 물었다.

라이드너 박사가 차분히 말했다.

"루이스가 어떤 사람이었는지 저분에게 말해 주십시오, 간호사. 당신은 편견을 갖고 있지 않으니까요."

내가 아주 솔직하게 말했다.

"부인은 아주 사랑스러웠어요. 경애심과 뭔가 해 주고 싶은 마음이 들지 않을 수 없는 분이었죠. 부인 같은 분을 저는 한 번도 만나 본 적이 없어요."

"고마워요."

라이드너 박사가 내게 미소를 지어 보였다.

푸아로가 예의 바르게 말했다.

"귀중한 제삼자의 증언이군요. 자, 추리를 계속합시다. '수단과 기회'라는 관점에서 보면 일곱 사람이 있습니다. 레더런 간호사, 존슨 양, 머케이도 부인, 머케이도 씨, 라이터 씨, 에모트 씨, 그리고 라비니 수사 말입니다."

다시 한 번 그는 목을 가다듬었다. 내가 줄곧 목격한 바에 따르면, 외국인들은 정말이지 이상망측한 소리를 내는 경향이 있었다.

"일단 세 번째 추리가 맞는다고 합시다. 다시 말해서 살인범이 프레드릭이나 윌리엄 보스너로서 그들이 발굴단의 일원이라는 겁니다. 두 개의 목록을 비교함으로써 우리는 용의자를 넷으로 좁힐 수 있습니다. 라비니 수사, 머케이도 씨, 칼 라이터, 데이비드 에모트입니다."

라이드너 박사가 단호한 어조로 말했다.

"라비니 수사가 범인일 수는 없습니다. 그는 카르다고의 백의 선교회 소속입니다."

"그리고 그의 턱수염도 진짜랍니다."

내가 끼어들었다.

푸아로가 말했다.

"마 쇠르, 일류 살인범은 절대로 가짜 수염을 달지 않는답니다!"

"이 살인범이 일류라는 걸 어떻게 아시죠?"

내가 반항적으로 물었다.

"일류 살인범이 아니라면, 지금쯤에는 모든 사실이 내게 손에 잡힐 듯이 들어왔을 테니까요. 그런데 그렇지가 않은 겁니다."

'굉장한 독단이군.'

나는 화제를 다시 수염으로 돌렸다.

"어쨌든 그런 수염을 기르려면 시간이 많이 걸릴 거예요."

"실용적인 관찰입니다."

푸아로가 말했다.

라이드너 박사가 짜증스럽게 말했다.

"터무니없는 생각입니다. 정말 터무니없어요. 그와 머케이도 둘다 유명한 인물들입니다. 오래전부터 유명한 사람들이죠."

푸아로가 그에게 고개를 돌렸다.

"박사님은 진상을 보지 못하고 계십니다. 중요한 사항을 이해하지 못하시는 겁니다. 프레드릭 보스너가 죽지 않고 살아남았다면…… 이 모든 세월 동안 그는 무엇을 해왔을까요? 그는 틀림없이 이름을 바꾸었을 겁니다. 경력도 쌓았을 테고요."

"백의 선교회의 수도사로 말입니까?"

라일리 박사가 믿을 수 없다는 듯 되물었다.

"그건 좀 터무니없긴 합니다, 그래요."

푸아로가 인정했다.

"하지만 그 가능성도 제쳐놓을 수는 없습니다. 게다가 다른 가능성들도 있답니다."

"젊은 친구들 말인가요? 내 의견을 알고 싶으시다면 말인데, 당신이 지목한 용의자들 중에서 표면적으로 그럴 듯해 보이는 사람이 하나 있습니다."

라일리가 말했다.

"그게 누구죠?"

"칼 라이터 청년입니다. 실제로 그에게는 불리한 점이 전혀 없습니다만, 자세히 살펴보면 몇 가지 사실들을 인정하게 됩니다. 그는 나이대가 맞고, 독일식 이름을 가지고 있으며, 올해 새로 왔고, 충분한 기회가 있었습니다. 그는 사진실에서 걸어 나와 안뜰을 가로질러가서 끔찍한 짓을 저지른 다음 적당한 때를 봐서 재빨리 돌아가기만 하면 되었습니다. 그가 방을 비운 사이에 누군가 사진실에 들어왔다 해도, 자신은 사진실 내 암실에 있었노라고 태연히 둘러댈 수도 있지요. 그가 반드시 범인이라는 건 아니지만, 누군가에게 혐의를 두어야 한다면 그가 가장 그럴싸한 인물인 것 같습니다."

무슈 푸아로는 그 말을 귀담아 듣는 눈치가 아니었다. 그는 진지하긴 하지만 믿어지지 않는 듯한 태도로 고개를 끄덕이고는 말했다.

"예, 그가 가장 그럴싸한 인물이긴 하군요, 하지만 사태는 그렇게 간단치 않답니다."

그런 다음 그는 다시 말했다.

"일단 이 정도로 해 둡시다. 괜찮다면 이제는 범죄가 발생한 방을 살펴보고 싶습니다."

"물론 그러셔야죠."

라이드너 박사가 자기 호주머니를 뒤져보다가는, 이윽고 라일리 박사를 쳐다보며 말했다.

"참, 메이틀랜드 서장이 열쇠를 가져갔지."

"메이틀랜드가 내게 주더군. 그 쿠르디시 사건 때문에 가 봐야 한다면서 말일세."

라일리 박사는 이렇게 대답하고 열쇠를 꺼냈다.

라이드너 박사가 머뭇거리면서 말했다.

"괜찮으시다면…… 내가 가는 대신 혹시 간호사와……."

"물론, 물론 괜찮습니다. 이해하고말고요. 박사님을 필요 이상으로 괴롭히고 싶진 않습니다. 괜찮으시다면, 나와 함께 가주시지요, 마 쇠르."

"물론 그러죠."

내가 대답했다.

세면대 옆의 핏자국

부검을 위해 라이드너 부인의 시체만이 하사니에로 옮겨졌을 뿐, 그녀의 방은 원래 상태 그대로 보존되어 있었다. 그녀의 방에는 물건이 별로 없어서 경찰 조사에 그리 오랜 시간이 걸리지 않았을 터였다.

방문 오른쪽에 침대가 있었고, 그 맞은편에는 창살 달린 두 개의 창이 들판에 면해 나 있었다. 두 창 사이에는 서랍 두 개짜리 수수한 참나무 탁자가 놓여 있었는데, 라이드너 부인은 그것을 화장대로 사용했던 모양이었다. 동쪽 벽에는 전나무 서랍장 하나가 놓여 있었고 고리들이 줄지어 박혀 있었는데, 그 고리에 걸린 옷들 위에는 면으로 된 자루 같은 것이 씌워져 있었다. 방문 바로 왼쪽에는 세면대가 보였다. 방 중앙의 큼직하고 수수한 참나무 탁자 위엔 압지대와 잉크스탠드와 작은 서류가방이 놓여 있었다. 라이드너 부인이 익명의 편지들을 넣어두었던 가방이었다. 커튼은 짤막한 스트립 커튼*으로, 흰색과 오렌지색 패널이 교차된 그 지역 제품이었다. 돌로 된 바닥에는 염소가죽 러그들이 깔려 있었다. 두 개의 창과 세면대 앞에는 흰 바탕에 갈색 줄무늬가 들어간 폭 좁은 러그 세 장이 깔려 있었고, 침대와 책상 사이에는 갈색 바탕에 흰 줄무늬가 들어간 더 크고 질 좋은 러그가 깔려 있었다.

찬장이나 벽감이나 긴 커튼 같은 건 없었다. 따라서 사람이 몸을 숨길 만한 곳은 없을 터였다. 수수한 철제 침대에는 나염된 면덮개가 덮여 있었다. 그 방에서 눈에 띄는 사치의 흔적이라고는 부드럽고 푹신한 최상급 오리털로 속을 채운 세 개의 베개뿐이었다. 이곳에서 그런 베개를 갖고 있는 사람은 라이드너 부인밖에 없었다.

라일리 박사는 라이드너 부인의 시신이 발견된 정황을 간단하게 설명했다. 침대 옆 러그 위에 나동그라져 있었다는 것이었다.

자신의 설명을 쉽게 이해시키기 위해 그는 나에게 앞으로 나와 달라고 손짓했다.

"괜찮다면 자세를 한번 취해 주겠습니까, 간호사?"

그가 물었다.

나는 까다롭게 구는 편이 아니다. 나는 바닥에 누워 라이드너 부인의 시신이 발견되었을 때와 가장 가까운 자세를 취했다.

---

* 세로로 절개된 패널을 일정하게 가로로 겹쳐 설치하는 커튼.

"아내의 시신을 발견하고 라이드너 박사가 고개를 들어올렸죠. 그에게 자세히 물어봤는데, 시신의 위치를 바꿔놓진 않은 것 같더군요."

라일리 박사가 말했다.

"상당히 단순한 것 같군요. 부인은 침대에 누워서 잠이 들었거나 쉬고 있었습니다. 누군가 문을 열고 들어오자, 부인은 고개를 들고 자리에서 일어났는데……."

푸아로가 말했다.

"그런데 그자가 그녀를 내리쳤습니다."

라일리 박사가 말을 끝냈다.

"그녀는 그 타격으로 정신을 잃고 즉사했을 겁니다. 아시겠지만……."

그는 전문용어를 써 가면서 상황을 설명했다.

"그렇다면 피는 많이 흘리지 않았겠군요?"

푸아로가 물었다.

"예, 뇌출혈이 있었을 뿐입니다."

"에 비엥(그렇다면) 아주 명료해 보이는군요. 한 가지만 제외하면 말입니다. 방에 들어온 사람이 낯선 사람이었다면, 왜 라이드너 부인이 즉각 비명을 질러 도움을 요청하지 않았을까요? 그녀가 비명을 질렀다면 누군가가 들었을 겁니다. 레더런 간호사도 들었을 것이고, 에모트 씨와 일하는 소년도 들을 수 있었겠지요."

푸아로가 말했다.

"그 질문에는 쉽게 대답할 수 있습니다. 낯선 사람이 아니었기 때문일 겁니다."

라일리 박사가 건조한 어조로 말했다.

푸아로가 고개를 끄덕였다.

"그렇겠군요. 부인은 그 사람을 보고 놀랐을 수는 있습니다. 하지만 두려워하지는 않았습니다. 그러고는 그가 내리치는 순간, 비명 같은 것을 내질렀겠지요. 너무 늦게서야 말입니다."

그가 생각에 잠긴 채 말했다.

"그 비명을 존슨 양이 들은 게 아닐까요?"

"예, 만약 존슨 양이 정말 무슨 소리를 들었다면 말이죠. 하지만 여러 가질 고려해 볼 때 그 점은 회의적입니다. 이 벽들은 두껍고 창문은 닫혀 있었으니까요."

푸아로는 침대로 다가갔다.

"당신이 방을 나올 때 부인은 침대에 누워 있었습니까?"

그가 내게 물었다. 나는 내가 한 일을 그대로 설명했다.

"부인은 잠을 자려고 했을까요, 아니면 책을 읽으려고 했을까요?"

"제가 부인께 책을 두 권 드렸어요. 가벼운 책 하나와 회상록이었죠. 부인은 종종 책을 좀 읽다가 잠이 들곤 했습니다."

"그리고 부인의 태도는…… 뭐라고 하면 좋을까…… 평소와 다름이 없었습니까?"

나는 잠시 생각해 보았다.

"예, 부인은 극히 정상이었고, 기분도 좋았어요. 약간 냉담한 기미가 있긴 했지만, 그건 전날 제게 속내를 털어놓았기 때문이었을 거예요. 그런 일이 있고 나면 사람들은 때때로 조금 불편해 하거든요."

내가 말했다.

푸아로의 눈이 반짝 하고 빛났다.

"아, 그렇죠. 그렇고말고요. 나도 잘 알지요."

그가 방 안을 둘러보았다.

"그런데 살인이 일어난 후 여기 들어왔을 때 모든 게 전과 다름이 없었습니까?"

나 역시 주위를 둘러보았다.

"예, 그런 것 같아요. 기억나는 게 없는데요."

"부인을 내려 친 흉기의 흔적 같은 것도 없었나요?"

"예."

푸아로가 라일리 박사를 쳐다보았다.

"박사님 생각엔 흉기가 무엇일 것 같습니까?"

라일리 박사가 재빨리 대답했다.

"상당히 큼직하면서 모서리나 끝이 날카롭지 않은, 꽤 육중한 물체인 듯합니다. 말하자면 모서리가 둥글게 처리된 조각상 받침 같은 것 말입니다. 아, 제 말은 꼭 그게 흉기라는 게 아니라 그런 종류라는 겁니다. 타격은 아주 큰 힘으로 가해졌습니다."

"센 완력으로 쳤겠죠? 남자의?"

"예…… 하지만……"

"하지만…… 뭐죠?"

라일리 박사가 천천히 말했다.

"라이드너 부인이 무릎을 꿇고 있었을 수도 있지요……. 그럴 경우 육중한 흉기로 위에서 내리친다면 그렇게 큰 힘이 필요하지 않았을 겁니다."

"무릎을 꿇었다고요. 그거 흥미로운 생각이로군요."

푸아로가 읊조리듯 중얼거렸다.

라일리 박사가 서둘러 말했다.

"그저 한번 생각해 본 것뿐입니다. 그렇게 생각할 만한 근거 같은 건 전혀 없습니다."

"하지만 가능성은 있지요."

"예. 그리고 요컨대 상황을 고려해 보면 그렇게 어이없는 생각도 아닙니다. 본능적으로 너무 늦었다는 것을 감지한 부인은 두려움 때문에 비명을 지르기보다는 무릎을 꿇고 애원했을 수도 있습니다. 누군가 도우러 오기에는 이미 늦었다고 생각해서 말입니다."

"예, 그거 좋은 생각입니다……."

푸아로가 생각에 잠긴 어조로 말했다.

있을 법하지 않은 일이라고 나는 생각했다. 라이드너 부인이 누군가에게 무릎을 꿇다니, 나로서는 그런 걸 한순간도 상상할 수 없었다.

푸아로가 천천히 방 안을 돌아다니기 시작했다. 그는 창문을 열고 쇠창살을 점검하더니 창살 사이로 고개를 내밀어서는 어깨가 통과할 수 없다는 것을 확인한 다음 만족한 기색이었다.

"당신이 죽은 부인을 발견했을 때 창문은 모두 닫혀 있었다고요. 12시 45분 당신이 이 방을 나갈 때에도 창문이 닫혀 있었나요?"

"예, 오후에는 항상 닫혀 있답니다. 거실과 식당 창문들과는 달리 이 창문에는 방충망이 달려 있지 않거든요. 그래서 파리가 들어오지 못하도록 닫아두죠."

푸아로가 나직하게 말했다.

"그러니까 창문을 통해 누군가 들어 오는 것은 불가능하군요. 그리고 흙벽돌로 된 벽들은 더없이 단단합니다. 들창이나 천창도 없고요. 그렇습니다, 이 방으로 들어오기 위해서는 단 한 가지 방법뿐입니다. '문'으로 들어오는 겁니다. 그리고 문으로 들어오기 위해서는 '안뜰'을 지나야만 합니다. 아치 문을 지나야 하는 거죠. 그런데 당시 아치 문 밖에는 다섯 사람이 있었고, 그들 모두 같은 말을 하고 있습니다. 그들이 거짓말을 하는 것 같지는 않습니다……. 그래요. 그들은 거짓말을 하고 있지 않습니다. 누군가 뇌물을 주어 그들의 입을 막아놓은 것은 아닙니다. 살인범은 '여기' 있었습니다……."

나는 아무 말도 하지 않았다. 조금 전 모두 식탁에 둘러앉았을 때 나는 바로 그런 느낌을 받지 않았던가?

푸아로는 천천히 방 안을 왔다갔다했다. 그는 서랍장에서 사진 하나를 집어 들었다. 하얀 턱수염을 기른 노인의 사진이었다. 푸아로는 묻는 듯한 눈길로 나를 쳐다보았다.

"라이드너 부인의 아버지세요. 부인이 그렇게 말씀하시더군요."

내가 말했다.

푸아로는 사진을 내려놓고 화장대 위의 물건들을 힐긋 바라보았다. 모두 거북껍질로 만들어진 것들로 단순하지만 질이 좋아 보였다. 그는 선반 위의 책을 바라보며 제목을 소리내어 읽었다.

"『그리스인들이란?』(존 린튼 마이리스), 『상대성 이론 입문』(알버트 아인슈타인), 『레이디 헤스터 스탠호프의 일생』(캐서린 루시 빌헬리나 폴레트), 『크루 트레인』(로즈 매콜리), 『므두셀라로 돌아가라』(조지 버너드 쇼), 『린다 콘든』(조지프 허거스마이어). 그렇군요, 이 책들이 시사하는 게 있군요. 라이드너 부인은 바보가 아니었습니다. 그녀는 지적인 여자였습니다."

"오! 부인은 아주 똑똑한 여자였어요. 책을 많이 읽었고, 아는 것이 많았죠. 부인은 보통 사람과 좀 달랐어요."

내가 힘주어 말했다.

푸아로가 나를 건너다보며 미소를 지었다.

"그렇지요. 난 이미 그런 줄 알고 있었답니다."

그는 내 앞을 지나 세면대 앞에서 잠시 걸음을 멈추었다. 세면대 위에는 병들과 화장 크림이 담긴 커다란 쟁반이 놓여 있었다.

다음 순간 그는 갑자기 주저앉더니 러그를 들여다보았다.

라일리 박사와 내가 재빨리 그에게로 다가갔다. 그는 갈색 러그 위에 떨어진 거의 눈에 띄지 않는 작은 암갈색 얼룩을 살펴보고 있었다. 실제로 그 얼룩은 흰색 줄무늬 부분에서만 겨우 알아볼 수 있었다.

그가 물었다.

"어떻게 생각하십니까, 박사님? 핏자국일까요?"

라일리 박사가 무릎을 꿇고 앉았다.

"그럴 수도 있습니다. 원하신다면 확인해 볼까요?"

그가 말했다.

"그렇게 해 주시면 정말 고맙겠습니다."

푸아로는 물병과 세면기를 살펴보았다. 물병은 세면대 옆에 속이 빈 채로 놓여 있었다. 하지만 세면대 옆에 놓인 빈 휘발유통에는 구정물이 담겨 있었다.

푸아로가 나에게 몸을 돌렸다.

"기억하십니까, 간호사? 12시 45분 당신이 라이드너 부인의 방을 나갈 때 이 물병이 세면기 안에 있었나요, 밖에 있었나요?"

내가 잠시 후 대답했다.

"확신할 수는 없지만, 세면기 안에 놓여 있었던 것 같아요."

"그래요?"

내가 서둘러서 말을 이었다.

"하지만 아시다시피 대개 사람들이 그렇게 두곤 하니까 저도 그렇게 생각하는 건지도 몰라요. 점심 식사 후 일하는 소년들이 그렇게 놓아두거든요. 만약 다르게 놓여 있었다면 제 눈에 띄었으리라고 짐작하는 것뿐이에요."

푸아로가 충분히 알겠다는 듯이 고개를 끄덕였다.

"그래요. 무슨 말인지 압니다. 병원에서 생긴 습관이겠지요. 방 안의 무엇인가가 제자리에 있지 않았다면, 거의 무의식적으로 그것을 제자리에 놓는 식으로. 그러면 살인이 일어난 다음에는요? 지금과 다름이 없었습니까?"

내가 고개를 젓고는 대답했다.

"그때는 제대로 보지 못했어요. 당시 제 관심은 온통 누군가 숨을 만한 곳이 없는가, 그리고 살인범이 남기고 간 게 없는가 하는 것뿐이었거든요."

라일리 박사가 몸을 일으키며 말했다.

"이건 핏자국이 맞습니다. 중요한 사항인가요?"

푸아로는 당혹스럽다는 듯이 미간을 찌푸리고 있었다. 그는 성마르게 두 손을 앞으로 뻗었다.

"잘 모르겠습니다. 제가 어떻게 알겠습니까? 그저 살인범이 부인 몸에 손을 댔다는 것, 그의 손에 피가 묻었다는 말을 할 수 있을 뿐이지요. 아주 적은 양이지만 피는 피입니다. 그래서 그는 이리로 와서 손을 씻은 겁니다. 그렇습니다, 그런 일이 벌어졌을 수도 있습니다. 하지만 실제로 꼭 그랬다고 결론지을 수도 없습니다. 이 얼룩은 전혀 중요하지 않을 수도 있습니다."

라일리 박사가 애매한 어조로 말했다.

"피는 아주 조금밖에 나오지 않았을 겁니다. 쏟아져 나왔다거나 하는 건 아니고, 상처에서 조금 스며나온 정도일 겁니다. 물론 그자가 상처를 만져봤다면……."

나는 부르르 몸서리를 쳤다. 역겨운 장면이 머릿속에 떠올랐다.

어떤 사람의 모습이었다. 실감나는 돼지 면상을 한 소년이 사랑스러운 미녀를 쳐서 쓰러뜨린 다음 여자 위로 몸을 굽히고 득의양양한 태도로 손가락으로 상처를 확인하는 것이다. 흉포함과 광기에 휩싸인…… 아마도 상당히 다른 얼굴로…….

라일리 박사가 내가 몸을 떠는 것을 본 모양이었다.

"무슨 일이죠, 간호사?"

그가 물었다.

"아무것도 아니에요. 그저 소름이 끼쳐서요. 이유 없이 오싹한 느낌이 드는군요."

내가 대답했다.

푸아로가 몸을 돌리고는 나를 바라보고는 말했다.

"당신한테 뭐가 필요한지 제가 압니다. 이곳에서의 일이 끝나 박사님과 함께 하사니에로 돌아갈 때 당신도 함께 가십시다. 레더런 간호사에게 차 한 잔 주시겠습니까, 박사님?"

"그러고말고요."

"오, 아니에요. 박사님. 그렇게까지 하실 필요 없어요."

무슈 푸아로가 친절하게도 내 어깨를 토닥였다. 외국식이 아니라 극히 영국적인 토닥임이었다.

"자, 마 쇠르, 내 말대로 하세요. 게다가 그 일은 내게도 도움이 된답니다. 하고 싶은 이야기가 훨씬 더 많이 남았거든요. 그런데 여기에서는 예의를 지켜야 하니 그럴 수가 없군요. 훌륭하신 라이드너 박사는 자기 아내를 숭배했고, 다른 사람들도 모두 그럴 거라고 확신하고 계시더군요. 허 참, 정말로 그렇다고 굳게 믿고 계신 것 같아요! 하지만 내 지론에 따르면 인간의 본성이란 그렇지 않은 법이죠. 그래요, 우리 라이드너 부인에 대해서……. 뭐라 해야 할까? 가차 없이 이야기해 봅시다. 그럼 결정됐군요. 여기 일을 마치고 나면 우리와 함께 하사니에로 가는 겁니다."

나는 애매한 어조로 대답했다.

"어쨌든 저는 여길 떠나야 할 것 같아요. 좀 어색해서요."

"하루 이틀 동안은 그냥 있어요. 장례식이 끝난 다음 움직이는 게 편할 겁니다."

라일리 박사가 말했다.

"맞는 말씀이에요. 그런데 저까지 살해당하면 어떡하죠, 박사님?"

내가 물었다.

반쯤은 농담으로 한 말이었고, 라일리 박사도 그 말을 그런 식으로 받아들이고 장난 섞인 대답을 하려 했던 것 같다.

하지만 푸아로는 방 한가운데 꼼짝 않고 서더니 두 손으로 머리를 감싸쥐고 중얼거렸다.

"아! 그럴 가능성이 있군. 위험해…… 그래…… 몹시 위험하지……. 그러면 어떻게 해야 하지? 어떻게 하면 그 일을 막을 수 있을까?"

"이런, 무슈 푸아로, 전 그저 농담으로 한 말이에요. 누가 저를 죽이고 싶어 하는지 제가 알아두어야 하나요?"

"당신…… 아니면 누군가는 알아두어야겠지요."

그의 대답이었다. 나는 그가 말하는 품새가 영 마음에 들지 않았다. 정말 소름이 끼쳤던 것이다.

"하지만 저를 죽일 이유가 뭔데요?"

내가 집요하게 물었다.

이윽고 그는 나를 똑바로 응시했다.

"농담입니다, 마드무아젤. 웃자고 한 말이지요. 하지만 농담이 아닌 것도 있답니다. 이 직업이 내게 가르쳐 준 게 몇 가지 있어요. 그중 가장 무시무시한 게 '살인은 습관'이라는 사실입니다⋯⋯."

라일리 박사의 집에서 차를 마시다

떠나기에 앞서 푸아로는 발굴단 숙소와 별채들을 돌아보았다. 그
는 또 하인들에게 몇 가지 질문을 했다. 간접 질문이었다. 그러니까
라일리 박사가 영어로 된 질문을 아랍어로, 아랍어로 된 대답을 영
어로 통역해 주었다는 뜻이다.

푸아로의 질문은 주로 예의 그 남자, 즉 창문 안을 들여다보다가
나와 라이드너 부인에게 목격당했으며 그 다음 날 라비니 수사와
이야기를 나눴다는 낯선 사내의 인상착의에 대한 것이었다.

이윽고 라일리 박사는 우리를 자신의 차에 태우고 하사니에로 가
는 울퉁불퉁한 길을 달리기 시작했다. 그가 푸아로에게 물었다.

"그 사내가 정말 이 사건과 관련이 있다고 생각하십니까?"

"나는 모든 정보를 모으고 싶습니다."

푸아로의 대답이었다.

정말이지 그 말은 그의 수사 방법에 아주 어울리는 표현이었다. 나중에 나는 그가 모든 것을 염두에 둔다는 것, 아무리 쓸모없고 사소한 소문에도 관심을 기울인다는 것을 알게 되었다. 남자들은 대개 소문 같은 것에는 관심이 없는데 말이다.

우리는 라일리 박사의 집에 도착했다. 내 몫의 차를 받아들고 흐뭇함을 느꼈다는 고백을 해야겠다. 무슈 푸아로가 자기 차에 각설탕 다섯 개를 넣는 것이 보였다.

푸아로는 스푼으로 조심스럽게 차를 저으면서 말했다.

"그럼 이제 우리 얘기를 할 수 있겠죠? 누가 이 범죄를 저질렀다고 생각하는지 각자 속내를 털어놓아도 될 것 같습니다."

"라비니, 머케이도, 에모트, 라이터 중에서 말입니까?"

라일리 박사가 물었다.

"아니, 아니요, 그건 세 번째 가정이었지요. 이제 난 두 번째 가정에 집중하고 싶습니다. 과거에서 온 수수께끼의 남편이나 시동생 건은 제쳐두고 말입니다. 이제는 발굴단원들 중에서 누구에게 라이드너 부인을 살해할 기회와 수단이 있었는지, 누가 그런 짓을 저질렀을지 이야기해 봅시다."

"저는 당신이 그 가정을 그다지 중요하게 여기지 않는 줄 알았는데요."

그 말에 푸아로는 나무라듯 대답했다.

"물론 그랬지요. 나로서는 신중하게 행동하지 않을 수 없으니까요. 내가 어떻게 라이드너 박사 앞에서 발굴단원 중의 하나가 그의 아내를 살해한 동기를 논할 수 있겠습니까? 그건 배려 없는 행동이 겠지요. 그때 나로서는 사랑스러운 여인이었던 그의 아내를 모두가 아꼈다는 거짓말을 지지할 수밖에 없었답니다!

하지만 사실은 물론 그와 전혀 달랐습니다. 이제 우리는 냉정하게 생각하는 바를 노골적이고 솔직하게 말할 수 있습니다. 더 이상 다른 사람들의 기분을 고려할 필요가 없습니다. 그리고 그 점에서 레더런 간호사가 우리를 도와줄 겁니다. 확신하건대 간호사는 뛰어난 관찰력을 갖고 있는 것 같습니다."

"오, 과분한 말씀이에요."

내가 말했다.

라일리 박사가 따끈따끈한 스콘 접시를 건네며 말했다.

"들어 봐요."

정말 맛있는 스콘이었다.

푸아로가 친밀감 넘치는 목소리로 수다스럽게 말을 시작했다.

"자, 이제, 말해주십시오, 마 쇠르. 발굴단원 개개인이 라이드너 부인에게 정확히 어떤 감정을 갖고 있었는지 말입니다."

"전 그곳에 겨우 일주일 있었답니다, 무슈 푸아로."

내가 말했다.

"총명한 당신에게는 충분한 시간이죠. 간호사들은 상황을 재빨리 파악하는 법이니까요. 판단을 내리고 그 판단을 기억합니다. 자, 시작합시다. 예컨대 라비니 수사는 어떻습니까?"

"음, 그 점에 대해서는 정말이지 뭐라고 할 말이 없네요. 그와 라이드너 부인은 함께 이야기하는 것을 좋아하는 것 같았어요. 하지만 그들은 대개 프랑스어로 대화를 했고, 저는 학교에서 배우긴 했지만 프랑스어를 그리 잘하지 못한답니다. 주로 책에 대해 이야기하는 것 같긴 했지만요."

"그러니까 당신이 보기에 그들은 사이가 좋았군요……. 그런 건가요?"

"음, 그래요, 그런 것 같아요. 하지만 라비니 수사는 부인 때문에 당혹스러운 것 같았어요. 음, 그러니까 그런 당혹감에 짜증을 느낄 정도였다고요."

나는 첫날 발굴 작업장에서의 대화중에 라비니 수사가 라이드너 부인을 '위험한 여자'라고 했다는 이야기를 들려주었다.

"무척 흥미로운 얘기군요. 그럼 부인은…… 라비니 수사를 어떻게 생각했을까요?"

푸아로가 물었다.

"그 질문 역시 대답하기 어렵네요. 라이드너 부인의 속마음을 추측하는 건 어려운 일이거든요. 때때로 라비니 수사의 행동에 당혹감을 느낀 모양이에요. 부인이 라이드너 박사님에게 라비니 수사가 자신이 일찍이 알던 성직자들과는 전혀 다르다고 말씀하시던 게 기억나요."

"라비니 수사를 위한 교수형 밧줄을 주문해야겠군."

라일리 박사가 익살스럽게 말했다.

"친애하는 박사님, 혹시 당신을 기다리는 환자들이 밀려 있는 건 아닌가요? 난 박사의 일을 방해하고 싶은 생각이 전혀 없답니다."

푸아로가 말했다.

"병원 전체가 환자들로 가득 차 있지요."

라일리 박사가 말했다.

그는 자리에서 일어서더니, 눈먼 말에게는 눈짓도 목례도 소용없
다는 속담으로 자신이 눈치없었음을 언급하고는 웃음을 터뜨리며
방을 나갔다.

"훨씬 낫군요. 이제 우리끼리 '테타테트(머리를 맞대고)' 이야기를
흥미롭게 풀어봅시다. 하지만 차 드시는 건 잊지 마십시오."

푸아로가 말했다.

그는 나에게 샌드위치 접시를 건네주고는 차 한 잔을 더 마시지
않겠느냐고 제안했다. 그는 정말이지 아주 상냥하고 신사적인 태도
의 소유자였다.

"그럼 이제 당신이 받은 인상에 대한 이야기를 계속합시다. 누가
라이드너 부인을 싫어했던 것 같습니까?"

"음, 이건 그저 제 생각일 뿐이니까 다른 사람에게는 말하지 마셨
으면 좋겠어요."

내가 말했다.

"물론이죠."

"머케이도 부인은 라이드너 부인을 몹시 미워했던 것 같아요!"

"아! 그럼 머케이도 씨는요?"

"그는 부인에게 상당히 친절했어요. 그는 아내 이외의 여자에게

한 번도 관심을 받아본 적이 없었을 거예요. 그런데 라이드너 부인은 사람들에게, 그리고 그들의 이야기에 친절하게 관심을 기울이는 성격이었지요. 내 생각에 그 딱한 사내는 그 점에 홀딱 빠진 것 같아요."

"그래서 머케이도 부인의…… 기분이 상한 건가요?"

"그녀는 질투를 한 것뿐이에요……. 그게 맞는 말 같아요. 주위에 부부가 함께 있을 때는 행동을 아주 조심해야 한답니다. 정말 깜짝 놀랄 이야기들이 세상엔 많아요. 여자들이 남편 문제에 대해 얼마나 희한한 생각을 할 수 있는지 모르실 거예요."

"당연히 그렇겠지요. 그래서 머케이도 부인은 질투를 했나요? 그래서 라이드너 부인을 미워한 건가요?"

"그녀가 라이드너 부인을 죽이고 싶은 듯한 눈길로 쏘아보는 것을 본 적이 있어요……. 오, 이런!"

나는 갑자기 입을 다물었다.

"물론, 무슈 푸아로, 정말 그렇다는 건 아니에요. 진짜로 전 단 한 순간도 그런……."

"예, 그럼요. 충분히 이해합니다. 무심코 한 말일 뿐이죠. 흔히 그럴 수 있지요. 그런데 라이드너 부인은 머케이도 부인이 그런 앙심을 품은 것에 불안해 했나요?"

나는 곰곰이 생각하며 대답했다.

"음, 라이드너 부인은 전혀 걱정하지 않았던 것 같아요. 실제로 라이드너 부인이 머케이도 부인의 그런 감정을 알고 있었는지조차 모르겠어요. 제가 슬쩍 짚어줄까 하는 생각도 했지요. 하지만 그러고 싶지 않더군요. 말이 적으면 화근도 적다는게 제 지론이랍니다."

"정말이지 현명하시군요. 머케이도 부인이 자신의 감정을 어떻게 표출했는지 예를 들어 말해 주시겠습니까?"

나는 그녀와 숙소 옥상에서 나누었던 대화를 그에게 들려주었다.

"그러니까 그녀가 라이드너 부인의 첫 번째 결혼에 대해서 언급했다는 거군요."

푸아로가 생각에 잠긴 어조로 말했다.

"혹시 기억나세요? 그 이야기를 하면서 머케이도 부인이 당신이 그 일에 대해 달리 아는 바가 없는지 궁금한 기색이었는지 아닌지 말입니다."

"머케이도 부인이 그 일의 진상을 알고 있었을까요?"

"가능성이 있습니다. 그녀가 그런 편지를 썼을 수도 있습니다. 그리고 손으로 창문을 두드리는 것 같은 행동도 했을 수 있지요."

"저 역시 그런 생각을 했어요. 머케이도 부인이 복수심에서 그런 치사한 짓을 했다고 해도 이상하지 않죠."

"예, 잔인한 데가 있다고 해야겠지요. 하지만 냉혹하고 야수 같은 살인범이 할 만한 일이라곤 할 수 없습니다. 물론 예외적으로……."

푸아로는 잠시 말을 멈추었다가 다시 입을 열었다.

"이상하군요. 머케이도 부인이 당신에게 '난 당신이 왜 여기에 왔는지 알고 있어요.'라고 했다니 말입니다. 무슨 뜻으로 그런 말을 했을까요?"

"전 전혀 모르겠어요."

내가 솔직하게 대답했다.

"그녀는 당신이 그곳에 온 것에 표면적인 이유 외에도 다른 이유가 있을 거라고 생각한 겁니다. 어떤 이유일까요? 그리고 왜 그녀가 그 문제에 대해 그렇게 관심이 있었을까요? 당신이 도착한 날 티타임 내내 그녀가 당신을 뚫어지게 쳐다보았다는 것 역시 이상합니다."

"음, 그 여잔 숙녀가 아니랍니다, 무슈 푸아로."

내가 새침하게 대답했다.

"그건 말이죠, 마 쇠르, 그건 핑계일 순 있지만 설명이 될 순 없답니다."

나는 그 순간 그의 말뜻을 제대로 이해할 수 없었다. 하지만 그는 서둘러 말을 이었다.

"그러면 다른 단원들은요?"

나는 잠시 생각해 보았다.

"존슨 양 역시 라이드너 부인을 그리 좋아한 것 같지 않아요. 하지만 그녀는 그 점에 대해 솔직하고 숨김없이 말하더군요. 자신이 편견을 갖고 있다는 걸 흔쾌히 인정했지요. 아시다시피 그녀는 라이드너 박사님에게 몹시 충직한 데다 여러 해 동안 박사님과 함께 일해왔답니다. 물론 결혼은 여러 가지 것들을 바꿔놓게 마련이지만요. 그걸 부인할 수는 없어요."

"그래요. 그리고 존슨 양의 관점에서 보면 그 결혼은 어울리는 것이 아니었지요. 실제로 라이드너 박사는 존슨 양과 결혼하는 편이 훨씬 더 이상적이었을지도 모르죠."

푸아로가 말했다.

내가 동의했다.

"정말 그런 것 같아요. 하지만 세상 모든 남자들이 그런걸요. 어울리는 짝을 찾는 남자는 백에 하나도 없어요. 라이드너 박사님을 비난할 순 없지요. 존슨 양은 안타깝게도 그리 예쁜 편이 아니에요. 하지만 라이드너 부인은 정말이지 아름다웠어요……. 물론 더 이상 젊다고는 할 수 없었지만요. 오! 선생님이 부인을 생전에 보셨으면 좋았을 텐데. 부인에겐 뭔가 특별한 게 있었어요. 콜먼 씨가 부인을 두고 그…… 사람들을 홀려 늪에 빠뜨리는 존재 같다고 했던 게 기억나는군요. 꼭 맞는 표현은 아니지만…… 오, 이렇게 말하면 웃으시겠지만, 부인에겐…… 음…… 지상의 존재 같지 않은 무엇인가가 있었어요."

"마법을 부릴 수 있는 여자였다는 거군요……. 예, 무슨 말인지 압니다."

푸아로가 말했다.

나는 말을 이었다.

"그리고 캐리 씨도 부인과 그다지 친하지 않았던 것 같아요. 그 사람도 존슨 양처럼 질투를 느꼈던 것일까요. 그는 언제나 라이드너 부인을 딱딱하게 대했고, 부인도 마찬가지였어요. 그러니까…… 뭔가를 건네 줄 때에도 지나칠 정도로 예의를 차렸고, 부르는 방법도 격식을 갖춘 '캐리 씨'였죠. 부인의 입장에서 보면 그는 남편의 오랜 친구였어요. 자기 남편의 오랜 친구를 못 견뎌 하는 여자들이 있답니다. 자신이 자기 남편을 알기 전에 누군가가 알고 있었다는 것이 달갑지 않은 거죠……. 아쉬운 대로 설명하자면 그런 상황이 었다고 할 수 있겠네요……."

"충분히 알겠습니다. 그럼 세 청년들은 어떻습니까? 콜먼이 부인을 흠모하는 것 같다고 했죠?"

나는 웃음을 터뜨리지 않을 수 없었다.

"재미있네요, 무슈 푸아로. 콜먼은 그저 평범한 청년이랍니다."

"그리고 다른 두 명은?"

"에모트에 대해서는 정말이지 아는 게 없어요. 그는 언제나 너무나도 차분하고 말이 없지요. 라이드너 부인은 그에게 항상 친절했어요. 그를 다정하게 데이비드라고 불렀고, 라일리 양을 화제 삼아 그를 놀리곤 했답니다."

"아, 그래요? 그리고 그럴 때면 그 역시 즐거운 기색이었고요?"

"그 점은 잘 모르겠어요."

나는 확신할 수 없는 어조로 대답했다.

"그는 그저 부인을 쳐다보곤 했지요. 좀 기묘한 눈길로 말이에요. 그가 속으로 무슨 생각을 하고 있는지는 아무도 알 수가 없어요."

"그럼 라이터는요?"

내가 천천히 대답했다.

"부인이 그를 언제나 친절하게 대한 건 아니에요. 그 사람이 전에 부인의 신경을 거스른 적이 있는 것 같아요. 부인은 그에게 상당히 신랄한 말을 하곤 했답니다."

"그래서 그가 화를 냈나요?"

"딱하게도 얼굴이 홍당무가 되곤 했지요. 물론 부인이 일부러 불친절하게 대하려 한 건 아니었어요."

그 청년에게 가벼운 연민을 느끼던 내 머릿속에 문득 그가 줄곧 연극을 해 온 냉혹한 살인범일지 모른다는 생각이 스쳐갔다.

내가 외쳤다.

"오, 무슈 푸아로! 정말이지 이게 무슨 일일까요?"

푸아로는 생각에 잠긴 표정으로 천천히 고개를 내젓고는 말했다.

"말해보세요. 당신은 오늘 밤 거기로 돌아가는 게 두려운가요?"

"음, 그렇진 않아요. 물론 선생님 말씀은 기억하고 있어요. 하지만 누가 저를 죽이려고 들겠어요?"

내가 말했다.

그가 천천히 말했다.

"누가 당신을 죽이려들진 않을 거예요. 내가 그렇게 말한 건 당신 이야기를 모조리 듣고 싶은 마음이 간절했기 때문입니다. 그래요, 당신은 안전할 거예요……. 틀림없어요."

"만약 바그다드에서 내가 이런 이야기를 들었더라면……."

나는 말을 시작하다가 입을 다물었다.

푸아로가 물었다.

"이곳에 오기 전에 라이드너 씨 부부와 그 발굴단에 대한 소문을 들은 적이 있나요?"

나는 라이드너 부인의 별명과 켈시 부인이 그녀에 관해 했던 이야기를 조금 들려주었다.

그 이야기를 하고 있는 동안 방문이 열리더니 라일리 양이 들어왔다. 테니스를 치고 온 모양이었다. 손에 라켓이 들려 있었다.

하사니에에 도착했을 때 푸아로는 이미 그녀를 만나 본 모양이었다.

라일리 양은 평소의 떨떠름한 태도로 내게 인사를 건네고는 샌드위치를 한 조각 집어들었다. 그녀가 물었다.

"음, 무슈 푸아로, 이 지방의 미스터리에 대한 수사는 잘 되어가나요?"

"별로 속도가 나지 않네요, 마드무아젤."

"선생님이 그 난파선에서 간호사를 구출해 오셨군요."

"레더런 간호사는 발굴단원들에 대해 내게 귀중한 정보를 주고 있습니다. 그러면서 많은 것을 알게 되었지요……. 희생자에 대한 것들을 말입니다. 마드무아젤, 미스터리를 푸는 열쇠는 대개 희생자랍니다."

라일리 양이 말했다.

"상당히 머리가 좋으시군요, 무슈 푸아로. 살해되어 마땅한 여자가 있다면 라이드너 부인이 그 사람이랍니다!"

"라일리 양!"

내가 분개해서 소리쳤다.

실러 라일리는 소리 내어 웃었다. 짤막하고 천박한 웃음이었다.

"아! 당신이 실상을 모를 줄 알았어요. 대다수의 다른 사람들처럼 레더런 간호사도 속아 넘어간 것 같군요. 아세요, 무슈 푸아로? 이 사건이 선생님의 해결 사건 목록에 들어가지 않기를 제가 바라고 있다는 것을 말이에요. 저는 루이스 라이드너의 살인자가 잡히지 않았으면 좋겠어요. 실제로 저는 그 여자를 내 눈앞에서 없애버리는 데 찬성했을 거예요."

그녀가 말했다.

나는 그녀에게서 역겨움밖에 느낄 수가 없었다. 그러나 무슈 푸아로는 눈 하나 깜박하지 않았다. 그는 그저 고개를 끄덕이고는 상당히 유쾌한 기색으로 말했다.

"그러면 마드무아젤에게 어제 오후 확실한 알리바이가 있었으면 좋겠군요."

한순간 침묵이 흘렀다. 다음 순간 라일리 양의 라켓이 쿵 소리를 내며 바닥으로 떨어졌다. 그녀는 라켓을 집어들 생각조차 하지 않았다. 정말이지 부주의하고 칠칠치 못한 여자가 아닌가! 그녀는 약간 헐떡이는 목소리로 대답했다.

"오, 있고말고요. 저는 클럽에서 테니스를 치고 있었어요. 하지만 진지하게 하는 말인데요, 무슈 푸아로, 전 궁금해요. 라이드너 부인에 대해, 그녀가 어떤 여자였는지에 대해 좀 아시는지요?"

푸아로는 또다시 우스꽝스럽게 고개를 살짝 숙여 보이며 말했다.

"당신이 좀 알려 주시지요, 마드무아젤."

그녀는 한순간 망설이는 듯하더니, 이윽고 무신경하고 예의없는 태도로 이야기를 시작했다. 나는 그런 태도에 정말이지 넌덜머리가 났다.

"죽은 사람에 대해 나쁘게 말하지 않는다는 관례가 있지요. 하지만 그런 관례는 부질없는 것 같아요. 어리석은 일이죠. 진실은 항상 진실이니까요. 살아 있는 사람들에 대해 입조심을 하는 게 오히려 낫죠. 그들에게 상처를 줄 수도 있으니까요. 반면 죽은 사람들에게는 그럴 염려가 없어요. 그들이 저지른 잘못은 때때로 죽은 다음까지 지속된답니다. 셰익스피어의 말을 인용하지 않더라도 실제로 그렇다고요! 텔야리미아를 짓누르던 그 기묘한 분위기에 대해 간호사에게 들으셨나요? 모두들 얼마나 신경이 날카로워져 있었는지 들으셨냐고요? 또 그들 모두는 원수처럼 서로를 노려보는 게 습관이 되어 있었어요. 그것이 루이스 라이드너가 한 짓이에요. 3년 전 제가 어린 나이로 여기 왔을 때 그들은 상상할 수 있는 가장 행복하고 유쾌한 팀이었답니다. 작년까지만 해도 그들은 꽤 잘 지냈어요. 하지만 올해 어두운 그림자가 그들을 덮쳤지요……. 그 여자가 한 짓이에요. 루이스 라이드너는 다른 누군가가 행복한 것을 못 견디는 그런 여자였어요! 그런 종류의 사람들이 있는데, 그녀가 바로 그런 여자였던 거죠! 그 여잔 만사에 분란을 일으키고 싶어 했어요. 그저 재미로, 아니면 그럴 만한 힘이 있다는 걸 확인하려고요……. 아니 어쩌면 그저 그렇게 생겨먹었기 때문인지도 모르죠. 한마디로 자기 주위에 있는 모든 남자들을 손아귀에 넣어야 직성이 풀리는 그런 여자였답니다!"

내가 소리쳤다.

"라일리 양, 그건 사실이 아닌 것 같아요. 실제로 난 그렇지 않다는 걸 알아요."

그녀는 내 말을 들은 체도 하지 않고 말을 이었다.

"그 여자는 남편이 자신을 숭배하는 것만으로는 만족하지 않았어요. 그 여자는 머케이도, 긴 다리로 휘청휘청 걷는 그 바보를 웃음거리로 만들었지요. 그런 다음 빌에게 손을 뻗었고요. 빌은 지각 있는 사람이지만, 그 여잔 그를 온통 혼란스럽고 당황하게 만들었어요. 후에는 칼 라이터를 재미삼아 괴롭히기도 했지요. 그 일은 어렵지 않았어요. 칼은 예민한 청년이니까요. 그리고 그 여자는 데이비드를 줄곧 놀려댔지요.

데이비드가 당하고 있지만은 않았으므로 그 여자에겐 더 좋은 상대였지요. 그는 그녀가 매력적이라고 생각했지만 그 매력에 휘둘리진 않았어요. 그는 머리가 좋은 만큼 그 여자가 실제로는 자신에게 전혀 관심이 없다는 것을 잘 알고 있어서였겠죠. 제가 그 여자를 그렇게 미워한 건 바로 이런 이유에서였어요. 그 여자는 육감적인 미인은 아니었어요. 그녀가 원한 건 불륜이 아니었어요. 그건 그 여자의 냉혹한 실험일 뿐으로, 루이스 라이드너는 사람들을 자극해 서로 대적하게 하면서 재미를 느낀 것뿐이랍니다. 어디까지나 장난이었다고요. 그 여자는 평생 누구와도 싸움을 벌인 적이 없는 그런 여자예요. 하지만 그녀가 있는 곳에서는 언제나 싸움이 벌어지죠! 그녀가 싸움을 일으키는 거예요. 그 여자는 여자 이아고* 같아요. 드라마를 필요로 하죠. 하지만 자신이 연루되고 싶어 하진 않아요. 언제나 외부에서 줄을 조종하죠. 사태를 바라보면서, 즐기면서 말이에요. 오, 제 말뜻을 아실 수 있으시겠어요?"

"당신 이상으로 잘 알 겁니다, 마드무아젤."

푸아로가 말했다.

그의 목소리를 듣고 나는 내 귀를 의심했다. 그의 목소리에서는 분개한 기색을 찾아볼 수 없었던 것이다. 그의 목소리는…… 오, 나로서는 그걸 도저히 묘사할 수가 없다.

실러 라일리도 그런 기색을 감지한 모양이었다. 그녀의 얼굴이 빨개진 걸 보면 말이다.

"마음대로 생각하세요. 하지만 그 여자에 대해선 제 말이 맞을 거예요. 영리한 그 여자는 사는 게 따분해지자 다른 사람들을 가지고 실험을 했어요. 실험실에서 하는 화학 실험처럼 말이에요. 그녀는 그 딱한 노처녀 존슨 양의 감정까지 건드려서는 그녀가 나잇값을 하느라 화를 꾹 참고 자제하는 걸 보면서 좋아했어요. 또 소심한 머케이도 씨를 극도의 흥분 상태로 몰아붙이는 것을 즐겼어요. 내 아픈 곳을 찌르는 것을 재미있어한 것은 물론이지요. 그녀는 그런 기회를 놓치는 법이 없었죠! 그 여자는 남들의 비밀을 알아내서는 그걸로 사람을 협박했어요. 오, 대놓고 협박했다는 게 아니에요. 그러

---

* 셰익스피어의 『오델로』에 나오는, 계략과 음모에 능한 인물.

니까 자신이 그 사실을 알고 있다는 것을 넌지시 알렸다는 거죠. 그
러고는 그 일에 관해 자기가 어떻게 나올 것인지 어떤지 애매한 상
태로 놓아두는 거예요. 맙소사, 거의 예술적인 솜씨였지요! 절대 노
골적이지 않았답니다!"

라일리 양이 말했다.

"그럼 자기 남편에 대해서는 어땠나요?"

푸아로가 물었다.

"그 여잔 남편만큼은 결코 상처 입히고 싶어 하지 않았어요."

라일리 양이 천천히 대답했다.

"그 여자가 남편을 퉁명스럽게 대하는 건 본 적이 없어요. 아마
남편을 좋아했던 것 같아요. 그 여자에게 있어서 그는 자신만의 세
계, 그러니까 발굴과 이론에 몰두해 있는 소중한 사람이었어요. 또
한 그는 그녀를 숭배했고 완벽한 존재로 여겼으니까요. 그런 남편
을 지루해하는 여자들도 있지만 그녀는 그렇지 않았어요. 어떤 점
에서 보면 그는 착각의 낙원 속에서 살고 있었던 셈이에요. 하지
만 그에게 그 여자는 자신이 생각한 바로 그런 존재였을 테니까
꼭 착각이라고도 할 수 없겠네요. 하지만 그것과 양립할 수 없었던
건……."

그녀가 갑자기 말을 멈추었다.

"계속하세요, 마드무아젤."

푸아로가 말했다.

라일리 양이 갑자기 내게로 몸을 돌렸다.

"리처드 캐리에 대해 당신은 뭐라고 말씀드렸나요?"

"캐리 씨에 대해서요?"

내가 깜짝 놀라 되물었다.

"그 여자와 캐리에 대해서 뭐라고 말씀드렸죠?"

"음, 두 사람의 사이가 별로 좋지 않았던 것 같다고……."

내가 대답했다.

놀랍게도 그녀는 발작적인 웃음을 터뜨렸다.

"사이가 별로 좋지 않았다니! 그런 바보 같은 말을! 그는 그 여자
와 깊이 사랑에 빠져 있었어요. 동시에 그 때문에 마음 고생이 심했
겠죠. 그는 라이드너 역시 숭배하고 있으니까요. 라이드너는 여러
해 동안 그의 친구였어요. 그 여자에겐 그것으로 충분했을 거예요.
그 여자는 작정하고 그들 사이를 갈라놓으려고 했어요. 하지만 내
생각에……."

"에 비엥(그래서요)?"

그녀는 미간을 찌푸린 채 생각에 잠겨 있었다.

"내 생각에 이번만큼은 너무 멀리 나간 것 같아요. 상대를 무는
데 성공했지만 자신도 그만 물리고 만 거죠! 캐리 씨는 매력적이에
요. 지독히 매력적인 남자……. 그 여잔 냉혹한 악녀였지만 그에게
만은 냉혹할 수 없었던 것 같아요……."

"당신 말은 순전히 험담일 뿐이에요. 맙소사, 그 두 사람은 서로
대화조차 나누지 않았다고요!"

내가 외쳤다.

"오, 그랬던가요?"

라일리 양이 내게로 몸을 돌렸다.

"엄청 많이 알고 계신 모양이군요. 그들은 집 안에서는 '캐리 씨'와 '라이드너 부인'이었죠. 하지만 밖에선 밀회를 즐겼어요. 그 여자는 오솔길을 따라 강까지 걸어갔지요. 캐리 씨도 한 번에 한 시간 동안 발굴장을 비웠고요. 그들은 과수원에서 만나곤 했답니다.

그가 그녀와 헤어져 발굴장으로 돌아오는 것을 본 적이 있어요. 여자는 서서 그의 뒷모습을 바라보고 있더군요. 솔직히 그때 내 행동은 좀 치사했던 것 같긴 해요. 난 망원경을 갖고 다니죠. 그걸 꺼내서 그녀의 표정을 살펴봤어요. 궁금하실까 봐 말씀드리는데, 그 여자는 리처드 캐리를 지독하게 사랑하고 있는 것 같더군요……."

그녀는 갑자기 말을 끊고 푸아로를 바라보았다.

"선생님 사건에 참견해서 죄송해요."

그녀가 갑자기 입을 일그러뜨리며 씩 웃었다.

"하지만 선생님이 현지의 실태를 제대로 아시고 싶어 하실 것 같아서요."

이 말을 끝으로 실러는 방에서 나갔다.

"무슈 푸아로, 저는 이 이야기를 한 마디도 믿을 수가 없어요!"

내가 외쳤다. 그는 나를 바라보고 미소를 짓더니 말했다. 아주 기묘한 말이었다.

"당신도 라일리 양이 이 사건을 밝혀 줄 빛을 던져 주었다는 사실은 부인할 수 없을 겁니다, 간호사."

새로운 의혹

우리는 더 이상 그 이야기를 이을 수가 없었다. 그 순간 라일리 박사가 가장 귀찮은 환자 하나를 끝장내 버렸노라고 농담하며 방으로 들어왔던 것이다.

박사와 무슈 푸아로는 익명의 편지를 쓴 사람의 정신 상태와 심리에 대해 의학적인 토론을 시작했다. 박사가 자신이 직업적으로 경험한 사례들을 인용하자, 무슈 푸아로는 역시 자기 체험에서 나온 다양한 사례를 이야기했다.

"겉보기처럼 그렇게 간단하지 않답니다. 권력에 대한 욕망, 그리고 종종 강한 열등의식이 숨어 있지요."

이렇게 그는 말을 맺었다. 라일리 박사기 고개를 끄덕였다.

"그런 이유에서 익명의 편지를 보낸 사람을 찾고 보면, 전혀 의심 가지 않았던 인물인 경우가 종종 있답니다. 겉으로 보기에는 파리한 마리 죽이지 못할 것 같은 조용하고 온순하고 소심한 사람, 밖으로는 너무나도 다정하고 신실하고 선량한 사람인데, 그 이면에서는 지독한 분노가 이글거리고 있는 그런 사람 말입니다!"

푸아로가 생각에 잠긴 채 물었다.

"라이드너 부인에게 열등감이 있었다고 할 수 있을까요?"

라일리 박사가 싱글거리며 파이프에서 담뱃재를 긁어냈다.

"그 누구보다도 가장 열등감이 없을 법한 여자죠. 그녀에게는 억압된 면이 없어요. 활력, 활력, 더 많은 활력, 그게 바로 그녀가 원하던 거였죠. 그리고 본인이 그걸 갖고 있기도 했고요!"

"심리학적으로 볼 때 그녀가 자신에게 그 편지들을 썼을 수도 있을까요?"

"예, 그렇습니다. 하지만 만약 그녀가 그 편지를 썼다면, 그 이유는 스스로를 극적으로 만들고 싶은 본능에서 나왔을 겁니다. 라이드너 부인은 사생활에서 좀 영화배우 같은 데가 있었습니다. 늘 중심인물이 되어야 했죠. 주목을 받아야 직성이 풀렸습니다. 상반되는 것에 끌린다는 법칙에 따라 그녀는 내가 아는 가장 사교성 없고 수수한 인물인 라이드너와 결혼했습니다. 그는 그녀를 몹시 사랑했지요. 하지만 그녀에게는 남편의 헌신만으로는 충분치 않았습니다. 박해받는 여주인공이 될 필요도 있었던 겁니다."

푸아로가 웃으면서 말했다.

"자기 부인이 그 편지들을 써놓고 그 행동을 기억하지 못하는 것이라는 게 라이드너 박사의 견해였습니다. 당신은 그런 생각에 동의하지 않으시죠?"

"예, 동의하지 않습니다. 그의 면전에서 그 생각을 퇴짜 놓고 싶지 않았을 뿐입니다. 너무나도 사랑하던 아내를 막 잃은 사람에게 바로 그 여자는 수치를 모르는 노출증 환자라고, 자신의 극적인 욕구를 만족시키기 위해 그를 미칠 듯한 걱정으로 몰아넣은 장본인이라고 말하기란 쉽지 않지요. 실제로 어떤 남자에게든 그의 아내의 실상을 밝히는 일은 조심스러울 수밖에 없지 않겠습니까! 반면 기묘하게도 대부분의 여자들은 자기 남편의 실체에 대해 의연합니다. 여자들은 자기 남편에 대한 애정을 전혀 손상시키지 않은 채 그가 건달, 사기꾼, 마약중독자, 상습적 거짓말쟁이, 색골이라는 사실을 눈 하나 까딱 하지 않고 받아들일 수 있답니다! 여자들은 놀라운 현실주의자들이지요."

"라일리 박사님, 라이드너 부인에 대한 당신의 정확하고도 솔직한 견해는 어떤 겁니까?"

라일리 박사는 의자에 등을 기대고 천천히 파이프 담배를 피웠다.

"솔직한 견해라…… 이거 참 말하기 어렵군요! 난 그녀를 그렇게 잘 알지 못합니다. 그녀에겐 매력이 있었죠. 머리가 좋고, 친절했습니다……. 또 뭐가 있죠? 그녀에게는 흔한 결점 같은 것이 없었어요. 그녀는 천박하거나 게으르지 않았고, 심지어는 허영에 차 있지도 않았어요. 나는 그녀가 완벽한 거짓말쟁이라고 늘 생각해 왔답니다.(증거는 없지만요.) 내가 알 수 없는 것은(그래서 알고 싶은 것은), 그녀가 자기 자신에게도 거짓말을 했는가, 아니면 다른 사람에게만 거짓말을 했는가 하는 겁니다. 나는 거짓말하는 사람들에게 좀 호의적입니다. 거짓말을 할 줄 모르는 여자는 상상력도, 동정심도 없는 여자니까요. 그녀가 정말 남자를 홀리는 여자였던 것 같지는 않습니다. 그저 '자신의 활과 화살'로 남자를 쏘아 떨어뜨리는 게임을 즐겼을 뿐입니다. 이 문제에 대해 내 딸의 생각을 알고 싶으시다면……."

"기쁘게도 이미 들었답니다."

푸아로가 살짝 미소를 지으며 대답했다.

라일리 박사가 말했다.

"흠, 내 딸은 시간 낭비 같은 건 하지 않았겠군요! 그애는 상당히 난폭하게 말의 칼을 휘둘러댔을 겁니다! 젊은 세대는 죽은 이를 배려하는 마음 같은 건 갖고 있지 않지요. 유감스럽게도 젊은이들 쪽이 예절에 대해 오히려 더 까다로운 것 같아요! 그들은 '구식 도덕'을 비난하면서 스스로는 훨씬 더 융통성 없는 빡빡한 도덕률을 세우지요. 만약 라이드너 부인이 몇 차례 연애 사건을 벌였다면 실러는 아마도 그녀가 '인생을 한껏 누렸다'거나 '자신의 본능에 충실했다'고 평가했을 겁니다. 라이드너 부인이 어떤 전형, 그러니까 자신의 전형을 충실히 따랐다는 사실을 실러는 이해하지 못하는 거죠. 쥐를 가지고 놀 때 고양이는 본능에 따라 행동합니다! 고양이는 그렇게 생겨먹은 겁니다. 남자들이란 보호받고 지켜져야 하는 어린애가 아닙니다. 그들은 고양이 같은 여자, 충직한 스패니얼 같은 여자, 죽을 때까지 숭배할 만한 여자, 새처럼 쨋쨋거리는 여자 등등 온갖 여자들을 만나게 됩니다. 인생은 전쟁터입니다. 소풍을 나온 게 아니라고요! 난 실러가 순전히 개인적인 이유에서 라이드너 부인을 증오했다고 솔직하고 겸손하게 인정했으면 합니다. 실러는 이곳에서 유일한 젊은 처녀로, 당연히 자신이 젊은 청년들을 마음대로 좌지우지할 수 있다고 여겼을 겁니다. 그런데 자신이 보기에는 이미 중년에 접어든, 그리고 이미 두 차례나 결혼한 여자가 나타나 여자의 영역에서 자신보다 앞서고 있으니 짜증이 나는 게 당연하지요.

실러는 잘 자란 처녀로 건강함과 상당한 미모를 갖춘 만큼 당연히 남자들에게 매력적인 존재입니다. 하지만 라이드너 부인은 그 점에서는 평범한 미인 이상이었습니다. 그녀에겐 화를 불러오는 파멸적인 마력 같은 것이 있었습니다. 키츠가 말한 '잔인한 미녀' 같은 존재였지요."

나는 의자에서 튕겨지듯 일어섰다. 박사까지 이런 말을 하다니 우연의 일치치고는 좀 지나치지 않은가!

"박사님 따님이 혹시…… 좀 경솔한 추측인지 모르지만…… 그곳 청년들 중 하나에게 마음을 두고 있는 게 아닐까요?"

"오, 그런 것 같진 않아요. 실제로 실러는 에모트와 콜먼을 춤 상대로 삼아왔습니다. 그 애가 둘 중 누구를 더 좋아하는지는 잘 모르겠어요. 또 젊은 공군들도 두엇 있답니다. 지금으로선 그들 모두가 그 애의 그물로 몰려드는 고기에 불과한 것 같고요. 그래요, 어이없게도 젊은 자신이 나이든 여자에게 졌다는 생각 때문에 그 애는 그렇게 약이 오른 걸 테죠! 그 애는 나만큼 세상을 모르니까요. 내 나이가 되면 여학생의 얼굴과 맑은 눈빛, 단단하게 균형 잡힌 젊은 몸매의 진가를 알지요. 하지만 서른이 넘은 여자는 남자의 말을 열중해서 들어줄 줄 안답니다. 그리고 간간이 추임새를 넣어 이야기를 하고 있는 당사자에게 그가 얼마나 멋진 남자인지를 환기시키죠. 거기에 넘어가지 않는 청년은 거의 없답니다! 실러는 예쁜 처녀예요. 하지만 루이스 라이드너는 정말 미인이었습니다. 빛나는 눈과 그 눈부신 금발이라니. 그래요, 그녀는 아름다운 여자였어요."

나는 속으로 생각했다.

'그래. 박사 말이 옳아. 미인이란 놀라운 존재야. 그녀는 아름다웠어. 시샘을 불러일으키는 그런 종류의 아름다움이 아니라, 뒤로 물러나 앉아 감탄하게 되는 아름다움이었지.'

그녀를 처음 만난 날, 나는 라이드너 부인을 위해서라면 못할 것이 없다는 생각이 들지 않았던가!

어쨌든 그날 밤 텔야리미아로 돌아가는 차 안에서 (라일리 박사는 나에게 이른 저녁 식사를 하고 가게 했다.) 나는 한두 가지 일이 떠올라 마음이 좀 편치 않았다. 당시 나는 실러 라일리가 쏟아낸 그 모든 이야기를 한마디도 믿지 않고 있었다. 내가 보기에 그것은 악의와 적개심에서 나온 이야기일 뿐이었다.

하지만 문득 내 머릿속에 그날 오후 라이드너 부인이 같이 가겠다는 내 제의를 거절하고 혼자 산책을 나가겠다고 고집했던 일이 떠올랐다. 어쩌면 그때 그녀가 캐리 씨를 만나러 갔을지도 모른다는 생각이 자꾸 들었다……. 또 그 두 사람이 말을 건넬 때 서로에게 깍듯이 예의를 갖춘 것도 사실 좀 이상했다. 대부분의 사람들은 그녀를 세례명으로 친숙하게 부르지 않았던가.

기억하건대 캐리 씨는 라이드너 부인을 제대로 쳐다본 적이 없었던 것 같다. 그것은 그가 그녀를 싫어해서였을 수도 있지만, 그 반대일 수도 있지 않을까…….

나는 살짝 몸을 떨었다. 지금 나는 터무니없는 생각을 하고 있다. 이 모든 게 한 처녀의 악의에 찬 울분의 폭발 때문이었다! 이런 뒷말이 떠돌게 된다면 정말 고약하고 위험해질 터였다.

라이드너 부인은 결코 그런 여자가 아니었다…….

물론 부인은 실러 라일리를 좋아하지 않았다. 실제로 그날 점심 식사 중에 실러를 두고 에모트 씨에게 심술궂은 말을 한 것도 사실이었다.

그때 그녀를 바라보는 에모트의 눈빛은 정말이지 기묘했다. 속으로 무슨 생각을 하고 있는지 도무지 알 수 없는 그런 눈빛이었다. 에모트가 무슨 생각을 하고 있는지 알 수 있는 사람은 없었다. 그는 몹시 말수가 적은 사람이었으니까. 하지만 그는 무척 훌륭했다. 믿어도 좋을 만한 괜찮은 청년이었다.

하긴 그곳에 바보가 있다면 그건 바로 콜먼일 테지만!

내가 이런 생각을 하고 있을 때 자동차는 숙소에 도착했다. 정각 9시였으므로 대문은 닫힌 채 빗장이 걸려 있었다. 이브리함이 거다란 열쇠를 들고 달려 나와 내게 문을 열어 주었다.

텔야리미아에서 우리 모두는 일찍 잠자리에 드는 게 보통이었다.

거실은 불빛 하나 없이 캄캄했다. 제도실과 라이드너 박사의 사무실에 불이 켜져 있었을 뿐 다른 방들은 거의 모두 불이 꺼져 있었다. 모두들 평소보다 일찍 잠자리에 든 모양이었다.

나는 제도실 앞을 지나면서 내 방으로 가기 위해 잠깐 안을 들여다보았다. 캐리 씨가 와이셔츠 차림으로 커다란 도면을 들여다보며 일을 하고 있었다.

'끔찍할 정도로 고통스러워 보이는군.'

나는 생각했다. 극도로 스트레스를 받고 지친 모습이었다. 그 모습을 보자 내 가슴이 죄어드는 듯했다. 캐리 씨에게 특별한 감정이 있었는지도 모른다. 그는 거의 말이 없는 만큼 그에게서 무슨 말을 들었기 때문에 그런 감정이 생긴 것은 아니었다. 그리고 말수가 적다는 것은 전혀 이상할 것이 없는 특징이었다. 또 그의 행동 역시 특별할 것이 없었으므로 행동 때문도 아니었다. 하지만 왠지 그를 주목하지 않을 수 없었다. 그에 관한 모든 것이 다른 사람의 경우보다 훨씬 더 중요하게 여겨졌다. 그러니까 내 말은 그저 그에게 마음이 쓰였다는 것이다.

그는 고개를 돌려 나를 보았다. 그는 입에서 파이프 담배를 떼며 말했다.

"오, 간호사. 하사니에서 돌아오는 길인가요?"

"예, 캐리 씨. 늦게까지 일하시네요. 다른 사람들은 모두 잠자리에 든 것 같은데요."

"일하는 편이 나을 것 같아서요. 일이 좀 밀렸거든요. 그리고 내 일은 종일 발굴 현장에 나가 있으려고요. 발굴 작업을 다시 시작할 겁니다."

"벌써요?"

내가 깜짝 놀라서 물었다.

그는 좀 기묘한 표정으로 나를 쳐다보았다.

"그게 최선인 것 같습니다. 라이드너에게 이걸 넘겨주어야 해요. 그는 여러 가지 일을 보기 위해 내일 하사니에에 가서 늦게야 돌아올 예정입니다. 나머지 우리들은 여기에서 일할 거고요. 함께 둘러앉아 얼굴만 쳐다보는 것도 그리 쉬운 일이 아니거든요."

물론 그의 말이 옳았다. 모든 사람들이 신경이 날카롭고 불안정한 상태일 때는 특히 그러했다.

"음, 어떤 면에서는 당신 말이 맞아요. 뭔가 할 일이 있으면 신경을 쉴 수 있으니까요."

내가 말했다.

내가 알기로 장례식은 모레였다.

캐리는 다시 설계도 위로 몸을 굽혔다. 이유는 알 수 없었지만, 나는 그런 그를 보고 가슴이 아팠다. 그는 오늘밤 한숨도 못 잘 것이 분명했다.

"혹시 수면제가 필요하신지요, 캐리 씨?"

내가 머뭇거리며 물었다.

그는 미소를 지어 보이며 고개를 저었다.

"난 일을 할 겁니다, 간호사. 수면제 복용은 나쁜 습관이랍니다."

"그럼, 안녕히 주무세요, 캐리 씨. 혹시 제가 도울 일이 있으면……."

"그런 생각은 할 것 없어요, 고맙습니다, 간호사. 잘 자요."

"진심으로 마음이 아프네요."

내가 다소 충동적으로 말했다.

"마음이 아프다니요?"

그는 놀란 듯했다.

"그러니까…… 모든 이들에 대해서요. 모든 것들이 너무나도 끔찍해요. 특히 당신이 그렇겠지요."

"나요? 왜 특히 나죠?"

"음, 당신은 그 부부의 오랜 친구잖아요."

"난 라이드너의 오랜 친구입니다. 특별히 부인의 친구는 아니었어요."

그는 실제로 자신이 부인을 싫어했던 것처럼 말했다. 정말이지 라일리 양이 이 말을 들었다면 좋을 텐데!

나는 "그럼 안녕히 주무세요." 하고 말한 후 서둘러 내 방을 향해 걸음을 옮겼다.

방에 들어간 나는 잠시 안절부절못하다가 옷을 벗었다. 손수건 몇 장과 물빨래가 가능한 가죽장갑을 빨고 일기를 썼다. 완전히 잠자리에 들기 전에 나는 다시 한 번 방문 밖을 내다보았다. 제도실과 건물 남쪽에 여전히 불이 켜져 있었다.

라이드너 박사가 자기 사무실에서 일을 하고 있는 모양이었다.

가서 밤인사를 해야 하지 않을까 하고 생각했지만, 너무 나서는 것처럼 보이고 싶진 않았다. 그가 바빠서 방해받고 싶지 않을 수도 있었다. 하지만 불편한 마음이 나를 압박했다. 요컨대 인사만 하는데 해로울 게 뭐가 있겠는가. 그저 밤인사를 하고 내가 도울 일이 없는지 물어본 다음 돌아오리라.

하지만 라이드너 박사는 그곳에 없었다. 사무실에는 불이 켜져 있었지만, 그곳에 있는 사람은 존슨 양뿐이었다. 그녀는 책상 위로 고개를 숙이고 애끓게 울고 있었다.

그 모습을 보고 나는 질겁을 했다. 존슨 양은 몹시 차분하고 자제력이 강한 여자였다. 그런 그녀의 모습은 정말 딱했다.

"존슨 양, 도대체 무슨 일이에요?"

나는 큰소리로 외치며 존슨 양을 얼싸안고 그녀의 어깨를 토닥여주었다.

"자, 자, 이러면 안 돼요. 이런 데 앉아서 혼자 울고 있으면 안 된다고요."

그녀는 아무 대답도 하지 않았지만, 그녀의 가슴에서 고통스러운 흐느낌이 우러나오는 것을 느낄 수 있었다.

"울지 말아요, 존슨 양, 그만 그치고 진정해요. 내가 가서 따끈하고 맛있는 차를 한 잔 만들어올게요."

내 말에 존슨 양이 고개를 들고 말했다.

"아니, 아니, 괜찮아요, 간호사. 내가 바보 같이 굴었군요."

"무슨 일이에요, 존슨 양?"

그녀는 즉시 대답하지 않았다. 이윽고 그녀가 입을 열었다.

"모든 게 너무나 끔찍해요."

"자, 또 그런 생각 하지 마세요. 이미 일어난 일은 어쩔 수가 없어요. 안달한다 해도 소용 없잖아요."

내가 말했다.

그녀는 앉은 채로 몸을 바로 하고는 머리 매무새를 가다듬기 시작했다.

"내가 좀 어리석게 굴었지요. 사무실을 청소하고 정리하던 중이었어요. 뭔가 하는 게 최선이라고 생각했죠. 그런데…… 갑자기 이번 일이 떠올라서……."

그녀가 평소의 쉰 목소리로 말했다.

내가 서둘러 말했다.

"예, 그래요. 알아요, 지금 당신에게 필요한 건 진하고 맛있는 차한 잔과 뜨거운 물병을 들고 침대로 들어가는 거예요."

이윽고 그녀는 찻잔과 탕파를 받아들었다. 이제 그녀에게서는 더이상 항의의 말이 나오지 않았다.

"고마워요, 간호사."

침대에 눕혀 주는 내게 그녀가 말했다. 그녀는 차를 홀짝거리고 있었다. 뜨거운 탕파가 이불 속으로 들어갔다.

"당신은 정말이지 친절하고 배려 깊은 분이군요. 난 원래 이렇게 바보스럽게 구는 사람이 아닌데."

"지금 같은 때에는 누구든 그럴 수 있어요. 이런저런 일 때문에 말이에요. 긴장과 충격이 심했을 테고 주위에 여기 저기 경찰들이 돌아다니고 있으니. 나 역시 몹시 불안하답니다."

그녀는 좀 기묘한 목소리로 천천히 말했다.

"조금 전 당신이 한 말이 맞아요. 이미 일어난 일은 어쩔 수가 없지요……."

그녀는 한순간 입을 다물었다가는 이윽고 다시 입을 열었다.

"그녀는 결코 착한 여자가 아니었어요!"

좀 기묘한 말이라는 생각이 들었다.

하지만 나는 그 점에 대해 반박하지 않았다. 존슨 양과 라이드너 부인의 사이가 좋지 않은 것이 당연하다고 생각해 오지 않았던가.

혹시 존슨 양은 라이드너 부인이 죽은 것에 남몰래 기뻐해오다가 그런 생각을 한 자기 자신이 부끄러워진 것이 아닐까.

내가 말했다.

"자, 이제 잠을 청해 보세요. 아무것도 걱정하지 말고요."

나는 몇 가지 물건들을 집어들고 방을 정돈했다. 스타킹은 의자 등받이 위에 걸쳐 두고 외투와 치마를 옷걸이에 걸었다. 방바닥 위에 호주머니에서 떨어진 듯한 돌돌 말린 작은 종잇조각이 떨어져 있었다.

버려도 되는지 확인하기 위해 그것을 펴보고 있는데, 그녀가 갑자기 기박한 어조로 외쳤다.

"그건 제게 주세요!"

나는 깜짝 놀라 그것을 그녀에게 건네주었다. 그 정도로 그녀의 외침 소리가 단호했던 것이다. 그녀는 내게서 그 종이를 낚아챘다. 낚아챘다는 표현 그대로였다. 그런 다음 그것을 타오르는 촛불에 대고 재가 될 때까지 들고 있었다.

앞서 말한 대로 나는 깜짝 놀라서는 그런 그녀를 물끄러미 응시했다.

나는 그 종이가 무엇인지 볼 틈이 없었다. 그녀가 너무나도 재빨리 그것을 낚아챘던 것이다. 하지만 우습게도 불이 붙은 종이가 내 쪽으로 말리는 순간 나는 그 종이 위에 씌어진 잉크 글씨를 볼 수 있었다.

그 글씨들이 어디서 본 듯 익숙하게 느껴졌던 이유를 깨달은 것은 잠자리에 들어서였다. 그것은 익명의 편지에 쓰인 글씨체와 똑같은 필체였다.

그 때문에 존슨 양은 양심의 가책에 시달린 것일까? 그 익명의 편지들을 줄곧 써 온 사람이 바로 그녀였단 말인가?

존슨 양, 머케이도 부인, 라이터 청년

고백하건대, 그런 생각이 내게는 정말이지 충격이었다. 나는 존슨 양과 그 익명의 편지들을 연관시켜 생각해본 적이 없었다. 머케이도 부인이라면 그럴 수도 있었다. 하지만 존슨 양은 진짜 숙녀였고, 자제력과 지각이 있었다.

하지만 그날 저녁 무슈 푸아로와 라일리 박사가 주고받던 대화를 떠올리면서 나는 존슨 양의 그런 점이 바로 이유가 될 수 있을지도 모른다는 생각을 했다.

만약 그 편지들을 쓴 사람이 존슨 양이었다면, 많은 것들이 설명된다. 나는 존슨 양이 이 살인과 어떤 관련이 있으리라고는 한순간도 생각해본 적이 없었다. 하지만 이제는 존슨 양이 라이드너 부인에 대한 미움 때문에, 음…… 속되게 말하자면 그녀에게 뜨거운 맛을 보여주고 싶다는 유혹에 지고 말았을 수도 있다는 점을 이해할 것 같다.

존슨 양은 라이드너 부인을 놀라게 해서 발굴현장을 떠나게 하고 싶었을 수도 있었다.

하지만 실제로 라이드너 부인이 살해되자, 존슨 양은 가혹한 양심의 가책을 느꼈으리라. 우선은 자신의 잔인한 장난에 대해, 또한 그 편지들이 살인범에게 좋은 방패막이가 되어 주었으리라는 것에 대해 말이다. 그녀는 감정적으로 몹시 혼란스러운 상태일 것이 분명했다. 확신하건대 그녀는 심성이 착한 사람이었다. 그렇게 생각하면, '이미 일어난 일은 어쩔 수가 없다'는 내 위로의 말에 그녀가 왜 그토록 반색을 했는지도 설명된다.

그리고 이어 나온 "그녀는 결코 좋은 여자가 아니었어요!' 라는 수수께끼 같은 말, 스스로를 변명하는 듯한 그 말 역시 설명된다.

문제는 내가 이 일에 대해 어떤 조치를 취해야 하는가였다.

나는 한동안 잠을 이루지 못하고 몸을 뒤척이다가, 기회가 닿는 대로 무슈 푸아로에게 이 사실을 알리기로 마음먹었다.

푸아로는 다음 날 그곳에 왔다. 하지만 그와 단둘이 이야기할 기회를 좀처럼 잡을 수 없었다.

이윽고 잠시 그와 단둘이 있게 되자 나는 용기를 내어 어떻게 말을 시작하는 것이 좋을까 궁리를 시작했다. 그런데 내가 말을 시작하기도 전에 푸아로가 가까이 다가오더니 내 귀에 대고 나직하게 지시했다.

"난 존슨 양과 이야기를 나눌 생각입니다. 또 거실에 있는 다른 사람들과도요. 라이드너 부인의 방 열쇠를 지금도 갖고 있나요?"

"예."

내가 대답했다.

"트레 비엥(잘됐군요). 그 방에 가서 문을 닫은 다음 고함을 치세요. 비명이 아니라 외침 말입니다. 내 말은 그러니까 미칠 듯한 공포가 아니라, 깜짝 놀라 경계하는 듯한 소리를 내라는 겁니다. 사람들이 당신의 외침 소리를 듣고 물어오면 알아서 해명하세요. 발을 찧었다든지 하는 핑계를 대란 말입니다."

그 순간 존슨 양이 안뜰로 나오는 바람에 나는 그와 더 이야기를 할 시간이 없었다.

나는 무슈 푸아로가 무엇 때문에 그러는지 알고도 남았다. 그와 존슨 양이 거실에 들어가자마자, 나는 곧장 라이드너 부인의 방으로 가 열쇠로 문을 열고 들어가 문을 닫았다.

사실 텅 빈 방 안에 서서 괜히 고함을 쳐야 한다는 건 좀 바보스럽게 느껴졌다. 게다가 어느 정도로 크게 고함을 쳐야 하는지 판단하기도 쉽지 않았다. 나는 상당히 큰 소리로 '앗' 하고 소리를 질렀고, 이어 좀 더 높게, 그리고 좀 더 낮게 같은 소리를 반복했다.

그런 다음 다시 방 밖으로 나와서는 발을 찧어서 그랬다(푸아로가 원래 하려던 표현은 이것이었으리라.)는 구실을 준비했다.

하지만 구실 같은 것은 전혀 필요 없음을 이내 알 수 있었다. 푸아로와 존슨 양은 한창 대화를 나누고 있었다. 이야기가 끊기지 않고 이어졌음이 분명했다.

'음, 이제 분명해졌군. 존슨 양이 들었다는 비명 소리는 그녀의 착각이었거나 다른 소리였어.'

내가 생각했다.

나는 그들의 대화를 방해하고 싶지 않았다. 입구에 접의자가 놓여 있었으므로 나는 거기에 앉았다. 그들의 말소리가 내가 있는 곳까지 들려왔다.

푸아로가 말하고 있었다.

"아시겠지만 입장이 미묘합니다. 라이드너 박사 말입니다. 그는 분명 아내를 몹시 사랑했던 것 같습니다……."

"박사님은 부인을 숭배했어요."

존슨 양이 말했다.

"당연한 일이겠지만 그는 자신의 단원들 모두가 자기 아내를 무척 좋아했노라고 확신하고 있습니다! 단원들이 뭐라고 할 수 있겠습니까? 당연히 그들도 같은 말을 할 수 밖에요. 그야말로 예의 바른 일입니다. 품위 있는 태도죠. 그게 사실일 수도 있습니다! 하지만 그렇지 않을 수도 있답니다! 마드무아젤, 이 수수께끼의 열쇠는 라이드너 부인의 성격을 완벽하게 이해하는 데 있다고 확신합니다. 만약 발굴단원 각각의 생각을, 정직한 속내를 들을 수 있다면, 난 그 모든 것을 종합해 하나의 그림을 그려낼 수 있을 겁니다. 오늘 내가 여기에 온 것은 바로 그 때문입니다. 라이드너 박사는 하사니에에 갔다고 하더군요. 그래서 이곳의 여러분 한 사람 한 사람과 대담을 갖고 도움을 청하는 게 용이할 것 같았지요."

"모두 다 지당한 말씀이에요."

이렇게 말한 다음 존슨 양은 입을 다물었다.

푸아로가 부탁했다.

"영국식 클리셰(상투적인 말) 같은 건 생략해 주십시오. 고인에 대해 좋지 않은 이야기를 하는 것은 공정치 않다는 말, 엉팡(요컨대) 예절이란 게 있다는 말은 하지 마십시오. 범죄 사건에서 예절은 성가시기만 할 뿐입니다. 그건 줄곧 진상을 흐려놓지요."

"저로서는 라이드너 부인에게 특별히 예의를 차리겠다는 생각은 없어요."

존슨 양이 건조하게 말했다. 그녀의 목소리에는 실제로 날카롭고 신랄한 기운이 서려 있었다.

"라이드너 박사님에 대한 건 다른 문제고요. 어쨌든 그녀는 박사님의 부인이니까요."

"그렇습니다, 그렇고말고요. 상사의 부인에 대해 좋지 않은 이야기를 하는 게 내키지 않는다는 건 이해합니다. 하지만 지금 우린 일반 서류 작업을 하고 있는 게 아닙니다. 갑자기 일어난 수수께끼의 살인 사건을 다루고 있다고요. 피살자를 박해받은 천사로 간주하는 건 내 일에 도움이 되지 않는답니다."

"전 그녀를 결코 천사로 여기지 않아요."

존슨 양이 말했다. 그녀의 목소리에 깃든 신랄한 기운이 더 강해졌다.

"라이드너 부인에 대한 당신의 견해를 솔직하게 말해 주십시오.

여자로서 말입니다."

"흠! 우선, 무슈 푸아로, 미리 경고를 드려야겠네요. 전 편견을 갖고 있어요. 전…… 아니 우리 모두는 라이드너 박사님을 존경했어요. 그래서 라이드너 부인이 이곳에 왔을 때 질투심을 느꼈던 것 같아요. 우리는 그녀가 박사님의 시간과 관심을 독차지하는 것에 분개했습니다. 박사님이 그녀에게 보여준 헌신은 우리의 신경을 자극했지요. 솔직히 말해서, 무슈 푸아로, 전 그게 그다지 달갑지 않았답니다. 저는 그 여자가 이곳에 있다는 게 싫었어요……. 예, 그랬어요. 하지만 그런 감정을 드러내지 않으려 애썼죠. 그건 우리 사이를 변화시켰어요."

"우리라니, 누구를 말하는 겁니까?"

"캐리 씨와 저 말이에요. 아시다시피 우리 둘은 이곳에 오래 있었거든요. 그래서 우리는 사태가 달라지는 게 그다지 달갑지 않았어요. 물론 우리가 좀스러웠던 건지도 몰라요. 하지만 그 일이 변화를 가져온 건 분명해요."

"어떤 식의 변화인가요?"

"오, 모든 면에 대한 변화요. 우린 몹시 행복한 시기를 보냈어요. 무척 재미있었지요. 함께 일하는 사람들이 흔히 그런 것처럼 좀 바보스러운 농담도 했고요. 라이드너 박사님은 아주 즐거워 하셨어요. 소년처럼 말이에요."

"그런데 라이드너 부인이 와서 그 모든 것을 바꾸어놓았단 말입니까?"

"음, 그녀의 잘못은 아닌 것 같아요. 작년에는 그렇게 나쁘지 않았어요. 제 말을 믿으세요, 무슈 푸아로. 그녀가 어떤 일을 저질렀다는 게 아니에요. 그녀는 언제나 매력이 넘쳤답니다. 정말 매력적이었지요. 그 때문에 전 때때로 부끄러워지곤 했어요. 그녀의 사소한 말과 행동이 나를 화나게 했다고 해서 그게 그녀의 잘못은 아니잖아요. 정말이지 세상에 그녀만큼 친절한 사람도 없었을 거예요."

"그런데 이번 시즌에 오니 사태가 달라졌군요? 분위기가 달라진 건가요."

"오, 완전히 달라졌어요. 정말이지 저로서는 영문을 알 수 없었답니다. 모든 것이 잘못되어가는 것 같았어요. 제 말은 일이 아니라 우리들이, 우리의 기분과 신경이 말이에요. 벼랑 끝에 서 있는 것 같았어요. 폭풍우가 다가오고 있을 때의 느낌과 흡사했어요."

"그리고 당신은 그것이 라이드너 부인의 영향이었다고 생각하는 겁니까?"

존슨 양이 건조한 어조로 대답했다.

"음, 그녀가 오기 전에는 결코 그렇지 않았거든요. 이런, 제가 매사에 삐딱하게 불평만 일삼는 늙은 개 같군요! 사태가 언제나 똑같기를 바라는 보수주의자처럼요. 지금 하는 제 이야기는 귀담아 듣지 마세요, 무슈 푸아로."

"라이드너 부인의 성격과 기질을 묘사한다면요?"

존슨 양은 잠시 머뭇거리다 천천히 말을 시작했다.

"음, 그녀는 정말이지 변덕스러웠어요. 기복이 심했죠. 어떤 날은 사람들에게 친절하게 대했지만, 그 다음 날에는 말조차 걸지 않았어요. 그녀는 기본적으로 무척 친절했던 것 같아요. 그리고 다른 사람들에 대한 배려가 깊었지요. 그럼에도 그녀가 평생 동안 응석을 부리며 살아왔다는 것을 알 수 있었어요. 그녀는 라이드너 박사님이 자신의 시중을 드는 걸 아주 당연하게 여겼어요. 자신이 얼마나 탁월한 인물, 얼마나 위대한 인물과 결혼했는지 잘 모르는 것 같았죠. 그 점이 이따금 저를 짜증나게 했답니다. 그리고 끔찍할 정도로 신경이 과민하고 날카로웠어요. 이런저런 것들을 상상하고, 안절부절못하는 상태가 되곤 했지요! 라이드너 박사님이 레더런 간호사를 여기로 데려왔을 때 전 참 고마웠어요. 자신의 작업과 아내의 변덕 둘 다를 처리해야 한다는 건 너무 힘든 일이었으니까요."

"그녀가 받은 그 익명의 편지들은 어떻게 생각하십니까?"

내가 들어야 할 대목이었다. 그 질문에 대답하기 위해 푸아로 쪽으로 돌린 존슨 양의 옆얼굴이 시야에 들어올 때까지 나는 의자에 앉은 채 몸을 앞으로 기울였다.

그녀는 극도로 냉정하고 안정되어 보였다.

"미국에 있는 누군가가 그녀에게 악의를 품고 놀래 주거나 괴롭히려 했던 것 같은데요."

"파 플뤼 세리외크 사(그보다 더 심각한 건 아니고요)?"

"그게 제 생각이에요. 아시다시피 그녀는 굉장한 미인이니까 쉽게 적이 생겼을 수 있어요. 그 편지들은 원한을 가진 여자가 쓴 것 같아요. 기질적으로 신경이 예민한 라이드너 부인이 그걸 심각하게 받아들인 거죠."

"그녀라면 틀림없이 그랬을 겁니다. 하지만 잊지 마십시오, 그중 마지막 편지는 직접 전달되었다는 것을 말입니다."

푸아로가 말했다.

"음, 누군가 마음만 먹는다면 가능한 일 아닐까요. 여자들은 원한을 풀기 위해서라면 온갖 어려움을 무릅쓴답니다, 무슈 푸아로."

'실제로 그럴 거야!'

내가 속으로 생각했다.

"당신 말이 맞을 수도 있겠네요, 마드무아젤. 조금 전 당신이 말한 것처럼 라이드너 부인은 미인이었습니다. 그건 그렇고 의사 선생님의 따님인 라일리 양을 아십니까?"

"실러 라일리 말인가요? 예, 물론 알지요."

푸아로는 은밀하면서도 수다스러운 어조로 말을 이었다.

"그 아가씨와 라이드너 박사의 발굴단원 중의 한 사람이 연애중이라는 소문을 들었답니다. 하지만 전 그것에 대해 라일리 박사에게 물어보고 싶지는 않아서요. 당신이 알기로도 그런가요?"

존슨 양은 좀 재미있어 하는 것 같았다.

"오. 콜먼 청년과 데이비드 에모트 둘 다 실러의 비위를 맞춰 주는 것 같더군요. 클럽에서 벌어진 어떤 이벤트에서 누가 그녀의 상대가 되느냐를 두고 경쟁을 벌이기도 했어요. 두 청년 모두 도요일 저녁이면 대개 클럽에 가곤 했지요. 하지만 실러가 어떻게 생각했는지는 모르겠어요. 실러는 알다시피 클럽에서 유일한 젊은 처녀예요. 따라서 그곳 최고의 미인인 셈이지요. 그녀의 비위를 맞추는 공군 병사들도 있었어요."

"그러니까 연애 사건 같은 건 없는 건가요?"

"음…… 잘 모르겠어요."

존슨 양은 곰곰 생각해 보는 듯했다.

"그녀가 꽤 자주 이곳으로 나온 것은 사실이에요. 발굴현장 같은 곳까지 말이에요. 실제로 라이드너 부인은 지난번 그 일로 데이비드 에모트를 놀려대기도 했어요. 그 아가씨가 에모트의 뒤를 따라다니고 있다고 말이에요. 좀 심술궂은 말이었던 것 같아요. 에모트는 기분이 상했을 거예요……. 맞아요, 실러는 여기 자주 왔어요. 그 끔찍한 일이 일어난 날 오후에도 저는 그녀가 차를 몰고 발굴장으로 가는 것을 봤지요."

그녀는 열린 창을 향해 고개를 끄덕였다.

"그런데 그날 오후 근무자는 데이비드 에모트도, 콜먼도 아니었어요. 리처드 캐리가 당번이었죠. 그렇네요, 그녀가 그 청년들 중 하나에게 매력을 느끼고 있는지도 모르겠어요. 하지만 요즘 아가씨들은 냉정하기 짝이 없으니 그런 행동을 어떻게 평가해야 하는지는 잘 모르겠어요. 그 두 청년 중에서 누구에게 관심이 있는지 저로서는 전혀 짐작도 안 가요. 빌은 훌륭한 청년이에요. 겉으로 보이는 모습만큼 바보가 아니랍니다. 데이비드 에모트도 괜찮은 사람이에요. 멋진 구석이 많죠. 그는 속이 깊고 말수가 적은 유형이랍니다."

그런 다음 그녀는 영문을 모르겠다는 듯이 푸아로를 바라보며 말했다.

"그런데 이게 이 사건과 무슨 관계가 있나요, 무슈 푸아로?"

무슈 푸아로는 다분히 프랑스인다운 태도로 양손을 들어올렸다.

"그 말씀에 얼굴을 붉히지 않을 수 없군요, 마드무아젤. 그저 소
문을 전해 듣고 싶었답니다. 전 젊은이들의 연애 사건에 늘 관심을
갖고 있거든요."

"그랬군요, 진실한 사랑이 평탄하게 진행되는 것은 좋은 일이죠."

존슨 양이 가볍게 한숨을 내쉬며 말했다.

푸아로도 응답이라도 하듯 한숨을 내쉬었다. 존슨 양은 처녀 시
절 자신의 연애 사건을 떠올리고 있는 것 같았다. 그러자 나는 푸아
로에게 아내가 있는지, 그리고 외국인들에 대해 들은 대로 그에게
도 정부 같은 것이 있는지 궁금했다. 그의 외모가 너무나도 우스꽝
스러워 보였으므로, 그런 일은 좀처럼 상상할 수가 없었다.

"실러 라일리는 강인한 성격을 가졌어요. 젊고 미숙하지만 올곧
은 성격이랍니다."

존슨 양이 말했다.

"그 말을 새겨두지요, 마드무아젤."

푸아로가 말했다.

그가 자리에서 일어서며 물었다.

"숙소에 다른 단원들이 있습니까?"

"마리 머케이도가 어딘가에 있을 거예요. 오늘 남자들은 모두 발
굴장에 나가 있고요. 이 건물에서 벗어나고 싶은 모양이에요. 그들

을 나무랄 수 없죠. 혹시 발굴장에 가보고 싶으시면……."

그녀가 베란다로 나와서 나에게 미소를 지어 보이며 말했다.

"제 생각엔 레더런 간호사가 데려다 주실 것 같군요."

"오, 물론이죠, 존슨 양."

내가 대답했다.

"그리고 점심 식사를 하러 돌아오실 거죠, 무슈 푸아로?"

"기꺼이 그렇게 하죠, 마드무아젤."

존슨 양은 목록 작업을 하고 있던 거실로 돌아갔다.

"머케이도 부인은 옥상에 있어요. 먼저 그녀를 만나 보시겠어요?"

내가 물었다.

"그게 좋을 것 같군요. 올라갑시다."

그와 함께 2층으로 올라가면서 내가 말했다.

"선생님이 말씀하신 대로 했어요. 무슨 소리라도 들으셨나요?"

"아무 소리도 들리지 않았답니다."

"그럼 어쨌든 존슨 양의 마음의 부담을 덜어줄 수 있겠군요. 그녀
는 자신이 이 사건에 어떤 책임이 있는 게 아닐까 줄곧 걱정해 왔으
니까요."

머케이도 부인은 고개를 숙인 채 난간에 앉아 있었다. 그녀는 깊
은 생각에 빠져 있는 듯 푸아로가 맞은편에 가서 서서 인사를 했을
때에야 고개를 들었다. 그녀는 깜짝 놀란 기색이었다.

오늘 아침 그녀가 좋지 않아 보인다고 나는 생각했다. 그녀의 작
은 얼굴은 찌푸려져 주름이 잡혀 있었고, 두 눈 아래에는 커다란 검

은 무리가 져 있었다.

"앙코르 무아(또 저랍니다). 오늘은 특별히 볼일이 있어서 찾아왔지요."

푸아로가 말했다.

그런 다음 그는 존슨 양에게 했던 것과 똑같은 식으로 라이드너 부인의 참모습을 파악하는 것이 얼마나 긴요한 일인지 설명했다.

하지만 머케이도 부인은 존슨 양과는 달리 정직하지 않았다. 확신하건대 그녀는 자신의 진실한 감정과는 전혀 동떨어진 지나친 칭찬을 쏟아놓았다.

"사랑스러운, 사랑스러운 루이스! 그녀를 몰랐던 사람에게 그녀를 설명하기란 무척 힘든 일이에요. 그녀는 너무나도 이국적인 인물이었으니까요. 누구와도 달랐지요. 그렇지 않나요, 간호사? 물론 신경쇠약에 시달리고 망상에 차 있긴 했죠. 다른 사람의 경우라면 아니겠지만, 그녀의 경우에는 그것도 용인될 만 했어요. 루이스는 우리 모두에게 너무나도 친절했답니다, 안 그래요, 간호사? 그리고 너무나도 겸손했지요. 제 말은 그녀가 고고학에 대해서는 아무것도 모름에도 배우는 데 열심이었다는 거예요. 금속 출토품의 화학적 처리 과정에 대해 늘 제 남편에게 물어보고, 존슨 양을 도와 토기를 복구하기도 했지요. 오, 우리 모두 그녀를 몹시 좋아했어요."

"그럼 제가 들은 이야기가 사실이 아닌 건가요, 마담? 이곳에 어떤 긴장감이, 불편한 분위기가 있었다던데요."

머케이도 부인의 탁하고 검은 눈동자가 휘둥그레졌다.

"오! 누가 그러던가요? 간호사가요? 아니면 라이드너 박사님이 그러세요? 그분은 틀림없이 아무것도 느끼시지 못했을 텐데요, 가엾은 분."

그리고 그녀는 몹시 적대적인 눈길로 나를 쏘아보았다.

푸아로가 편안하게 미소를 지어 보였다.

"제겐 정보원들이 있답니다, 마담."

그가 쾌활한 어조로 말했다. 나는 머케이도 부인의 눈꺼풀이 한순간 파르르 떨리는 것을 보았다.

머케이도 부인이 아주 나긋한 태도로 물었다.

"이런 종류의 사건이 일어나면, 다들 실제로는 있지도 않았던 일들을 상상하는 법 아닌가요? 그러니까 긴장감이 감돌았다느니, 분위기가 어쨌다느니, '무슨 일인가 일어날 것 같은 느낌'이 들었다느니 하는 식으로 말이에요. 그런 말들은 그저 사후에 나온 것일 뿐이에요."

"부인의 말 속에 깊은 의미가 있는 것 같군요."

푸아로가 말했다.

"그러니까 그건 전혀 사실이 아니라고요! 우리는 이곳에서 정말이지 행복한 팀이었어요."

푸아로와 함께 숙소를 나와 발굴장으로 통하는 오솔길을 따라 걸으며 내가 분개해서 말했다.

"그 여자는 내가 만난 사람 중에 가장 지독한 거짓말쟁이예요. 그녀가 라이드너 부인에 대해 가진 감정은 증오뿐이었다고걸 저는 확신해요!"

"그 여자는 진실한 대답을 할 만한 사람이 아니지요."

푸아로가 동의했다.

"그 여자와 이야기하는 건 시간낭비예요."

내가 딱딱거리며 말했다.

"그럴 리가요⋯⋯. 결코 그렇지 않답니다. 사람이란 입으로는 거짓말을 해도 눈으로는 때때로 진실을 말하는 법이거든요. 그 자그마한 머케이도 부인은 무엇을 두려워하는 걸까요? 나는 그녀의 눈에서 공포를 봤어요. 그래요. 그녀는 뭔가를 두려워하고 있었어요. 정말 흥미롭군요."

"말씀드릴 게 있어요, 무슈 푸아로."

나는 전날 밤 숙소에 돌아온 후 일어난 일과 존슨 양이 그 익명의 편지를 쓴 사람 같다는 내 확신을 그에게 들려주었다.

"그러니까 그녀 역시 거짓말을 한 거예요! 그러면서 아침엔 그렇게 태연히 바로 그 편지들에 대해 말했다니!"

"그렇군요. 그것도 흥미롭군요. 왜냐하면 존슨 양 자신이 그 편지들에 대해 알고 있었다는 사실을 밝힌 셈이니까요. 내가 아는 한 지금까지 단원들 중에서 그 편지들에 대해 알고 있는 사람은 없습니다. 물론 라이드너 박사가 어제 그녀에게 그 편지에 관해 말했을 수도 있지요. 박사와 그녀는 오랜 친구니까요. 하지만 그게 아니라면⋯⋯ 음⋯⋯ 그렇다면 정말 이상하고 흥미로운 일 아닌가요?"

그에 대한 나의 평가가 올라갔다. 그는 정말이지 교묘하게 존슨 양을 조종해 그 편지들에 관해 언급하도록 했던 것이다.

"그 편지들에 대해 그녀와 이야기를 하실 건가요?"

내가 물었다.

푸아로는 그런 생각에 무척 놀란 것 같았다.

"아니, 아니, 물론 그러지 않을 겁니다. 자신이 알고 있는 바를 과시하는 건 언제나 지혜롭지 못한 일이죠. 결정적인 순간이 올 때까지 난 모든 걸 여기 넣어둔답니다."

그는 자기 이마를 두드렸다.

"적절한 순간이 오면…… 재빨리 달려들 겁니다……. 표범처럼요……. 그러면 몽 디외(맙소사), 상대는 대경실색을 하는 거죠!"

키 작은 무슈 푸아로가 표범처럼 달려드는 장면을 상상하자 나는 웃음을 터뜨리지 않을 수 없었다.

우리는 발굴현장에 도착했다. 처음으로 우리 눈에 띈 사람은 발굴된 벽을 찍느라고 분주한 라이터였다.

내 눈에는 사람들이 그저 닥치는 대로 흙더미 위를 내려치고 있는 것 같았다. 어쨌든 내 눈엔 그렇게 보였다. 캐리 씨는 내게 직접 땅을 쳐보면 느낌이 다르다는 것을 즉각 알 수 있노라고 설명하고는 실제로 확인시켜 주려 했지만 나로서는 그 차이를 알 수 없었다. 그는 '리븐,' 곧 흙벽돌이라고 했지만 내 눈에는 평범한 진흙에 지나지 않았던 것이다.

라이터는 사진 찍기를 마친 다음 카메라와 감광판을 조수 소년에게 건네주며 숙소에 갖다 두라고 지시했다.

푸아로는 그에게 노출과 필름 등에 대해 한두 가지 물었고, 그는 아주 기쁜 듯이 대답했다. 자신의 작업에 대해 질문을 받는 것이 즐거운 것 같았다.

그가 구실을 대고 자리를 뜨려는 순간, 푸아로는 다시 한 번 미리 준비한 연설을 시작했다. 사실 그것은 철저하게 미리 준비된 연설이라고는 할 수 없었다. 왜냐하면 그는 상대에 따라 매번 자신의 이야기를 조금씩 달리했던 것이다. 하지만 그 이야기를 매번 기록하지는 않겠다. 존슨 양처럼 지각 있는 상대에게라면 그는 곧장 본론으로 들어갔고, 그 밖의 사람들에게는 좀 더 변죽을 울리는 식이었다. 하지만 결론은 똑같았다.

"예, 예. 무슨 말씀인지 알겠습니다. 하지만 전 정말이지 선생님께 그다지 도움이 되지 못할 것 같습니다. 전 이번 시즌에 이곳에 새로 왔고, 라이드너 부인과는 별로 이야기를 나눠보지 못했습니다. 유감스럽지만 저로서는 말씀드릴 만한 것이 전혀 없습니다."

라이터가 말하는 방식에는 약간 딱딱하고 외국인 같은 무엇인가가 있었다. 하지만 그의 억양은 완전히 미국식이었다.

"적어도 당신이 라이드너 부인을 좋아했는지 아닌지는 말해 주실 수 있겠죠?"

푸아로가 미소를 지어 보이며 말했다.

라이터는 얼굴이 새빨개져서는 말을 더듬었다.

"그녀는 매력적인 사람이었어요. 정말 매력적이었지요. 그리고 지적이었고요. 그녀는 머리가 무척 좋았습니다……. 그래요."

"비엥(그렇군요)! 당신은 그녀를 좋아했군요! 그럼 그녀도 당신을 좋아했나요?"

라이터 씨의 안색이 더욱 새빨개졌다.

"오, 그녀는…… 그녀는 제게 그다지 관심이 없었던 것 같아요. 또 한두 차례 제가 운이 없었지요. 그녀를 위해 뭔가 해주려고 할 때마다 운이 따르지 않더군요. 제 서투른 태도가 그녀를 짜증나게 한 것 같아요. 그건 전혀 의도적인 것이 아니었어요……. 전 뭔가 해주려고……."

푸아로는 그의 허둥거리는 모습에 연민을 느낀 것 같았다.

"좋습니다…… 좋아요. 다른 문제로 넘어갑시다. 숙소의 분위기는 좋았나요?"

"예?"

"여러분 모두 행복하게 지냈느냐고요. 웃음과 대화가 넘쳤나요?"

"아뇨…… 아뇨, 꼭 그렇진 않았습니다. 긴장감이 좀…… 감돌았지요."

그는 말을 끊고 망설이는 듯하더니 이윽고 다시 입을 열었다.

"아시다시피 전 사람들과 잘 어울리는 편이 아닙니다. 서툴고 숫기가 없지요. 라이드너 박사님은 언제나 저에게 친절하게 대해 주셨어요. 하지만 어리석게도……. 저는 제 수줍음을 극복할 수가 없답니다. 언제나 엉뚱한 짓을 저지르지요. 물병을 엎기도 하고요. 제겐 운이 따르질 않아요."

그는 정말이지 몸만 다 자란 서툰 어린아이처럼 보였다.

"젊을 때는 다들 그렇답니다. 균형감이나 '사부아르 페르(처세법)'는 나이가 들어서야 생기지요."

푸아로가 미소를 지어 보이며 말했다.

그런 다음 수고하라는 인사를 하고 우리는 걸음을 옮겼다.

푸아로가 말했다.

"마 쇠르, 저 친구는 아주 순박한 청년이든가 몹시 뛰어난 배우든가 둘 중 하나일 겁니다."

나는 대답하지 않았다. 이들 중 하나가 위험하고 냉혹한 살인범이라는 아찔한 생각이 다시 한 번 엄습했다. 이처럼 조용하고 화창한 아침에 그것은 전혀 말이 안 되는 소리처럼 여겨졌다.

머케이도 씨, 리처드 캐리

"사람들이 두 개의 분리된 장소에서 일하고 있는 것 같군요."

푸아로가 걸음을 멈추며 말했다.

라이터가 사진을 찍고 있던 곳은 본 발굴장의 외곽이었다. 그곳에서 조금 떨어진 곳에서는 또 한 무리의 사람들이 들통을 들고 왔다갔다하고 있었다.

"저기가 이른바 '딥컷'이랍니다. 저곳에서 출토된 것은 시원찮은 깨진 토기뿐이었지만, 라이드너 박사님은 늘 그게 가장 흥미로운 거라고 하시더군요. 그래서 저도 그런 줄 알지요."

내가 설명했다.

"저기로 가 봅시다."

우리는 천천히 걸었다. 햇살이 따가웠던 것이다.

머케이도 씨가 지시를 내리고 있었다. 우리 바로 아래에서 십장에게 무어라 말하는 그의 모습이 보였다. 십장은 면으로 된 긴 줄무늬 가운에 트위드 코트를 걸친, 거북이처럼 생긴 노인이었다.

그곳은 통로가 좁고 층계가 하나뿐이었다. 들통을 든 소년들은 앞이 보이지 않는 듯 길을 비켜줄 생각 같은 것은 꿈에도 하지 않고 층계를 연달아 오르내리고 있었으므로 그들이 있는 곳까지 내려가는 것이 좀 어려웠다.

내가 푸아로를 따라 내려가고 있는 동안, 그가 갑자기 어깨 너머로 물었다.

"머케이도 씨가 오른손잡이인가요, 왼손잡이인가요?"

정말이지 이 얼마나 생뚱맞은 질문인가!

나는 잠깐 생각해본 다음 확실한 어조로 대답했다.

"오른손잡이에요."

푸아로는 왜 그런 질문을 했는지 설명할 생각이 없는 듯했다. 그는 걸음을 계속했고, 나는 그의 뒤를 따랐다.

머케이도 씨는 우리를 보고 좀 반가워하는 듯했다. 길고 울적해 보이는 그의 얼굴이 밝아졌다.

무슈 푸아로는 고고학에 관심이 있는 척했다. 나는 그가 실제로는 그렇지 않다는 것을 확신했다. 하지만 머케이도 씨는 즉각 반응을 보였다.

그의 설명에 따르면, 그들은 이미 12개 층의 주거지를 발굴 완료했다는 것이었다.

"우린 이제 마침내 기원전 4번째 밀레니엄으로 들어섰답니다."

그가 흥분해서 외쳤다.

난 언제나 '밀레니엄'이란 말은 미래에 해당하는 것이라고, 찬란히 펼쳐진 시기를 말하는 것이라고 생각해 왔다.

머케이도 씨는 재가 깔려 있는 층을 가리키면서(그의 손은 말 그대로 덜덜 떨리고 있었다! 말라리아에 걸린 것이 아닐까 하는 생각이 들 정도였다.), 토기들의 특징이 어떻게 달라지는지, 매장식은 어땠는지(한 개 층 거의 전체에 어린아이들만이 묻혀 있었다니 정말이지 가엾지 않은가.), 뼈들이 놓여 있던 위치로 어떻게 시신의 자세와 방향을 추측하는지 설명해 주었다.

다음 순간 토기 몇 점과 함께 구석에 놓인 돌칼 같은 것을 집어들기 위해 몸을 숙이던 머케이도 씨가 갑자기 펄쩍 뛰면서 날카로운 비명을 내질렀다.

그가 제자리에서 껑충껑충 뛰었다. 나와 푸아로는 깜짝 놀라 그를 물끄러미 응시했다.

그는 자기 손으로 왼팔을 때렸다.

"뭔가 따끔했어요……. 새빨갛게 달궈진 바늘에 찔린 것처럼요."

푸아로가 즉각 부산스럽게 움직였다.

"어서요, 몽 셰르(친구), 좀 봅시다, 레더런 간호사!"

내가 앞으로 나섰다.

푸아로는 머케이도 씨의 팔을 잡고, 익숙한 솜씨로 카키색 셔츠의 소매를 어깨까지 말아 올렸다.

"거깁니다."

머케이도 씨가 한 지점을 손으로 가리켰다.

어깨에서 약 7센티미터 아래에서 바늘에 찔린 듯한 작은 상처가 나 있었고, 거기에서 피가 스며 나오고 있었다.

"이상하군요."

푸아로가 말했다. 그는 접어올린 소매 안을 들여다보았다.

"아무것도 안 보이는데요. 혹시 개미가 물은 게 아닐까요?"

"옥도정기를 좀 바르는 것이 좋겠어요."

내가 말했다.

난 언제나 연필형 옥도정기를 가지고 다닌다. 나는 얼른 그것을 꺼내 상처에 발라 주었다. 하지만 그러다가 다른 데 정신이 팔렸다. 전혀 다른 것에 관심이 끌렸던 것이다. 머케이도 씨의 팔은 팔뚝에서 팔꿈치에 이르기까지 온통 작은 구멍들로 덮여 있었다. 나는 그것들이 무엇인지 잘 알고 있었다. 그것은 다름 아닌 주삿바늘 자국이었다.

머케이도 씨는 다시 소매를 내리고 다시 설명을 시작했다. 푸아로 씨는 그의 말을 듣기만 했을 뿐, 라이드너 박사 부부 문제로 화제를 돌리려 하지 않았다. 실제로 그는 머케이도 씨에게 아무것도 묻지 않은 셈이었다.

이윽고 우리는 머케이도 씨에게 작별 인사를 하고 다시 그 길을 오르기 시작했다.

"감쪽같았죠, 안 그래요?"

그가 내게 물었다.

"감쪽같다니요?"

내가 반문했다.

무슈 푸아로는 외투의 접힌 옷깃 속에서 뭔가를 꺼내 대견하다는 듯 들여다보았다. 놀랍게도 그것은 길고 날카로운 짜깁기용 바늘로, 봉랍 덩어리를 바늘끝에 붙여두어 안전핀처럼 쓰게 되어 있었다.

"무슈 푸아로, 선생님이 그걸로 찌르신 거군요?"

내가 외쳤다.

"그를 문 벌레는 바로 나였어요……. 그래요. 그런데 아주 멋지게 해냈다고 생각하지 않습니까? 당신도 눈치 채지 못했군요."

사실이었다. 난 그가 찌르는 것을 보지 못했다. 머케이도 씨도 전혀 의심하지 못했을 것이 분명했다. 푸아로는 번갯불에 콩 구워먹듯 재빨리 그 일을 해치운 것이다.

"그런데 무슈 푸아로, 왜 그러신 거죠?"

내가 물었다.

그는 또 다른 질문으로 내 질문에 대답했다.

"뭔가 눈치 챘나요, 간호사?"

그가 물었다.

내가 천천히 고개를 끄덕였다.

"주삿바늘 자국이 있더군요."

내가 말했다.

"그러니 이제 우리는 머케이도 씨에 대해 뭔가 알게 된 셈입니다. 의심은 했었지만…… 확실히 알 수가 없었죠. 모든 건 확실히 할 필요가 있답니다.”

푸아로가 말했다.

‘그 방법이 어떤 것인가에 대해서는 전혀 개의치 않는군요!’

나는 이렇게 생각했지만 입 밖에 내어 말하지는 않았다.

푸아로가 갑자기 호주머니를 손으로 두드렸다.

“이런, 거기에 손수건을 떨어뜨리고 왔군요. 바늘을 싸 두었던 수건 말입니다.”

“제가 갖다 드릴 게요.”

나는 그렇게 말하고는 서둘러 그곳으로 되돌아갔다.

그 즈음 나는 무슈 푸아로와 내가 어떤 환자를 맡고 있는 담당 의사와 간호사 같다는 느낌을 갖기에 이르렀다. 적어도 그 일은 하나의 수술처럼 보였고, 그는 집도 의사 같았다. 이렇게 말해서 안 될지도 모르지만, 이상하게도 나는 그 일을 즐기기 시작했다.

간호사 훈련을 마친 직후 있었던 일이 머릿속에 떠올랐다. 당시 나는 어떤 가정집으로 환자를 돌보러 갔다. 즉각 수술을 해야 할 상황이 생겼는데, 환자의 남편이 요양소에 대해 거부감을 갖고 있었다. 그는 아내를 요양소로 옮겨야 한다는 말을 들으려 하지 않고 집에서 수술을 해야 한다고 버텼다.

음, 나에게는 물론 너무나도 좋은 기회였다! 나 이외에 다른 간호사가 없었다. 내가 모든 걸 맡아서 해야 했다. 물론 내 신경은 극도로 곤두섰다. 의사가 무엇을 필요로 할지 생각해 빠짐없이 준비해 두었지만, 그럼에도 뭔가 잊은 것이 없는지 걱정스러웠다. 의사들이란 알 수 없는 사람들이다. 그들은 때때로 정말 이상한 것을 요구하지 않는가! 하지만 그 일은 아주 잘 진행되었다! 의사가 뭔가를 요구할 때, 나는 이미 그것을 준비해 두고 있었던 것이다. 실제로 수술이 끝난 후 그 의사는 내게 정말 잘했다고 말했다. 의사들은 대개 그런 말을 하지 않는다! 그 개업의 역시 아주 훌륭했다. 그리고 나는 그 모든 일을 혼자 해냈던 것이다!

환자 역시 회복되었으므로, 모두들 행복한 셈이었다.

음, 나는 그때와 비슷한 기분을 느꼈다. 어떤 점에서 무슈 푸아로는 그 의사를 생각나게 했다. 과거 그 의사 역시 키가 작았다. 원숭이 같은 얼굴을 한 못생기고 키 작은 사내였지만 외과의로서는 탁월했다. 그는 무슨 조치를 취해야 할지 본능적으로 알고 있었다. 많은 외과 의사를 만나본 나는 의사들 간에 차이가 얼마나 큰지 알고 있었다.

점차 나는 무슈 푸아로에게 일종의 신뢰감을 갖게 되었다. 그 역시 자신이 하고 있는 바를 분명히 알고 있다는 것을 나는 느낄 수 있었다. 그리고 그를 돕는 것이, 말하자면 그가 필요로 할 때 건네줄 수 있도록 핀셋과 면봉 같은 것들을 준비해두는 것이 내 일이라는 느낌이 들기 시작했다. 바로 그런 이유에서 달려가 그의 손수건을 찾아오는 것이 그렇게 자연스럽게 여겨졌던 것이다. 마치 의사가 바닥에 떨어뜨린 수건을 내가 줍는 게 당연한 것처럼.

손수건을 찾아들고 돌아오니 그의 모습이 보이지 않았다. 하지만 이윽고 나는 그의 모습을 볼 수 있었다. 그는 흙무더기에서 조금 떨어진 곳에 앉아 캐리 씨와 이야기를 하고 있었다. 캐리 씨의 조수 소년이 눈금이 그려진 길다란 막대를 들고 근처에 서 있었다. 하지만 바로 그 순간 캐리 씨가 소년에게 무어라 말하자, 소년이 그 막대를 갖고 자리를 뜨는 것이 보였다. 캐리 씨는 그 막대를 갖고 하던 일을 일단락 지은 모양이었다.

난 다음에 일어날 일에 대해 명확하게 알고 싶었다. 나로서는 무슈 푸아로가 내게 바라는 일과 바라지 않는 일이 어떤 것들인지 정확히 알 수가 없었다. 그러니까 내 말은 그가 일부러 내게 그 손수건을 찾아오게 했는지도 모른다는 뜻이다. 내가 자리를 비켜주었으면 하는 뜻에서.

이 일은 또다시 수술 과정과 흡사해졌다. 주의를 기울여 의사가 원하는 것만을 건네주고 원하지 않는 것은 주지 말아야 한다. 그러니까 필요로 하지도 않을 때 동맥용 핀셋을 건네준다면, 정작 그것이 필요한 때에는 지체하게 되지 않겠는가! 다행히 나는 내 일을 잘 알고 있다. 간호 일에서는 실수를 저지르지 않는 것 같다. 하지만 이번 일에서는 정말이지 경험 없는 초보가 아닌가. 그러므로 난 어리석은 실수를 저지르지 않도록 각별히 신경을 써야 했다.

물론 무슈 푸아로가 내가 그와 캐리 씨 간의 대화를 듣지 않기를 원할 거라고는 조금도 생각되지 않았다. 하지만 캐리 씨 쪽에서 내가 없는 편이 이야기를 털어놓기 쉬울 거라고 생각했을 수는 있었다.

내가 사적인 대화나 엿듣는 그런 여자라는 인상을 주고 싶진 않다. 나는 그런 짓을 하는 사람이 아니다, 결코. 엿듣고 싶은 마음이 아무리 강하다 해도.

그러니까 내 말은 만약 그것이 사적인 대화였다면, 나는 결코 엿듣지 않았을 거라는 뜻이다.

생각해 보니 나는 특권을 갖고 있었다. 환자가 마취에서 깨어날 때 간호사는 많은 것을 듣게 된다. 환자는 간호사가 그런 이야기를 듣는 것이 달갑지 않을 것이다. 그리고 간호사가 그런 이야기를 들었다는 것을 대개 의식하지 못한다. 하지만 실제로 간호사는 많은 이야기를 듣게 마련이다. 나는 캐리 씨를 환자로 간주하기로 했다. 그렇다면 그는 사실을 모르는 채 있는 편이 좋다. 내 행동이 단순히 호기심에서 나온 것으로 여겨진다면, 실제로 호기심이 동했노라고 인정하련다. 나는 이 사건에서 가능한 한 아무것도 놓치고 싶지 않았던 것이다.

이 모든 것을 고려한 끝에 나는 슬쩍 몸을 피해 커다란 흙더미 뒤를 빙 돌아가 그들이 있는 곳에서 30센티미터쯤 떨어진 곳에서 걸음을 멈추었다. 그곳에 서 있으면 흙더미 모서리에 가려져 그들의 눈에 띄지 않을 터였다. 만약 누군가가 그것이 명예롭지 못한 행동이라고 한다면, 나는 그렇지 않다고 반박하리라. 환자를 맡고 있는 간호사는 모든 것을 알아야 한다. 어떤 조치를 취해야 하는지를 결정하는 것은 물론 의사지만 말이다.

푸아로가 어떤 식으로 접근했는지 물론 알 수 없었지만, 내가 그곳에 이르렀을 즈음 그는 소위 사건의 핵심을 파고드는 중이었다. 푸아로가 말했다.

"라이드너 박사가 자기 아내에게 그렇게 헌신적이라는 것을 나이상으로 유감스러워한 사람도 없을 겁니다. 종종 친구를 통해서보다는 적을 통해서 어떤 사람에 대해 더 많은 것을 알게 되는 법이니까요."

"선생님 말씀은 인간의 결점이 미덕보다 더 중요하다는 겁니까?"

캐리 씨가 말했다. 그의 어조는 건조했고 비꼬는 기미가 깃들어 있었다.

"당연히 그렇답니다……. 살인 사건인 경우에는 말입니다. 내가 아는 한 너무나도 완벽한 성격을 가진 탓에 살해당했다는 사람은 아직 없거든요! 그리고 그 완벽이라는 건 정말 거슬리는 거랍니다."

"전 선생께 도움이 될 수 없을 것 같군요. 정말 솔직하게 말하건대 라이드너 부인과 나는 그다지 좋은 사이가 아니었습니다. 그렇다고 부인과 내가 서로 적대시했다는 뜻은 아닙니다만, 친구라고는 할 수 없었어요. 라이드너 부인은 어쩌면 자기 남편과 나의 오랜 우정에 대해 일말의 질투심을 갖고 있었는지도 모릅니다. 나로서는 그녀를 매우 높이 평가했으며, 너무나도 매력적인 여자라고 생각하면서도, 라이드너에게 미치는 그녀의 영향력에 대해 한 줄기 반감을 갖고 있었습니다. 그 결과 그녀와 나는 서로에게 깍듯이 예의를 갖추어 대했지만 친하게 지내지는 않았습니다."

캐리 씨가 말했다.

"탁월한 설명이군요."

푸아로가 말했다.

내가 있는 곳에서 보이는 것은 그들의 고개뿐이었다. 무슈 푸아로의 초연한 듯한 어조에 담긴 무엇인가에 불쾌해진 듯 캐리 씨가 홱 하고 고개를 돌리는 것이 보였다.

무슈 푸아로가 말을 계속했다.

"당신과 자기 아내의 사이가 좋지 않은 것을 라이드너 박사가 안타까워하진 않았나요?"

캐리 씨는 잠깐 망설인 다음 입을 열었다.

"솔직히…… 나로서는 잘 모르겠습니다. 그는 아무 말도 한 적이 없었습니다. 난 그가 눈치채지 않기를 바랐고요. 아시다시피 그는 자신의 일에 몰두해 있었으니까요."

"그러니까 당신 말에 따르면 당신은 실제로 라이드너 부인을 별로 좋아하지 않았다는 겁니까?"

캐리가 어깨를 으쓱해 보였다.

"만약 라이드너의 아내가 아니었다면 나는 그녀를 무척 좋아했을 겁니다."

그는 자신의 말이 재미있다는 듯이 웃음을 터뜨렸다.

푸아로는 깨어진 질그릇 조각들을 만지작거리고 있었다. 그가 꿈꾸듯이 아득한 목소리로 말했다.

"나는 오늘 아침 존슨 양과 이야기를 나누었습니다. 그녀는 자기가 라이드너 부인에 대해 좋지 않은 편견을 가지고 있었고, 그녀를 별로 좋아하지 않았노라고 인정하더군요. 라이드너 부인이 자신에게 언제나 친절했노라고 서둘러 덧붙이긴 했지만요."

"사실일 겁니다."

캐리 씨가 말했다.

"그렇겠지요. 그런 다음 머케이도 부인과 이야기를 했지요. 그녀는 자신이 얼마나 라이드너 부인을 위했는지, 자신이 얼마나 그녀에게 감탄했었는지 내게 장황하게 말해주더군요."

캐리는 이 말에 대답하지 않았다. 푸아로는 잠시 기다렸다가 말을 이었다.

"그 말을…… 난 믿지 않는답니다! 그런 다음 당신에게 왔는데, 음, 이번에도…… 당신이 하는 말이 믿어지질 않는군요……."

캐리의 표정이 굳어졌다. 그의 목소리에 분노, 억눌린 분노가 어려 있다는 걸 느낄 수 있었다.

"당신이 믿든 안 믿든 나로서는 어쩔 수가 없습니다, 무슈 푸아로. 지금까지 당신이 들은 이야기는 진실입니다. 그걸 받아들이든가 거부하든가 하는 건 당신에게 달렸지요."

푸아로는 화를 내지 않았다. 반대로 그는 유난히 온화하고 풀죽은 어조로 말했다.

"믿고 안 믿고가 내게 달렸단 말이죠? 내 귀는 아주 예민합니다. 그리고 항간에는 늘 많은 이야기들이 떠도는 법이죠. 귀를 기울이면 뭔가 알게 된답니다! 그래요, 많은 이야기들이 떠돌더군요……."

캐리가 튕겨질 듯 몸을 일으켰다. 그의 관자놀이가 불끈거리는 것이 분명히 보였다. 그의 모습은 정말이지 눈부셨다! 너무나도 늘씬하고 멋지게 그을은 몸매에다가 단단하고 각진 잘생긴 턱. 여자들이 그런 남자에게 반하는 것도 무리가 아니었다.

"무슨 이야기 말입니까?"

그가 공격적으로 물었다.

푸아로가 옆눈으로 그를 바라보았다.

"아마 당신도 알 겁니다. 흔한 이야기지요. 당신과 라이드너 부인
에 대한 것 말입니다."

"정말 구역질나는 사람들입니다!"

"네스 파(그렇죠)? 개를 닮은 사람들입니다. 불쾌한 일을 아무리
깊숙이 파묻어도 언제나 그걸 다시 파내니까요."

"그럼 당신은 그 이야기들을 믿는단 말입니까?"

"난 기꺼이 들을 준비가 되어 있답니다……. 진실을 말입니다."

푸아로가 진지한 어조로 대답했다.

"진실을 들어도 진실이라는 걸 알 수 있을지 의문이군요."

캐리가 거칠게 웃음을 터뜨렸다.

"저를 믿어 보시죠."

푸아로가 그에게서 눈을 떼지 않은 채 말했다.

"그럼 그러지요! 이제 진실을 말하죠! 나는 루이스 라이드너를
증오했어요……. 그게 당신이 알아야 할 진실입니다! 난 그 여자를
속속들이 증오했다고요!"

데이비드 에모트, 라비니 수사,

그리고 한 가지 발견

캐리는 홱 돌아서서는 화가 난 태도로 성큼성큼 걸어가 버렸다.

푸아로는 앉아서 그의 뒷모습을 쳐다보며 중얼거렸다.

"그래…… 알겠어……."

그는 고개도 돌리지 않은 채 약간 목소리를 높여 말했다.

"잠시만 더 거기서 나오지 마세요, 간호사. 저 친구가 고개를 돌릴 경우에 대비해 말입니다. 자, 이젠 됐습니다. 내 손수건은 찾았나요? 정말 고맙습니다. 이렇게 친절할 데가."

그는 내가 엿듣고 있었던 일에 대해서는 아무 말도 하지 않았다. 그런데 내가 엿듣고 있다는 것을 그가 어떻게 알았는지 모르겠다. 그는 이쪽을 한 번도 쳐다본 적이 없었는데 말이다. 그가 그것에 대해 아무 말도 하지 않자 나는 한결 마음이 놓였다. 나 자신은 정당한 행동이라고 생각했지만, 그에게 설명하기는 좀 어색할 것 같았기 때문이다. 따라서 그가 설명을 요구하지 않는 것은 다행스러운 일이었다.

"캐리 씨가 라이드너 부인을 정말로 증오했다고 생각하세요, 무슈 푸아로?"

내가 물었다.

기묘한 표정을 떠올리며 그가 천천히 고개를 끄덕이며 대답했다.

"예…… 난 저 친구가 정말 그랬다고 생각합니다."

그런 다음 그는 민첩한 동작으로 몸을 일으켜 사람들이 일하고 있는 흙더미 꼭대기를 향해 걷기 시작했다. 나는 그의 뒤를 따랐다. 그곳에 도착한 우리 눈에 보이는 것은 아랍인들뿐이었다. 이윽고 에모트의 모습이 눈에 들어왔다. 그는 고개를 숙이고 막 발견된 어떤 해골 위에 덮인 먼지를 불어내고 있었다.

우리를 보자 그는 예의 기분 좋고 진지한 미소를 지어 보였다.

"구경하러 오셨나요? 잠깐이면 됩니다."

그가 말했다.

그는 앉은 채 몸을 바로하고는 칼을 꺼내서는 그 뼈에 붙어 있는 흙을 아주 조심스럽게 긁어내기 시작했다. 그는 간간이 동작을 멈추고는 손으로 부채질을 하거나 직접 입김을 불기도 했다. 나는 '입김을 불다니 정말이지 비위생적인 방법이군.' 하고 생각했다.

"온갖 종류의 세균이 당신 입 속으로 들어갈 거예요, 에모트 씨."

내가 항의했다.

"세균이야말로 제 일용할 양식이랍니다, 간호사. 세균들은 고고학자에게는 아무 힘도 쓰지 못하거든요. 헛수고만 할 뿐이죠."

그가 진지한 어조로 응수했다.

그는 대퇴골 주위에 붙은 흙을 좀 더 긁어냈다. 그런 다음 옆에 있는 십장에게 자신이 원하는 바를 세밀하게 지시했다.

그가 자리에서 일어서며 말했다.

"이제 됐어요. 점심 식사 후에는 라이터가 사진을 찍을 수 있을 거예요. 이 여자는 상당히 멋진 물건들과 함께 묻혀 있었답니다."

그는 작은 녹청색 구리 주발 하나와 핀 몇 개를 우리에게 보여주었다. 또 여러 개의 황금과 푸른 구슬들도 있었는데, 여자의 목걸이를 이루고 있던 것들이었다.

사람뼈와 모든 출토품들이 붓질되고 칼로 깨끗이 손질되어 사진을 찍을 수 있도록 정돈되어 있었다.

"이 여잔 어떤 사람인가요?"

푸아로가 물었다.

"기원전 1,000년대의 사람입니다. 아마도 귀부인이었던 것 같아요. 두개골이 좀 이상해 보입니다. 머케이도 씨에게 한번 보라고 해야겠어요. 살해당한 것 같습니다."

"2000여 년 전의 라이드너 부인인가요?"

푸아로가 물었다

"그럴 수도 있죠."

에모트가 대답했다.

빌 콜먼이 곡괭이를 들고 벽면에서 작업중이었다.

데이비드 에모트가 그에게 무어라 외쳤으나 나는 알아들을 수가 없었다. 에모트는 무슈 푸아로를 안내하기 시작했다.

설명이 딸린 짧은 관광이 끝나자, 에모트는 자기 손목시계를 들여다보았다.

"10분 후에 일이 끝납니다. 숙소까지 같이 걸으시겠습니까?" 그가 말했다.

"그럼 정말 좋겠군요."

푸아로가 대답했다.

우리는 잘 닦인 길을 따라 천천히 걷기 시작했다.

"여러분 모두 다시 일을 시작하게 되어 기쁜 모양이군요."

푸아로가 말했다.

에모트가 진지한 어조로 대답했다.

"예, 그게 정말이지 최선입니다. 숙소에서 빈둥거리며 이야기를 하는 건 그리 쉬운 일이 아니더군요."

"여러분 중 하나가 살인범이라는 걸 줄곧 의식하면서 말입니다."

에모트는 대답하지 않았다. 그는 부인의 몸짓도 하지 않았다. 사건이 일어난 직후 일하는 소년들에게 질문을 던지면서 그가 그런 의심을 품기 시작했음을 이제 나는 알고 있었다.

잠시 후 그가 조용히 물었다.

"뭔가 진전이 있습니까, 무슈 푸아로?"

푸아로가 진지하게 되물었다.

"뭔가 진전이 있도록 날 도와주시겠습니까?"

"이런, 물론이죠."

푸아로가 그를 지그시 응시하며 말했다.

"이 사건의 핵심은 라이드너 부인입니다. 난 라이드너 부인에 대해 알고 싶습니다."

데이비드 에모트가 천천히 말했다.

"그녀에 대해 알고 싶다는 게 무슨 뜻입니까?"

"내 말은 그녀가 어디 출신인지, 처녀적 성이 무엇인지 알고 싶다는 게 아닙니다. 얼굴의 형태나 눈동자의 색깔을 알고 싶다는 게 아니라는 겁니다. 난 그녀, 그녀 자신에 대해 알고 싶습니다."

"이 사건에서 그게 중요한가요?"

"틀림없이 그렇습니다."

에모트는 한동안 침묵에 잠겼다가는 이윽고 입을 열었다.

"선생님 말씀이 옳을지도 모르겠군요."

"그러니까 그 점에서 날 도와주시지요. 당신이라면 그녀가 어떤 종류의 여자였는지 말해줄 수 있을 겁니다."

"제가요? 저야말로 종종 혼자 그 문제에 대해 생각해 보곤 했는 걸요."

"결론이 나오지 않았나요?"

"결국 나온 것 같긴 합니다."

"에 비엥(그런데요)?"

하지만 에모트는 한동안 말이 없었다. 이윽고 그가 입을 열었다.

"간호사님은 그녀를 어떻게 보시나요? 여자들끼리는 상대에 대해 판단이 빠르다고 하던데요. 그리고 간호사님이라면 여러 유형의 여자들을 만나 보셨을 테고요."

혹시 내가 대답할 생각이 있었다 해도, 푸아로는 내게 말할 기회를 주지 않았다. 그가 재빨리 대답했다.

"내가 알고 싶은 건 남자들이 그녀를 어떻게 생각하느냐 하는 겁니다."

에모트는 살짝 미소를 지어 보였다.

"남자든 여자든 모두 비슷할 것 같은데요."

그가 잠깐 말을 멈추었다가 다시 말했다.

"그녀는 젊지는 않았지만 제가 이제껏 만난 여자들 중 가장 미인이었던 것 같아요."

"그건 대답이 아닌데요, 에모트 씨."

"대답에서 크게 벗어난 것도 아니지요, 무슈 푸아로."

그는 잠시 침묵했다가 말을 이었다.

"제가 어렸을 때 읽었던 동화에 이런 이야기가 있었습니다. 눈의 여왕과 소년 카이에 관한 북구 동화였지요. 제 생각에 라이드너 부인은 그 여왕과 좀 비슷한 것 같습니다. 소년 카이를 줄곧 속여 넘기던 여왕 말입니다."

"아, 그래요. 한스 안데르센의 동화 아닌가요? 그리고 그 이야기엔 소녀 하나가 나오지요. 게르다라는 이름이었던가요?"

"그런 것 같습니다. 그 줄거리는 대부분 잊어버렸답니다."

"좀 더 이야기해 주시겠습니까, 에모트 씨?"

데이비드 에모트는 고개를 저었다.

"제가 그녀를 제대로 파악했는지조차 잘 모르겠습니다. 그녀는 읽어내기가 쉽지 않았지요. 어느 날엔 악마 같은 짓을 하는가 하면 그 다음 날에는 정말이지 천사처럼 변하는 겁니다. 하지만 그녀가 이 사건의 핵심이라는 선생님 말은 맞는 것 같습니다. 그녀가 늘 원하던 것이 바로 그거였으니까요. 사태의 중심이 되는 것 말입니다. 그녀는 다른 사람을 좌지우지하고 싶어 했어요. 제 말은 그러니까 토스트와 땅콩버터를 건네받는 것만으로는 만족하지 않았다는 겁니다. 그녀는 상대가 자신을 위해 내심을 토로해 주기를 바랐지요."

"그런데 만약 누군가가 그런 그녀를 만족시켜 주지 않았다면요?"

푸아로가 물었다.

"그러면 그녀는 심술궂게 돌변했겠지요!"

나는 에모트의 입술이 결연히 다물어지고 턱이 굳어지는 것을 보았다.

"에모트 씨, 누가 그녀를 살해했는지 비공식적으로 솔직한 의견을 말해 주시지 않겠습니까?"

"모르겠습니다. 정말이지 짐작조차 할 수가 없습니다. 제가 칼(칼라이터 말입니다)이었다면…… 방아쇠를 당겨 그녀를 죽였을 것 같긴 합니다. 그녀는 그에게 정말이지 심술궂었어요. 하지만 너무 예민한 성격을 지닌 그가 자초한 일이기도 합니다. 일을 만들어 웃음거리가 된 셈이니까요."

"그러니까 라이드너 부인이 그를 웃음거리로 만들었다는 건가요?"

푸아로가 물었다.

에모트가 갑자기 씩 하고 웃었다.

"아뇨. 그보다는 수예 바늘로 콕콕 찔렀다고 해야죠. 그게 그녀의 수법이었어요. 물론 라이터가 짜증스럽게 굴긴 했지요. 꼭 징징거리는 심약한 아이처럼. 하지만 바늘은 고통스러운 무기랍니다."

나는 힐긋 푸아로를 훔쳐보았다. 그의 입가가 가볍게 떨리는 것 같았다. 그가 물었다.

"하지만 칼 라이터가 정말로 그녀를 살해한 것 같지는 않다는 거죠?"

"그렇습니다. 어떤 여자가 식사 때마다 자신을 바보로 만든다고 해서 그 여자를 죽이지는 않죠."

푸아로는 생각에 잠긴 표정으로 고개를 내저었다.

에모트의 말은 라이드너 부인이 상당히 비인간적인 여자라는 말 같았다. 하지만 그 이면엔 또 다른 의미가 깃들어 있었다.

라이터의 태도에는 정말 짜증스러운 무엇인가가 있었다. 라이드너 부인이 말을 걸면, 그는 펄쩍 뛰면서 그녀가 마멀레이드를 먹지 않는다는 것을 알면서도 바보스럽게 거듭 그것을 건네주었다. 나 자신도 나서서 무어라 쏘아붙여 주고 싶을 정도였다.

남자들은 자기네들의 판에 박힌 행동이 얼마나 여자들의 신경을 건드리는지, 그래서 무어라 쏘아붙여 주고 싶게 만드는지 모르는 것 같다. 언젠가 푸아로에게 이런 이야기를 해 줘야겠다는 생각이 들었다.

숙소에 도착하자 에모트는 푸아로에게 씻지 않겠느냐고 묻고는 자기 방으로 그를 데리고 갔다.

나는 뜰을 지나 서둘러 내 방으로 갔다.

내가 다시 방에서 나오는 것과 동시에 그들이 방에서 나오는 것이 보였다. 우리가 함께 식당으로 가고 있는데, 라비니 수사가 자기 방 앞으로 나오더니 푸아로를 방으로 불러들였다.

에모트는 주위를 서성거렸다. 나는 그와 함께 식당으로 들어갔다. 존슨 양과 머케이도 부인이 이미 와 있었고, 잠시 후 머케이도 씨, 라이터, 그리고 빌 콜먼이 우리와 합류했다.

우리가 식탁에 앉자, 머케이도 씨는 아랍 소년에게 라비니 수사에게 가서 점심 식사가 준비되었다고 알리라고 지시했다. 그때였다. 희미하게 들려오는 둔탁한 비명 소리에 우리 모두는 깜짝 놀랐다.

내 생각에 우리 모두 여전히 신경이 날카로워져 있었던 것 같다. 그도 그럴 것이 우리 모두 튕겨져 오를 듯이 깜짝 놀랐고, 존슨 양은 얼굴이 창백해져서 소리쳤던 것이다.

"뭐죠? 무슨 일이 일어난 거죠?"

머케이도 부인이 그녀를 빤히 쳐다보며 말했다.

"존슨 양, 도대체 왜 그래요? 저건 바깥 들판에서 들려오는 소리일 뿐이에요."

그 순긴 푸아로와 라비니 수사가 안으로 들어왔다.

"우리는 누가 다친 줄 알았어요."

존슨 양이 말했다.

"정말로 죄송합니다, 마드무아젤. 내 잘못입니다. 라비니 수사가 몇몇 서판들에 대해 설명을 해 주었지요. 그걸 좀 더 자세히 살펴보려고 창가로 가져가다가…… 마 푸아(정말이지), 앞도 보지 않고 걸어가다가 뭔가에 발가락을 부딪혔답니다. 그 순간 어찌나 아프던지 그만 비명을 질렀다죠."

"우리는 또다시 살인이 일어난 줄 알았답니다."

머케이도 부인이 소리내어 웃으며 말했다.

"마리!"

그녀의 남편이 소리쳤다.

그의 어조에는 비난의 기미가 담겨 있었다. 머케이도 부인은 얼굴을 붉히며 입술을 깨물었다.

존슨 양이 서둘러 발굴 현장과 그날 아침 출토된 흥미로운 유물들로 화제를 돌렸다. 점심 식사 동안의 화제는 고고학에 관한 것만으로 엄격히 국한되었다. 모두들 그것이 가장 안전한 화제라는 것을 느꼈던 모양이었다.

커피를 마신 후 우리는 잠시 거실에 머물렀다. 그런 다음 라비니 수사를 제외한 남자들은 다시 발굴 현장으로 나갔다.

라비니 수사는 푸아로를 데리고 골동품실로 갔고, 나 역시 그들의 뒤를 따랐다. 그즈음 나는 출토품에 대한 지식이 상당히 늘어 있었다. 그래서인지 라비니 수사가 황금잔을 내려놓고 푸아로가 찬탄과 기쁨의 환호성을 내지르는 소리를 들었을 때 짜릿한 자부심을 느꼈다. 마치 그것이 내 소유물이기라도 한 것처럼.

"이렇게 아름다울 수가! 정말 멋진 예술 작품이군요!"

라비니 수사도 흥분해서 맞장구를 치며 열정과 지식을 동원해 그 아름다움을 설명하기 시작했다.

"오늘은 이 위에 촛농이 묻어 있지 않군요."

내가 말했다.

"촛농이오?"

푸아로가 나를 물끄러미 쳐다보았다.

"촛농이라뇨?"

라비니 수사도 나를 바라보았다.

나는 이유를 설명했다.

"아, 주 콩프랑(알겠어요). 예, 예, 촛불의 촛농 말이군요."

그리하여 화제는 한밤중의 침입자에 대한 것으로 옮겨갔다. 내 존재를 잊은 듯 두 사람은 점점 더 빈번하게 프랑스어를 쓰기 시작했다. 나는 그들을 내버려 두고 거실로 돌아왔다.

머케이도 부인은 남편의 양말을 꿰매고 있었고, 존슨 양은 책을 읽고 있었다. 그녀에게는 좀 흔치 않은 일이었다. 그녀는 대개 뭔가 일을 하고 있지 않았던가.

잠시 후 라비니 수사와 푸아로가 밖으로 나왔는데, 라비니 수사는 일이 있다면서 나갔고 푸아로는 우리와 함께 자리에 앉았다.

푸아로는 "아주 재미있는 사람이군요."라고 말하면서 라비니 수사가 지금까지 그곳에서 얼마나 많은 일을 해 왔는지를 물었다.

존슨 양은 그동안 이곳에선 서판이 거의 출토되지 않았고, 글이 새겨진 벽돌이나 원통형 석인도 아주 드물게 출토되었노라고 설명했다. 하지만 라비니 수사는 발굴현장에서 한몫을 했고, 아주 빠른 속도로 구어체 아랍어를 배우고 있다는 것이었다.

그리하여 화제는 원통형 석인으로 옮겨갔다. 이윽고 존슨 양은 찬장에서 세공용 점토 위에 원통형 석인을 굴려서 만든 탁본 한 장을 가져왔다.

모두가 그 위로 몸을 굽히고 그 생생한 무늬에 찬탄을 발하고 있는 동안 나는 그것이 그 운명적인 날 오후에 그녀가 작업하고 있었던 것임을 깨달았다.

우리가 이야기하고 있는 동안, 푸아로는 세공용 점토를 작은 공처럼 손가락으로 만지작거리고 있었다.

"세공용 점토를 많이 사용하시나요, 마드무아젤?"

그가 물었다.

"상당히 많이 쓴답니다. 올해도 이미 많이 썼을 테고요. 그런데 무슨 일인지 비축분의 반 정도가 사라져버린 것 같아요."

"이것을 어디에 두나요, 마드무아젤?"

"여기…… 이 찬장 안에요."

탁본을 제자리에 갖다 두면서 그녀는 둥글게 말린 세공용 점토, 아크릴 수지인 듀로픽스, 감광판, 그리고 다른 문구용품들이 놓여 있는 선반을 그에게 보여 주었다.

푸아로가 안을 들여다보았다.

"그런데 이건…… 이건 뭡니까, 마드무아젤?"

그는 오른손을 찬장 뒤쪽으로 집어넣더니 기묘하게 찌부러진 물건을 꺼냈다.

그가 그것을 펼치자 가면 같은 것이 모습을 드러냈다. 두 눈과 입이 먹으로 거칠게 칠해져 있었고, 전체에 세공용 점토가 엉성하게 발라져 있었다.

"정말 이상하군요! 한 번도 본 적이 없는 물건이에요. 어떻게 이런 게 여기 들어 있을까요? 이게 뭐죠?"

"이것이 여기 있는 이유는 이곳이 물건을 숨겨 두기에 좋기 때문입니다. 이 시즌이 끝날 때까지 이 찬장의 내용물을 비우지 않을 테니까요. 이것의 정체 역시 어렵지 않게 알 수 있을 것 같습니다. 이것은 라이드너 부인이 말하던 바로 그 얼굴입니다. 어둑해진 그녀의 창밖에 나타난 귀신 같은 얼굴……. 몸이 없었다는 그 얼굴 말이죠."

머케이도 부인이 자그맣게 소리를 내질렀다.

존슨 양은 입술까지 하얘졌다. 그녀가 중얼거렸다.

"그게 망상이 아니었군요. 그건 장난이었어요. 심술궂은 장난이었다고요! 하지만 누가 그런 짓을 했을까요?"

"그래요. 누가 그런 사악하고 나쁜 짓을 저지른 거죠?"

머케이도 부인이 소리쳤다.

푸아로는 대답하려 하지 않았다. 옆방으로 가서 빈 종이상자를 들고 와 그 찌부러진 가면을 집어넣는 그의 표정은 무척 침울했다.

"이걸 경찰에 넘겨야 할 것 같습니다."

그가 설명했다.

"무시무시하군요. 정말 무시무시해요!"

존슨 양이 낮은 목소리로 말했다.

머케이도 부인이 날카로운 목소리로 외쳤다.

"여기 어딘가 모든 게 숨겨져 있는 게 아닐까요? 흉기……. 그녀를 살해할 때 사용했던 곤봉 말이에요. 아마 지금도 피로 얼룩져 있겠지요……. 오! 무서워요. 정말 무서워요……."

존슨 양이 그녀의 어깨를 붙잡았다. 그녀가 엄한 어조로 말했다.

"조용히 해요. 라이드너 박사님이 오고 계세요. 박사님을 놀라게 해서는 안 돼요."

실제로 그 순간 자동차가 안뜰로 들어왔다. 라이드너 박사가 차에서 내리더니 안뜰을 가로질러 곧장 거실 문 앞으로 왔다. 그의 얼굴은 피로로 인해 쭈글쭈글해져 있었다. 사흘 전보다 두 배는 더 나이를 먹은 것 같았다.

그가 차분한 목소리로 말했다.

"장례식은 내일 11시입니다. 딘 소령이 의식을 진행할 겁니다."

머케이도 부인이 무어라 중얼거리더니 방을 빠져나갔다.

라이드너 박사는 존슨 양에게 말했다.

"올 거죠, 앤?"

그러자 그녀가 대답했다.

"물론이죠, 박사님. 우리 모두 갈 겁니다. 당연한 일이죠."

그녀가 말한 것은 그뿐이었지만, 그녀의 표정에는 말로 표현하지 못한 것이 떠올라 있었음이 분명했다. 순간 라이드너 박사의 얼굴이 밝아지며 편안함과 애정이 떠올랐던 것이다.

"친애하는 앤, 당신은 정말이지 내게 더없이 큰 위로와 도움이 되어 주는군요. 소중한 내 오랜 친구."

이렇게 말하며 그는 그녀의 팔에 한 손을 올려놓았다. 나는 그녀의 얼굴이 붉어지는 것을 볼 수 있었다. 그녀는 여느 때처럼 퉁명스럽게 "됐어요."라고 중얼거렸다.

하지만 나는 그녀의 표정을 순간적으로 포착했고, 그 한순간 앤 존슨이 정말이지 더할 나위 없이 행복했다는 것을 알 수 있었다.

그러자 또 한 가지 생각이 내 머릿속을 지나갔다. 사태가 이렇게 흘러가다가 라이드너 박사가 오랜 친구에게 애정을 느끼게 되어 조만간 새롭고 행복한 사건이 벌어질 수도 있었다.

사실 나는 중매에는 소질이 없다. 그리고 고인의 장례식도 치르기도 전에 그런 생각을 한다는 것은 점잖지 못한 일이다. 하지만 결국 그것은 행복한 결말이 되리라. 라이드너 박사는 존슨 양을 무척 아꼈고, 존슨 양이 절대적으로 그에게 헌신해 왔다는 것, 행복한 마음으로 자신의 남은 생을 그에게 헌신하리라는 것에는 의심의 여지가 없었다. 줄곧 들려올 루이스의 완벽함에 대한 이야기를 그녀가 참아낼 수만 있다면 말이다. 그래도 여자들은 자기들이 원하는 바를 얻게 되면 여러 가지 것들을 견딜 수 있게 마련이니까.

이윽고 라이드너 박사는 푸아로에게 인사를 하고 수사에 진전이 있는지 물었다.

존슨 양은 라이드너 박사 뒤에 서 있었다. 그녀는 푸아로의 손에 들려 있는 상자를 뚫어지게 응시하며 고개를 내저었다. 그 가면에 대해서 말하지 말라고 사정하는 모습이었다. 그녀는 푸아로가 하루 정도는 참아줄 수 있으리라고 확신했으리라.

푸아로는 그녀의 청을 들어주었다. 그가 말했다.

"진전이 아주 느리답니다, 무슈."

그런 다음 그는 이런저런 것에 대해 몇 마디 하고는 방을 나갔다.

나는 자동차까지 푸아로를 배웅했다.

나는 그에게 묻고 싶은 것이 여럿 있었다. 하지만 그가 몸을 돌리고 나를 쳐다보았을 때 이유는 알 수 없었지만 나는 결국 아무것도 묻지 않았다. 그에게 그런 걸 묻는 것보다는 차라리 외과의에게 수술이 잘 되었냐고 묻는 게 나을 터였다. 나는 다소곳이 서서 지시를 기다릴 수밖에 없었다.

놀랍게도 그는 이렇게 말했다.

"몸조심해요, 친애하는 간호사."

그런 다음 이렇게 덧붙였다.

"당신이 여기 남아 있어도 정말 괜찮을까요?"

"라이드너 박사님께 이곳을 떠나는 문제를 이야기해야겠어요. 하지만 장례식이 끝날 때까지는 기다리려고요."

내가 대답했다.

그는 그게 좋겠다는 듯 고개를 끄덕였다.

"그때까지 너무 많은 것을 알아내려 하지 말아요. 알다시피 내가 당신에게 원하는 건 머리를 쓰는 게 아니랍니다!"

그는 미소를 지어 보이며 이렇게 덧붙였다.

"당신은 면봉을 들고 계세요. 수술은 내가 합니다."

그가 실제로 이런 말을 하다니 정말 재미있지 않은가?

그런 다음 그는 생뚱맞게도 이렇게 말했다.

"라비니 수사는 재미있는 인물이더군요."

"수도사가 고고학을 한다는 게 전 이상해요."

내가 말했다.

"아, 그래요, 당신은 신교도로군요. 난 독실한 가톨릭 신자랍니다. 신부와 수사들에 대해 좀 알지요."

푸아로는 미간에 주름을 잡고는 뭔가 망설이는 듯하다가 이윽고 말했다.

"명심하세요, 그는 마음만 먹는다면 당신의 속마음을 훤히 꿰뚫어 볼 만큼 머리가 좋다는 걸 말입니다."

괜한 이야기를 늘어놓지 말라는 경고를 하고 있나 본데, 왜 내가 그런 경고를 받아야 한단 말인가! 나는 짜증이 났다. 정말 알고 싶은 것들에 대해서는 아무것도 묻지 않기로 마음먹긴 했지만, 어쨌거나 그에게 한마디 해서 안 될 이유는 없었다.

"죄송하지만요, 무슈 푸아로. '발을 찧었다'고 하셔야지, 찢었다거나 짚었다고 하시면 안 된답니다."

"아! 고맙습니다, 마 쇠르."

"천만에요. 하지만 표현을 바르게 하시는 게 좋답니다."

"명심하지요."

그가 말했다. 그로서는 상당히 온순한 반응이었다.

그런 다음 그는 차에 올라 출발했다. 천천히 뜰을 가로질러 돌아오는 내 머릿속에 많은 것들이 떠올랐다.

머케이도 씨의 팔에 난 주삿바늘 자국, 그가 어떤 약을 복용했는지에 대한 의문, 세공용 점토가 발라진 그 무시무시한 노란색 가면. 그리고 그날 아침 거실에서 푸아로와 존슨 양은 내 비명 소리를 듣지 못한 반면 점심 식사 때 식당에 있는 우리 모두의 귀에 푸아로의 비명 소리가 또렷하게 들려온 것이 정말이지 이상한 일이었다. 라비니 수사의 방과 식당, 라이드너 부인의 방과 거실 사이의 거리는 똑같은데 말이다.

그런 다음 나는 '닥터' 푸아로에게 영어 숙어 하나를 제대로 알려 주었다는 것에 좀 기분이 좋아졌다!

아무리 훌륭한 탐정이라 해도 모든 것을 다 아는 것은 아니라는 걸 그도 깨달았으리라.

내게 신기가 내리다

장례식은 무척 감동적이었던 것 같다. 우리뿐 아니라 하사니에에 체류하는 영국인들이 모두 참석했다. 심지어 실러 라일리까지도 검은 외투와 스커트를 입고 차분하고 가라앉은 모습으로 그곳에 와 있었다. 나는 그녀가 자신이 했던 그 모든 심술궂은 행동에 대해 조금쯤 후회하고 있기를 바랐다.

우리는 숙소로 돌아왔다. 나는 라이드너 박사를 따라 그의 사무실로 들어가서는 내가 이곳을 떠나는 문제를 꺼냈다. 그는 흔쾌히 승낙하고는 내가 해온 일에 대해 감사한다고 하면서(내가 뭘 했단 말인가! 없느니만 못하지 않았던가.), 일주일분의 급료를 더 받아야 한다고 고집을 부렸다.

나는 정말이지 그것을 받을 만한 일을 한 게 없었으므로 극구 사양했다.

"라이드너 박사님, 전 급료 같은 걸 받을 수가 없어요. 왕복 교통비만 지불해 주시면 충분합니다."

하지만 그는 그 말을 들으려 하지 않았다.

"라이드너 박사님, 아시겠지만 전 그 돈을 받을 자격이 없어요. 제 말은, 그러니까 전…… 제 일을 제대로 해내지 못한 셈이에요. 부인을…… 제가 와 있으면서도 부인을 구하지 못했으니까요."

내 말에 그는 열띤 어조로 대답했다.

"이제 그런 생각은 머릿속에서 지워 버려요, 간호사. 난 당신을 탐정으로 고용한 게 아닙니다. 내 아내의 목숨이 위험하다는 생각 같은 건 꿈에도 하지 않았어요. 나는 아내가 신경이 날카로워져 있다고, 그녀가 스스로를 기묘한 상태로 몰아가고 있다고 확신했지요. 당신은 할 바를 다했어요. 내 아내는 당신을 믿고 좋아했고요. 그리고 마지막 며칠 동안 당신이 이곳에 있어서 더 행복하고 안전하다고 느낀 것 같아요. 당신이 자책할 이유가 전혀 없어요."

그의 목소리가 약간 떨려 나왔다. 나는 그가 생각에 잠겨 있다는 것을 알 수 있었다. '그'야말로 라이드너 부인의 두려움을 진지하게 받아들이지 않았던 것에 대해서 비난을 받아야 할 사람이 아닌가.

"라이드너 박사님, 박사님께서는 그 익명의 편지들에 관해 어떤 결론을 내리셨나요?"

내가 호기심을 느끼며 물었다.

그가 한숨을 내쉬며 대답했다.

"어떻게 생각해야 할지 모르겠어요. 무슈 푸아로가 혹시 어떤 분명한 결론을 내렸나요?"

"어제까지는 아니었던 것 같아요."

나는 진실은 아니지만 거짓말도 아닌 대답을 했다. 스스로 생각해도 상당히 재치 있는 대답인 것 같았다. 어쨌든 내가 존슨 양에 관한 이야기를 할 때까지 푸아로가 그 문제에 대해 결론을 내리지 못한 건 사실 아닌가.

라이드너 박사에게 그 사실을 암시해 그의 반응을 보고 싶다는 생각이 머릿속을 스쳤다. 그 전날 그와 존슨 양이 함께 있던 장면, 애정과 신뢰에 넘치는 눈길로 그녀를 바라보는 그를 보며 좋아하느라 나는 익명의 편지들에 대해서는 깡그리 잊고 있었다. 이제 그 이야기를 꺼내는 것도 좀 심술궂은 일일지도 몰랐다. 그 편지들을 쓴 장본인은 존슨 양이겠지만, 그녀 또한 라이드너 부인이 죽은 후 몹시 고통스러운 시간을 보내지 않았던가. 하지만 나는 라이드너 박사가 그런 가능성에 대해 한 번이라도 생각해본 적이 있는지 정말 알고 싶었다.

"익명의 편지는 대개 여자들이 보낸다더군요."

내가 말했다. 나는 그가 이 말에 어떤 반응을 보이는지 궁금했다.

그가 한숨을 쉬며 말했다.

"그럴 겁니다. 하지만 잊은 모양이군요, 간호사. 그 편지들이 진짜일 수도 있다는 기 말입니다. 그 편지들은 실세로 프레드릭 보스너에 의해 쓰였을지도 모릅니다."

"아뇨, 잊지 않았어요. 하지만 왠지 그럴 것 같지 않아요."

"난 그럴 것 같아요. 그가 발굴단원 중의 하나라는 건 말도 안 되는 소리입니다. 그건 그저 무슈 푸아로의 유별난 추측일 뿐이에요. 진상은 훨씬 더 단순할 것 같습니다. 그자는 분명히 미친 사람일 겁니다. 숙소 주위를 어슬렁거렸겠지요. 아마 어떤 식으로든 변장을 했을 겁니다. 그러다가 운명의 날 오후, 교묘하게 집 안으로 들어온 거예요. 하인들이 거짓말을 하는지도 모르지요. 뇌물을 먹었을 수도 있고요."

"그럴지도 모르죠."

내가 의심을 거두지 못한 채 말했다.

라이드너 박사가 짜증 서린 어조로 말을 계속했다.

"무슈 푸아로가 내 발굴단의 단원들을 의심하는 것은 당연해요. 하지만 난 그들 중의 누구도 이 사건과 아무런 관련이 없다는 것을 절대적으로 확신합니다! 난 그들과 함께 일해 왔어요. 그들을 안다고요!"

그가 갑자기 말을 끊었다가는 이윽고 다시 이었다.

"아까 그건 당신의 경험에서 나온 말인가요, 간호사? 그런 익명의 편지들은 대개 여자들이 쓴다는 말 말입니다."

"반드시 그런 건 아니에요. 하지만 어떤 여자들은 가슴에 품은 원한을 그런 식으로 풀기도 한답니다."

"머케이도 부인을 염두에 두고 하시는 말 아닙니까?"

그가 물었다.

이윽고 그는 고개를 내저었다.

"그녀가 심술궂게 루이스를 상처 입히려 했다 해도, 그 편지에 언급된 속사정을 알고 있진 못했을 겁니다."

그가 말했다.

나는 서류가방에 들어 있던 초기의 편지들을 머릿속에 떠올렸다.

라이드너 부인이 그 서류가방을 잠그지 않은 채로 두었다고 치자. 어느 날 숙소에 혼자 남아 있던 머케이도 부인이 그 편지들을 발견하고 읽어보는 일은 쉽사리 일어날 수 있었다. 남자들은 그런 간단한 가능성도 생각하지 못한단 말인가!

"그녀를 제외하면 남는 사람은 존슨 양뿐이에요."

그를 지켜보며 내가 말했다.

"도저히 있을 수 없는 일이군요!"

그 말을 하며 그가 떠올린 가벼운 미소야말로 결정적이었다. 존슨 양이 그 편지들을 썼으리라는 생각 같은 것은 한 번도 그의 머릿속에 떠오른 적이 없었던 것이다! 나는 한순간 망설였다. 하지만 아무 말도 하지 않았다. 같은 여자의 비밀을 폭로하는 것도 달갑지 않았고, 존슨 양의 순수하고도 감동적인 뉘우침을 목격한 참이기도 했다. 이미 끝난 일은 어쩔 수 없었다. 그렇잖아도 어려움을 겪고 있는 라이드너 박사에게 왜 새로운 환멸을 안겨 준단 말인가?

나는 다음 날 떠나기로 했다. 라일리 박사를 통해 하루나 이틀 동안 그 병원의 수간호사와 함께 시낼 수 있노록 조지를 쥐해 놓았다. 그동안 바그다드를 통해 영국으로 돌아갈지, 자동차나 기차로 바로 니시빈으로 갈지를 결정할 생각이었다.

친절하게도 라이드너 박사는 아내의 물건들 가운데서 기념이 될 만한 것을 하나 골라 가지라고 말했다.

"오, 아니에요. 라이드너 박사님. 전 그럴 수 없어요. 이건 너무 지나친 친절이세요."

내가 말했지만 그는 고집을 꺾지 않았다.

"하지만 난 당신이 뭔가 골라 가졌으면 좋겠어요. 루이스도 그러길 바랄 거예요."

그런 다음 그는 거북 등껍질로 된 목욕용품 세트가 어떠냐고 제안하는 것이 아닌가!

"오, 아니에요. 라이드너 박사님! 그건 진짜 비싼 건데요. 정말 그럴 순 없어요."

"아내에겐 여자 형제가 없고, 아무도 이런 걸 원하지 않을 거예요. 달리 가질 만한 사람이 없답니다."

그것들이 탐욕스런 머케이도 부인의 작은 손아귀에 들어가는 것을 그는 원하지 않는 것 같았다.

그가 친절한 어조로 말을 계속했다.

"한번 생각해 봐요. 그건 그렇고 여기 루이스의 보석함 열쇠가 있어요. 어쩌면 거기에 당신이 갖고 싶은 게 있을지도 모르겠네요. 그리고 아내의 옷가지들을 좀 싸 준다면 정말 고맙겠습니다. 라일리에게 말해서 하사니에의 가난한 기독교인들 중에 그런 게 필요한 사람이 있는지 알아봐 달라고 해야겠군요."

나는 그를 위해 할 일이 있다는 것이 몹시 기뻤으므로, 기꺼이 그렇게 하겠노라고 대답했다.

나는 즉각 그 일에 착수했다.

라이드너 부인의 하나뿐인 옷장은 아주 소박했다. 내용물을 분류해 두 개의 옷가방을 꾸리는 데에는 오랜 시간이 걸리지 않았다. 그녀의 편지들은 모두 작은 서류가방 안에 들어 있었으며, 보석함에는 얼마 안 되는 단순한 장신구들이 들어 있었다. 진주 반지 하나, 다이아몬드 브로치 하나, 알 작은 진주들을 꿰어 만든 목걸이, 안전핀 형식으로 된 수수한 금막대 브로치 한두 개, 그리고 커다란 호박을 꿰어 만든 목걸이가 하나 보였다.

물론 나는 진주나 다이아몬드를 가질 생각은 없었다. 하지만 호박 목걸이와 목욕용품 세트 사이에서 잠시 갈등이 일었다. 결국 나는 후자를 갖지 말아야 할 이유를 찾을 수가 없었다. 라이드너 박사의 제안은 친절함에서 나온 것이었고, 선심을 쓴다는 생각 같은 것은 전혀 없는 것이 분명했다. 나는 괜한 자존심 같은 걸 내세우는 대신 선물을 받는 기분으로 그것을 받았다. 요컨대 나는 그녀를 몹시 좋아하지 않았던가.

음, 이제 모든 일이 끝났다. 옷가방을 꾸렸고, 보석함은 다시 잠가서 라이드너 부인의 아버지 사진 및 한두 가지 개인적인 물건들과 함께 라이드너 박사에게 주려고 따로 챙겨 두었다.

일을 끝내고 나자, 모든 장식품들이 사라진 그 방은 텅 비고 쓸쓸해 보였다. 더 이상 할 일이 없었다. 하지만 나는 왠지 그 방에서 나가고 싶지 않았다. 마치 아직도 거기에 해야 할 뭔가가…… 내가 보

아야만 하는 뭔가가…… 아니 내가 알아야만 하는 뭔가가 남아 있
는 것 같았다. 나는 미신을 믿진 않지만, 어쩌면 라이드너 부인의 영
혼이 그 방 안에서 떠나지 않고 나와 접촉하려 하는지도 모른다는
생각이 퍼뜩 떠올랐다.

언젠가 병원에서 우리 간호사들 중 하나가 플랑셰트*를 갖고 있
었던 것이 기억난다. 그 판 위에선 정말 놀라운 것들이 떠오르곤 했
다.

그런 것에 대하여 생각해 본 적은 없지만 어쩌면 내게 영매로서
의 자질이 있을 수도 있었다. 조금 전 말했듯이 사람이란 불안하다
보면 때때로 온갖 이상한 것들을 떠올리게 마련이다.

나는 안절부절못하고 방 안을 돌아다니며 이것저것을 만지작거
렸다. 하지만 그 방 안에 남은 것이라고는 텅 빈 가구들뿐이었다. 서
랍 뒤로 넘어갔거나 사이에 낀 물건도 없었다. 나도 그런 종류의 것
을 기대한 것은 아니었다.

마침내(머리가 좀 이상해진 것 같지만 앞서 말한 대로 사람이란 그럴
때가 있는 법이다.), 나는 좀 이상한 짓을 하기에 이르렀다. 라이드너
부인의 침대로 가서 그 위에 누워 두 눈을 감았던 것이다.

그러고는 내가 누구인지, 내 직업이 무엇인지 잊기 위해 필사적
으로 애썼다. 그 끔찍한 날 오후로 돌아갔다고 생각하려 애썼다. 라
이드너 부인이 되어 그곳에 누워 아무 의심 없이 평화롭게 휴식을

---

* 바퀴와 포인터가 달린 심장 모양의 판. 그 위에 손을 얹어 판이 구르면 포인터가 가리키는 것으로 잠재
의식이나 심령현상을 읽어 낸다.

취하고 있다고 말이다.

그런 상태가 될 수 있다니 놀라운 일이었다.

나는 극히 정상적이고 평범한 사람이다. 유령 같은 것을 겁내는 편이 전혀 아니다. 하지만 단언하건대 거기 누운 지 5분이 지나자 으스스한 느낌이 들기 시작했다.

난 그 느낌에 저항하지 않았다. 오히려 그 느낌을 부추겼다.

난 혼자 중얼거렸다.

"난 라이드너 부인이다. 나는 라이드너 부인이다. 나는 여기 누워 있다. 반쯤 잠든 채. 이제…… 이제 곧…… 문이 열릴 것이다."

나는 그 말을 계속해서 되풀이했다. 마치 스스로에게 최면이라도 거는 것처럼.

"지금은 1시 30분 경이다……. 시간이 다 되어 간다……. 이제 문이 열릴 것이다……. 문이 열릴 것이다……. 나는 누가 들어오는지 볼 수 있을 것이다……."

나는 방문에서 눈을 떼지 않았다.

곧 문이 열릴 터였다. 나는 문이 열리는 것을 보아야 했다. 그리고 누가 그 문을 여는지를 보아야 했다.

그런 식으로 해서 베일에 싸인 사건을 해결할 수 있으리라고 생각하다니 그날 오후 내가 좀 지나치게 흥분했던 것 같긴 하다.

하지만 당시 난 그렇게 믿었다. 소름이 등줄기를 타고 다리까지 내려갔다. 다리에 감각이 없어졌다.

"넌 최면 상태에 들어갈 것이다. 그리고 그 상태에서 볼 것이다……."

다시 한 번 나는 같은 말을 나직하게 되풀이했다.

"문이 열릴 것이다……. 문이 열릴 것이다……."

으스스하고 마비된 듯한 느낌이 점점 더 강해졌다.

그리고 다음 순간 나는 방문이 천천히 열리는 것을 보았다.

무시무시한 장면이었다.

평생 동안 그렇게 무서웠던 적이 없었다.

온몸이 마비되었다. 온통 소름이 돋고 손가락 하나 움직일 수가 없었다. 아무리 애써도 몸이 움직여지지 않았다.

이윽고 공포가 몰려왔다. 속이 이상해지면서 앞이 캄캄해지고 아무것도 들리지 않았다.

문이 천천히 열리고 있었다.

소리 없이.

서서히 나는 눈을 떴다…….

천천히…… 천천히…… 조금씩 더 크게.

빌 콜먼이 소리없이 방 안으로 들어왔다.

그는 정말이지 간이 콩알만 해질 정도로 놀란 모양이었다!

나는 두려움에 찬 비명을 내지르며 침대에서 튕겨지듯 떨어져 방 한가운데에 나동그라졌다.

콜먼은 그 자리에 못 박힌듯 서서 움직이지 않았다. 둔해 보이는 그의 분홍빛 얼굴은 더욱 붉어져 있었고 입은 놀라움으로 벌어져 있었다.

"짜…… 자…… 잔. 무슨 일입니까, 간호사?"

그가 물었다.

내 몸이 침대에서 떨어지는 소리를 듣고 나는 현실로 돌아왔다.

"맙소사, 콜먼 씨, 어쩜 이렇게 사람을 놀라게 해요!"

내가 소리쳤다.

"죄송합니다."

그가 순간적으로 씩 웃어 보이며 말했다.

그때서야 나는 그가 손에 진홍색 미나리아재비 한 다발을 들고 있는 것을 보았다. 송이가 상당히 작은 그 꽃이 언덕의 양쪽 사면에서 야생으로 자라고 있는 것을 본 적이 있다. 라이드너 부인은 그 꽃을 좋아했다.

콜먼이 얼굴을 붉히며 말했다.

"하사니에서는 꽃을 구할 수가 없어요. 무덤에 꽃 한 송이 없으니 좀 쓸쓸해 보이더군요. 부인이 언제나 꽃을 꽂아두었던 탁자 위의 작은 화병에 꽃을 꽂아두고 싶어서 잠깐 들어왔답니다. 부인은 그 일을 거르지 않았죠, 안 그렇습니까? 좀 바보 같다는 건 알지만…… 음…… 무슨 소리를 하는 건지."

난 그의 행동이 참 멋지다고 생각했다. 그는 당황한 나머지 얼굴이 새빨개져 있었다. 대개의 영국 남자들이 조금이라도 감상적인 일을 하고 나면 그런 것처럼. 그런 생각을 하다니 정말 사려 깊지 않은가.

"이런, 정말 멋진 생각이에요, 콜먼 씨."

내가 말했다.

나는 작은 화병을 집어 들어 세면대로 가서 물을 담아왔다. 우리는 거기에 꽃을 꽂았다.

이 일로 인해 나는 콜먼에 대해 많은 생각을 하게 되었다. 이 일은 그가 따스한 심성과 다감한 감성의 소유자임을 보여 주는 사건이었다.

그는 내가 무엇 때문에 그런 날카로운 비명을 내질렀는지 다시 묻지 않았고, 나는 그런 그가 고마웠다. 그에게 이유를 설명해야 했다면 분명 나 자신이 바보스럽게 여겨졌을 터였다.

'앞으론 상식선에서 벗어나지 말자고, 이 여자야. 너는 영매 같은 것엔 태생적으로 어울리지 않아.'

이렇게 중얼거리며 나는 소매 끝을 정돈하고 앞치마를 바로 폈다.

나는 분주하게 내 짐을 꾸렸고, 그날의 나머지 시간을 줄곧 바쁘게 보냈다.

친절하게도 라비니 수사는 내가 떠나는 것을 몹시 아쉬워해 주었다. 그의 말에 따르면, 나의 쾌활함과 상식적인 태도가 모두에게 큰 도움이 되었다는 것이었다. 상식적이라니! 라이드너 부인의 방에서 내가 어떤 바보 같은 행동을 했는지 그가 모르고 있는 게 너무나도 다행스러웠다.

"오늘은 무슈 푸아로가 보이지 않는군요."

그가 말했다.

나는 전보를 치느라고 하루 종일 바쁠 거라는 푸아로의 말을 그에게 전해 주었다.

"전보요? 미국으로요?"

"그렇겠지요. 그는 '전 세계로!'라고 했지만, 외국인들은 흔히 그런 과장을 하잖아요."

다음 순간 나는 라비니 수사 역시 외국인이라는 것을 기억해 내고 얼굴을 붉혔다.

하지만 그는 화가 난 것 같지 않았다. 아주 유쾌하게 웃으면서 사팔뜨기 사내에 대해 별다른 소식이 없는지 물어왔던 것이다.

나는 아무 소식도 듣지 못했다고 대답했다.

라비니 수사는 라이드너 부인과 내가 언제 그 사내를 목격했는지, 그 사내가 까치발을 하고 어떻게 문제의 방 안을 들여다보았는지 다시 물었다.

"그 사내는 라이드너 부인을 지켜보고 있었던 게 분명해요. 나중에는 그 사내가 이라크인으로 변장한 유럽인인지도 모른다는 생각이 들더군요."

그가 생각에 잠긴 어조로 말했다.

그 생각이 참신하게 여겨져서 나는 그럴 가능성을 곰곰이 따져 보았다. 나는 그 사내가 당연히 이라크인일 거라고 생각하고 있었다. 하지만 다시 생각해 보니 내가 그의 옷차림과 누르스름한 피부색을 대충 보고 지나쳤을 수도 있다는 생각이 들었다.

라비니 수사는 숙소에서 나가 라이드너 부인과 내가 보았을 때 그 사내가 서 있던 곳에 가 봐야겠다고 말했다.

"혹시 그자가 뭔가를 떨어뜨렸을지도 모르니까요. 추리 소설에서 보면 범인은 언제나 그러더군요."

"실제 상황에서는 범인들이 좀 더 조심스러울 것 같은데요."

내가 말했다.

나는 다 기워 놓은 양말 몇 켤레를 가져와, 들어온 남자들이 골라 갈 수 있도록 거실 탁자 위에 올려 두었다. 다음엔 특별히 할 일이 없었으므로 옥상으로 올라갔다.

존슨 양이 거기 서 있었다. 하지만 그녀는 내가 다가가는 소리를 듣지 못한 것 같았다. 내가 바로 앞에 이를 때까지 그녀는 내 존재를 알아차리지 못했다.

하지만 그녀 앞에 가기 훨씬 전부터 나는 뭔가가 크게 잘못되었음을 알 수 있었다.

그녀는 옥상 한가운데 서서 똑바로 앞을 응시하고 있었는데, 그 얼굴에는 정말이지 끔찍한 표정이 떠올라 있었다. 마치 뭔가를 목격했는데 도저히 믿어지지 않는다는 듯한 표정이었다.

나는 몹시 충격을 받았다. 나는 사건이 있던 그날 밤에도 그녀가 몹시 감정적으로 흔들리고 있는 것을 본 바 있었지만, 이번에는 그것과 크게 달랐다.

"친애하는 존슨 양, 무슨 일이에요?"

나는 서둘러 그녀에게 다가갔다.

그 말에 그녀는 고개를 돌리고는 그대로 서서 나를 물끄러미 응시했다. 그녀의 눈에는 내가 보이지 않는 것 같았다.

"무슨 일이에요?"

내가 다시 물었다.

그녀는 기묘하게 얼굴을 찌푸렸다. 마치 침을 삼키고 싶은데 목이 너무 말라 있어서 그럴 수 없는 것 같았다. 그녀는 쉰 목소리로 말했다.

"난 지금 막 뭔가를 봤어요."

"뭘 봤는데요? 말해 보세요. 도대체 그게 뭐길래? 당신 너무 지쳐 보여요."

그녀는 정신을 차리려 애썼지만, 여전히 몹시 겁에 질린 모습이었다. 그녀는 이번에도 뭔가 목에 걸린 듯한 겁에 질린 목소리로 말했다.

"범인이 어떻게 외부에서 안으로 들어올 수 있었는지 봤어요……. 아무도 짐작하지 못할 방법으로 말이에요"

나는 그녀의 시선을 좇았지만 아무것도 알 수 없었다.

라이터가 사진실 문간에 서 있었고, 라비니 수사가 막 안뜰을 가로지르고 있었을 뿐이었다.

어리둥절해진 나는 다시 그녀에게 몸을 돌렸다. 그녀는 정말이지 이상한 표정이 떠오른 눈길로 나를 응시하고 있었다.

"당신이 무슨 말을 하는지 통 모르겠군요. 설명 좀 해 주실래요?"

하지만 그녀는 고개를 가로저었다.

"지금은 안 돼요. 나중에요. 벌써 보았어야 했는데. 오, 벌써 보았어야 했다고요!"

"제발 말 좀……."

하지만 그녀는 고개를 저었다.

"우선 생각을 좀 해 봐야겠어요."

그리고 나서 그녀는 나를 지나 비틀거리는 걸음으로 층계를 내려 갔다.

그녀가 혼자 있고 싶어 하는 것이 분명했으므로, 나는 그녀를 따라가지 않았다. 대신 난간에 앉아, 무슨 영문인지 이해해 보려 애썼다. 하지만 전혀 알 수가 없었다. 안뜰로 들어오는 방법은 커다란 아치 문을 통과하는 것 하나뿐이었다. 문 바로 밖에 물 긴는 소년과 그의 말, 그리고 그에게 이야기를 하고 있는 인도인 요리사가 있었다. 그들을 지나치지 않고는, 그들의 눈에 띄지 않고는 아무도 안으로 들어올 수 없었을 터였다.

나는 혼란스러운 나머지 고개를 흔들고는 아래로 내려왔다.

살인은 습관이다

　그날 밤 우리 모두는 일찍 잠자리에 들었다. 저녁 식사 때 모습을 나타낸 존슨 양은 평소처럼 행동했다. 하지만 그녀의 눈빛은 멍했고, 다른 사람들이 하는 말을 제대로 알아듣지 못할 때가 한두 차례 있었다.

　저녁 식사 분위기는 그다지 편치 않았다. 당일 장례식을 치른 만큼 당연한 것인지도 모른다. 하지만 아무리 장례식날 저녁이라 해도 좀 이상한 무엇인가가 있었다.

　최근 우리의 식사 분위기는 숨죽이고 억눌린 듯했지만, 그럼에도 동지의식 같은 것이 있었다. 비탄에 잠긴 라이드너 박사에 대한 연민과, 모두가 한 배를 탄 동지라는 공간이 자리 잡고 있었던 것이다.

　하지만 오늘 저녁은 내가 이곳에서 내가 처음으로 했던 그 식사 분위기를 생각나게 했다. 머케이도 부인이 나를 뚫어져라 바라보던 그날, 금방이라도 뭔가 일어날 것 같은 기묘한 느낌이 감돌지 않았던가.

푸아로가 상석에 앉고 우리가 식탁에 둘러앉았을 때에도 나는 똑같은 느낌(그 강도가 높긴 했지만)을 받았었다.

오늘밤에는 그 느낌이 특히 심했다. 모두들 신경이 곤두서서 안절부절못하고 있었다. 누가 뭘 떨어뜨리기라도 했다면, 틀림없이 누군가의 입에서 비명이 터져나왔으리라.

앞서 말한 대로 저녁 식사를 마치고 우리 모두는 일찌감치 각자 흩어졌다. 나는 거의 곧바로 잠자리에 들었다. 잠에 빠져들기 직전 나는 내 방 바로 밖에서 머케이도 부인이 존슨 양에게 잘 자라고 인사하는 소리를 들었다.

난 즉각 잠에 빠져들었다. 짐을 싸느라, 그리고 라이드너 부인의 방에서 그런 어리석은 일을 벌이느라 피곤했던 것이다. 몇 시간에 거쳐 나는 꿈도 꾸지 않고 푹 잤다.

이윽고 나는 금방이라도 끔찍한 일이 벌어질 것 같은 느낌에 깜짝 놀라 퍼뜩 잠에서 깼다. 무슨 소리가 들린 것 같았으므로, 나는 침대에서 일어나 앉아 귀를 기울였다. 그 소리가 다시 들려왔다.

고통스럽고 숨이 막히는 듯한 끔찍한 신음소리였다.

나는 촛불을 켜들고 재빨리 침대에서 나왔다. 촛불이 바람에 꺼질 경우를 대비해 얼른 회중전등도 집어 들었다. 나는 방문을 열고 나와 귀를 기울였다. 멀리서 들리는 소리가 아니라는 것은 알고 있었다. 그 소리가 다시 들려왔다. 바로 옆방인 존슨 양의 방에서 나는 소리였다.

　나는 서둘러 그 방으로 들어갔다. 존슨 양은 침대에 누워 있었다. 그녀의 온몸은 극도의 고통으로 뒤틀려 있었다. 나는 촛불을 내려 놓고 그녀를 들여다보았다. 그녀는 입술을 움직여 무어라 말하려 애쓰고 있었다. 하지만 그녀의 입에서 새어나오는 것은 가늘고 탁한, 끔찍한 신음뿐이었다. 그녀의 입가와 턱 피부가 히끄무레하게 타들어가고 있었다.

　그녀의 눈길은 나에게서 바닥에 나동그라져 있는 컵으로 옮겨갔다. 그녀의 손에서 떨어진 것 같았다. 컵이 떨어진 양탄자 위에 연붉은색 얼룩이 져 있었다. 나는 컵을 집어 들고 손가락 하나로 안쪽을 만져보다가는, 날카로운 비명을 지르며 얼른 손가락을 빼냈다. 그런 다음 그 가엾은 여자의 입 안을 살펴보았다.

　의심의 여지가 없었다. 의도적이든 아니든 그녀는 상당량의 부식성 산을 마신 것이었다. 수산 아니면 염산 같았다.

　나는 달려가 라이드너 박사를 불러 깨웠고, 그는 다른 사람을 깨웠다. 우리는 그녀를 위해 할 수 있는 모든 조치를 취했다. 하지만 나는 그 모든 게 아무 소용도 없으리라는 끔찍한 생각을 떨칠 수가 없었다. 우리는 그녀에게 진한 탄산소다액에 이어 올리브유를 먹였다. 고통을 덜어 주기 위해 나는 모르핀 주사를 놓았다.

　데이비드 에모트가 하사니에로 라일리 박사를 모시러 갔다. 하지만 박사가 도착하기도 전에 상황은 종지부를 찍고 말았다.

　상세한 설명은 하지 않으려다. 진한 염산 용액(나중에 밝혀진 바에 따르면)을 마시고 죽는 것만큼 고통스러운 것도 없다.

내가 모르핀을 주사하기 위해 그녀에게 몸을 기울이자, 존슨 양은 필사적인 노력을 기울여 뭔가 말하려 애썼다. 하지만 입 밖으로 나온 것은 목이 졸린 듯한 무시무시한 속삭임뿐이었다.

"창문…… 간호사…… 창문……."

그녀가 말했다.

그뿐이었다. 그녀는 더 이상 말을 잇지 못했다. 그녀의 몸이 허물어져 내렸다.

나는 그날 밤을 결코 잊지 못할 것이다. 라일리 박사가 왔고, 메이틀랜드 서장이 왔으며, 동이 틀 무렵 마지막으로 에르퀼 푸아로가 도착했다.

나를 부드럽게 얼싸안아 식당으로 데려간 것은 바로 푸아로였다. 그는 나를 자리에 앉히고는 진하고 맛있는 차 한 잔을 손에 쥐어 주었다. 그가 말했다.

"자, 몬 앙팡(우리 아기), 훨씬 낫군요. 당신은 녹초가 됐어요."

그 말을 듣자, 나는 울음을 터뜨렸다.

"이건 너무 끔찍해요. 마치 악몽 같아요. 그렇게 끔찍한 고통을 당하다니. 그리고 그녀의 눈빛은…… 오, 무슈 푸아로…… 그 눈빛은……."

내가 흐느꼈다.

그가 내 어깨를 토닥여 주었다. 여자라도 그 이상 부드러울 수 없었으리라.

"그래요, 그래요…… 그 생각은 하지 말아요. 당신은 최선을 다했어요."

"부식성 산이었어요."

"진한 염산 용액이었답니다."

"도기를 씻는 데 쓰는 거 말인가요?"

"예, 존슨 양은 잠결에 모르고 그것을 마신 것 같아요. 일부러 작정하고 마신 게 아니라면요."

"오, 무슈 푸아로, 그런 끔찍한 말이 어디 있어요!"

"어쨌든 그것 역시 또 하나의 가능성이지요. 당신은 어떻게 생각하나요?"

나는 잠시 생각해 본 다음 단호하게 고개를 내저었다.

"그렇지 않은 것 같아요. 그래요, 결코 그럴 리가 없어요."

나는 주저하다가는 이윽고 말했다.

"어제 오후 그녀는 뭔가를 알아낸 것 같았어요."

"그게 무슨 말입니까? 그녀가 뭔가를 알아내다니?"

나는 그녀와의 기묘한 대화 내용을 그에게 들려주었다.

푸아로가 낮고 부드럽게 휘파람을 불었다.

"라 포브르 팜(가엾은 여자 같으니라고)! 그녀가 생각을 좀 해 봐야겠다고 말했다고요? 그녀는 바로 그래서 죽은 겁니다. 그녀가 그때 그 자리에서 사실을 털어놓았다면 얼마나 좋았을까. 그녀가 한 말을 그대로 말해 주세요."

그가 말했다.

나는 그녀가 한 말을 다시 들려주었다.

"아무도 모르게 바깥에서 안으로 들어올 수 있는 방법을 알아냈다고요? 자, 마 쇠르, 옥상으로 올라갑시다. 그녀가 서 있던 자리가 어디인지 말해 주세요."

우리는 함께 옥상으로 올라갔다. 나는 존슨 양이 서 있었던 정확한 지점을 푸아로에게 알려 주었다.

"이런 식으로 말인가요? 자, 무엇이 보일까? 안뜰이 반쯤 보이고…… 아치 문…… 제도실과 사진실과 실험실이 보이는군요. 그때 안뜰에 사람이 있었나요?"

"라비니 수사가 아치 문을 향해 가고 있었고, 라이터가 사진실 문간에 서 있었어요."

"하지만 나로서는 어떻게 집 안에 있는 사람들 모르게 외부에서 안으로 들어올 수 있다는 건지 보이질 않는군요……. 그런데 그녀는 보았다는 거죠……."

이윽고 그는 포기한 듯 고개를 내저었다.

"사크레 농 덩 쉬엥, 바(빌어먹을)! 도대체 그녀는 무엇을 보았던 걸까?"

동이 트고 있었다. 동쪽 하늘 전체가 장밋빛과 오렌지색, 진줏빛 연회색으로 다채롭게 물들어 있었다.

"정말 아름다운 일출이군요!"

푸아로가 부드러운 목소리로 감탄했다.

강은 우리 왼편으로 휘어져 흐르고 있었고, 언덕은 황금빛 한가운데 뚜렷한 선을 그리며 서 있었다. 남쪽으로는 꽃이 만발한 나무들과 평화로운 경작지가 펼쳐져 있었다. 멀리서 물레바퀴가 삐걱거리는 소리가 들렸다. 지상의 것 같지 않은 희미한 소리였다. 북쪽으로는 이슬람 사원의 날렵한 첨탑들과 하사니에의 아름다운 흰색 건물들이 내다보였다.

믿어지지 않을 정도로 아름다운 광경이었다.

이윽고 팔꿈치가 스칠 것 같은 가까운 거리에서 푸아로가 깊은 한숨을 길게 내쉬며 중얼거렸다.

"그동안 난 얼마나 바보 같았던가. 진상이 이렇게 분명한데……이렇게 분명한데."

자살인가 타살인가?

나는 푸아로에게 그게 무슨 뜻이냐고 물어볼 시간이 없었다. 메이틀랜드 서장이 우리에게 아래로 내려오라고 소리치고 있었던 것이다.

우리는 서둘러 층계를 내려갔다.

"이것 보십시오, 푸아로 씨. 또 다른 복잡한 문제가 생겼소. 그 수사란 친구가 사라졌다오."

메이틀랜드 서장이 말했다.

"라비니 수사 말인가요?"

"그렇소. 바로 조금 전까지 아무도 그 사실을 눈치 채지 못했다오. 그런데 누군가 그의 모습이 보이지 않는다고 해서 모두 그의 방으로 가 보았소. 침대에는 사람이 잔 흔적이 없고, 그의 모습도 전연 보이질 않는다오."

이 모든 것이 마치 악몽 같았다. 존슨 양의 죽음에 이어 라비니 수사가 사라진 것이다.

하인들을 불러 물어 보았지만, 이 수수께끼를 밝히는 데 그들은 아무 도움이 되지 못했다. 라비니 수사의 모습이 마지막으로 목격된 것은 전날 밤 8시쯤이었다. 잠자리에 들기 전에 산책을 다녀오겠다고 했다는 것이다.

하지만 산책에서 돌아오는 그를 본 사람은 아무도 없었다.

대문의 빗장은 언제나처럼 정각 9시에 걸렸다. 그런데 오늘 아침 누가 그 문의 빗장을 열었는지가 수수께끼였다. 일하는 소년들 둘은 서로 상대방이 문을 연 모양이라고 생각했다는 것이다.

라비니 수사는 그 전날 밤 집으로 돌아왔을까? 그 전의 산책 동안 뭔가 의심스러운 것을 발견하고 나중에 그것을 조사하기 위해 다시 나갔다가 세 번째 희생자가 된 것은 아닐까?

머케이도 씨에 앞서 라일리 박사가 들어오자, 메이틀랜드 서장이 몸을 돌렸다.

"어서 오게나, 라일리. 뭐 좀 알아냈나?"

"그렇다네, 그 용액은 이곳 실험실에서 나온 걸세. 머케이도 씨와 방금 남은 양을 조사해 봤다네. 그건 실험실에 있었던 염산이었네."

"실험실이라…… 그래? 실험실 문이 잠겨 있지 않았나?"

머케이도 씨가 고개를 저었다. 그의 두 손은 부들부들 떨리고 있었고, 얼굴은 일그러져 있었다. 그는 금방이라도 쓰러질 것 같았다.

그가 더듬거리며 말했다.

"문을 잠그지 않는 것이 관례였습니다. 지금도 마찬가지입니다……. 언제나 실험실을 사용하고 있거든요. 전…… 아니, 누구도 이런 일이 일어날 줄은 꿈에도……."

"밤에는 그곳의 문을 잠급니까?"

"예…… 모든 방의 문을 잠급니다. 열쇠는 거실 바로 안쪽에 걸어 두지요."

"그렇다면 누구든 열쇠만 가졌다면 그 용액을 손에 넣을 수 있었겠네요?"

"예."

"그리고 그 방의 열쇠는 아주 흔한 것이었을 테고요?"

"오, 그렇습니다."

"존슨 양 자신이 실험실에서 그것을 가져갔는지 알 수 있는 방법은 없소?"

메이틀랜드 서장이 물었다.

"그녀는 그러지 않았어요."

내가 큰 소리로 힘주어 대답했다.

다음 순간 나는 누군가가 경고하듯 내 팔을 붙잡는 것을 느꼈다. 푸아로가 바로 내 뒤에 서 있었다.

바로 그때 좀 섬뜩한 일이 일어났다.

그 자체로는 섬뜩할 게 없었다. 실제로 그 일이 다른 그 어떤 일보다 고약하게 여겨진 것은 당시의 상황과 너무나도 동떨어져 있었기 때문이었다.

자동차 한 대가 안뜰로 미끄러져 들어오더니 키가 자그마한 남자 하나가 날랜 동작으로 차에서 내렸다. 그는 햇볕 차단용 헬멧을 쓰고 길이가 짧고 두꺼운 트렌치코트를 입고 있었다.

그는 라일리 박사 옆에 서 있던 라이드너 박사에게 곧장 다가가서는 그의 손을 잡고는 반갑게 소리쳤다.

"부 부알라, 몽 셰르.(여기 있었군, 친구.) 이렇게 만나서 얼마나 기쁜지 모르겠네. 난 토요일 오후 이곳을 지나갔다네. 후지마에 있는 이탈리아인들을 만나러 가는 길이었지. 난 발굴장으로 갔지만, 거긴 유럽인이 한 사람도 없지 뭔가! 난 아랍어를 할 줄 모르고 말일세. 이곳 숙소까지 올 시간은 없었다네. 오늘 아침 5시에 후지마에서 출발했다네. 이곳에서 자네와 두 시간을 보내려고 말일세. 그런 다음 호위함을 잡아타야 한다네. 에 비엥(그나저나), 이번 시즌은 어떤가?"

그 광경은 정말이지 섬뜩했다.

유쾌한 목소리, 실제적인 태도. 일상적인 세계의 그 모든 유쾌한 건강성이 이제 까마득하게 멀어져 있었다. 그 한가운데를 아무것도 모르고 아무것도 눈치채지 못한 사람이 즐거움과 쾌활함에 넘치는 모습으로 불쑥 끼어든 것이다.

라이드너 박사가 헉 하고 숨을 멈춘 채 호소하는 듯한 눈길로 말없이 라일리 박사를 바라본 것도 이상한 일이 아니었다.

라일리 박사가 위기를 타개하기 위해 나섰다.

그는 그 키 작은 남자(나중에 들은 바에 의하면, 그는 베리라는 이름의 프랑스인 고고학자로 그리스의 여러 섬들에서 발굴 작업을 했다고 한다.)를 한쪽으로 데려가 무슨 일이 일어났는지를 말해 주었다.

베리에는 파랗게 질렸다. 그는 최근 며칠 동안 문명세계에서 떨어진 이탈리아 팀의 발굴현장에 가 있었으므로 아무 소식도 듣지 못했던 것이다.

그는 이윽고 라이드너 박사에게 성큼성큼 다가가 두 손으로 따뜻하게 그의 손을 잡으며 사과와 위로의 말을 되풀이했다.

"이런 비극이 있다니! 세상에, 이런 비극이! 무슨 말을 해야 좋을지 모르겠네. 몽 포브르 콜레그(가엾은 친구)."

그런 다음 그 키 작은 남자는 자신의 감정을 어떻게 표현해야 좋을지 알 수 없다는 듯 고개를 내저으며 서둘러 차에 올라 그 자리를 떠났다.

조금 전 말한 대로 비극적인 긴장 한가운데 삽입된 그 우스꽝스러운 순간적 이완은 정말이지 이제까지 일어난 그 어떤 일보다 더 섬뜩하게 여겨졌다.

라일리 박사가 단호한 어조로 말했다.

"우리의 다음 할 일은 아침 식사입니다. 그래요, 반드시 해야 하는 일이죠. 자, 라이드너, 자네 뭘 좀 먹어야 하네."

가엾게도 라이드너 박사는 기진맥진한 모습이었다. 그는 우리와 함께 식당으로 갔다. 침울한 분위기에서 음식이 날라져 왔다. 아무도 식욕을 느끼지는 않았지만, 뜨거운 커피와 달걀 프라이가 모두에게 도움이 되었던 것 같다. 라이드너 박사는 커피를 조금 마신 다음 기계적인 동작으로 빵을 뜯으며 앉아 있었다. 고통과 당혹감으로 그의 얼굴은 잿빛이 되어 있었다.

아침 식사가 끝나자 메이틀랜드 서장은 조사에 착수했다.

나는 어떻게 잠에서 깨서 이상한 소리를 듣고 존슨 양의 방으로 갔는지 설명했다.

"방바닥에 컵이 나동그라져 있었다고요?"

"예, 그녀가 내용물을 마신 다음 떨어뜨린 모양이에요."

"컵이 깨어졌던가요?"

"아뇨. 러그 위에 떨어져 있었어요.(염산 때문에 그 러그는 못쓰게 되었을 것 같다.) 저는 컵을 집어 들어 다시 탁자 위에 올려두었죠."

"그렇게 말해 주시니 다행이오. 그 컵에는 지문이 두 개뿐이었다오. 하나는 존슨 양의 지문일 테고, 다른 하나는 당신 것인 모양이오."

그는 한순간 가만히 있다가 다시 말했다.

"자, 계속 이야기해 보시오."

난 내가 한 행동과 취한 조치들을 주의 깊게 설명하면서, 제대로 했다고 말해 주었으면 하는 약간 불안한 눈길로 라일리 박사의 얼굴을 바라보았다. 그가 고개를 끄덕였다.

"당신은 할 수 있는 모든 조치를 다 취했소."

박사가 말했다. 나도 그랬노라고 거의 확신하고 있긴 했지만, 내 믿음이 확인되자 마음이 놓였다.

"당신은 그녀가 정확히 무엇을 마셨는지 알고 있었소?"

메이틀랜드 서장이 물었다.

"아뇨…… 하지만 부식성 산이라는 건 알 수 있었어요."

메이틀랜드 서장이 심각한 어조로 물었다.

"간호사, 존슨 양이 의도적으로 그 액체를 마신 것 같소?"

"오, 아뇨. 그런 생각은 해 본 적이 없어요!"

내가 소리쳤다.

내가 왜 그렇게 확신했는지는 모른다. 부분적으로는 무슈 푸아로의 암시 때문이었던 것 같다. '살인은 습관'이라고 한 그의 말은 그 자체로 내게 깊은 인상을 주었다. 그리고 누군가 자살하기 위해 그렇게 고통스러운 방법을 택할 거라고는 쉽게 믿어지지 않았다.

내가 그렇게 말하자, 메이틀랜드 서장이 생각에 잠긴 표정으로 고개를 끄덕였다.

"그것이 자살에 적당한 방법이 아니라는 데에는 나도 동의하오. 하지만 만약 누군가 몹시 마음이 산란한 상태였는데 그 용액이 손 닿는 곳에 놓여 있었다면 가능한 일이오."

"그녀가 몹시 마음이 산란한 상태였다고요?"

내가 믿을 수 없다는 듯이 물었다.

"머케이도 부인이 그렇게 말하더이다. 그녀의 말에 따르면, 존슨 양은 어제 저녁 식사 때 평소와는 전혀 다른 모습이었다오. 사람들이 하는 말에 거의 대답을 하지 않았다더군. 존슨 양은 뭔가 심한 고민을 하고 있었고, 진작에 자살할 생각이었음에 틀림없다고 머케이도 부인은 단언했소."

"음, 저로서는 전혀 동의할 수 없는데요."

내가 불퉁한 어조로 말했다.

머케이도 부인이라면 그런 말을 하고도 남지! 남의 눈을 피해 살금살금 다니는 고양이 같은 여자 같으니라고!

"그러면 당신 생각은 어떻소?"

"그녀는 살해당한 거예요."

내가 불퉁하게 대답했다.

그의 예리한 질문이 이어졌다. 마치 취조실에 와 있는 것 같았다.

"그럴 만한 이유라도 있소?"

"제게는 그것이 가장 사실에 가까운 것 같아요."

"그건 그저 당신의 사적인 견해일 뿐이오. 그 숙녀가 꼭 살해되었다고 생각할 이유는 없잖소?"

"잠깐만요. 그럴 만한 이유가 있답니다. 그녀가 분명히 뭔가 알아냈거든요."

내가 대답했다.

"뭔가를 알아냈다니? 뭘 알아냈단 말이오?"

나는 옥상에서 우리가 나눈 대화를 그대로 들려 주었다.

"그녀가 자신이 알아낸 걸 당신에게 말해 주길 거부했다고 했소?"

"예, 그 문제에 대해 시간을 두고 생각해 봐야겠다고 하더군요."

"하지만 그녀는 그 일로 몹시 흥분했겠군?"

"그래요."

"비깥에서 안으로 들어오는 방법이라."

메이틀랜드 서장은 미간을 찌푸리며 그 문제를 곰곰 생각해보는 듯했다.

"그녀가 무슨 생각을 하고 있었는지 짐작가는 것이 없었소?"

"전혀 없었어요. 그 문제를 두고 머리를 쥐어짜 보았지만, 짐작조차 할 수 없더군요."

메이틀랜드가 말했다.

"당신 생각은 어떻습니까, 무슈 푸아로?"

푸아로가 대답했다.

"거기에 단서가 있을 수 있다고 봅니다."

"살인 단서 말이오?"

"살인 단서 말입니다."

메이틀랜드 서장이 얼굴을 찌푸렸다.

"그녀가 죽기 전에 무슨 말인가 하지 않았소?"

"그래요, 짧은 말을 했어요."

"어떤 말이었소?"

"창문이라고……."

"창문?"

메이틀랜드 서장이 내 말을 되풀이했다.

"그녀가 무슨 뜻으로 그런 말을 했는지 알아 들으셨나요?"

메이틀랜드 서장이 물었다.

나는 고개를 저었다.

"그녀의 방에 창이 몇 개요?"

"하나뿐이에요."

"안뜰로 향해 있소?"

"예."

"열려 있었소. 아니면 닫혀 있었소? 열려 있었던 걸로 기억하는데. 혹시 여러분들 중 하나가 그걸 열었소?"

"아뇨. 그 창은 언제나 열려 있었어요. 제 생각에는 혹시⋯⋯."

나는 말을 멈추었다.

"계속하세요, 간호사."

"그 창문을 살펴보았지만, 평소와 다른 점을 전혀 발견할 수 없었어요. 제 생각에는 혹시 누군가가 잔을 바꿔치기한 것이 아닌가 싶어요."

"잔을 바꿔치기했다고요?"

"예, 존슨 양은 언제나 잠자리에 들 때 물을 한 잔 가져갔어요. 누군가 그 물잔을 치우고 그 자리에 산이 든 잔을 놓아둔 것 같아요."

"어떻게 생각하나, 라일리?"

라일리 박사가 즉각 대답했다.

"만약 이게 살인이라면 그런 식으로 저질러졌을 걸세. 기본적인 관찰력이 있는 사람이라면 산이 들어 있는 잔을 물이 든 것으로 잘못 보고 마시지는 않지. 완전히 잠이 깬 상태에서는 말일세. 하지만 한밤중에 물을 들이키는 습관이 있는 사람이라면 무심고 팔을 뻗어 늘 있던 자리에 있는 잔을 들어 마시는 게 가능해. 반쯤 잠이 든 상태에서 내용물을 치사량 들이킨 다음에야 무슨 일이 일어났는지 깨닫는 거지."

메이틀랜드 서장은 잠시 생각에 잠기는 듯했다.

"돌아가 그 창문을 다시 살펴봐야겠네. 그 창문과 침대 머리맡은 얼마나 떨어져 있소?"

나는 생각해 보았다.

"아주 길게 팔을 뻗으면 침대 머리맡 옆에 있는 작은 탁자에 가까스로 손이 닿을 거예요."

"그 탁자 위에 물잔이 놓여 있었소?"

"그렇습니다."

"방문은 잠겨 있었고?"

"아뇨."

"그렇다면 누구든 방문으로 들어와 잔을 바꿔치기할 수 있었겠군?"

"오, 잠깐."

라일리 박사가 말했다.

"그런 방식은 더 위험했을 걸세. 아주 깊이 잠이 든 사람이라도 발자국 소리에는 종종 잠이 깬다네. 만약 창문에서 탁자로 손을 뻗을 수 있었다면 그것이 더 안전한 방법이었을 걸세."

"나는 지금 그 잔만 생각하고 있는 게 아니라네."

메이틀랜드 서장이 뭔가에 정신이 팔린 듯한 어조로 말했다.

그는 몸을 바로 일으켜 세우며 다시 한 번 내게 물었다.

"그 가엾은 숙녀는 자기가 곧 죽으리라는 것을 알고 누군가 열린 창을 통해 물잔을 산이 든 잔으로 바꿔치기했다는 사실을 당신에게 필사적으로 알리려고 한 것 같습니까? 그보다는 범인의 이름을 말하는 편이 더 확실했을 텐데도?"

"그녀는 범인의 이름을 몰랐을 수도 있어요."

내가 지적했다.

"그렇다면 전날 자신이 발견한 것이 무엇인지를 어떻게든 암시해 주려 했다는 편이 더 맞는 거 아니겠소?"

라일리 박사가 말했다.

"메이틀랜드, 사람이 죽어갈 때는 말일세, 균형감을 유지할 수가 없다네. 한 가지 특정 사실에 집착할 가능성이 높지. 살인자의 손이 창문을 통해 들어왔다는 것이 그 순간 그녀를 사로잡은 주된 생각이었을 수도 있네. 그 사실을 사람들에게 알리는 것이 가장 중요하다고 여겼던 거야. 그녀의 생각이 크게 틀리진 않은 것 같네. 그건 중요한 문제니 말일세! 자신의 죽음이 자살로 오인될지도 모르니 다급했던 게지. 자유롭게 말할 수 있었다면, 그녀는 아마 이렇게 말하지 않았을까. '전 자살한 게 아니에요. 난 일부러 이 잔을 마신 것이 아니에요. 누군가 다른 사람이 이걸 내 침대 옆에 놓아둔 거예요. 창문을 통해서요.'"

메이틀랜드 서장은 아무 대답도 하지 않고 잠시 동안 손가락으로 탁자를 두드렸다. 이윽고 그가 다시 입을 열었다.

"이 일을 보는 데는 분명히 두 가지 방식이 있다네. 이건 자살 아니면 타살일세. 자넨 어떻게 생각하나, 라이드너?"

라이드너 박사는 잠시 동안 침묵을 지키더니, 이윽고 조용하지만 단호한 어조로 대답했다.

"타살일세. 앤 존슨은 자살할 여자가 아니었네."

"그럴 걸세. 정상적인 상태에서라면. 하지만 자살하는 것이 극히 자연스러운 상황도 있을 수 있다네."

"어떤 상황 말인가?"

메이틀랜드 서장은 의자 옆에 놓여 있던 꾸러미를 향해 몸을 굽혔다. 그는 상당히 힘을 들여 그것을 들어 탁자 위에 올려놓았다.

"여러분 중 아무도 모르는 무엇인가가 여기 있소. 우리는 그녀의 침대 밑에서 이걸 찾아냈소."

그가 말했다.

그가 보자기의 매듭을 풀어 펼쳤다. 묵직하고 커다란 맷돌 같은 것이 모습을 드러냈다.

그것 자체로는 특별할 게 없었다. 발굴 과정에서 이미 열두 개 정도가 출토되었던 것이다.

특별히 그 맷돌이 우리의 관심을 끈 것은 그 위에 묻어 있는 흐릿하고 거무스름한 얼룩과 머리카락 같은 것 때문이었다.

"이건 자네 전공이지, 라일리. 하지만 이것이 라이드너 부인을 살해한 흉기라는 데엔 의심의 여지가 없는 것 같네."

메이틀랜드 서장이 말했다.

다음엔 내 차례!

그건 정말이지 무시무시한 일이었다. 라이드너 박사는 금방이라
도 기절할 것 같았고, 나 자신도 속이 메슥거렸다.

라일리 박사가 전문적인 안목으로 그 맷돌을 살펴보았다.

"지문은 없는 것 같은데? 역시 없군."

그가 말했다. 그는 핀셋 두 개를 꺼내 세밀하게 조사했다.

"흠, 인체 조직의 일부⋯⋯. 그리고 머리카락이군⋯⋯. 아름다운
금발일세. 이건 비공식적인 진단이라네. 물론 혈액형 등등에 대해
적절한 검사를 해 봐야겠지만, 거의 틀림이 없는 것 같아. 이게 존슨
양의 침대 밑에서 발견됐다고? 이런, 이런⋯⋯ 그렇다면 이런 가설
도 그럴듯하군. 그녀가 살인을 저질렀디, 그러고는 아무도 그 사실
을 눈치 채지 못하는 가운데 양심의 가책을 느껴 스스로 목숨을 끊
었다. 충분히 있을 수 있는 가정이야⋯⋯. 그럴싸한 가설이라고."

라이드너 박사는 속절없이 고개만 가로저었다.

"앤은 아니야……. 앤이 그럴 리가 없어."

그가 중얼거렸다.

"그녀가 처음에 이것을 어디에 숨겨 두었었는지 모르겠소. 첫 범죄가 일어난 후 모든 방들을 수색했는데 말이오."

메이틀랜드 서장이 말했다.

'문구류를 넣어두는 찬장 안에 있었겠군.'

나는 그 생각을 입 밖에 내어 말하지는 않았다.

"처음에 그것이 어디에 있었든 간에 그녀로서는 원래 숨겨둔 장소가 미덥지 않아서 수색이 완료되자 그것을 자기 방으로 옮겨왔을 거요. 아니면 자살을 결심한 뒤에 옮겨왔을 수도 있고."

"그럴 리가 없어요."

내가 소리쳤다.

그렇게 상냥하고 친절한 존슨 양이 라이드너 부인의 머리를 내리쳤다니 도저히 믿을 수가 없었다. 상상조차 할 수 없는 일 아닌가! 하지만 그런 가정은 몇 가지 사태와 꼭 맞아떨어졌다. 예를 들어 그날 밤 그녀의 흐느낌 같은 것 말이다. 어쨌든 나 자신도 그것을 두고 '가책' 때문일 거라고 생각했으니까. 다른 점이 있다면 당시 나는 그 가책을 훨씬 작고 사소한 범죄에 대한 것으로 생각했다는 것뿐.

메이틀랜드 서장이 말했다.

"어떻게 생각해야 좋을지 모르겠군. 프랑스인 수사의 실종 문제 역시 해결해야 하오. 그가 머리를 맞고 쓰러져 그의 시신이 어떤 하수구 속에 나동그라져 있을 경우에 대비해 내 부하들이 주위를 수색하고 있소."

"오! 이제 기억나는 게 있어요……."

내가 입을 열었다.

모두들 묻는 듯한 눈길로 나를 바라보았다.

내가 말을 이었다.

"어제 오후였어요. 라비니 수사가 저번 날 창가에서 안을 들여다보던 사팔뜨기 사내에 대해 물어 오더라고요. 그 사내가 정확히 오솔길 어디에 서 있었는지 묻더니 나가서 둘러봐야겠다고 하더군요. 추리 소설에 보면 범인은 언제나 단서를 떨어뜨린다고 하면서요."

메이틀랜드 서장이 말했다.

"내가 수사하는 범인들 중 그런 사람이 있었다면 내 손에 장을 지지겠소. 그러니까 그가 뭔가를 찾아 나섰단 말이오? 분명 그가 뭔가를 알아내긴 한 것 같소. 그와 존슨 양이 동시에 살인범의 정체에 대한 실마리를 찾아내다니 좀 지나친 우연의 일치인 것 같군."

그가 성마른 어조로 덧붙였다.

"사팔뜨기 사내? 사팔뜨기 사내? 이 사팔뜨기 사내 이야기에는 뭔가가 더 있는 것 같소. 어째서 내 부하들이 그자를 못 잡는지 도대체 모르겠소!"

"그건 아마 그자가 사팔뜨기가 아니기 때문일 겁니다."

푸아로가 차분하게 말했다.

"선생 말은 그자가 사팔뜨기인 척했다는 거요? 사팔뜨기인 척할 수도 있다는 건 몰랐소."

푸아로는 그저 이렇게 대답했을 뿐이었다.

"사팔뜨기라는 특징이 아주 유용할 수도 있답니다."

"제기랄! 사팔뜨기든 아니든 간에 그자가 지금 어디에 있는지 알았으면 좋겠군!"

"아마 지금쯤 이미 시리아 국경을 넘었을 겁니다."

푸아로가 말했다.

"텔코체크와 아브 케말 등 국경의 모든 초소에 이미 경고해 두었다오."

"그자는 산길을 택했을 겁니다. 밀수품을 운반하는 트럭이 종종 이용하는 길 말입니다."

메이틀랜드 서장이 끙 소리를 냈다.

"그렇다면 데이르 에 조르에 전보를 치는 게 낫겠군."

"제가 어제 그렇게 했습니다. 흠잡을 데 없는 여권을 가진 사내 둘이 타고 있는 차를 찾아내라고 말입니다."

서장이 호의 어린 눈길로 푸아로를 물끄러미 응시했다.

"당신이 전보를 쳤단 말이오? 두 사내라고 하셨소?"

푸아로가 고개를 끄덕였다.

"이 일에는 두 사내가 연루되어 있습니다."

"무슈 푸아로, 당신은 많은 것들을 알면서도 줄곧 잠자코 계셨던 것 같소이다."

푸아로가 고개를 내저으며 말했다.

"아닙니다. 사실 그렇지도 않습니다. 제가 사건의 진상을 깨달은 것은 겨우 오늘 아침 일출을 바라보면서였답니다. 정말 아름다운 일출이었습니다."

그때까지 아무도 머케이도 부인이 방에 들어온 것을 알아차리지 못했던 것 같다. 우리가 그 끔찍한 피 묻은 맷돌의 출현에 놀라서 정신을 차리지 못하고 있는 동안 슬그머니 들어온 모양이었다.

갑자기 그녀가 돼지 멱따는 소리를 내지르기 시작했다.

"오, 하느님 맙소사! 모든 걸 알겠어요. 이제 모든 걸 알겠다고요. 범인은 라비니 수사였어요. 그는 미친 사람이에요……. 여자들을 죄악시하는 광신자라고요. 여자들을 닥치는 대로 죽이고 있어요. 처음 엔 라이드너 부인…… 그 다음엔 존슨 양이었지요. 그리고 다음엔 내 차례일 거예요……."

광란의 비명을 내지르며 그녀는 방을 가로질러 달려가 라일리 박사의 외투자락을 움켜쥐었다.

"난 여기 있고 싶지 않아요. 진심이라고요! 단 하루도 더 이곳에 있을 수 없어요. 이곳은 위험해요. 도처에 위험이 도사리고 있어요. 그가 어딘가 숨어있을 거예요……. 때를 기다리면서 말이에요. 그는 나를 덮칠 거예요."

그녀의 입이 벌어지더니 다시 비명이 흘러나왔다.

나는 서둘러 라일리 박사를 향해 달려갔다. 박사는 그녀의 두 손목을 붙잡고 있었다. 나는 그녀의 양쪽 뺨을 차례로 세차게 때린 다음, 라일리 박사의 도움을 받아 그녀를 의자에 앉히고 말했다.

"아무도 당신을 죽이지 않을 거예요. 우리가 막아 줄 테니까요. 앉아서 진정해요."

그녀는 더 이상 비명을 지르지 않았다. 그녀는 입을 다물고 자리에 앉아 깜짝 놀란 듯한 우둔한 눈으로 나를 물끄러미 응시했다.

다음 순간 또 다른 일로 대화가 중단되었다. 문이 열리더니 실러 라일리가 들어왔던 것이다.

그녀의 얼굴은 창백하고 심각했다. 그녀는 곧장 푸아로에게 다가갔다.

"무슈 푸아로, 아침 일찍 우체국에 갔더니 선생님께 전보가 와 있더군요. 그래서 가져왔답니다."

"고마워요, 마드무아젤."

실러에게서 전보를 받아든 그는 그것을 뜯어 펼쳤다. 그동안 그녀는 그의 얼굴을 바라보고 있었다.

그의 얼굴색은 변하지 않았다. 그는 읽고 난 전보를 잘 펴서 귀 맞추어 접은 다음 호주머니에 넣었다.

머케이도 부인이 그를 지켜보고 있었다. 그녀가 숨이 막힌 듯한 목소리로 물었다.

"그 전보는 미국에서…… 온 것인가요?"

"아닙니다, 마담. 튀니지의 수도 튀니스에서 온 거랍니다."

푸아로가 대답했다.

머케이도 부인은 무슨 말인지 이해할 수 없다는 듯 한순간 푸아로를 물끄러미 바라보더니, 이윽고 긴 한숨을 내쉬며 의자에 등을 기댔다.

"라비니 수사예요. 내 생각이 옳았어요. 난 항상 그 사람에게 뭔가 이상한 점이 있다고 생각해 왔답니다. 그가 언젠가 내게 여러 가지 이야기를 했지요……. 그는 머리가 좀 돈 것 같아요……."

그녀는 잠시 말을 끊었다가 다시 이었다.

"이제 입을 다물겠어요. 하지만 난 반드시 이곳을 떠날 거예요. 조지프와 함께 레스트 하우스로 가서 거기서 묵겠어요."

"인내심을 가지세요, 마담. 제가 모든 것을 설명하겠습니다."

메이틀랜드 서장이 호기심 어린 눈초리로 푸아로를 바라보고 있었다. 그가 물었다.

"그럼 당신은 이 사건의 진상을 정확하게 알고 있다는 거요?"

푸아로가 모자를 벗으며 절을 했다.

몹시 연극적으로 보이는 절이었다. 메이틀랜드 서장은 그것을 보고 좀 짜증이 난 것 같았다.

"흠, 그럼 어서 말씀해 보시오."

그가 딱딱거리며 말했다.

하지만 그건 에르퀼 푸아로의 방식이 아니었다. 그는 한껏 격식을 차려 이야기를 할 작정이라는 것을 나는 너무나도 잘 알고 있었다. 나로서는 그가 정말로 진상을 알고 있는 것인지, 아니면 그저 그런 척하고 있는 것인지 알 수가 없었디.

푸아로가 라일리 박사에게 몸을 돌렸다.

"라일리 박사, 다른 사람들을 불러 주시겠습니까?"

그의 말을 듣고 라일리 박사는 튕겨지듯 일어나더니 밖으로 나갔다. 조금 뒤 다른 발굴단원들이 줄지어 방 안으로 들어오기 시작했다. 우선 라이터와 에모트가 들어온 데 이어 빌 콜먼, 리처드 캐리, 그리고 마지막으로 머케이도 씨가 들어왔다.

가엾은 머케이도 씨, 그는 정말이지 송장처럼 보였다. 위험한 화학약품을 부주의하게 방치해 둔 데 대해 질책을 당할까 봐 몹시 걱정스러운 모양이었다.

무슈 푸아로가 처음 이곳에 왔던 바로 그날처럼 모두들 탁자를 둘러싸고 앉았다. 빌 콜먼과 데이비드 에모트 둘 다 자리에 앉기 전에 잠시 머뭇거리면서 실러 라일리 쪽을 힐긋 바라보았다. 실러는 그들에게 등을 보인 채 창밖을 내다보고 있었다.

"여기 앉는 게 어때요, 실러?"

빌이 의자를 권했다.

데이비드 에모트도 특유의 낮고 기분 좋은 음성으로 물었다.

"여기 앉지 않겠어요?"

이윽고 실러는 몸을 돌리고는 한순간 그들을 바라보았다. 두 사람이 동시에 의자를 권하고 있었다. 나는 그녀가 누가 권하는 자리에 앉을지 궁금했다.

결국 그녀는 두 자리를 모두 거절했다.

"난 여기 앉겠어요."

그녀가 불쑥 말하고는 창에서 가장 가까운 탁자 모서리에 가서 앉았다. 그런 다음 이렇게 덧붙였다.

"제가 이 자리에 있는 것에 메이틀랜드 서장님도 찬성하시겠죠?"

메이틀랜드 서장이 어떤 대답을 할지 나로서는 알 수 없었다.

푸아로가 앞질러 대답했다.

"꼭 여기 있어야 합니다, 마드무아젤. 당신은 반드시 여기에 있어야 해요."

실러가 눈썹을 치켜 올렸다.

"반드시요?"

"그렇답니다, 마드무아젤. 당신에게 물어봐야 할 게 몇 가지 있거든요."

그녀는 또다시 눈썹을 치켜 올렸지만, 더 이상 아무 말도 하지 않았다. 그러고는 이 방 안에서 벌어지는 일에 관여하지 않기로 결심한 듯 창 쪽으로 얼굴을 돌렸다.

메이틀랜드 서장이 말했다.

"그럼 이제 드디어 사건의 진상을 파악할 수 있겠군!"

그는 좀 초조한 듯이 말했다. 그는 본질적으로 행동파였다. 서장은 지금 이 순간에도 밖으로 나가 일처리를 하고 싶어서 조바심을 내고 있음을 나는 느낄 수 있었다. 라비니 수사의 시체 수색을 지시하든가 수사대를 보내 그를 체포하든가 하기 위해서 말이다.

그는 푸아로를 탐탁지 않은 듯한 눈길로 바라보았다.

'뭔가 알고 있다면서 도대체 왜 말을 하지 않는 거야?' 하는 말이 당장이라도 그의 입 밖으로 나올 것 같았다.

푸아로는 가늠하는 듯한 눈길로 우리 모두를 천천히 둘러보고는 이윽고 자리에서 일어섰다.

그에게서 무슨 말이 나오리라고 기대했는지 나는 잘 모르겠다. 분명 극적인 말일 터였다. 그는 그런 종류의 사람이었다.

하지만 그가 아랍어 한 구절로 연설을 시작하리라고는 정말이지 생각지 못했다.

하지만 바로 그러했다. 그는 천천히 엄숙하게…… 그리고 정말이지 종교적으로 그 구절을 발음했다.

"비스밀라히 아르 라흐만 아르 라힘."

그런 다음 그는 그 구절을 영어로 번역했다.

"자비롭고 은혜로우신 알라신의 이름으로."

여행의 시작

"'비스밀라히 아르 라흐만 아르 라힘.' 이 구절은 여행을 떠나기에 앞서 하는 말입니다. 에 비엥(그렇게) 우리 역시 여행의 출발점에 서 있습니다. 과거로의 여행, 인간의 마음이라는 낯선 곳으로의 여행 말입니다."

그 순간까지 나는 그 어떤 종류의 '동양의 매력'도 느껴보지 못했던 것 같다. 솔직히 말해 도처에서 마주치는 '혼돈'이 내게 충격으로 다가왔던 것이다. 그런데 무슈 푸아로의 그 말을 듣자 갑자기 기묘한 환상 같은 것이 눈앞에 펼쳐지는 것 같았다. 사마르칸드, 이스파한 같은 지명…… 긴 수염을 기른 대상…… 다리를 꺾고 앉아 있는 낙타…… 등에서 이마까지 밧줄을 동인 채 커다란 짐짝을 비틀거리며 등에 져 나르는 짐꾼…… 머리를 헤나로 물들이고 얼굴에는 문신을 새긴 채 티그리스 강가에 주저앉아 빨래를 하는 여인들의 모습이 눈앞에 떠올랐고, 그들의 야릇하면서도 멋진 노랫소리와 물레바퀴가 삐걱이며 돌아가는 아득한 소리가 귓가에 들려왔다.

그것들은 대부분 이제까지 내가 보고 듣고 떠올렸던 것들이었다. 하지만 이제 왠일인지 달라 보였다. 마치 낡고 오래된 물건을 불빛에 비춰보고서 갑자기 옛 자수의 풍요로운 색채에 눈을 뜨기라도 한 것처럼.

다음 순간 우리가 앉아 있는 방을 둘러본 나는 무슈 푸아로가 한 말이 사실이라는 기묘한 느낌을 받았다. 그러니까 우리 모두는 여행의 출발점에 서 있었다. 지금 우리는 여기 함께 있지만, 각자 다른 길로 떠날 터였다.

그래서 나는 거기 모인 이들 한 사람 한 사람을 마치 처음 만나는 것처럼, 그리고 마지막으로 만나는 것처럼 바라보았다. 어리석게 들리겠지만 당시 내 느낌은 바로 그러했다.

머케이도 씨는 신경질적으로 손가락들을 비틀어 대고 있었다. 이상할 정도로 연한 그의 두 눈이 동자가 휘둥그레진 채 푸아로를 주시하고 있었다. 머케이도 부인은 자기 남편을 바라보고 있었다. 그녀는 펄쩍 뛰쳐나갈 때를 기다리는 암호랑이처럼 이상하고도 기민한 표정이었다. 라이드너 박사는 기묘하게 위축된 모습이었다. 이 마지막 충격이 그를 나가떨어지게 만든 모양이었다. 몸은 이 방 안에 있어도 정신이 딴 데 가 있는 것처럼, 어딘가 자신만 아는 아득한 곳에 가 있는 것 같았다. 콜먼은 푸아로를 똑바로 바라보고 있었다. 그의 입은 살짝 벌어져 있었고 두 눈이 앞으로 튀어나와 있었다.

그런 그의 모습은 거의 바보처럼 보였다. 에모트는 자기의 발끝을 내려다보고 있었기 때문에, 표정을 제대로 볼 수가 없었다. 라이터는 당황한 것 같았다. 부루퉁하게 내밀어진 입이 그를 그 어느 때보다도 말끔한 돼지 같이 보이게 했다. 실러 라일리는 끈질기게 창 밖을 응시하고 있었다. 그녀가 무슨 생각을 하고 어떤 감정을 느끼고 있는지 나는 알 수 없었다. 그런 다음 나는 캐리 씨를 바라보았는데, 왠지 그의 얼굴을 보자 마음이 아파서 고개를 돌리지 않을 수 없었다. 우리 모두가 거기 모여 있었다. 그리고 이유는 모르지만 푸아로의 말이 끝나고 나면 우리 모두는 전혀 다른 어딘가에 가 있을 것 같은 느낌이 들었다.

그건 정말이지 기묘한 느낌이었다…….

푸아로의 목소리가 차분하게 이어졌다. 그것은 마치 제방 사이를 잔잔히 흘러나가는 강물과도 같았다……. 바다를 향해.

"나는 처음부터 이 사건을 이해하기 위해서는 외적인 징후나 실마리가 아니라, 성격상의 부조화와 마음속의 비밀이라는 좀 더 심층적인 단서를 찾아야 한다는 느낌이 들었습니다.

그리고 이제 나는 이 사건의 진상이라고 믿어지는 결론에 도달하긴 했습니다. 하지만, 그것을 증명할 증거는 갖고 있지 않습니다. 그래도 난 그게 사실이라는 걸 압니다. 왜냐하면 그래야만 하니까요. 다른 식으로는 모든 사실 하나하나가 맞아떨어지지 않을 테니까요. 그러므로 그것이 가장 옳은 결론으로 보는 게 타당합니다."

그는 잠시 말을 끊었다가 다시 이었다.

"내가 이 사건에 개입하게 된 순간, 그러니까 이 사건을 하나의 완결된 사건으로 파악한 순간을 이 여행의 출발점으로 삼겠습니다. 자, 모든 사건에는 일정한 형식과 모양이 있는 법입니다. 내 의견으로 이 사건을 규정 짓는 양식은 라이드너 부인의 성격입니다. 라이드너 부인이 어떤 종류의 여자였는지 정확하게 알기 전에는 그녀가 왜 살해되었는지, 누가 그녀를 살해했는지를 알 수 없습니다.

그러므로 내 출발점은 바로 라이드너 부인의 성격이었습니다.

또 하나의 심리적인 관심사가 있었습니다. 발굴단원 사이에 있었다던 기묘한 긴장 상태 말입니다. 이는 몇몇 증인들(그중에는 외부인도 있었습니다.)에 의해 확인된 사실로, 출발점이라고는 할 수 없었지만 조사가 이루어지는 동안 줄곧 머릿속에 담아 두어야 한다고 생각했지요.

발굴단원들에 대한 라이드너 부인의 영향력이 그 직접적인 원인이라는 것이 지배적인 견해였습니다만, 나로서는 그런 견해를 전적으로 받아들일 수 없었습니다. 그 이유는 나중에 설명하겠습니다.

앞서 말한 대로 나는 우선 라이드너 부인의 성격에 초점을 맞추고 그걸 평가하는 데 다양한 방법을 동원했지요. 성격과 기질이 크게 다른 이들이 그녀에 대해 보인 여러 가지 반응이 있었고, 나 자신의 관찰을 통해 얻을 수 있었던 정보가 있었습니다. 물론 그 정보의 범위는 물론 제한되어 있었습니다만, 난 실제로 중요한 사실들을 알아낼 수 있었지요.

라이드너 부인의 취향은 단순하다 못해 금욕적이었습니다. 그녀는 분명 사치스러운 여자가 아니었습니다. 그런 한편 그녀가 한땀 한땀 놓고 있던 자수는 너무나도 섬세하고 아름다웠지요. 그 사실은 그녀가 까다롭고 예술적인 취향을 지닌 여자였다는 사실을 가리킵니다. 그녀의 방에 있던 책들을 살펴보고 나는 그런 심증을 더 굳힐 수 있었습니다. 그녀는 똑똑한 여자였습니다. 그리고 본질적으로 이기주의자였다고 짐작됩니다.

라이드너 부인이 남성을 사로잡는 것을 주된 관심사로 삼는 여자였을 수도 있다는 생각, 실제로 그녀가 감각적인 여자였으리라는 생각도 들었습니다. 이 점은 이 사건과 관련이 없는 것 같습니다.

그녀의 방 선반 위에는,『그리스인들이란?』,『상대성 이론 입문』,『레이디 헤스터 스탠호프의 일생』,『므두셀라로 돌아가라』,『린다 콘든』,『크루 트레인』같은 책들이 놓여 있었습니다.

그녀는 우선 문화와 현대 과학, 그러니까 극히 이지적인 분야에 관심이 있었습니다. 소설들 가운데에서『린다 콘든』, 그리고 정도는 덜하지만『크루 트레인』같은 작품을 보면 라이드너 부인이 독립적인 여성, 다시 말해서 남자에게 구속되거나 영향받지 않는 여성들에게 공감과 관심을 갖고 있었음을 알 수 있습니다. 그녀는 또한 레이디 헤스터 스탠호프의 성격에도 흥미가 끌린 것 같습니다.『린다 콘든』은 한 여자가 자기 자신의 아름다움을 경배하는 내용을 담은 보기 드문 책입니다.『크루 트레인』은 한 열정적인 개인주의자에 대한 스케치이고,『므두셀라로 돌아가라』는 정서적이기보다는 지적인 삶의 태도에 공감하고 있는 책입니다. 나는 죽은 그 여인이 어떤 사람이었는지 이해하기 시작했습니다.

다음으로 나는 라이드너 부인과 직접 접촉했던 이들의 반응을 조사했습니다. 그러자 내가 그리는 죽은 여인의 초상이 점차 완성되어 갔습니다.

라일리 박사와 다른 이들의 이야기를 통해 나는 라이드너 부인이 미모뿐 아니라 불행을 불러오는 매력을 선천적으로 타고난 여자들 중 하나라는 사실을 분명히 알 수 있었습니다. 그런 매력은 때때로 미모에 수반되기도 하고 물론 별개로 존재할 수도 있습니다. 그런 여자들은 대개 격정적인 사건을 몰고 오지요. 그들은 재난을 불러옵니다. 때로는 다른 이들에게, 때로는 자기 자신에게 말입니다.

라이드너 부인은 근본적으로 자기 자신을 숭배했으며 그런 권력의 느낌을 다른 어떤 것보다 즐겼다고 나는 확신합니다. 어디에 있든 그녀는 세계의 중심이 되어야 했습니다. 그러니까 남자든 여자든 간에 모두 그녀를 에워싸고 그녀의 지배 아래에 있다는 걸 인정해야 하는 겁니다. 어떤 이들에게는 그런 일이 어렵지 않았습니다. 예를 들어 낭만적인 상상력을 지닌 너그러운 성품의 레더런 간호사는 보자마자 그녀에게 사로잡혀 진심으로 그녀를 존중하게 되었습니다. 그런데 라이드너 부인이 자신의 지배력을 행사하는 또 다른 방식이 있었습니다. 바로 상대를 겁에 질리게 하는 행동이었습니다. 정복이 지나치게 쉽사리 이루어지면 그녀는 자신의 보다 잔인한 천성을 만족시키려 들었습니다. 하지만 그렇다고 이른바 '의식적인' 잔인함은 아니었다는 점을 말해 두고자 합니다. 그것은 고양이가 쥐를 가지고 노는 것처럼 자연스럽고도 본능적인 것이었습니다. 자신의 행동을 의식하고 있을 때면 그녀는 기본적으로 친절했고, 종종 그런 성격에서 벗어나 다른 이들에게 상냥하고 사려 깊게 행동했습니다.

이제 먼저 해결해야 할 가장 중요한 문제는 익명의 편지들입니다. 누가, 왜 그런 편지들을 썼을까? 나는 이렇게 자문해 보았습니다. 라이드너 부인이 직접 그것을 쓴 것은 아닐까?

이 질문에 대답하기 위해서는 오래 전으로, 실제로 라이드너 부인의 첫 결혼 무렵으로 거슬러 올라가야 합니다. 거기에서부터 우리의 여행을 시작하는 게 적당할 것 같습니다. 라이드너 부인의 인생을 탐사하는 여정 말입니다.

먼저 우리는 그 시절의 루이스 라이드너가 기본적으로 현재의 루이스 라이드너와 같은 사람이라는 사실을 깨달아야 합니다. 당시 그녀는 젊었고 뛰어난 미인이었습니다. 단순히 외형적인 미인이 아니라 지금처럼 남자의 정신과 감각을 사로잡는 예의 그 마력적인 미모의 소유자였습니다. 그리고 당시 이미 근본적으로 이기주의자였지요.

그런 여자들은 당연히 결혼이라는 개념에 반감을 품기 마련입니다. 그들은 남자들에게 매혹당할 수는 있지만, 그보다 독립적인 존재로 남아 있는 편을 더 좋아하죠. 그들은 정말이지 전설 속의 '무사비한 미녀' 같은 존재입니다. 그럼에도 라이드너 부인은 결혼을 했습니다. 따라서 그녀의 남편이 강한 성격의 남자였다는 것을 짐작할 수 있습니다.

그러던 중 남편의 스파이 행위가 밝혀지자, 라이드너 부인은 레더런 간호사에게 털어놓은 그대로 행동했습니다. 미국 정부에 그 사실을 알린 겁니다.

그런데 그런 그녀의 행동에는 심리적인 의미가 있었습니다. 그녀는 레더런 간호사에게 말하기를, 당시 자신은 순진한 애국심에 불타는 풋내기여서 그런 행동을 했다고 했습니다. 하지만 사람들은 스스로의 행동 동기에 대해서 스스로를 기만하는 경향이 있다는 것은 잘 알려진 사실입니다. 본능적으로 우리는 가장 그럴싸하게 들리는 동기를 선택한답니다! 라이드너 부인은 자신이 애국심에서 그런 행동을 했다고 믿었는지 모르지만, 실제로는 남편을 제거하고 싶은 무의식적인 욕구의 표출이었던 것 같습니다. 그녀는 자신 아닌 다른 누군가에게 소속되어 있는 느낌이 싫었던 겁니다. 실제로 그녀는 누군가의 밑에 있는 것이 마음에 들지 않았습니다. 그래서 애국심이라는 방식을 빌어 자신의 자유를 되찾은 겁니다.

하지만 그녀의 의식 밑바닥에는 어떤 죄의식이 꿈틀거리고 있었고, 그것이 그 이후 그녀의 운명에 한몫을 하게 됩니다.

이제 그 편지들을 직접 살펴보겠습니다. 라이드너 부인은 남자들에게 몹시 인기가 있었습니다. 몇 차례 그녀 자신도 특정 상대에게 끌리기도 했지요. 하지만 그럴 때마다 협박 편지가 날아와 연애 사건을 무산시켰습니다.

누가 그 편지들을 썼을까요? 프레드릭 보스너일까요, 그의 동생 윌리엄일까요, 아니면 라이드너 부인 자신일까요?

모든 가정들이 각각 완벽하게 맞아떨어집니다. 라이드너 부인은 남자들에게 강렬한 헌신의 감정, 집착으로 바뀔 수 있는 그런 헌신의 감정을 불러일으키는 여자였던 것 같습니다. 프레드릭 보스너 같은 남자에게 있어서 아내 루이스는 이 세상 그 무엇보다 중요한 존재였겠지요! 그녀가 그를 배신하고 나자, 그는 차마 공개적으로 그녀에게 접근할 수는 없었지만, 그녀가 자기 이외에 누구의 아내도 되게 하지 않겠다고 결심했습니다. 그로서는 그녀가 다른 남자의 소유가 되는 것보다는 차라리 그녀를 죽이는 편이 나았습니다.

한편 마음속 깊숙한 곳에서 결혼의 속박에 매이는 것을 싫어한 라이드너 부인이 스스로를 곤란한 입장에서 벗어나게 하기 위해 그런 방식을 취했을 수도 있습니다. 그녀는 사냥감이 일단 손에 들어오면 싫증을 내고 마는 사냥꾼과도 같았습니다! 인생에서 극적인 요소를 갈망하던 그녀는 아주 만족스러운 드라마를 만들어 냈습니다. 다시 말해서 죽은 남편이 다시 살아나 그녀의 결혼을 방해하는 겁니다! 그것은 그녀의 가장 내밀한 본능을 만족시켜 주었습니다. 그것으로 인해 그녀는 낭만적인 인물, 비극의 여주인공이 될 수 있었고, 다시 결혼하지 않아도 되었습니다.

이런 식으로 반복되는 연애 사건이 여러 해 동안 거듭되었습니다. 결혼 가능성이 있을 때마다 협박 편지기 날아온 거죠.

하지만 이제 우리는 정말이지 흥미로운 지점에 이르게 됩니다. 라이드너 박사가 등장했습니다. 그런데 협박 편지가 오지 않았습니다! 그녀가 라이드너 부인이 되는 데에는 아무런 장애물도 없었습니다. 결혼한 뒤에야 한 통의 편지가 왔을 뿐입니다.

즉각 우리는 자문하게 됩니다. 어째서일까?

각각의 경우를 차례로 생각해 봅시다.

……만약 그 편지들을 라이드너 부인이 직접 썼다면 문제는 쉽게 설명됩니다. 라이드너 부인은 진정으로 라이드너 박사와 결혼하고 싶었던 거죠. 그래서 그와 결혼했고요. 하지만 그랬다면 왜 그 후 직접 편지를 썼을까요? 드라마를 갈망하는 마음이 너무 강해서 억누를 수 없었을까요? 그렇다면 어째서 그 두 통만 쓴 걸까요? 그 후 1년 반이 지난 다음에야 또 다른 편지가 날아왔거든요.

이제 다른 가능성, 곧 그 편지들을 그녀의 첫 남편인 프레드릭 보스너(혹은 그의 동생)가 썼을 가능성을 생각해 봅시다. 왜 그 협박 편지들은 결혼 후에야 도착한 것일까요? 프레드릭은 그녀가 라이드너 박사와 결혼하는 것을 원치 않았을 겁니다. 그렇다면 그는 왜 그 결혼을 막지 않았을까요? 이전까지 그는 그녀의 결혼을 성공적으로 막아 왔습니다. 그런데 왜 이번에는 결혼이 이루어질 때까지 기다렸다가 협박 편지를 보낸 것일까요?

만족스럽지는 않지만 그가 어떤 이유에선가 시의적절하게 협박을 할 수 없었다는 설명이 있을 수 있습니다. 감옥에 갇혀 있었을 수도 있고, 해외에 나가 있었다면 말입니다.

다음에 생각해 봐야 할 것은 가스 독살 시도입니다. 그 사건은 외부 사람의 행위에 의한 것이라고는 거의 생각할 수 없습니다. 그 사건을 계획했음직한 사람은 라이드너 박사 부부 자신들입니다. 라이드너 박사가 그런 일을 해야 할 이유는 없는 것 같습니다. 그러므로 우리는 라이드너 부인 자신이 그 일을 계획하고 시행했다는 결론에 이르게 됩니다.

왜 그랬을까요? 더 극적인 드라마를 위해서?

그 후 라이드너 박사 부부는 해외로 나와 18개월 동안 죽음의 위협 같은 것 없이 평화롭고 행복한 생활을 했습니다. 그들은 그것이 자신들의 흔적을 감추는 데 성공했기 때문이라고 믿었습니다만, 그런 설명은 이치에 맞지 않습니다. 요즘엔 해외로 나간다는 것은 협박을 피하는 데 별 도움이 되지 않지요. 그리고 라이드너 부부의 경우에는 특히 그러했습니다. 라이드너 박사는 박물관의 발굴단장이었습니다. 프레드릭 보스너는 박물관에 문의만 해 보면 즉각 그의 정확한 주소를 알아낼 수 있었을 겁니다. 심지어 그의 상황이 아주 나빠져서 박사 부부를 직접 따라올 수 없었다 해도, 계속해서 협박 편지를 보내는 데에는 아무 지장이 없었을 테고요. 그리고 그런 집착을 갖고 있는 사내라면 분명 그렇게 했을 겁니다.

그런데 거의 2년간 아무 소식도 없다가 다시 문제의 편지들이 오게 된 겁니다.

그 편지들이 왜 다시 오기 시작했을까요?

아주 어려운 질문입니다. 라이드너 부인이 지루해져서 더 극적인 드라마를 원했다는 것이 가장 쉬운 대답이 될 겁니다. 하지만 나로서는 그 대답에 만족할 수 없습니다. 이 특별한 형태의 드라마는 라이드너 부인의 섬세한 취향과 비교해서는 지나치게 천박하고 거친 면이 있는 것 같습니다.

이 단계에서 할 일은 그저 이 문제에 대한 가능성을 줄곧 열어 두는 것뿐입니다.

세 가지 유력한 가능성이 있습니다. 첫째, 그 편지들은 라이드너 부인 자신이 썼다, 둘째, 그 편지들은 프레드릭 보스너나 그의 동생 윌리엄 보스너에 의하여 씌어졌다, 셋째, 그 편지들은 원래 라이드너 부인이나 그녀의 첫 남편이 썼지만 이제는 누군가에 의해 위조되었다. 다시 말해서 이전의 편지들에 대해 알고 있는 제삼자가 썼다는 겁니다.

이제는 라이드너 부인의 주변 인물들을 직접 살펴보겠습니다.

나는 우선 발굴단원 각자가 실제로 그 범죄를 저지를 수 있는 기회가 있었는지를 살펴봤습니다.

얼핏 보기에 누구든 그 범죄를 저질렀을 가능성이 있습니다.(기회만 주어졌다면요.) 단 세 사람은 제외됩니다.

확실한 증언에 따르면 라이드너 박사는 옥상을 떠난 적이 없었습니다. 캐리 씨는 발굴현장의 언덕 위에서 일을 하고 있었고, 콜먼 씨는 하사니에에 가 있었습니다.

하지만 여러분, 그런 알리바이들이 보기만큼 확고한 것은 아니었습니다. 라이드너 박사를 제외하고는 말입니다. 그가 줄곧 옥상에 있었고 살인이 일어난 지 1시간 15분이 지난 다음에야 비로소 아래로 내려왔다는 데에는 의심의 여지가 없습니다.

하지만 캐리 씨가 줄곧 언덕에 있었던 것이 정말 사실일까요?

그리고 콜먼 씨가 살인이 일어난 시각에 실제로 하사니에에 있었을까요?"

빌 콜먼이 얼굴을 붉히며 입을 벌렸다가 다물고는 불안한 눈길로 주위를 둘러보았다.

캐리 씨의 표정은 변하지 않았다.

푸아로는 매끄럽게 말을 이었다.

"그러면서 나는 또 다른 사람의 경우를 생각해 보았습니다. 감정이 격해진다면 살인을 저지르고도 남을 만한 인물을 말입니다. 라일리 양은 뛰어난 담력과 지능을 가졌으며 가차 없는 성격의 소유자입니다. 죽은 부인에 관한 이야기를 들려주는 라일리 양에게 나는 농담조로 그녀에게 확실한 알리바이가 있어야 할 거라고 했었지요. 그때 라일리 양은 자신에게 살해 욕구가 있었다는 사실을 의식했을 겁니다. 어쨌든 그녀는 즉각 무척이나 어리석고 쓸모없는 거짓말을 꾸며 댔습니다. 그날 오후 자신은 테니스를 치고 있었다고 한 겁니다. 그 다음 날 나는 존슨 양과의 지나가는 대화를 통해 라일리 양이 살인이 일어난 그 시각에 테니스를 치기는커녕 실제로 이 숙소 근처에 있었다는 것을 알 수 있었습니다. 라일리 양이 이 범죄를 저지른 게 아니라면, 내게 뭔가 도움이 되는 이야기를 해 줄 수 있으리라는 생각이 들더군요."

푸아로는 잠시 말을 멈추었다가 다시 조용히 말했다.

"라일리 양, 그날 오후 무엇을 했는지 말해 주시겠습니까?"

실러 라일리는 즉각 대답하지 않았다. 그녀는 고개도 돌리지 않고 여전히 창밖을 내다보고 있었다. 이윽고 입을 연 그녀의 목소리는 초연하고 절제되어 있었다.

"전 점심을 먹고 나서 말을 타고 발굴현장으로 갔어요. 거기 도착했을 때가 1시 45분쯤이었을 거예요."

"발굴현장에 친구들이 있던가요?"

"아뇨. 아랍인 공사감독 외에는 아무도 없는 것 같았어요."

"캐리 씨를 보지 못했나요?"

"예."

"이상하군요. 베리에 씨가 그날 오후 그곳에 갔을 때도 그를 못 보았다고 한 것 같은데요."

푸아로가 말했다.

그는 대답을 종용하는 듯한 눈길로 캐리를 바라보았지만, 캐리는 몸을 움직이지도 입을 열지도 않았다.

"설명을 좀 해주겠습니까, 캐리 씨?"

"산책을 나갔습니다. 흥미로운 것이 전혀 발굴되지 않았거든요."

"어느 방향으로 산책을 나가셨습니까?"

"강가로 내려갔습니다."

"숙소 쪽으로 오지는 않았습니까?"

"예."

"내 짐작에 당신은 누군가를 기다리고 있었는데, 그 사람이 오지 않았던 거겠지요."

라일리 양이 말했다. 캐리는 라일리 양을 쳐다보았으나 그 말에는 대답하지 않았다.

푸아로는 그 점을 캐묻지 않았다. 그는 또다시 라일리 양에게 물었다.

"그 밖에 또 본 것은 없습니까, 마드무아젤?"

"있어요. 발굴단원의 숙소에서 그리 멀리 떨어지지 않은 '와디' (개울)에 발굴단 자동차가 서 있더군요. 저는 좀 이상하다고 생각했어요. 그 다음 순간 콜먼 씨가 보이더군요. 그는 뭔가를 찾는 중인 듯 고개를 숙인 채 걸어가고 있었습니다."

콜먼이 불쑥 끼어들었다.

"이것 보십시오. 난 말입니다……."

푸아로가 권위적인 손짓으로 그의 말을 막았다.

"잠깐만요. 그에게 말을 걸었나요, 라일리 양?"

"아뇨, 그러지 않았어요."

"왜죠?"

그녀가 천천히 말했다.

"왜냐하면, 이따금 그가 움찔 놀라서는 아주 이상한 표정으로 주위를 둘러보았기 때문이에요. 그런 모습을 보자 웬지 거북했어요. 전 말 머리를 돌려 그 자리를 떠났지요. 그는 저를 보지 못한 것 같아요. 그리 가까운 거리도 아니었고 그 일에 몰두해 있는 것 같았거든요."

"이것 보십시오."

콜먼은 더 이상 잠자코 있을 수가 없었던 모양이었다.

"내가 좀 수상쩍게 보였다는 건 인정합니다. 거기엔 충분히 납득할 만한 이유가 있어요. 실은 내가 그 전날 아주 예쁜 원통형 석인을 골동품실에 가져다두는 대신 외투 주머니에 넣어두고는 거기 대해 까맣게 잊고 말았지 뭡니까. 그러다가 나중에 주머니에 그것이 없다는 것을 깨달았어요. 어딘가에서 떨어뜨린 모양입니다. 나는 그 일로 추궁을 받고 싶지 않아서 살그머니 수색에 나선 겁니다. 발굴장과 숙소를 오가다가 떨어뜨렸을 테니 말이죠. 나는 하사니에서 서둘러 일을 보았습니다. '왈라드'(아이)를 보내 물건을 사오게 한 다음 일찍 돌아왔지요. 난 자동차를 눈에 띄지 않는 곳에 세워 두고 한 시간 이상 수색했습니다. 그런데 제기랄, 그것을 찾아내지 못했답니다! 그래서 차에 올라 숙소로 돌아왔지요. 당연히 모두들 내가 하사니에서 막 돌아왔다고 생각했겠지요."

"그러니까 당신이 거짓말을 하시 않은 건 아니군요?"

푸아로가 부드럽게 물었다.

"음, 그런 상황에서는 당연한 것 같은데요?"

"난 그렇다고 생각하지 않습니다."

푸아로가 대답했다. 그 말을 들은 콜먼이 외쳤다.

"오, 세상에. 내 좌우명이 뭔지 아십니까? '말썽을 일으키지 말자'입니다! 어떤 식으로든 내게 죄를 덮어씌울 순 없습니다. 난 결코 숙소의 안뜰에 들어가지 않았습니다. 내가 들어가는 걸 봤다는 사람은 없을 겁니다."

"그게 어려운 점이랍니다. 하인들의 증언은 외부로부터 안뜰로 들어온 사람이 아무도 없다는 겁니다. 그런데 곰곰 생각해 보니 그 말의 속뜻은 좀 달랐던 것 같습니다. 그들은 낯선 사람이 집 안에 들어온 적이 없노라고 맹세했습니다. 그들은 발굴단원들 중의 한 사람이 들어왔었느냐는 질문을 받은 게 아니랍니다."

푸아로가 말했다.

"그럼 그들에게 물어보십시오. 그들이 나나 캐리 씨가 들어오는 것을 보았다고 한다면 제 손에 장을 지지지요."

콜먼이 대답했다.

"아! 그런데 그러고 보니 좀 재미있는 문제가 생기는군요. 낯선 사람이 들어왔다면 하인들은 틀림없이 주목했을 겁니다. 하지만 발굴단원 중의 한 사람이라면 그들이 신경이나 썼을까요? 발굴단원들은 하루 종일 그 문을 들락날락합니다. 하인들은 단원들이 오가는 것에는 거의 신경을 쓰지 않았을 겁니다. 캐리 씨나 콜먼 씨가 들어왔었다는 사실이 하인들의 기억에 남지 않았을 수도 있습니다."

"터무니없는 말이에요!"

콜먼이 외쳤다.

푸아로는 차분히 말을 계속했다.

"두 사람 중에서도 캐리 씨 쪽이 더 눈에 띄지 않았을 것 같군요. 콜먼 씨는 그날 아침 자동차를 타고 하사니에로 갔으므로 돌아올 때도 차를 타고 올 것이라고 생각했겠죠. 그가 걸어서 돌아왔다면 눈에 띄었을 겁니다."

"물론 그랬을 겁니다!"

콜먼이 말했다.

리처드 캐리가 고개를 들었다. 그의 짙푸른 눈이 푸아로를 똑바로 쏘아보았다. 그가 물었다.

"내가 살인을 저질렀다고 말씀하시는 건가요, 무슈 푸아로?"

그의 태도는 극히 차분했지만 목소리는 두려울 정도로 낮았다.

푸아로가 그에게 고개를 숙여 보였다.

"지금까지 나는 그저 여러분 모두를 여행, 진실을 찾아가는 여행에 초대하고 있는 것뿐입니다. 이제 나는 한 가지 사실, 곧 모든 발굴단원들 그리고 레더런 간호사까지도 실제로 그 살인을 저지를 수 있었다는 사실을 입증했습니다. 그중 몇몇이 그 범죄를 저지를 가능성이 아주 희박하다는 것은 부차적인 문제죠.

나는 방법과 기회를 살펴보았습니다. 다음에는 동기를 살펴보았지요. 나는 여러분 모두에게 동기가 있을 수 있음을 발견했습니다!"

"오, 무슈 푸아로! 저는 아니에요! 이런, 전 외부인이잖아요. 여기 온 지 얼마 안 되는걸요."

내가 외쳤다.

"에 비엥, 마 쇠르(그렇습니다, 자매님). 그게 바로 라이드너 부인이 두려워하던 것 아니었나요? 외부에서 온 낯선 이 말입니다."

"하지만…… 하지만…… 이런, 라일리 박사님은 저에 대해 모든 걸 알고 계세요! 박사님이 제게 여기 올 것을 제안하셨다고요!"

"그가 실제로 당신에 대해 얼마나 잘 알고 있나요? 대부분은 당신 자신이 그에게 들려준 이야기지요. 지금까지 알려진 많은 사기꾼들이 간호사로 행세해 왔답니다."

"성 크리스토퍼 병원에 편지로 알아보실 수 있어요."

내가 본격적으로 말을 시작했다.

"지금으로서는 좀 조용히 해 주셨으면 좋겠군요. 당신이 이렇게 하나하나 반박을 하고 있으면 이야기를 진행하는 게 불가능합니다. 난 지금 당신이 의심스럽다는 게 아닙니다. 내 말은 다만 모든 가능성을 염두에 두고 본다면 당신이 변장을 하고 있을 수도 있다는 겁니다. 여자로 감쪽같이 변장하는 남자 사기꾼들이 많으니까요. 윌리엄 보스너 청년도 그럴 수 있지요."

나는 솔직한 말로 그를 더 나무랄 작정이었다. 여자로 변장한 남자 사기꾼이라니! 하지만 그가 목소리를 높이고 어찌나 단호한 태도로 서둘러 이야기를 해 나가는지 나는 말을 계속할 수가 없었다.

"이제 단도직입적으로 말하겠습니다. 잔인할 정도로 말입니다. 그럴 필요가 있습니다. 이곳의 내적 구도를 파헤칠 작정입니다.

나는 이곳의 모든 이들을 관찰하고 살펴보았습니다. 우선 라이드너 박사. 나는 그가 살아가는 이유는 자기 아내에 대한 사랑이었다는 것을 얼마 지나지 않아 알 수 있었습니다. 그는 슬픔으로 인해 고통받고 황폐해지고 말았습니다. 레더런 간호사에 대해서는 이미 언급했지요. 그녀가 여장 남자라면, 정말이지 놀라울 정도로 완벽한 변신입니다. 그래서 나는 그녀는 자신이 말한 그대로의 인물이라는 것을 믿고 싶습니다. 정말이지 유능한 간호사라고 말입니다."

"그저 고마울 따름이군요."

내가 한마디했다.

"내 관심은 즉각 머케이도 부부에게로 향했습니다. 그들은 둘 다 분명 크게 흥분되고 불안정한 상태에 놓여 있었습니다. 나는 우선 머케이도 부인을 생각해 보았습니다. 그녀가 살인을 할 수 있을까요, 그리고 만약 그렇다면 어떤 이유에서 그랬을까요?

머케이도 부인은 신체적으로 나약합니다. 얼핏 보기에 그녀에게 라이드너 부인 같은 여자를 무거운 맷돌로 내리칠 만한 힘은 있을 것 같지 않습니다. 하지만 라이드너 부인이 당시 무릎을 꿇고 있었다면, 적어도 물리적으로는 그 일이 가능했을 겁니다. 한 여자가 다른 여자로 하여금 무릎을 꿇게 하는 데는 몇 가지 방법들이 있습니다. 오! 감정적인 방법이 아니면서 말입니다! 예를 들어 한 여자가 스커트 단을 접어서 줄이면서 상대방 여자에게 길이를 조절해 달라고 요구하는 겁니다. 상대 여자는 아무런 의심 없이 바닥에 무릎을 꿇게 되지요.

하지만 동기는요? 레더런 간호사는 내게 머케이도 부인이 화난 눈길로 라이드너 부인을 쏘아보았노라고 말했습니다. 머케이도 씨는 라이드너 부인의 주문에 쉽사리 압도당한 모양입니다. 하지만 단순한 질투만으로 그런 결심을 하게 될 것 같지는 않습니다. 나는 라이드너 부인이 실제로는 머케이도 씨에게 조금도 흥미가 없었을 거라고 확신합니다. 그리고 머케이도 부인은 틀림없이 그 사실을 알고 있었을 겁니다. 그녀는 한순간 라이드너 부인에게 격노했겠지만, 살인을 하기 위해서는 그 이상의 결정적인 계기가 필요한 법입니다. 그런데 머케이도 부인은 근본적으로 모성애가 강한 유형입니다. 남편을 바라보는 그녀의 눈길을 보고 나는 그녀가 남편을 사랑하는 데 그치지 않고 그를 위해서라면 악착같이 싸우리라는 것, 더 나아가 그런 범죄를 저질러야 할 가능성도 염두에 두었으리라는 것을 깨달았습니다. 그녀는 끊임없이 주위를 살피고 불안해 했습니다. 그 조바심은 자신 때문이 아니라 남편 때문이었거요. 머케이도 씨를 찬찬히 살펴보고 나는 문제가 무엇인지 어렵지 않게 추측할 수 있었습니다. 나는 몇 가지 방법을 동원해 내 추측이 사실이라는 것을 확인했습니다. 머케이도 씨는 마약 중독자, 그러니까 마약이 없으면 못 사는 중증 중독자였습니다.

여기서 오랜 기간 동안 마약을 복용하는 것이 도덕 감각을 심각하게 무디게 하는 결과를 가져온다는 사실을 굳이 길게 말씀드릴 필요는 없을 것 같습니다.

마약의 영향하에서 사람은 자신이 마약을 시작하기 몇 년 전에는 꿈도 꾸지 못했던 행동을 저지를 수 있습니다. 살인까지 저지른 경우도 몇몇 있습니다. 그런 사람이 자신의 행동에 전적으로 책임을 질 수 있는지 아닌지를 말하기란 어렵습니다. 이 점에 대해서는 각 나라마다 법이 조금씩 다르지만, 마약중독자 범죄의 주된 특징은 자신의 지적 능력에 대해 지나치게 과신하고 있다는 짐입니다.

머케이도 씨가 과거에 어떤 불미스러운 일, 어쩌면 범죄 사건을 일으켰을 수도 있습니다. 그걸 머케이도 부인이 애써 잘 수습했겠지요. 그럼에도 그의 경력은 몹시 위태로운 상태였습니다. 만약 이런 과거의 사건에 대해 조금이라도 알려진다면, 머케이도 씨는 파멸하게 될 터였습니다. 그의 아내는 언제나 조마조마했습니다. 그런데 주의해야 할 대상 중에 라이드너 부인이 있었습니다. 그녀는 몹시 똑똑하고 권력을 좋아하거든요. 그녀가 나아가 그 비참한 사내를 유도해 자신에게 속내를 털어놓게 했을 수도 있습니다. 언제라도 폭로해서 상대에게 끔찍한 결과를 초래할 수 있는 비밀을 알고 있다는 만족감은 그녀의 특이한 성격에 꼭 들어맞았을 겁니다.

그러므로 이것이 머케이도 부부 측에서의 살인 동기가 될 수 있습니다. 확신하건대 머케이도 부인은 자기 남편을 보호하기 위해 그 어떤 일도 서슴지 않았을 겁니다! 두 사람 모두에게 기회가 있었습니다. 안뜰에 아무도 없었던 그 10분 동안 말입니다."

머케이도 부인이 외쳤다.

"그건 사실이 아니에요!"

푸아로는 그 말을 들은 척도 하지 않았다.

"나는 다음에 존슨 양을 생각해 보았습니다. 그녀가 살인을 저지를 수 있었을까요?

그녀는 그럴 수 있었을 겁니다. 그녀는 의지가 강하고 강철 같은 자제력을 가진 사람이었습니다. 그런 사람들은 줄곧 스스로를 억누르고 있습니다. 그러다가 어느 날 댐이 무너지는 겁니다! 하지만 만약 존슨 양이 그 범죄를 저질렀다면, 이유가 될 수 있는 것은 오직 라이드너 박사와 관련된 것이어야 합니다. 어떤 식으로든 라이드너 부인이 라이드너 박사의 삶을 망치고 있다는 확신을 그녀가 갖게 되었다면, 그것을 그럴 듯한 동기로 삼아 마음 깊은 곳에 있던 의식하지 못했던 질투심이 분출되었을 겁니다. 그래요, 존슨 양은 분명히 그런 짓을 저질렀을 가능성이 있습니다.

다음에는 세 청년들이 있습니다.

우선 칼 라이터를 생각해 봅시다. 만약 혹시 윌리엄 보스너가 발굴단원 중에 있다면, 라이터가 가장 가능성이 높은 인물입니다. 하지만 그가 윌리엄 보스너였다면, 그는 탁월한 배우임에 분명합니다! 만약 라이터가 그렇지 않고 라이터 자신이라면, 그에게 살인을 할 만한 이유가 있었을까요?

라이드너 부인의 입장에서 볼 때, 칼 라이터는 가지고 놀기에 너무나도 쉬운 상대였습니다. 그는 언제라도 그녀 앞에 엎드려 경배할 태세가 되어 있었습니다. 라이드너 부인은 세련되지 못한 숭배를 경멸했습니다. 그리고 그런 비굴한 태도는 거의 언제나 한 여자의 가장 지독한 면을 일깨우는 법이죠. 칼 라이터를 대할 때 라이드너 부인은 정말이지 의도적으로 잔인성을 드러냈습니다. 그녀는 이럴 때는 비웃고 저럴 때는 괴롭혔지요. 그녀는 그 가엾은 젊은이의 삶을 지옥으로 만들어 버렸습니다."

푸아로는 갑자기 하던 말을 끊고는 속내 이야기라도 하듯 사적인 태도로 라이터에게 말했다.

"몬 아미(친구), 이 일을 하나의 교훈으로 삼게나. 자네는 남자일세. 그러니 남자답게 행동하게! 남자가 비굴하게 구는 건 자연의 섭리에 반하는 거라네. 여자와 자연은 거의 똑같은 반응을 보이는 법이라네! 여자가 자네를 쳐다볼 때마다 벌레처럼 굽실거리기보다는 손에 닿는 것 중 가장 커다란 접시를 집어들어 그 여자의 머리를 향해 날리는 게 낫다는 걸 명심하게!"

그는 사적인 태도를 버리고 다시 강연조로 말했다.

"칼 라이터가 괴롭힘을 당한 나머지 고통에 못 이겨 그녀를 죽일 정도의 극한 상태에 이를 수 있었을까요? 고통은 인간을 괴상하게 변화시킵니다. 사태가 그렇지 않았다고 단언할 수는 없습니다!

다음은 윌리엄 콜먼입니다. 라일리 양이 말한 것처럼 그의 행동은 분명 수상쩍습니다. 만일 그가 범인이라면, 겉으로 보이는 그의 명랑한 성격은 그저 윌리엄 보스너의 성격을 숨기기 위한 위장이었을 겁니다. 윌리엄 콜먼이 실제의 윌리엄 콜먼 자신이라면, 살인자의 기질을 갖고 있는 것 같지는 않습니다. 그의 잘못은 다른 부분에 있을 겁니다. 아! 레더런 간호사도 그의 잘못이 어떤 것인지 짐작하고 계시겠죠?"

저 사람이 어떻게 그걸 알았을까? 난 그런 생각을 하고 있다는 내색 같은 건 한 적이 없었다.

내가 주저하며 입을 열었다.

"정말 별 거 아닙니다. 언젠가 콜먼 씨가 자신은 위조에 능했노라고 말했던 것뿐이에요."

"좋은 지적입니다. 그러므로 그가 만약 과거의 협박 편지들을 우연히 보았다면 어려움 없이 이후의 편지들을 위조할 수 있었을 겁니다."

푸아로가 말했다.

"아아, 아, 앗! 이른바 누명 씌우기인가요?"

콜먼이 외쳤다.

푸아로는 거침없이 말을 이었다.

"그가 윌리엄 보스너냐 아니냐 하는 문제는 입증하기 어렵습니다. 하지만 콜먼 씨는 자신에겐 후견인이 있다고 이야기해 왔습니다. 아버지가 아니라 말입니다. 따라서 출신의 의혹을 불식시킬 결정적인 증거는 없는 셈입니다."

"말도 안 되는 소리예요. 여러분 모두는 왜 저 작자가 절 모함하는 것을 듣고만 계시는 거죠?"

콜먼이 외쳤다.

푸아로가 말을 이었다.

"세 청년들 중 데이비드 에모트가 남아 있습니다. 그 역시 윌리엄 보스너라는 정체를 감추고 있었을 수 있습니다. 나는 그가 어떤 이유에서 라이드너 부인을 제거했다 해도 그것을 알아내기란 극히 힘들 것임을 이내 깨달았습니다. 그는 자신의 비밀을 지키는 데 정말이지 뛰어나기 때문에, 그를 자극하거나 속여 넘겨서 어떤 것에 대해서든 속내를 드러내게 할 방법이 거의 없었습니다. 전체 발굴단원 중에서 라이드너 부인이 어떤 여자인지를 가장 정확하고 냉정하게 판단한 사람은 바로 그인 것 같습니다. 그는 그녀가 어떤 사람인지를 줄곧 정확하게 알고 있었을 겁니다. 하지만 그녀의 성격이 그에게 어떤 인상을 주었는지 나로서는 알아낼 수가 없었습니다. 라이드너 부인 자신이 오히려 그의 태도에 도발당해 화를 냈으리라고 짐작합니다.

성격과 역량으로 본다면 모든 발굴단원 중에서 에모트야말로 교묘하고도 시의적절한 범죄를 만족스럽게 해치우기에 가장 걸맞는 사람이라고 할 수 있습니다."

에모트가 처음으로 구두 끝을 바라보던 시선을 들었다.

"고맙습니다."

그가 말했다. 그 목소리에는 재미있어하는 기색이 살짝 섞여 있었다.

"마지막으로 남은 두 사람은 리처드 캐리와 라비니 수사입니다.

레더런 간호사와 다른 이들의 증언에 따르면 캐리 씨와 라이드너 부인은 서로를 싫어했습니다. 그들은 둘 다 몹시 애를 써서 예의를 시켰습니다. 그런데 또 다른 제삼자인 라일리 양은 경직되게 예의를 차리는 그들의 태도를 두고 완전히 다른 이론을 제기하더군요.

나는 이내 라일리 양의 설명이 정확한 것임을 알게 되었습니다. 나는 캐리 씨의 감정을 자극해 그가 경솔하고 부주의하게 속내를 토로하도록 유도한 끝에 그런 확신을 얻을 수 있었습니다. 그 일은 어렵지 않았습니다. 얼마 지나지 않아 그가 신경이 몹시 곤두서 있는 상태라는 것을 알 수 있었거든요. 실제로 그는 신경 쇠약에 걸릴 정도의 상태에 있었고 지금도 그러합니다. 자기 역량의 한계에 도달할 정도로 고통을 겪고 있는 사람은 싸움에 제대로 대응하지 못하는 법이죠.

캐리 씨의 방벽은 거의 즉각 무너져 내렸습니다. 그는 라이드너 부인을 증오했노라고 진심으로 말했고, 나는 한순간도 그 말을 의심하지 않았습니다. 그러니까 그는 분명 진실을 말하고 있었습니다. 그는 라이드너 부인을 정말로 증오했습니다. 그런데 왜 그는 그녀를 증오했을까요?

재난을 몰고 오는 마력을 지닌 여자들에 대해 제가 이야기했었지요. 그런데 그런 매력을 갖고 있는 남자들도 있습니다. 최소한의 노력도 기울이지 않고 여자들을 매혹할 수 있는 남자들이 있답니다. 요즘 사람들이 말하는 성적 매력이라는 것 말입니다! 캐리 씨는 그런 매력이 아주 강했습니다. 처음에 그는 친구이자 상사인 라이드너 박사에게 헌신적이었고, 그의 아내에게는 관심이 없었습니다. 라이드너 부인은 그런 일을 용납할 수 없었습니다. 그녀는 상대를 지배해야 했습니다. 그래서 그녀는 리처드 캐리의 마음을 사로잡기로 마음먹었습니다. 그런데 여기에서 전혀 생각지 못했던 일이 일어난 것 같습니다. 아마도 난생 처음으로 그녀가 압도적인 열정에 휩싸이게 된 겁니다. 그녀는 리처드 캐리와 사랑에 빠졌습니다. 열정적인 사랑에 말입니다.

그리고 캐리 씨는 그녀에게 저항할 수 없었습니다. 그가 견뎌온 무시무시한 정신적 긴장 상태의 본질은 바로 이것입니다. 그는 두 가지 상반되는 열정 때문에 만신창이가 되어 있었습니다. 그는 루이스 라이드너를 사랑했습니다. 그래요, 하지만 또한 그녀를 증오했습니다. 친구에 대한 자신의 충의를 훼손시킨 그녀가 증오스러웠습니다. 어떤 여자를 스스로의 의지를 거스르면서 사랑하게 된 남자의 증오만큼 엄청난 것도 없을 겁니다.

여기에서 나는 필요한 동기를 찾아낼 수 있었습니다. 어느 순간 리처드 캐리가 알 수 없는 주문으로 자신을 사로잡은 그 아름다운 얼굴을 온 힘을 다해 내리치는 게 아주 자연스러운 일이라는 생각이 들었습니다.

나는 줄곧 루이스 라이드너의 살인을 치정 범죄라고 확신해 왔습니다. 캐리 씨에게서 나는 그런 범죄 형태에 꼭 어울리는 범인의 모습을 발견했고요.

살인범이라는 명칭에 맞을 만한 사람이 하나 더 남아 있습니다. 바로 라비니 수사입니다. 문제의 창문 안을 들여다보고 있었던 낯선 사내에 대한 그의 설명과 레더런 간호사의 이야기가 일치하지 않는다는 것을 알고 나는 즉각 그 훌륭한 수사를 주목하게 되었습니다. 목격자들의 이야기는 대개 차이가 나기 마련이지만, 이번의 경우는 완전히 상반되는 것이었습니다. 게다가 라비니 수사는 한 가지 특별한 특징이 있었다고 주장했습니다. 사팔뜨기 말입니다. 그건 아주 쉽게 눈에 띄는 특징이지요.

그런데 얼마 지나지 않아 레더런 간호사의 설명이 대체로 정확한 반면 라비니 수사의 설명에서는 건질 것이 없다는 사실이 드러났습니다. 라비니 수사가 의도적으로 우리를 속이려 한 것 같았습니다. 마치 그 사내가 붙잡히지 않기를 바란 것처럼요.

하지만 그럴 경우 그는 그 수상쩍은 사내에 대해 뭔가 알고 있는 것이 분명합니다. 그가 그 사내와 대화하고 있는 장면은 목격되었지만, 그들이 무슨 말을 했는지에 대해서는 그 자신의 입을 통해서밖에는 들을 수 없었습니다.

레더런 간호사와 라이드너 부인에게 목격되었을 때 그 이라크인은 무엇을 하고 있었을까요? 그 사내는 창문 안을, 그러니까 라이드너 부인의 방 안을 들여다보고 있었다고 했지만, 두 사람이 서 있던 곳에 가 본 나는 그 사내가 들여다본 방이 골동품실일 수도 있다는 것을 깨달았습니다.

그날 밤 소란이 일어났습니다. 누군가가 골동품실에 들어왔던 겁니다. 하지만 없어진 물건은 아무것도 없는 것으로 판명되었습니다. 흥미로운 점은 라이드너 박사가 거기 갔을 때 라비니 수사가 이미 와 있었다는 사실입니다. 라비니 수사는 불빛을 보고 왔노라고 말했습니다. 하지만 이번에도 그 말은 확인할 방법이 없었습니다.

나는 라비니 수사에 대해 호기심이 느끼기 시작했습니다. 언젠가 내가 라비니 수사가 프레드릭 보스너일지도 모른다고 하자, 라이드너 박사는 그런 가정을 들은 체도 하지 않더군요. 라이드너 박사의 말에 따르면, 라비니 수사는 잘 알려진 인물이라고 합니다. 프레드릭 보스너가 이름을 바꾸고 거의 20년 동안 성공적으로 경력을 쌓아왔다면, 지금쯤은 유명한 사람이 되어 있을 가능성이 아주 높지 않겠습니까! 하지만 나는 그가 그동안의 세월을 종교 단체에서 보냈을 거라고는 생각지 않습니다. 그보다 훨씬 더 간단한 방법이 있거든요.

 발굴단원 중에 라비니 수사가 이곳에 오기 전에 그의 얼굴을 아는 사람이 있습니까? 없는 것 같더군요. 그렇다면 누군가가 그 훌륭한 수사로 변장하지 못할 이유가 어디 있겠습니까? 나는 발굴단을 수행하기로 되어 있던 버드 박사가 갑자기 병이 나서 카르타고에 전보를 쳤다는 사실을 알았습니다. 전보를 중간에 가로채는 것보다 쉬운 일이 어디 있을까요? 작업 쪽을 살펴보면, 이 발굴단에는 다른 비문 연구가가 없습니다. 영리한 사람이라면 겉핥기식 지식만으로도 그럭저럭 해 나갈 수 있었을 겁니다. 지금까지는 서판과 비문들이 거의 나오지 않았습니다. 그리고 나는 이미 라비니 수사의 발음이 어딘가 이상하다고 생각하고 있었지요.

 누군가 다른 사람이 라비니 수사로 변장하고 있는 것 같다는 생각이 강하게 들었습니다.

 하지만 그가 프레드릭 보스너일까요?

 어쩐지 일이 그런 식으로 된 것은 아닌 듯했습니다. 진실은 전혀 다른 방향에 있는 것 같았습니다.

 나는 라비니 수사와 상당히 길게 대화를 나누어 보았습니다. 실제로 나는 가톨릭 신자로서 사제와 종교 단체의 사람들을 많이 알고 있습니다. 라비니 수사가 자신의 역할에 별로 부합하는 인물이 아니라는 생각이 들더군요. 종교인과는 거리가 먼 사람 같았습니다. 나는 라비니 수사와 비슷한 성격을 가진 사람들을 종종 만나 보았습니다. 그런데 그런 이들은 종교단체의 일원들이 아니었답니다. 그와는 거리가 멀었지요!

나는 여러 곳에 전보를 치기 시작했습니다.

그러던 중 레더런 간호사가 귀중한 단서를 나에게 주었습니다. 함께 골동품실에서 황금 장식품들을 살펴보고 있던 중에 그녀가 황금잔에 촛농이 묻어 있는 걸 발견한 겁니다. 내가 '촛농이오?'라고 되묻자 라비니 수사도 '촛농이라고요?' 하고 물었는데 그 어조가 모든 걸 말해 주더군요! 나는 그가 저번 날 여기에서 무엇을 하고 있었는지 정확히 알 수 있었습니다."

푸아로가 말을 멈추고 라이드너 박사에게 직접 물었다.

"이런 말을 하게 되어서 유감스럽습니다만, 박사님, 골동품실에 있는 황금잔, 황금 단도, 머리 장신구 등등은 당신이 발굴한 진품이 아닙니다. 그것들은 아주 정교하게 본을 떠서 만들어진 가짜입니다. 내가 보낸 전보에 대한 최근의 답신에 의하면 라비니 수사는 라울 메니에라는 자로, 프랑스 경찰에 잘 알려진 가장 지능적인 절도범 중의 하나입니다. 그는 박물관에서 예술품 같은 것을 훔치는 전문가입니다. 그의 공범은 알리 유수프라는 이름의 터키계 혼혈인 일급 보석상이고요. 메니에가 처음으로 알려진 것은 루브르 박물관에 진열되어 있는 몇몇 품목들이 진품이 아니라는 사실이 밝혀졌을 때로, 그 소동에 앞서 박물관장이 얼굴을 몰랐던 저명한 고고학자가 그곳을 방문해 해당 품목들을 살펴본 사실이 있었다고 합니다. 탐문 결과 세상의 유명 고고학자들은 모두 해당 시기에 루브르 박물관을 방문한 적이 없다고 증언했습니다!

나는 메니에가 튀니스의 '성신 신부회'에서 물건을 훔쳐낼 준비를 하고 있던 중에 당신의 전보가 도착했다는 것을 알았습니다. 당시 병중이었던 라비니 수사는 그 일을 거절해야 했지요. 하지만 그 전보를 손에 넣은 메니에는 수락하겠다는 전보를 보냈습니다. 그는 별 문제 없이 그렇게 할 수 있었습니다. 그곳의 성직자들이 신문에서 라비니 수사가 이라크에 있다는 기사를 읽는다 해도(실제로 그럴 가능성은 거의 없지만), 신문에 잘못 보도된 모양이라고 생각했을 테니까요. 그런 일은 종종 일어나니까요.

메니에와 그의 공범은 이곳에 왔습니다. 숙소 밖에서 골동품실을 들여다보다가 눈에 띈 사내는 바로 그의 공범이었습니다. 라비니 수사가 밀랍으로 모형을 뜨면, 알리가 정교한 모조품을 만든다는 계획이었죠. 진짜 골동품이라면 거북한 질문 같은 것은 하지 않고 후한 값을 지불하는 수집가들이 언제나 있답니다. 라비니 수사는 진품과 가짜를 바꿔치기할 생각이었습니다. 그런 일은 한밤중에 하면 좋겠지요.

그러니까 라이드너 부인이 무슨 소리인가를 듣고 사람을 불렀을 때 그가 무엇을 하고 있었는지는 의심의 여지가 없습니다. 그가 어떻게 할 수 있었겠습니까? 그는 골동품실에서 불빛을 보았다고 서둘러 거짓말을 꾸며댑니다.

그 일은 말하자면 그럭저럭 잘 넘어갔습니다. 하지만 라이드너 부인은 바보가 아니었습니다. 그녀는 과거에 촛농을 보았던 것을 기억해내고 그 두 사건을 연결해서 생각했는지도 모릅니다. 그리고 그랬다면 그녀는 어떻게 행동했을까요? 그녀의 성격으로 미루어보건대 당장은 아무런 조치도 취하지 않고 그저 라비니 수사에게 넌지시 그 일을 암시함으로써 당황하는 그를 보고 즐기지 않았을까요? 그녀는 자신이 의심하고 있다는 걸 그에게 알렸을 것입니다. 자신이 사실을 안다는 게 아니라 말입니다. 그것은 상당히 위험한 게임이 될 수도 있지만 그녀는 바로 위험한 게임을 즐기는 유형이었지요,

그런데 그녀는 그 게임을 너무 오래 끌었습니다. 라비니 수사는 사실을 깨닫고, 그녀가 자신의 의도를 눈치 채기 전에 그녀를 내리칩니다.

라비니 수사는 라울 메니에, 그러니까 절도범입니다. 그가 살인도 저질렀을까요?"

푸아로는 방 안을 왔다갔다했다.

그는 손수건을 꺼내 이마를 닦고 말을 계속했다.

"이것이 오늘 아침의 내 입장이었습니다. 여덟 가지의 명백한 가능성들이 있었고, 그 가능성들 중 어느 것이 맞는 것인지 나는 알 수 없었습니다. 나는 여전히 누가 살인범인지 모르고 있었습니다.

하지만 살인은 습관입니다. 남자든 여자든 한 번 살인을 한 사람은 또다시 하게 됩니다.

그리고 두 번째 살인을 통해 살인범은 내 수중에 들어왔습니다.

내 마음속 깊은 곳에는 이들 중 누군가가 자신이 알고 있는 바를 숨기고 있을 거라는 생각이 줄곧 자리 잡고 있었습니다.

그렇다면 그 사람은 위험에 처해 있는 셈이었습니다.

내 염려는 주로 레더런 간호사에게 향했습니다. 그녀는 적극적인 성격에다 기민하고도 호기심이 많은 사람입니다. 그녀가 위험할 정도로 많은 것을 알아내려 하기에 나는 몹시 불안했습니다.

여러분 모두 알다시피 두 번째 살인이 일어났습니다. 하지만 희생자는 레더런 간호사가 아니라 존슨 양이었습니다.

어쨌든 나는 순수한 추리만으로 타당한 결론에 이르러야 한다고 믿고 싶습니다. 그런데 존슨 양이 살해된 일은 나로 하여금 그 과정을 한결 단축할 수 있도록 해 주었습니다.

우선 한 사람의 용의자가 제외되었습니다. 존슨 양 자신 말입니다. 왜냐하면 나는 그녀가 자살했으리라는 가정은 한순간도 지지할 수 없기 때문입니다.

이제 이 두 번째 살인을 살펴봅시다.

첫 번째 사실. 일요일 저녁 레더런 간호사는 존슨 양이 울고 있는 모습을 발견했다. 그리고 같은 날 저녁 존슨 양이 편지 조각을 불살라 없애는데, 간호사가 보기에 그 글씨체가 익명의 편지들의 글씨체와 똑같았다.

두 번째 사실. 레더런 간호사의 목격담에 따르면 죽기 전날 저녁 존슨 양은 믿기 어려운 공포에 휩싸인 채 옥상에 서 있었다. 간호사의 질문에 존슨 양은 이렇게 대답한다. '누군가 어떻게 밖에서 안으로 들어갈 수 있었는지 보았어요. 아무도 모르게 말이에요.' 그녀는 그 이상 말하지 않았다. 그 순간 라비니 수사는 안뜰을 가로지르고 있었고, 라이터 씨는 사진실 문 앞에 서 있었다.

세 번째 사실. 존슨 양이 죽어 가고 있는 것이 발견된다. 그녀가 가까스로 입 밖에 낼 수 있었던 한 마디는 '창문…… 창문…….'뿐이다.

이상과 같은 사실들이 있습니다. 우리 앞에 놓인 문제들은 다음과 같습니다.

그 편지들의 진상은 무엇인가?

존슨 양은 옥상에서 무엇을 보았는가?

그녀가 말한 '창문'이란 무슨 뜻인가?

에 비엥(그럼) 가장 해결하기 쉬운 두 번째 문제를 살펴봅시다. 나는 레더런 간호사와 함께 옥상으로 올라가 존슨 양이 있었다던 곳에 가서 섰습니다. 거기에서 그녀는 안뜰과 아치 문, 숙소 건물의 북쪽 부분, 그리고 두 명의 발굴단원을 볼 수 있었습니다. 그녀의 말이 라이터 씨나 라비니 수사와 무슨 관계가 있었을까요?

그러자 거의 즉각적으로 한 가지 가능한 설명이 내 머릿속에 떠올랐습니다. 만약 낯선 사람이 외부에서 들어왔다면 변장을 하고 들어와야 했을 겁니다. 그런데 평소의 모습이 변장인 것 같은 인물이 꼭 하나 있었습니다. 라비니 수사이지요! 낯선 사람이 햇빛을 가리는 모자, 선글라스, 검은 수염, 모직으로 된 긴 수도복을 입고 들어왔다면, 하인들은 그가 낯선 사람이라는 사실을 깨닫지 못했을 겁니다.

존슨 양의 말은 그런 뜻이었을까요? 아니면 그 이상의 의미가 있었을까요? 라비니 수사라는 인물 자체가 가짜라는 것을 그녀가 깨달았던 걸까요? 그가 사실은 다른 사람인데, 라비니 수사 행세를 하고 있다는 것을 그녀가 알아냈을까요?

라비니 수사에 관해 알게 된 사실에 비추어 나는 이 미스터리를 풀어보려 해 보았습니다. 라울 메니에가 살인범이었다고 말입니다. 라이드너 부인이 자신의 정체를 폭로하기에 앞서 입을 막기 위해 그가 그녀를 살해했다고요. 이제 또 다른 여자가 그의 비밀을 알아차렸다는 사실을 알려옵니다. 그녀 역시 제거되어야 했습니다.

그러면 모든 것이 설명됩니다! 두 번째 살인, 수도복과 수염을 없애버리고 줄행랑을 놓은 것(그와 그의 공범은 완벽한 외판원 여권을 가지고 시리아를 가로지르고 있을 겁니다.), 존슨 양의 침대 밑에 피 묻은 맷돌을 놓아둔 것이 말입니다.

앞서 말씀드린 대로 나는 그런 결론에 거의 만족했습니다. 하지만 완전히는 아니었습니다. 왜냐하면 완벽한 결론이란 모든 것을 설명할 수 있어야 하기 때문입니다. 하지만 이 결론은 그렇지 않습니다.

이 결론은 예를 들어 왜 존슨 양이 죽어가면서 '창문'이라고 말해야 했는지 설명하지 못합니다. 문제의 편지를 두고 그녀가 흐느껴 운 일도 설명되지 않습니다. 옥상 위에서의 그녀의 정신적인 혼란, 도저히 믿을 수 없다는 듯한 공포와 자신이 눈치 채거나 알아차린 것이 무엇인지 레더런 간호사에게 말하기를 거부한 일도 설명되지 않습니다.

이 결론은 외면적인 사실들과는 들어맞는 해답이었지만, 심리적인 요구를 만족시키지 못했습니다.

그 세 가지 사항들, 곧 편지와 옥상과 창문을 생각하면서 옥상 위에 서 있다가 나는 보았습니다. 존슨 양이 보았던 바로 그것을 말입니다!

그리고 이번에 내가 본 것은 모든 것을 설명해 주는 해답이었던 겁니다!"

여행의 끝

푸아로는 주위를 둘러보았다. 모든 이들의 눈길이 그를 향하고
있었다. 어떤 안도감, 긴장의 이완 상태가 떠돌았다. 그러다가 갑자
기 분위기가 다시 긴장되었다.

뭔가 다가오고 있는 중이었다……. 뭔가가…….

차분하고 냉정한 푸아로의 목소리가 이어졌다.

"편지, 옥상, '창문'……. 그렇습니다, 모든 것이 설명됩니다…….
모든 것이 맞아떨어집니다.

조금 전 나는 범죄가 일어났던 그 시각에 세 사람이 알리바이를
갖고 있었노라고 말했습니다. 그중 두 사람의 것은 가치가 없다는
것이 밝혀졌습니다. 이제 나는 내가 깜짝 놀랄 만큼 엄청난 실수를
했다는 사실을 깨달았습니다. 세 번째 알리바이 역시 가치가 없었
습니다.

나는 라이드너 박사가 살인을 저지를 수 있었을 뿐 아니라, 실제로 살인을 저질렀다는 걸 확신합니다!"

침묵이 흘렀다. 당혹스럽고 영문을 알 수 없다는 듯한 침묵이었다. 라이드너 박사는 아무 말도 하지 않았다. 그는 여전히 자신만의 세계에 빠져 아득히 먼 곳에 가 있는 것 같았다. 데이비드 에모트가 불편한 듯 몸을 움직거리더니 입을 열었다.

"무슨 뜻으로 그런 말을 하시는지 모르겠군요, 푸아로 씨. 라이드너 박사님은 적어도 2시 45분 이전에 옥상을 떠나신 적이 없노라고 제가 말씀드렸을 텐데요. 그건 절대적인 사실입니다. 엄숙하게 맹세할 수 있습니다. 거짓말이 아닙니다. 그런데 내가 보지 못하는 사이에 박사님이 그런 짓을 저지른다는 건 불가능합니다."

푸아로가 고개를 끄덕였다.

"오, 당신 말이 맞습니다. 라이드너 박사는 옥상을 떠나지 않았습니다. 그 점은 이론의 여지없는 사실입니다. 하지만 내가 본 것, 그리고 존슨 양이 본 것은 라이드너 박사가 옥상을 떠나지 않고서도 자기 아내를 살해할 수 있었다는 사실입니다."

우리는 모두가 그를 물끄러미 바라보지 않을 수 없었다.

푸아로가 소리쳤다.

"창문입니다. 존슨 양이 말한 창문 말이죠! 그것이 바로 내가 깨달은 것입니다. 존슨 양이 깨달았던 것처럼 말입니다. 리이드너 부인의 방 창문은 안뜰 반대쪽 옥상 바로 밑에 있습니다. 그리고 라이드너 박사는 목격자 하나 없이 그곳에 혼자 올라가 있었습니다. 그리고 그 육중한 맷돌은 이미 그곳에 준비되어 있었고요. 너무나도 간단했습니다, 정말이지 너무나도 간단했지요, 한 가지, 그러니까 다른 누군가가 보기 전에 시체를 치울 기회만 있다면 말입니다.

자…… 일은 이렇게 된 겁니다.

라이드너 박사는 옥상에서 토기를 정리하고 있습니다. 그는 에모트 씨 당신을 옥상으로 불러올리고, 이야기를 나누며 당신을 붙들어 두지요. 그러는 동안 박사는 일하는 아이가 당신이 없는 틈을 타서 하던 일을 그만두고 뜰 밖으로 나가는 것을 봅니다. 그는 당신을 10분 정도 붙잡아두었다가 내려 보낸 다음, 당신이 아래로 내려가 일하는 소년을 소리쳐 부르는 순간 계획을 실행에 옮깁니다.

일전에 이미 자기 아내를 겁에 질리게 한 바 있는 세공용 점토 가면을 주머니에서 꺼낸 후 끈에 매달아 난간 아래로 드리워 아내의 방 창문에 톡톡 부딪히게 한 겁니다.

잊지 마십시오, 그 방의 창은 안뜰 반대편 들판에 면해 있다는 것을 말입니다.

라이드너 부인은 반쯤 잠이 든 채 침대에 누워 있습니다. 평화스럽고 행복한 기분입니다. 그런데 갑자기 그 가면이 창문에 톡톡 부딪히자 신경이 쓰입니다. 그런데 이제는 어두운 밤이 아닙니다. 백주 대낮이지요. 겁낼 것이 전혀 없습니다. 그녀는 그것이 무엇인지를 깨닫습니다. 그것은 조잡한 장난이었던 겁니다. 그녀는 놀라는 것이 아니라 분개합니다. 그녀는 그런 입장에 처한 모든 여자들이 할 행동을 취합니다. 침대에서 나와 창문을 열고 창살 사이로 고개를 내밀어 누가 그런 장난을 치고 있는지 보려고 위를 바라봅니다.

라이드너 박사는 기다리고 있습니다. 그는 무거운 맷돌을 양손에 들고 떨어뜨릴 채비가 되어 있습니다. 그 절호의 순간에 그것을 떨어뜨립니다…….

가느다란 비명을 내지르며(존슨 양은 바로 그 소리를 들은 겁니다.) 라이드너 부인은 창 아래 러그 위로 쓰러집니다.

그 맷돌에는 구멍이 나 있었고, 라이드너 박사는 그 구멍에 밧줄을 동여매 두었습니다. 이제 그는 밧줄을 끌어당겨 맷돌을 들어올리기만 하면 됩니다. 그는 그 맷돌을 옥상 위에 있는 같은 종류의 출토품들 한가운데 핏자국이 아래로 가도록 말끔하게 정리해둡니다.

같은 다음 그는 두 번째 행동을 취해야 할 순간이라고 판단될 때까지 한 시간 이상 일을 계속합니다. 이윽고 그는 층계를 내려와 에모트 씨와 레더런 간호사에게 말을 건 다음 안뜰을 가로질러 자기 아내의 방으로 들어갑니다. 그곳에서 한 행동에 대한 그 자신의 설명은 이렇습니다.

'나는 침대 곁에 쓰러져 있는 내 아내의 시체를 보았습니다. 잠시 동안 움직일 수 없을 것처럼 온몸이 마비되는 듯했습니다. 이윽고 마침내 나는 그녀 곁으로 가서 주저앉아 그녀의 머리를 들어 올렸습니다. 그녀는 죽어 있더군요……. 이윽고 나는 몸을 일으켰습니다. 머리가 몽롱하고 술에 취한 것 같았습니다. 나는 간신히 문까지 걸어가 소리를 질렀어요.'

슬픔으로 머리가 멍해진 남자의 행동을 보여 주는 완벽한 설명입니다. 하지만 들어보십시오. 실제로는 이러했을 겁니다. 라이드너 박사는 방에 들어가 서둘러 창가로 가서 장갑을 끼고 창문을 닫아 잠근 다음 아내의 시체를 들어올려 침대와 문 사이의 한 지점에 옮겨 놓습니다. 그런데 창문 쪽 러그 위에 희미한 핏자국이 떨어져 있는 것이 눈에 띕니다. 그것은 다른 크기가 다르기 때문에 다른 러그로 교체할 순 없었습니다만, 그는 그 다음으로 좋은 방법을 동원했습니다. 핏자국이 난 그 러그를 세면대 앞으로 옮겨놓고 세면대 앞의 러그를 창문 아래로 옮겨 놓은 겁니다. 만약 그 자국이 발각된다 해도 그것은 세면대를 사용하면서 생겼다고 생각될 것입니다. 창문이 아니라 말입니다. 이 점이 무척 중요합니다. 이 일에서 창문이 어떤 역할을 하지 않았을까 하는 추측 같은 건 나오지 않을 테니까요. 그런 다음 그는 문으로 와서 슬픔에 잠긴 남편의 역할을 해냅니다. 내 생각에 그것은 어렵지 않았을 겁니다. 그는 진정으로 자기 아내를 사랑했으니까요."

라일리 박사가 더 이상 참을 수 없다는 듯 소리쳤다.

"이것 보십시오, 아내를 사랑했다면 그가 왜 아내를 죽인단 말입니까? 그런 동기가 어디에 있어요? 말 좀 해 보겠나. 라이드너? 이건 미친 소리라고 이 사람에게 말하란 말일세."

라이드너 박사는 입을 열지도, 몸을 움직이지도 않았다.

푸아로가 말했다.

"이것은 치정 범죄라고 내가 줄곧 말하지 않았던가요? 라이드너 부인의 첫 남편 프레드릭 보스너는 왜 그녀를 죽이겠다고 협박했을까요? 왜냐하면 그녀를 사랑했기 때문입니다……. 그리고 결국 그는 자신의 말을 행동에 옮겼습니다…….

메 위, 메 위(그럼요, 그렇고말고요)…… 살인을 저지른 사람이 라이드너 박사라는 사실을 깨닫자, 모든 것이 맞아떨어지더군요…….

두 번째로 우리의 여행을 처음부터 다시 시작하겠습니다. 라이드너 부인의 첫 결혼, 협박 편지들, 그녀의 재혼에 대해서 말입니다. 그 편지들은 그녀가 다른 남자와 결혼하는 것을 막았습니다. 하지만 그녀가 라이드너 박사와 결혼하는 것을 막지는 못했습니다. 만약 라이드너 박사가 사실은 프레드릭 보스너라면 얼마나 간단할까요.

한 번 더 우리의 여행을 시작합시다. 이번에는 젊은 프레드릭 보스너의 입장에서 말입니다.

처음에 그는 라이드너 부인 같은 여자만이 불러일으킬 수 있는 열렬한 정열에 차서 아내 루이스를 사랑합니다. 그녀가 그를 배반합니다. 그는 사형 선고를 받습니다. 그는 탈출합니다. 철도 사고를 겪지만 새로운 신분으로 빠져나옵니다. 젊은 스웨덴인 고고학자 에릭 라이드너라는 신분으로 말입니다. 그의 시신은 심하게 훼손되어 편리하게도 프레드릭 보스너로서 매장되었습니다.

자신을 기꺼이 사형대로 보낸 그 여자에 대해 이 새로 태어난 에릭 라이드너가 취할 태도는 어떤 것일까요? 가장 중요하고도 우선적인 사항은 그가 여전히 그녀를 사랑하고 있다는 겁니다. 그는 새로운 인생을 구축하는 일에 착수합니다. 그는 출중한 능력의 소유자였고, 새 직업은 그의 성격에 잘 맞아서 그는 성공가도를 달립니다. 하지만 그는 자기 삶을 이끌어가는 그 열정을 결코 잊을 수 없습니다. 그는 아내의 신상에 대해 줄곧 정보를 수집합니다. 그는 그녀를 어떤 다른 남자와도 결혼하지 못하게 해야겠다고 냉정하게 결심합니다.(라이드너 부인 자신이 레더런 간호사에게 한 설명에 따르면 그는 부드럽고 친절하지만 잔인한 인물입니다.) 필요하다고 판단될 때마다 그는 협박 편지를 보냅니다. 아내가 그 편지들을 경찰에 제출할 경우에 대비해 그녀의 독특한 필체를 모방합니다. 여자들은 흔히 열정에 넘치는 익명의 편지를 스스로에게 쓰곤 하는 만큼 경찰은 필체가 유사한 것을 이유로 그런 결론에 이를 테니까요. 동시에 그는 그녀가 자신의 생사 여부를 확신하지 못하도록 내버려 둡니다.

몇 년 후 마침내 그는 때가 왔다고 판단합니다. 그녀의 생활 속으로 다시 들어갈 때 말입니다. 만사가 순조롭게 진행됩니다. 루이스는 그의 정체를 꿈에도 의심하지 않았습니다. 그는 유명한 사람입니다. 늘씬하고 잘생겼던 청년은 어깨가 구부정하고 턱수염이 있는 중년의 남자가 되어 있습니다. 그리하여 우리는 역사가 되풀이되는 것을 보게 됩니다. 예전에 그랬던 것처럼 프레드릭은 루이스를 압도할 수 있습니다. 그녀는 두 번째로 그와 결혼합니다. 그리고 결혼을 금지하는 편지는 오지 않습니다.

하지만 그 후에 편지 한 통이 옵니다. 왜일까요?

라이드너 박사는 위험 소지를 없애는 게 좋다고 생각했던 것 같습니다. 은밀한 부부 생활이 과거를 일깨울 수도 있었겠죠. 그는 에릭 라이드너와 프레드릭 보스너가 전혀 다른 사람이라는 사실을 아내에게 결정적으로 알려 주고 싶었습니다. 그러므로 에릭 라이드너가 프레드릭 보스너로서 협박 편지를 보내는 겁니다. 좀 유치한 가스 독살 사건이 이어집니다. 물론 라이드너 박사가 저지른 일입니다. 여전히 목적은 같습니다.

그 후 그는 만족합니다. 더 이상의 편지를 보낼 필요가 없습니다. 그들은 함께 안정되고 행복한 결혼 생활을 누립니다.

그러다가 거의 2년 후 그 편지들이 다시 오기 시작합니다.

왜일까요? 에 비엥(이제), 나는 알 것 같습니다. 왜냐하면 그 편지들에 담긴 협박이 매번 진짜 협박이었기 때문입니다.(그래서 라이드너 부인은 매번 겁에 질렸던 겁니다. 그녀는 프레드릭의 부드럽지만 잔인한 성격을 잘 알고 있었습니다.) 만약 그녀가 프레드릭 이외의 다른 남자와 결혼하면 그는 그녀를 죽일 겁니다. 그런데 그녀는 리처드 캐리에게 빠져 있었습니다.

그리고 그 사실을 알게 된 라이드너 박사는 냉정하고 차분하게 살인극을 준비합니다.

이제 레더런 간호사가 중요한 역할을 했다는 것을 아시겠습니까? 자기 아내를 돌봐 달라고 하면서 보인 라이드너 박사의 좀 수상쩍은 태도(처음에 나는 그 점이 당혹스러웠습니다.)가 설명됩니다. 시체가 발견될 때 라이드너 부인이 죽은 지 이미 한 시간 이상 되었다고 진단할 수 있는 전문적이고 믿을 만한 목격자가 꼭 필요했던 겁니다. 다시 말해서 아내가 살해된 시각에 자신이 옥상에 있었다는 사실을 모두가 인정할 수 있도록 하기 위해서 말입니다. 그가 아내의 방으로 들어갔을 때 아내가 죽어 있는 것을 발견한 것이 아니라 살해한 것일지도 모른다는 의심을 받는 경우도 있을 수 있습니다. 하지만 숙련된 간호사가 사망자가 죽은 지 이미 한 시간 이상이 되었다고 진단한다면 그런 의심은 발붙일 데가 없게 되지요.

이로써 또 한 가지, 올해 들어 발굴단에 떠돌던 기묘한 긴장감도 설명됩니다. 처음부터 나는 그것이 전적으로 라이드너 부인의 영향력 때문은 아닐 거라고 생각했습니다. 여러 해 동안 이 발굴단은 분위기 좋기로 유명했습니다. 내 견해에 따르면, 어떤 공동체의 사기는 언제나 그곳 우두머리의 영향력에 직접적으로 기인합니다. 말수가 적긴 하지만 라이드너 박사는 훌륭한 성품의 소유자였습니다. 발굴단의 분위기가 줄곧 그렇게 좋았던 건 그의 재치, 판단, 그리고 애정을 가지고 사람을 대하는 태도 때문이었지요.

그러므로 변화가 있었다면, 그 변화는 그곳의 우두머리, 다시 말해서 라이드너 박사 때문이었습니다. 긴장과 불안에 책임이 있었던 사람은 라이드너 부인이 아니라 라이드너 박사였습니다. 단원들이 그런 변화를 느끼기는 했지만 제대로 이해하지 못한 것도 이상한 일이 아닙니다. 라이드너 박사는 외부적으로는 여전히 친절하고 정다웠지만 그건 그의 연기일 뿐이었습니다. 실제로는 살인 계획에 몰두해 있는 미치광이였던 겁니다.

그럼 이제 두 번째 살인, 그러니까 존슨 양의 살인으로 넘어갑시다. 사무실에서 라이드너 박사의 서류를 정돈하다가(뭔가 할 일을 찾던 그녀가 부탁받지도 않았는데 한 일이겠지요.) 그녀는 쓰다가 만 익명의 협박 편지 한 장을 발견했을 겁니다.

그녀로서는 이해할 수도 없고 또한 극도로 당혹스러운 일이었을 겁니다! 라이드너 박사가 일부러 아내를 겁에 질리게 하다니요! 그녀는 이해할 수 없었을 겁니다. 지독하게 당혹스러웠겠죠. 그래서 울고 있던 그녀를 레더런 간호사가 발견한 겁니다.

당시 존슨 양은 라이드너 박사가 살인자일 거라고까지는 생각하지 않았을 겁니다. 하지만 라이드너 부인의 방과 라비니 수사의 방에서 들리는 소리에 대해 나와 같이 했던 실험에 대한 생각이 그녀의 뇌리에 남아 있었을 겁니다. 그녀는 자신이 들은 비명 소리가 라이드너 부인의 것이었다면 그녀의 방 창문이 닫혀 있었던 것이 아니라 열려 있었다는 사실을 깨닫습니다. 당시엔 그다지 중요하게 여겨지지 않았겠지만 머릿속에는 남아 있었으니까요.

그녀의 무의식이 작동합니다. 진상을 향해 길을 찾아가는 겁니다. 그녀가 그 편지에 대해 몇 마디 하자, 라이드너 박사는 사태를 깨닫고 태도가 돌변합니다. 그녀는 그가 갑자기 겁에 질리는 것을 보았을 수도 있습니다.

하지만 라이드너 박사는 자기 아내를 죽이는 게 불가능했습니다! 그는 줄곧 옥상에 있었으니까요.

그러던 어느 날 저녁 옥상에 올라가 그 문제를 이리저리 생각하던 그녀는 섬광처럼 진실을 깨닫습니다. 라이드너 부인은 열린 창문을 통해 바로 그곳에서 살해되었다는 것을 말입니다.

바로 그 순간 레더런 간호사가 존슨 양을 발견한 겁니다.

그런데 박사에 대한 오래된 애정이 즉각 발동해, 존슨 양은 재빨리 그 사실을 얼버무립니다. 레더런 간호사는 존슨 양이 막 발견한 그 무시무시한 진실을 짐작조차 할 수 없었겠지요.

존슨 양은 일부러 반대 방향(안뜰 쪽)으로 시선을 돌려서는 마침 안뜰을 가로지르고 있는 라비니 수사를 보고 한마디 합니다.

그녀는 더 이상 말하기를 거부합니다. '사태 파악'을 먼저 할 작정이었던 겁니다.

그런데 걱정스럽게 그녀를 지켜보고 있던 라이드너 박사는 그녀가 진상을 알아챈 것을 깨닫습니다. 존슨 양은 자신의 공포와 비탄을 그에게 숨길 수 있는 종류의 여자가 아닙니다.

아직 그녀가 그를 배반하지 않은 것은 사실입니다. 하지만 그게 얼마나 오래 갈까요?

살인은 하나의 습관입니다. 그날 밤 그는 그녀의 물잔을 염산이 든 잔으로 바꾸어 놓습니다. 그렇게 되면 그녀가 자살했다고 생각될 수도 있었습니다. 심지어 그녀가 첫 번째 살인을 저질렀고, 이제 그 양심의 가책을 느껴 목숨을 끊었다는 해석까지 나올 수 있었습니다. 그런 가정에 힘을 실어 주기 위해 그는 옥상에서 문제의 맷돌을 가져와서는 그녀의 침대 밑에 넣어둡니다.

그 가엾은 존슨 양이 죽음의 고통 속에서 자신이 어렵게 알아낸 사실을 필사적으로 알리려고 한 것은 조금도 이상한 일이 아닙니다. '창문'이야말로 라이드너 부인이 살해된 방법이었습니다. 그녀는 문을 통해서가 아니라 창문을 통해서 살해되었습니다…….

이상으로 모든 것이 설명됩니다. 모든 것이 맞아떨어집니다…….
심리적으로도 완벽하게 말입니다.

하지만 증거는 없습니다……. 아무 증거도 없답니다."

우리 중의 아무도 입을 열지 않았다. 우리는 공포의 바다 속에서
떠돌고 있었다. 그렇다. 하지만 공포만이 아니었다. 연민도 있었다.

라이드너 박사는 움직이지도 입을 열지도 않았다. 줄곧 같은 모
습으로 앉아 있었다. 피로하고 지친 중년 사내의 모습이었다.

마침내 그가 살짝 몸을 움직거리더니 부드럽고 지친 눈길로 푸아
로를 바라보며 입을 열었다.

"그래요, 증거가 없지요. 하지만 그건 중요하지 않습니다. 당신은
내가 사실을 부정하지 않으리란 걸 알고 있었습니다……. 나는 한
번도 사실을 부정한 적이 없습니다……. 나는 정말이지……. 차라리
홀가분합니다……. 너무 피곤하군요……."

그런 다음 그는 다만 이렇게 덧붙였다.

"앤에게는 미안합니다. 그건 나빴어요……. 잔인했지요……. 그건
나답지 않았어요! 그래서 그녀가 고통을 당했지요. 그래요, 필요 이
상으로요, 가엾은 여자. 그건 내가 한 짓이 아니었어요. 공포가 저지
른 짓이었어요……."

고통으로 일그러진 그의 입가에 희미한 미소가 떠돌았다.

"당신은 훌륭한 고고학자가 될 수 있었을 겁니다, 무슈 푸아로.

당신은 과거를 재구성하는 데 뛰어난 재능이 있군요. 당신이 말한 건 모두 사실입니다.

난 루이스를 사랑했고 그녀를 죽였어요……. 루이스가 어떤 여자인지 알았다면 당신도 이해할 수 있었을 겁니다……. 아니, 필시 당신은 이해하고 있을 것 같군요……."

맺는 말

다른 것들에 대해서는 정말이지 더 이상 할 말이 없다.

라비니 '수사'와 문제의 사내는 베이루트에서 막 배에 오르다가 체포되었다.

실러 라일리는 에모트 청년과 결혼했다. 그녀에게는 잘된 일인 것 같다. 에모트는 만만한 청년이 아니다. 그는 그녀에게 자신의 분수를 지키게 할 것이다. 그녀는 가엾은 빌 콜먼에게 가혹하게 굴지 않았던가.

말 나온 김에 말하자면, 1년 전 콜먼이 맹장염에 걸렸을 때 나는 그를 간호했다. 그의 집안에서 농장을 경영하기 위해 그를 남아프리카로 보내려던 참이었다.

나는 다시는 아시아에 가지 않았다. 때때로 그러지 못해 아쉽다는 생각이 드니 이상한 일이다. 물레바퀴 돌아가는 소리와 여자들이 빨래하는 모습, 기묘하게 오만함을 풍기는 낙타의 모습을 보면 향수 같은 것이 물씬 밀려온다. 어쩌면 먼지는 우리가 생각하는 것만큼 그렇게 불건강한 것은 아닌지도 모른다!

라일리 박사는 영국에 머물 때면 종종 나를 보러 온다. 앞서 말한 대로 나에게 이 글을 쓰게 한 사람은 바로 그분이다. 나는 그에게 말했다.

"이걸 가져가시든지 마시든지 마음대로 하세요. 문법도 엉망이고 제대로 쓰지도 못했지만 어쨌든 쓰긴 썼어요."

그러자 그는 원고를 받았다. 원고의 내용에 대해서는 일절 말하지 않았다. 원고가 책으로 출판된다면 내 기분이 이상할 것 같다.

무슈 푸아로는 시리아로 돌아갔다가, 약 일주일 후 오리엔트 특급열차를 타고 고국으로 돌아가 또 다른 살인 사건을 맡았다. 그가 명석하다는 것은 부정할 수 없지만, 날 놀린 일은 쉽게 용서하지 않을 것이다. 어떻게 내가 그 범죄에 가담했거나 진짜 간호사가 아니라고 생각할 수 있단 말인가!

의사들은 때때로 그런 식이다. 몇몇 의사들은 상대의 감정 같은 것은 전혀 고려하지 않고 농담을 한다!

나는 라이드너 부인에 대해 생각하고 또 생각했다. 그녀는 정말 어떤 여자였을까……? 때로는 그녀가 무시무시한 여자였던 것 같고, 때로는 그녀가 내게 얼마나 친절했는지, 그녀의 목소리가 얼마나 부드러웠는지……. 그녀의 아름다운 금발 같은 것들이 생각나기도 한다. 결국 그녀는 비난보다는 동정을 받아야 할 것 같다.

그리고 라이드너 박사에게도 연민을 갖지 않을 수 없다. 그가 두 차례나 살인을 저질렀다는 것은 알지만, 그렇다 해도 그런 감정이 달라지진 않는 것 같다. 그는 그녀를 지독하게 사랑했다. 누군가를 그렇게 사랑한다는 건 좀 무시무시한 일이다.

어쨌든 나이가 들수록, 또 많은 사람들을 만나고 슬픔과 병 같은 것을 겪으면 겪을수록 나는 점점 더 사람들이 측은해진다. 때로는 숙모님이 나를 키울 때 정해 두신 그 훌륭하고 엄격한 규칙들이 무슨 소용인가 싶다. 신앙심이 깊고 몹시 까다로우셨던 숙모님. 그녀는 이웃의 모든 결점들을 안팎으로 꿰고 계시지 않았던가…….

오, 이런, 라일리 박사의 말이 정말 맞는 것 같다. 어떻게 책을 끝 맺는 게 좋을까? 멋지게 어울리는 한 구절을 찾아낼 수 있다면 좋으련만.

라일리 박사에게 아랍어 구절이라도 하나 여쭤 봐야겠다.

무슈 푸아로가 사용했던 것 같은 구절을.

자비롭고 은혜로우신 알라의 이름으로…….

그 비슷한 뭔가를.

〈끝〉

옮긴이 | 김남주

김남주는 서울에서 태어나 이대 불문과를 졸업하고 주로 프랑스 문학과 인문학 책들을 우리말로 옮겨왔다. 옮긴 책으로 프랑수아즈 사강의 『브람스를 좋아하세요』, 로맹 가리의 『새들은 페루에 가서 죽다』와 『가면의 생』, 엑토르 비앙시오티의 『밤이 낮에게 하는 이야기』와 『아주 느린 사랑의 발걸음』, 아멜르 노통브의 『사랑의 파괴』와 『오후 네 시』와 『로베르』, 필립 솔레르스의 『모차르트 평전』, 레몽 장의 『세잔 졸라를 만나다』, 로버트 래드포드의 『달리』, 도미니크 보나의 『세 예술가의 연인』, 그리고 황금가지판 크리스티 전집 1, 2, 5, 12, 13, 15, 20, 44권 등이 있다.

애거서 크리스티 푸아로 셀렉션

메소포타미아의 살인

1판 1쇄 펴냄 2015년 7월 10일
1판 3쇄 펴냄 2021년 9월 14일

지은이 | 애거서 크리스티
옮긴이 | 김남주
발행인 | 박근섭
편집인 | 김준혁
펴낸곳 | 황금가지

출판등록 | 2009. 10. 8 (제2009-000273호)
주소 | 135-887 서울 강남구 신사동 506 강남출판문화센터 5층
전화 | 영업부 515-2000 편집부 3446-8774 팩시밀리 515-2007
홈페이지 | www.goldenbough.co.kr

도서 파본 등의 이유로 반송이 필요할 경우에는 구매처에서 교환하시고
출판사 교환이 필요할 경우에는 아래 주소로 반송 사유를 적어 도서와 함께 보내주세요.
135-887 서울 강남구 신사동 506 강남출판문화센터 6층 민음인 마케팅부

© ㈜민음인, 2015. Printed in Seoul, Korea
ISBN 978-89-6017-202-9 04840
ISBN 978-89-6017-956-1 04840 (set)
㈜민음인은 민음사 출판 그룹의 자회사입니다.
황금가지는 ㈜민음인의 픽션 전문 출간 브랜드입니다.